U0701761

乌鹊南飞

李夏◎著

海天出版社
HAITIAN PUBLISHING HOUSE
·深圳·

目 录

第一章

世态炎凉，一曲悲歌不成梦

　　吴建国永远忘不了那一天。

　　那一天，他像往常一样，背着碎花布缝缀而成的书包，哼着流行歌去上学，在课堂的读书声与课间打闹声的交织中，度过了一个平淡无奇的上午。吃罢午饭，下午上课的铃声刚刚响起，邻居马大志就风风火火地追了过来，把正要去上课的班主任堵在门外，轻轻咬了咬耳朵，霍老师点了点头，走进教室，缓缓来到吴建国的课桌前。

　　"吴建国，你妈妈喊你回家，赶紧收拾下回家吧。"

　　吴建国听得一头雾水，但还是把碎花布书包斜背在肩膀上，被马大志一把拽上自行车，向着家的方向驶去。

　　吴建国心里隐约有些不安，试着问了几次，路上的风呼呼的，马大志只装作听不见。路上遇见买菜的刘阿姨，吴建国礼貌地跟她打了个招呼，刘阿姨突然流下泪来，不无悲悯地说道："唉，好孩子，快回家看看你爸爸吧！"

　　吴建国的心里更加不安，自行车终于驶到了巷子口。母亲那撕心裂肺的哭喊声，终于让吴建国心头的那份不安化作了现实。马大志停下自行车，把他扶下来，开口说了见面后的第一句话："建国，你爸爸去了……"

吴建国顿时如五雷轰顶，眼泪不由自主地流了出来。印象中，父亲身体很好，人也和善，是机械厂食堂的厨师，在机械厂内人缘极好。虽然只是烹饪一锅大锅菜，但父亲总是变着法子让每个人的饭盒里都溢出独特的饭菜香气，他的厨艺跟他朴实忠厚的性格一样，是机械厂里许多人一生的回忆。

这样一个踏踏实实只做菜的普通人，自己明明在昨晚才吃过他精心烹制的面，为何在毫无征兆间便撒手人世了呢？

吴建国想不通，极力排斥着这个事实，但眼前床上躺着的这个人，慈祥的面容、棱角分明的五官，却又在证明着这个残酷的事实。他流着泪，脸上的肌肉无声地抽动着，悲痛地问母亲："爸爸，为什么会这个样子了？"

母亲呜咽着说："你上学后，我去菜市场买菜，刚走出菜场，隔壁的马大志就找过来，说你爸摔倒了。我赶到机械厂门口时，你爸已经被抬上救护车了，但还是没救回来……街坊们帮忙把你爸抬回来了，你去见他最后一面吧……"

那个年代，虽然政策上要求必须火葬，但在这个偏僻的小县城里，大多数人依然会执拗地进行土葬，用那句流传千年的老话说——图个囫囵尸首。

桌子上有一份病例和死亡证明，吴建国木然地拿起来，看到病例上面触目惊心的三个大字"脑溢血"。

门外一阵喧嚷，几个西装革履的人进来了，朝着床深深地鞠了三个躬，其中一个大腹便便的，吴建国认识，是机械厂的李厂长，他用一方手帕擦着眼角，悲声道："老吴，你咋这么去了呢？我还想再吃一顿你烧的菜呢，唉，世事无常，世事无常啊……"

吴建国和母亲也被他勾得泪水止不住流下来，李厂长唏嘘了一会儿，走上前来，握着母亲的手，劝道："老嫂子，节哀顺变！老吴去了，我们也很悲痛，但逝者已矣，你可要顾好自已的身子，建国还需要你哩！"未等答话，身后一人递过来一个信封，李厂长接了，塞到母亲手里，接着说："老吴去了，这是一点慰问金。我给工会张干事说好了，按照顶格抚恤，一万两千块钱，也算厂子里的一点心意……"

一万两千块，确实是那个年代普通工人最高的抚恤金额。吴建国望着眼前这个人，脸上挂着泪痕，看不出真诚，也看不出虚伪，似乎是诚心来吊唁，又像是例行公事。

母亲只是悲泣，并没有收下，李厂长只好拿着信封等着。终于，马大志的媳妇过来，劝道："嫂子，你就拿着吧，别让李厂长为难了。"于是替她接了信封。李厂长又掏出一支笔，说道："老嫂子，受累签个字，公家那里我也好有个交代。"

母亲勉强签了字，身后又有人递过印泥盒，按上一个鲜红的手印，收了回执。李厂长抚摸了下吴建国的头，说道："娃儿，好好读书，以后机械厂就是你的家，有困难就来找我。"吴建国默然无语，李厂长便起身告辞："老嫂子，厂里还有事，我先走一步了，你一定要保重好身体！"

母亲按照当地礼节，拉着吴建国给吊唁的客人叩了个头，李厂长连忙扶起，一边摇着头，一边叹息着，在众人的拥簇下离开了逼仄的小院。

吴建国虽然只有十三岁，但他已经知道，父亲守了半辈子的锅碗瓢盆，殉职在岗位上，也不过值这一万两千块钱。

他突然很想哭，不只是因为丧父的悲痛，更为父亲这个厨子不值。但是，他又不能放声大哭，因为作为家里唯一的男子汉，他必须学会坚强，去安抚同样悲痛的母亲。

父亲的丧事很简单，停灵三日之后，便敲锣打鼓吹着唢呐起灵了。吴建国始终记得下葬时的情形，阴霾的天空中彤云密布，天上飘落的雪粒子随着北风打在脸上，令人生疼。但更令人难受的是心里的憋屈——其他家的长辈去世，都要停过了头七，为何父亲只停了三天就草草下葬了？

其实，他也知道，是因为从第二天开始，就再没有多少人过来吊唁了；

那些帮忙的亲戚陪他们母子守着，没有客人母亲也感到很尴尬，只好商量着早点起灵。下葬这天，帮忙的人寥寥无几，让本来就不大的院子显得更加凄冷，甚至连说好来帮忙的厨子，此刻也不见踪影，只剩下几个亲戚和客人面面相觑在寒风里。

母亲望了望雪中站着的客人，对吴建国说："建国，你去洗菜，妈妈炒，给送你爸爸走的各位长辈做饭。"吴建国一声不吭，埋头收拾蔬菜，冰凉的水将小手冻得通红，有些女客过来帮忙，母亲说："哪有让客人动手的道理？老吴要是知道了，会怪我们娘儿俩的！"女客们听了以亡人的名义婉拒的话语，只好讪讪地收了手，在院子里站着看。

马大志见被自己支去帮忙的媳妇被用话语堵了回来，无奈地摇了摇头。转身出门，自己出面借了些桌椅板凳，吆喝着男客们在院子里搭起了个帆布棚子，勉强坐够了三桌。

那是地处西南偏远的一座小城，气候变化多端。清晨那会儿，抬父亲棺材上山时只是飘着毛毛雨，到了晚饭时分突然一股寒流袭来，竟下起了雪。在雪中忙活的母子二人，终于烧出了三桌丧饭，母亲让吴建国去给客人敬酒答谢，吴建国第一次端起了酒杯，一位客人一位客人地敬，酒水流过喉咙，辣辣的、热热的，正如那三桌客人谦恭而认真的回礼，是这个寒冬中唯一令人感到一丝温暖的存在……

客人走了，家里更加空寂，马大志带着媳妇，抬着桌椅板凳准备离开，到了门口，还不忘回头说一句："嫂子，以后家里有什么难处，就说一声，建国和来运打小玩得好，就跟我的孩子一样，千万不要见外了。"

母亲木然地应了一声，马大志夫妇就抬着桌椅去了。

死者已矣，但生活还要继续。那时，吴建国正上初一，十三四岁的年纪，班里的很多孩子正处于叛逆期，天不怕地不怕，颇有暴戾之气，尤其是班里的石磊，经常有事没事地寻他麻烦，吴建国听从母亲的告诫，一直忍着，从来不与人发生冲突。

石磊这个人，在班里学习也算是数一数二的，但就是有个喜欢欺负人的坏毛病，但在老师眼里，这就是"恃才傲物"，并不太责备他。吴建国虽然告诉了老师几次，但老师总是轻描淡写地训斥几句就算了，可过后，石磊总会纠集一些人，对吴建国进行变本加厉的欺凌与报复。

终于，吴建国崩溃了。当石磊再次带着人在教室里寻他麻烦的时候，他还了几句嘴，结果好几记拳头就如同雨点般袭了过来，吴建国被揍得躲避无门，抄起身下的凳子，用尽力气胡乱挥了出去，只听见一声清脆的骨头断裂的声音传来，一名同学应声倒地，当时就晕了过去。

班主任来了，教务主任来了，校长来了，救护车来了，派出所民警来了。

闹到这个地步，已经无法再息事宁人了。望着被揍得鼻青脸肿的吴建国，以及吓得面无人色的石磊，校长决定惩前毖后，以正学纪。

吴建国被开除了，石磊也被开除了。医药费赔偿的问题，由派出所管，吴建国和石磊，从此再也跟这所初中没关系了。

石磊的父母去求校长，毕竟他学习成绩不错，校长对他们说："吴建国不被欺负急了，也不会下重手。你若让他在学校继续读书，吴建国指不定会找个机会把他的腿也打折了。"

石磊的父母也吓了一跳，想着明枪易躲、暗箭难防，去派出所缴了吴建国的医疗费后，连夜搬家走了。

而吴建国没处可搬，母亲日夜怕人家来寻仇。吴建国忘不了那家人带着十几个壮汉，凶神恶煞地来到家里，在母亲的哀求声中把家里砸得粉碎；他忘不了那个比自己高一头的同学，在断腿伤愈后带人在巷子口堵他，每次都把他揍得体无完肤；他忘不了街坊们提防的眼神，似乎在躲避着一个随时都会使用暴力的瘟神。

马大志看在眼里，跟吴建国的母亲商量说："建国在家里是待不下去了，不如给他凑点钱，去上个技校，学个手艺，也算出去躲一躲，也强过在家里受人欺负。"母亲本就是日夜担心吴建国的安全，马大志点这一下，她倒也觉得是个好主意，于是从抚恤金里拿出三千块钱，送吴建国去技校学厨艺。

很意外的是，石磊也在这所技校里。历经那场两败俱伤式的斗殴，两人倒也收敛了许多，尤其是石磊，连累父母抛了故乡，去外县讨生活，已经没有当初的"恃才傲物"，他主动跟吴建国道歉、套近乎，吴建国自然是一副"人不犯我，我不犯人"的态度，彼此也算相安无事。

吴建国很珍惜这次机会，他知道，自己能够出来上技校，用的是父亲拿命换来的钱。但是，他对厨师又有一种天生的抵触，即便如父亲那般厨艺高超，到头来不也是凄惨而去？学了三年厨艺，他把母亲关掉的小餐馆重新开张，但总有些人来这里吃霸王餐，一言不合就拳脚相向。吴建国装低做小，好歹让自己有了一份能糊口的收入。

但是，他平静且怕事的外表下，已然有了一颗充满愤懑的心。夜深无人时，他不止一次对自己说："我一定要变得更强大，将曾经欺负过我的人，全部踩在脚底下。"于是，在当了两年厨子后，年满十八岁的他，把餐馆交给母亲打理，毅然报名参军入伍。

军队里负责二次政审的干部了解到他的学业后，高深莫测地点了点头。然后，新兵连训练刚一结束，他就被分到了炊事班。即便逃到军营，吴建国依然没有摆脱做厨子的命运。

在军营里当了三年炊事员后，吴建国退伍了，回到四川老家。从大巴车上下来，他并没有先回家，而是穿着卸了军衔和领花的军装，背着背包，去民政局问了问安置情况，然后到父亲生前工作的地方去看一眼。

久经历史沧桑的老国营厂，还是原来的旧模样儿。围着厂房走了一圈，正与李厂长不期而遇，吴建国打招呼说："李叔，你好。"李厂长端详了半天，一拍脑门，说道："哎呀，是吴建国啊！听说你当兵去了，军营果然历练人，才两三年，又长高了一头！"

吴建国说："李叔，民政局负责安排退伍军人转业的人说了，我这种情况，可以去接父亲的班当工人。"李厂长说："我们厂是国营厂嘛，是有这个政策，优先招录复员军人……就算没有政策，看在老吴辛辛苦苦为厂子奉献那么多年的分上，你要当工人这事儿，我也会想办法的！"

吴建国从背包里拿出民政局的介绍信，李厂长接过来，细细地看了一遍，说道："你刚回来，先休息几天，过两天拿着介绍信随时来报到，李叔安排专人等着你。"吴建国道了声谢，便告辞离开了。

出厂子不远，就是吴建国家的老宅了——黑漆的大门上是父亲在世时请人刻的一副对联：传家有道唯存厚，处世无奇但率真。大门内，左行向里是一幢平房，正房是一敞厅，墙上挂着父亲的遗像。

略微休息了几日，吴建国就去办理了入职手续，成为机械厂的一名工人。厂里原来的食堂已经破败不堪，李厂长找人翻修后，不出意料地把吴建国调去当了一名厨子。"真是造化弄人啊，难道这就是宿命？"炒菜之余，他自嘲道。

但塞翁失马，焉知非福？同在机械厂的技校同学王春华，却主动往他身边凑，还送衣物水果的，搞得同事们老是起哄。

后来，他问王春华："你看我哪里好？"王春华说："你炒的菜很好吃。"吴建国突然间有了诗人般的浪漫，深情地说道："那我以后天天给你烧菜吃。"于是，过了三年，在母亲的催促下，他们终于走在了一起，结婚生子，日子过得很平静。

虽然生活因为有了女主人的温存而逐渐变得美好，但依旧驱散不了吴建国埋藏在心底的少年梦魇。他在无数个夜晚想起父亲走时的场景，唢呐在山间小路上凄婉地响着，他想大哭却哭不出来；他想起下葬那个晚上凄凉的三桌送别的客人，感叹这世道无钱无势的人实在是可怜；他想起母亲为了这个家，独撑着一个小餐馆，想给他攒钱改善生活。想到这些，吴建国心里莫名地惆怅——

人活着，就要有个奔头，犹如黑夜里的一道光，代表着理想和希望；人生在世，有谁不想往亮的地方走呢？可是属于他吴建国的那一线光，又会在哪里呢？

吴建国经常在夜里做着乱梦，梦见那漫山遍野的荆棘，蛇虫鼠蚁，他独个儿站在深渊中，叫天不应，叫地不灵；一忽儿又在茫茫大海里，身体愈挣扎愈往下沉。他似乎又看到了父亲那张熟悉的脸，看见那具躺在棺材里冰凉的尸体，眼泪不自觉地滑过腮边，父亲看到他哭，猛然从棺材中立起身，一巴掌打在吴建国脸上，呵斥道："不肖子！你竟然也做了厨子！你难道也要像我那样没出息？！"

在吴建国少年时的记忆里，他并不认为自己的父母没有出息，相反，他认为他们都是不折不扣的能干人。在当地，但凡别人家有个红白喜事，夫妻俩都冲上前去帮忙着张罗流水席，一个切菜一个掌勺。

那时候，电视里节目不多，每周五的烹饪节目是吴家雷打不换的必看节目，特别是关于如何烹饪的教学节目，父母都是边看边交流。

所以，母亲李明辉下岗后，便做出了开餐馆的决定，吴建国一点也不觉得奇怪。

吴建国一直很感谢他的父母，如果不是他们对烹饪的热爱，也没有一家人温饱而平淡的生活。

说起李明辉开餐馆做生意，事情要从十几年前说起。

那年吴建国十一岁，他父亲还在世，在厂里因为厨艺颇好，干活踏实，在当地谁家有个红白喜事要找厨师，第一个想到的一定是他父亲。父亲收费也不高，每次都让母亲去打下手，时间长了，母亲也成了厨艺了得的师傅。

红白事赶得多了，夫妇俩手里就有了一笔钱。那时候摆小摊卖早点的多，正儿八经开餐馆的还不常见，母亲在无意间发现了这个商机，与父亲商量后就在城里租了两间门面，开起了饭店，取名叫"李家饭店"。

那段时间，是吴建国一生最开心的时光。他很清楚地记得，父亲一下班，就往自家饭店跑，夫妻俩关门后回家数钱时是多么地兴奋！

想起这些往事，吴建国突发奇想，辞掉机械厂厨子的铁饭碗，带着积蓄南下威城创业。他对自己说："我为什么就不能到外省去开餐馆？最好是开火锅店，只要味道开发出来，也不用请什么大厨，一家一家地开，开到全国各地都有自己的品牌，开到全国各地的人只要听到我吴建国的名字，就会知道我是连锁火锅店的老板。"

那是上世纪 90 年代中期，国内餐馆的连锁店模式还没完全开启，有一两家分店的餐馆已经算是经营成功的品牌餐馆了。

吴建国经过一段时间内心的激荡，想法比较成熟后，决定谋定而后动。他先将想法告诉李明辉，这毕竟是舍家外出闯荡的大事。李明辉二话不说，果断答应并全力支持。后来，她将正在经营的饭店盘了出去，再加上父亲剩下的死亡赔偿金，勉强凑了三万块钱给吴建国，只说了一句："大胆去闯，就算失败了也没有关系，只要妈在，回来仍然有一口热乎饭等着你。"

威城是繁华的大都市，地处沿海，商机无限。再加上当时正值南下浪潮，是做事创业的大好时机。

有了母亲的支持，吴建国执意"定都"威城。在他的规划里，先将威城作为创业的大本营，淘到第一桶金，再逐步将版图扩大，创立国内外知名品牌，将积累到的财富牢牢掌握在手中，给家里换上别墅配上司机，送女儿到国外读书……

第二章

倦鸟离巢，一别桑梓两迢隔

入夜，整座城市逐渐沉沉睡去，而吴建国家的卧室内，依然亮着灯。

吴建国跟王春华聊着闲话，突然说了句："春华，我想要出去闯一闯。"

王春华睡得迷迷糊糊的，回了声"嗯"。

吴建国说："我要辞职了，这工作只能领死工资，太少了，将来晓晓长大了，用钱的地方多，我想给她个更好的环境。"

王春华依然迷迷糊糊的，回了声"嗯"。

吴建国说："辞职后，我要去威城，我打听过了，那地方只要肯吃苦，运气好的话一年也能挣个万把块钱，比得上这厂里上十几年班了。"

"什么？"王春华突然睡意全消，猛地坐了起来，问道："你要去威城？建国，你想过没有，你走了后，妈年纪大了，有个头疼脑热怎么办？晓晓一年到头见不了爸爸几面，对她成长有影响怎么办？我在机械厂子弟小学当老师，晓晓升入毕业班后，想办法将她调到我的班里上学我也放心，你辞职后晓晓被机械厂子弟小学清退怎么办？这些事情，你考虑过没有？"

吴建国沉默了一会儿，说道："妈身体一直硬朗，就算晓晓离开了子弟小学，放学回来后你一样可以指导她学习。厂长那里，我再去送一份厚礼，让他给我办停薪留职，晓晓自然不会被清退；如果家里有急事，我赶不回来，妈也会帮你的。"

王春华听了，眼圈微红，说道："建国，爸去世得早，妈自己一个人住习惯了，你复员回来、我嫁过来，又添了晓晓，反倒让她老人家有点不适应，你又不是感觉不出来，平日里你也会安慰我些，等你走了，就剩妈和我，我还有法过吗？"

吴建国说："我跟妈聊过了，她会好好帮你打理好这个家的。"

王春华叹气说："就算妈全心全意帮着我，但你要知道，婆婆和老公毕竟是不同的，奶奶也替代不了父亲的角色。之前我们日子过得紧巴，这几年厂子效益刚刚好转，日子也算富起来了，你为什么放着好好的日子不过，非要去外面自寻苦吃？"

吴建国说："春华，你要理解我，我去威城，是为了你，为了晓晓，为了我们这个家，为了我们将来能够过上好日子。我向你保证，等赚了钱，我们在威城安家，一家人也能过上有钱人的日子。"

王春华说："那你想过没有，上有老下有小的，万一你失败了，我们全家不就喝西北风哩！我是个普通女人，不求大富大贵，只求与你朝夕相对，图个现世安稳！我想象不出来，你去了威城后，我跟晓晓的生活会怎样……"

吴建国说："你说的这些我都考虑过，但不出去闯一闯，怎么能出人头地？你只管照顾好家里，外面的事情我会支应好的。春华，我现在需要你的理解和支持，你迁就我这一次可以吗？"

王春华说："我不，我不支持，也不理解。我不想过单亲妈妈似的生活，也不想整日在妈的指责和絮叨中忍气吞声过日子，你能为我想一想吗？"

吴建国的那颗心已经在威城了，怎么会因为妻子的反对而放弃？当下被妻子缠得心里烦闷，终于忍不住猛地一拍床头柜，吼道："春华，你能不能贤惠一点？这件事我已经决定了，你如果觉得接受不了，明天我们就去离婚！晓晓跟着我，我一边创业一边照顾她，你再去找个恋家的男人嫁了，也耽误不了你的'现世安稳'！"

王春华眼圈红了，说道："就因为这，你要跟我离婚？晓晓跟着你，我又怎么放心？你如果执意去威城，我不拦你，我也是为了给晓晓一个完整的家庭。"

吴建国听王春华这么说，语气立马软了，拉着妻子的手，深情地说："春华，对不起，我不该说那些话的。但我向你保证，一旦安定下来，我一定把你和晓晓接过去，在威城给你一个'现世安稳'，再也不分开。"

王春华不置可否地点了点头，熄了灯，自己朝里裹上被子。吴建国知道妻子心里不痛快，但好在她已经松了口，心情顿时舒畅。

吴建国与王春华的性格截然不同，文化程度相差不过半分，王春华比他强一点，好歹是读完了初二才去上的技校，而吴建国初一没读完就去了。因为是技校同学，同窗时彼此嬉笑怒骂习惯了，在时间这面照妖镜下，无论有什么毛病和缺点，三年里也了解得差不多了，感情基础倒是比平常夫妇扎实了许多。就连在机械厂邂逅之后，逐渐发展成的夫妻关系，也是去掉伪装后转化而来的，所以结合在一起也属情投意合。

自从结婚后，依然在机械厂做女工的王春华，有着固定的收入、令人羡慕的编制，吃着"国库粮"，只专注于自己的小日子。吴建国担心她太辛苦，就带着礼品去拜访李厂长，由于她在技校也学了一手烹饪的手艺，李厂长笑纳了不菲的礼品后，就把她从车间调到了机械厂子弟小学做后勤老师，说白了也不过是在学校食堂做菜、洒扫而已。但是，始料未及的是，两年后，全市范围内的教育机构开始推行统管制度，机械厂子弟学校被移交给了教育局，学校食堂也随着改革的大潮变成了承包制，食堂内原来的职工被重新安置，王春华成了"代课老师"，这是个比较高端的称呼而已，说白了就是教育局直属小学里的临时工。

那时正是改革开放热潮极其高涨的年代，许多小学老师接受不了改制后急剧降低的薪水，纷纷下海经商，机械厂子弟小学一时招不齐新的老师，只好让王春华先代着课。毕竟，中专生教小学生，在学识上应该足够了。

很多人为王春华不值，从正儿八经的国企"铁饭碗"变成了"临时工"，但王春华并不气馁，通过自己的努力，当年教出的学生成绩非常突出。校长决定让她试着再带一届，这让她深受鼓舞，更是一头扎进了教学研究之中，买来许多教育书籍、刊物，每晚都研读到深夜。水涨船高之下，王春华教出的学生一届比一届成绩要好，市里仅有的几家私立学校慕名来挖人，校长以迅雷不及掩耳之势给王春华办理了转正手续。毕竟，在那个成绩至上的年代，评价一个校长乃至一所学校的标准是朴素而直接的，那就是学生考试成绩排名。

王春华并不羡慕私立学校的高年薪，因为那里竞争压力太大，就读的也都是些非富即贵人家的孩子，不如机械厂工人家的孩子朴素、好管，她宁愿踏踏实实地在机械厂子弟学校里年年拿个先进，也不愿意为了高薪再去适应一个新的教学环境和育人模式。

这一点，足可证明王春华与吴建国观念的截然不同。王春华除了上课与照顾女儿，对其他事情一概没有兴趣。她是一个传统的贤妻良母型的女人，平日里照顾婆婆、教育女儿、陪伴丈夫，从来都是尽心尽力，吴建国打心底里是感激她的。

王春华从来不打扮不打牌、不串门不聚会，就是属于特别恋家、在家里能待得住的传统女人。结婚前，工作就是她的重心；结婚以后，吴建国就成了她关注的焦点；生孩子之后，孩子就是她生活的重心。

每天，她总是很早起床，为一家老小做好早餐，然后掏出一个小账本，把每天要买的菜、要花的钱，一笔笔认真记录下来，然后风风火火地出门去学校上课；放学后，便把那张纸撕下来，提着菜篮去菜场买菜。到了晚上，她总会精心地烹饪出三五个家常菜，细心地用蒸屉盖好，静静等着一家老小回来一起共进晚餐。

她唯一的休闲就是在做好晚饭之后的空当里，丈夫还没有收拾完食堂的锅碗瓢盆，女儿还没有从学校里回来，婆婆在店里招呼着客人，只有她独自一人守在空荡荡的客厅时，给自己倒杯冰茶，舒舒服服地蜷在沙发里，一边看着电视里播的妇女节目，一边翻翻当日的报纸，显得极其舒适与惬意。

多年来，王春华已经习惯了这样的生活。所以，当她突然听到吴建国要从机械厂辞职，南下威城创业时，就显得凌乱了。虽然，她跟吴建国讲了许多因此事引起的一系列不便，但她内心的想法并没有全部说出来。她想："如果吴建国此一去，创业遇到困难该怎么办？"毕竟她习惯三点一线的生活已久，无法想象一个男人在外单打独斗的情景。而且，作为一个女人，她还有一种近乎本能的担忧——所谓"男人有钱就变坏"，开门做买卖，身边难免会出现形形色色的人，万一吴建国经不住诱惑，自己下半生的婚姻，会不会逐渐沦为要靠儿女维持的生活关系？

王春华不敢多想，不敢想自己被吴建国抛弃后的凄惨；她也不敢继续提出质疑，作为家里的三名成年人，婆婆已经与吴建国结成了统一战线，如果自己继续坚持，这对孤儿寡母的火力将对准她这个满身烟火习气的小女人，二对一之下，她绝对没有胜算。事实上，"母子齐心"一致对"外"的场景在十余年的婚姻生活里已经发生过很多次，虽然经常让她感到寒心，可是一想到晓晓需要的成长环境，她又不得不选择将就。唉，那个时代对大多数女人在思想上的桎梏，大抵如此吧。

这天，王春华依然做好了饭菜，等待着一家老小的归来。但是，茶汤已经没了往日香醇的味道，电视节目也嘈杂得令人闹心，就连那刚送来的报纸，也显得非常碍眼。她索性闭上眼，用毯子把自己蜷缩在沙发里的身体包裹起来，却依然感受到一股股隐约袭来的寒气。

这并不怪她，也并非她不善解人意，对于她来说，家里的一摊子事实在令人焦头烂额。就拿正在读小学的女儿吴晓晓来说吧，一会儿是校运会，一会儿还有冬令营，哪件事不用她操心？她每天除了上课，还要买菜做饭、整理家务、陪孩子做作业，这一堆的事，已经让她忙得像个陀螺，早已没有时间和精力去和丈夫沟通交流，通常就是忙完了，一人一个被窝倒头就睡，睡到天亮后各自再去忙各自的。

可如今，即便是这种辛苦而又平淡的生活，吴建国也不想给她！在去威城前的一个晚上，吴建国在立下雄心壮志之余，对家庭还是有着很多不舍和留恋的。他搂着女儿看了一晚上电视，还若有所思地给吴晓晓讲了一个故事。

"曾经，孔子得到了一个宝珠，宝珠上有一个九道弯的孔。孔子想给宝珠穿上线，可试了很多方法都没有成功。他便去请教一名住在附近的采桑女，采桑女听了后哑然失笑，对他说：'密尔思之，思之密尔。'孔子想明白了那采桑女的意思，回头捉了只蚂蚁，在蚂蚁的细腰上系上细细的丝线，把蚂蚁放进宝珠孔的一头，在另一头抹上蜂蜜来引诱蚂蚁。果然，蚂蚁带着丝线从珠孔的这头爬到了另一头，就这样把线顺利穿好了。"

这个故事，除了反映吴建国当天的心境以外，应该能体现出他面对创业过程中未知的困难所呈现出的一种态度。

当晚，吴建国脱衣睡到床上去时，王春华心里对即将远行的丈夫不舍，竟情不自禁地主动抱住了吴建国。

吴建国转了个身，没有多大反应。

王春华轻轻地吻在他的颈项上，问："你累了吗？"

"嗯！"

王春华仍旧抱紧他的腰，不舍得放手。明日，就要天各一方了，王春华多么希望丈夫能够留给她些温情和关爱。对于那个年代的女人来说，只要一步入婚姻，就会渴望自己能够实实在在地拥有这个男人，也渴望这个男人实实在在地拥有自己。

她依然很担心，担心吴建国去了外地，没有家的束缚会变心。到时既有妻室，又有外遇，纵使腰缠万贯、钟鸣鼎食，王春华也不会高兴。或许，对她来说，世上尽善尽美的事情都可以少一点，但唯独丈夫不能够，他必须完完全全属于自己。

"建国，你不会变心吧？"王春华绝少问这种问题，如今竟启齿得这么自然。

"什么？"吴建国忽然感到一丝诧异，"晓晓今年多大了？"

"十一！"

"那就别胡扯了，睡觉！我有更紧要的大事要办呢！"吴建国把脸朝向天花板，"等我在威城的生意有起色，你就带着晓晓过来，我们把家搬过去，一家人生活在一块儿。"

"搬到威城？"王春华从来没有想过这些问题。

"你会喜欢的，因为不上班的主妇生活适合你的性格！"

"我的性格？"

"对。你是个能在家里待得住的人，如果不上班，你有更多的时间在家里，应该会高兴吧。但是，我作为家里的顶梁柱，有责任把外面的事情做好，让你过得更好。"

就那么简简单单的两句话，就把夫妻俩少有的床头话给聊"死"了。王春华沉默了，想来也是，结婚十多年，事无大小，都由吴建国拿主意，她只管适应迁就。

但是，自己毕竟是个女人啊，渴望丈夫对自己的爱抚有错吗？王春华想到自己刚才提出夫妻生活的需求，就这样被吴建国三言两句给拒绝了，难免有些尴尬和丧气。

王春华将头扭到一边，不让吴建国看到她的失落。她默默地想："他这一去不知什么时候才能回来，一个独身在外的男人，会不会被大城市的女人看上了就不愿意回来了？威城高楼大厦，纸醉金迷，处处充满了挑逗和诱惑，如果真的和某个女人有了交集，那个时候我该怎么办？"

王春华聪慧机智、质朴宽容，但也有着女人天性多疑的一面。为师之道，在于沉稳大度和才学；可为妻之道，却在于流水般的日子里学会海纳百川。

可是，她不想海纳百川，只想取一瓢饮。

那一夜，她失眠了。

第三章

独行客外，一抹风尘绕威城

第二天，吴建国踌躇满志，收拾好行李，直奔威城而去。

从长途汽车站下车后，吴建国拖着行李箱，第一次踏上了威城的土地，好奇地打量着这座传说中的机遇之城。

这是一座典型的沿海城市，有着沥青铺成的宽阔道路，可以容纳多辆汽车并排驶过，这是家乡小城难以比拟的。走在街道上，随处可见的各色小商小贩争相做着生意，有卖特产的，有卖化妆品的，有卖包子面条的，还有一些贼头贼脑的人，上来打招呼道："兄弟，办证不？""兄弟，要不要按摩？"面对这座光怪陆离的城市，吴建国觉得自己的眼睛都不够用了。

看到这座城市满目的繁华，他心里找到了很大的安慰和信心。当时，全国餐饮业已呈欣欣向荣趋势，电视每天都有报道，被人津津乐道。通过新闻媒体，经常可以看到民族餐饮品牌拔地而起的事情，尤其是私营餐饮品牌反攻国营饭店的案例，在当时是可以被当作改革开放的显著成效而大书特书的。

其中有一篇报道，对吴建国影响甚大。"1995 年，一个名叫乔赢的退伍军人，在河南郑州最繁华的二七广场，开了一家面积不到100平方米的'红高粱快餐店'，宣称将全面挑战全球快餐霸主麦当劳。他开业的日子，选的正是40年前麦当劳的创办日。乔赢用来挑战麦当劳的菜式是河南传统名点'羊肉烩面'，他的广告口号是'哪里有麦当劳，哪里就有红高粱'，并面对闪亮的镁光灯夸下海口说：'2000年，红高粱快餐店要在全世界开连锁店2万家，70%在国内，30%在国外。'"也许是主流媒体大肆渲染的功劳，引起了广大食客对"红高粱"品牌的好奇心，让乔赢的事业起步十分顺利。仅仅在开业一年后，乔赢就在郑州开了七家连锁店。第二年，他跑到有"中国商业第一街"之称的北京王府井，在距离麦当劳开在北京的第一家分店只有一步之遥的地方开设了他的北京分店，这自然又激起一番轰天响的叫好声，同时再一次引爆了媒体宣传阵地，产生的广告效益价值数亿元。

这则新闻，让吴建国艳羡不已，他想："我也是退伍军人，为什么就做不到那个成就？"也许，乔赢自己也没有想到，自己的创业故事，给了一个刚到威城，还没有站住脚，叫做吴建国的外乡人很大的鼓舞。

威城的房租非常贵，吴建国捏着缝在里衫的三万块钱，在租房中介机构转了好几圈，也没舍得租一间像样的房子——好钢要使在刀刃上嘛！自己一个大男人，在哪里不能将就着住下？于是，他为了节约创业成本，先在城中村租了一间棚屋作为临时落脚之地。这幢老宅在周边大马路的映衬下，灰头土脸，寒酸不已。好在每月只需几十元的租金，比起租楼房，每月的租金相差数倍，嗯，省钱才是硬道理。

好在城中村的地理位置不错，去哪里都不远，方便白天时到处逛逛看看门面。或许正因为地理位置还算不错，这幢老旧的房子住得满满当当。吴建国查看了一下屋子结构，他决定把楼道当作厨房，两边放上桌子、煤炉，留一条细窄的过道方便邻居过往。

好歹安顿下来，吴建国简单煮了一碗面条，吃上了到威城以来的第一顿饭。吴建国一边吃着，一边朝着隔壁那屋瞅了瞅，正值邻居听见隔壁闹动，打开门跟他打招呼，并热情地邀请他进屋坐坐。

吴建国也不客气，正好自己人生地不熟，便极其谦虚地向对方请教，问了下这周边的情况，主要是亟须了解威城的风土人情和消费状况等。

对方笑了笑，自我介绍道："我叫张军，来自陕西榆林。"吴建国笑着说："榆林，是好地方啊。我叫吴建国，也是外乡来的，多多关照。"张军说："哪里哪里，出门在外都不容易，相互照应下也是好的。"

这个叫作张军的大小伙儿粗糙朴实，看上去五大三粗，个头有一米八几，连门框都因为他的存在而显得低矮了很多，虽然略微有些没有刮干净的胡楂，但衣衫整洁还算讲究。他比较健谈，说自己今年三十二岁，大学毕业后到这里一家汽车销售公司做销售，在威城已经生活了七八年。

吴建国心里想："七八年了，还住在这地方，看来还是不如意啊！"但脸上却带着微笑说道："我初来乍到，有些事情还希望张哥能够给指点迷津。"

张军听了，打个"哈哈"道："好说，好说！"特地清了清嗓子，努力使自己的陕西口音让吴建国能听得懂："威城是漂亮，但那些高楼大厦不是咱们这些人能住进去的。但是，即便在这偏僻点的地方，也是热热闹闹的，附近好玩的地方多如牛毛，但是都是需要这个的。"他幽默地用两根手指捻了一下，接着说道，"大门往左前行两百米，入夜之后有灯火辉煌的夜市，各地美食应有尽有，还有卖各种水果和器皿的，和白天的菜市场无异，一年四季都是如此。"

吴建国笑了笑，看了一下手表，指针指示快十点了，赶忙站起身来，拱手一拜后，用手轻拍了张军的手臂："多谢，我已经清楚了。"

第二天，吴建国经过楼道时，不小心碰翻了什么，掉在地上"咣"的一声，是一只锅，里面还有剩稀饭，那是张军早上去上班时熬的，准备回来随便糊弄一口就当晚餐了。

"真是清苦。"吴建国心里想。虽然住的地方比较杂乱，但多年来养成的整洁习惯，让吴建国细心地整理了一下床铺，借着窗口射进来的阳光，再次认真地看了看房子。这间屋里就一盏 25 瓦的灯泡、一张小木床，锅碗瓢盆、桌椅板凳、衣柜等家伙什儿都没有。他苦笑着摇了摇头，只好跟房东借了辆脚蹬三轮车，准备到街市挑一个柜子，置齐锅碗瓢盆。

根据张军昨晚提供的路线，吴建国慢慢踩着三轮车，一边熟悉环境，一边往贸易市场去。虽然周围大多是平房与棚户，但通往市场的路上还是热闹非凡，各种兜售商品的小贩在路边挤得密密麻麻，叫卖声不绝于耳。那沿街的店铺，更是接了高音喇叭，洗脑式地循环播放着流行歌曲，好招徕客人。来往行人，手里拎着买来的东西，跟熟悉的朋友打着招呼，来来往往好不热闹。吴建国的眼睛都直了，眼花缭乱之余，只顾着将要买的物件一件件地挑选好。

等买完东西，吴建国吃力地蹬着三轮车回到出租屋，正碰到张军下班回来，看到吴建国买的一车东西，便热情地上前帮忙。

吴建国深受感动，当晚邀请张军去路边的小饭馆吃饭。两人客套寒暄了一会儿，不觉两瓶二锅头下肚，显得有些醉意阑珊，开始酣畅淋漓地抖自己的往事。

张军问道："你来这里，是要打工吗？我可以让同事帮忙问问，虽然好工作不好找，但只要肯卖力气，总是饿不死人的。"

吴建国大着舌头道："打工？我这个岁数了，再打几年工就干不动了。再说了，凭什么挣了钱都被老板拿走了？我要自己当老板，开火锅店。"

张军似乎觉得很低落，又喝了一口酒，说道："你的想法真的不错，自己干确实才是条出路。比如我，虽然在正规公司上班，活儿也不算累，但一直干了七八年，不还是租住在棚户区？汽车销售的流水每天哗啦啦的，自己却穷得买不起房子，甚至连租一间稍微好点的房子都不舍得。"

吴建国说："你干脆辞职吧，我们弟兄一起干。"

张军说："我虽然有这个想法，但这时候不能辞职。到年底，我还能领一笔年终奖，凑上就离房子首付不远了。我自己在外面，妻小都在榆林，总感觉对不起他们。"

吴建国忽然也觉得很低落，自己这么不管不顾地走了，是不是也有点对不住家里的王春华和吴晓晓呢？

张军是热心肠的人，说道："你初来乍到，才待了两天，威城的铺面和行情都不了解，如果你信得过我，我可以帮你先打探一下，我在这里七八年了，哪里是什么地段、适合做什么买卖，都比你熟悉。"

吴建国非常感动，举杯道："谢过张兄，如果我的火锅店成功了，将来你就是副店长。"

张军说："瞧你能的！照你这么说，你若是当了省长，整个威城就是我的了？"

两人哈哈大笑，碰杯后一饮而尽。

不知何故，吴建国第一面见到张军，就有似曾相识的感觉，似乎很早以前就认识对方。可一听到张军那一口陕普话，他不得不否定自己的判断，他迄今为止，就没有跟西北人打过交道。

吴建国又要了一瓶二锅头，张军再喝上一杯，更加亢奋起来，问吴建国："你是在家打算好了要来威城开火锅店，还是来了威城后才想起做这个？"

吴建国老老实实地回答说："我在家里思考了很久，这次就是专程来开火锅店的。"

张军心中明了，眼前之人虽刚认识，但言谈举止坦率而真诚，自己不能有太多顾忌，别让刚认识的朋友感到拘束。

"你在威城有亲戚朋友吗？在大城市做生意，得有关系！可谓一夹马腹，策马奔腾。"

"嗯，我有一个表姐夫在威城计委当处长，混得不错。"吴建国说。

"我来威城也有些年头了！其实吧，无论做什么样的生意，都需要关系的力量。如果你表姐夫能在开始帮你一把，将工商、税务的相关证件办齐全，那以后的路就会好走很多！做小本生意，需要用到小权势，做大生意就需要用到大关系。我给你举个例子：我们汽车公司那一片的治安属于我在派出所当所长的堂哥管辖，借他的光，我才在汽车销售公司谋得一份差事。这生意嘛，是一种追求利润的事情，能和当官的结合在一起，就能顺利地办成事，如果没有人保护，没有关系扶持一把，难有兴旺的日子。"

吴建国也谈了自己的想法："我觉得除了有关系、有人脉资源以外，这开餐馆还得要做出特色。我今天逛了一些地方，发现威城的大多数餐馆都是分散的，繁华地段的餐馆规模又过大，价格还特别高，能照顾到大众化消费水平的餐馆不多，这对我开火锅店是有利的。我吧，想先开一个中型的火锅店，先让价格和味道被大家接受，盘算一下生存环境和利润空间，再作下一步的打算。"

那天晚上，借着酒劲，俩人开始称兄道弟，吃完饭后，张军拍着胸脯道："店铺位置的事情，包在我身上；你表姐夫那边，需要你自己跑一跑。"吴建国只有感激，不停地道谢。

张军不负所托，没过一周，他在派出所当所长的堂哥就打来电话，已经帮吴建国找到一间400多平方米的平层铺面，要吴建国赶紧去谈价格。吴建国急忙叫了计程车，亲自去看了一下铺面，当下就感到非常满意。

可不？铺面位于火车站上方的油榨街中段，周围人流量大，附近还有一个大型的服装批发市场，除了马不停蹄地出入火车站的人群，还有很大一批来批发服装的客流。

吴建国心想，这么好的地段，这么大的客流量，如果能打造出特色的火锅，满足了大家的心理预期，这火锅店不愁没生意。

按照张军堂哥给的联系方式，他去见房东了，是一女的。房东自我介绍，她叫李天娇。吴建国刚打一个照面，便忍不住盯着看了几秒。这房东，长得蛮娇媚的，杨柳腰，前凸后翘，披着大波浪摇曳生姿地走来，啧啧，这不吸引男人才怪。

吴建国心中惊艳于李天娇的姿色，略微一失神，心想：这个女人年纪不大，就有这么大个铺面收租，到底是个不简单的人物。

吴建国见她走近，收了打量的眼神，努力让自己看起来像个只谈生意的商场君子，开口道："未请教李小姐是做什么生意的？"李天娇也不知道是出于习惯还是别的什么，一开口就娇滴滴的，唇红齿白，轻声慢语，字正腔圆："我就是一包租婆，哈哈。"

她打趣的话语让吴建国的心有点飘乎乎的，嘴角甚至挂起了一丝傻笑。

"说正事吧，我这可是旺铺，报给你每月一千八已经是割肉价了哟！这可是看在我们大所长的面子才这么便宜租给你，换作别人我抬到两千多一月呢。"她似乎察觉到了吴建国那抹笑容，趁热打铁提出了自己的要求，那双灵动的明眸直直地看着吴建国的脸，让吴建国一时间心慌不已。

吴建国略微定了定神，抬起头来迎向李天娇的目光，发现她眉描着浓黑的一条粗线，打着腮红，扑了厚粉，仔细看没有刚才的那般柔美，反而显得有些别扭。女房东自我感觉好得不得了！时不时嗔怪一声，或是朝吴建国歉意一笑，又时不时转动眼珠子，摇摆走路的姿态，那举止简直媚俗不堪。

李天娇习惯了被男人这般打量，微嗔着说："看够了吗？你是怎么想到选我这个地方的？"

吴建国说："开门做生意，忌鸟不屙屎，静可不好。你这个铺面当街，又是交通要道，人流量大。老实说，鸟来吵人气才会旺，你这儿的确是好地方。"

李天娇一边带路，让吴建国围着屋子走了一圈，一边悄悄回头打量吴建国，仿佛一只狐狸盯着一只受惊的兔子。她向来看男人的眼光不低，没些品貌的她从来都不假悦色，今天一见吴建国，她就微有慌乱失态。莫非？嘻嘻。

吴建国的背景来历，李天娇从谈话中已经探得一二。走南闯北久了，谁是江湖术士，谁是傻瓜白甜，谁跟谁又是什么关系，她都知道。在竞争激烈的威城待久了，是个人都要学会见人掂量几分，然后笑脸相迎，八面玲珑。

"我这才来威城，人生地不熟，还希望您多照顾一下。"吴建国有些怯怯地说道。

"哈哈，我这可不是做慈善的机构。每月一千八不能再少了！你一大老爷们也别磨叽，要可以就把合同签了，要不行我可没闲工夫与你瞎扯！"

吴建国想，她莫不是以为抓到一个冤大头了吧？赶忙说道："李小姐，你我虽萍水相逢，却是一见如故，若我在你这地盘能将生意打理好，今后房租你不提，我都会自行给你加价。可我现在刚来，附近的行情我也去打听了，市场价也就一千六左右。你想想，我如果不租这铺面，你还得空它一两个月，损失大了去了！这样，每月一千六百五，我一次性签三年合同！"

吴建国变得淡定了。他看出李天娇的心思，是诚心想将店面租给他的，他笑意盈盈地围着四周扫了一圈，盘算不定。过了一会儿，吴建国继续说道："你要是不同意，也不要紧，我多去找几家看看，这样对你我都稳妥些。"说完，假装作出要离开的姿势。

李天娇赶忙开口："你可真厉害，哪像刚出门开餐馆的？按你说的价格也可以，但合同要一次性签五年，否则免谈。"

吴建国踌躇了半晌，答道："可以！"

第四章

初出茅庐，一步商海无来复

多亏张军的帮助，吴建国顺利与李天娇签下合同，算是旗开得胜。他强压内心的激动，努力装作绅士，将李天娇送出大门，坐在一张椅子上，开始回味刚才的谈话。

原本借张军之口探知这个商铺的租金在两千左右，他还价只是抱着姑且一试的态度，却怎么也没想到，无意之中能将租金压低这么多，这有些出乎他的意料。

李天娇身上的名牌香水味道，还弥散在屋内，吴建国忍不住使劲嗅了几下。"真骚！"他心里说，"但是很有女人味。"

此时，屋子里只有他一人，安静无比。吴建国放下了对李天娇的思绪，若有所思间目光闪动。他站起身来，来回走动不停。生意场是个培养精明人的好摇篮，没想到自己无师自通，在与李天娇的各种周旋中处于主导地位，将成本压低。看来，这人啊，只要跟利益一沾边，就会在不知不觉中进入某种氛围、某种状态，那些曾经的价值观瞬间发生翻天覆地的变化。那是一种初心失去了，还被扭曲的感觉，以前自认为柔软的内心就像黄瓜打铜锣，去了一截又一截。

他继续想："这不能怨我，当初放弃铁饭碗，将老婆孩子丢在老家，一个人来到这里，我他妈心里只想赚钱。接下来管他刀山火海，只有一条路可以走，那就是不管不顾挺身向前，哪怕失败了也不后悔。"

秋风吹起了窗帘，恍然间似乎在提醒着什么。吴建国看了一下手表，站起身来整理上衣，又拍拍裤腿，拎着皮包走出大门。此时正值秋日的下午，太阳高照，路边的菊花已经顶起了骨朵，大约过不了多久就要盛开了吧。心情大好之下，他走进市政府大门，去托表姐夫王思瑞帮忙办理营业执照。

刚到威城的那两三天，他已经上表姐家拜访了，表姐李子渝嘟囔着向表姐夫下了命令："我娘家表弟的事你得多上点心，多帮衬一下，听到没有？"表姐夫当场表明态度："等建国找好铺面，我马上办！"这不，铺面盘下来了，专程来告知一下，并期望表姐夫赶紧落实营业执照的事情。

吴建国进入市政府一楼大厅，有一个男青年正埋头写着什么。他咳了一声，男青年抬头扫他一眼，又埋下头去。吴建国只好开口说："同志，同志，我是来找王思瑞处长的。"男青年眼皮慢悠悠向上翻一翻，头也不抬起来，说："出示身份证登记一下！"过了一会儿，他开了一张通行证摊在桌上，头依然不抬，一根指头顺势往左边通道一指："计委，上二楼。"

"请问二楼哪间办公室？"吴建国问道。男青年斜眼一瞥，似笑非笑地一笑，歪过头就不理他了。"你不告诉我，难不成让我一间间找？"吴建国在心里碎骂了一句，"狗眼看人低！"抓起通行证就走。

转念一想："就这么破大点事，有必要跟一个看门狗闹腾吗？下次还来找表姐夫又遇到咋办？不刁难我才怪！"吴建国回头挤出笑脸加了一句："谢谢您！"他故意将尾音长长地拉上去。

顺利地找到表姐夫的办公室，说明来意。王思瑞二话没说，拿起电话给相关部门的朋友打招呼，吴建国则堆起笑脸在旁边诚意十足地拜托着、高兴着。

挂了电话，王思瑞客气地给吴建国倒了一杯茶，同时端起自己的茶杯呷了一口，说道："你到外地讨生活，要有心理准备！做生意，除了诚信经营，利益、利害要注意平衡，要跟周围的人搞好关系。万事开头难，对任何一个客人都不要得罪哦，等你的店慢慢有人气了，逢年过节还要到四处转转，带点礼品去打点一下。"

吴建国听到王思瑞的这些话时，心中颇为感慨。他想起父亲在机械厂上班一辈子，每天兢兢业业，除了家就是厂里的厨房，一生都在那家机械厂转悠，没有社会的人际交往，到死也只是一名厨子。

王思瑞的话给了吴建国一种刺激，一种提醒，他心中燃起了一种欲求。那是什么样的欲求？就是要成为一个人物，要做缔造餐饮帝国神话般的人物，今后回老家时，最好让葬礼上没来的那些亲戚朋友，全部觍着脸来见他；让那些欺负过他们孤儿寡母的人，都像蝼蚁一样在自己面前卑微地活着。

吴建国缓过神来，赶紧点了点头，表示对王思瑞的尊重和观点的认可。他此时心中浮沉不定，王思瑞继续说了些什么，他不敢轻易接话，在不知道事情的前因后果，听知一二语焉不详时，还是小心为上。这些习惯除了是性格使然，更多的是他对人际关系的认知。

如果今天他只是一人吃饱全家不饿的单身汉，绝对不会有任何顾虑，可现在他上有老娘和岳父母，下有未成年的女儿，母亲还将苦苦经营的餐馆转让，凑够三万元给他外出闯荡……

吴建国瞬间找准自己在那个时代中的位置，他要赶紧在这座城市生存下去，要赶紧掌握为了赚钱如何套路的生存技巧。

傍晚时分的威城街道，车水马龙，热闹不已。放眼望去，人行道上是络绎不绝的行人。此时，街道两旁的烤红薯煮玉米的摊主刚刚到来，支起炉子点燃炭火，为即将到来的食客准备着。吴建国在心中默默盘算了一下，每天从此经过的路人不下千人，只要有数十人买，这个摊主就足以养家糊口了。

又往前走了一段，看到一家大龙火锅店，生意还算旺。他走进店内，想参观后再坐下用餐，一楼已经坐满，走上二楼，发现厅内面积似乎小了许多。原来老板在二楼设了多个隔开的单间做包房，二楼大厅只能容下六七桌客人就座。放眼望去，已有三桌客人，每桌客人不过三五人。和一楼的喧嚣不同，二楼的几桌客人因为围在狭小的空间里，只好小声交谈，并无嘈杂之声。

"先生、先生……"一名服务员走到吴建国面前，三分赔笑三分客气地打着招呼，"二楼基本都是包间，若无贵宾卡或是提前预约，现在这个时间点概不对外，还请您见谅。"

服务员算是礼貌得体，可吴建国却不想让步，他想看看遇到这样的问题，这名服务员是如何应对处理的。服务员看吴建国没有回应，除了继续赔笑和客气之外，流露出了不加掩饰的些许不满。吴建国假装心中火起，冷笑一声："贵宾卡是什么东西？我没有用过，听着倒是新鲜，你说来听听。"

服务员微微笑着，轻轻仰头，自得地说道："在我们火锅店，贵宾卡分两种：一种是普通贵宾卡，一种是白金贵宾卡。顾客在本店累积消费超过1000元即可办理普通贵宾卡；白金贵宾卡需要先充值2000元在卡内才能办理。因为卡的等级不一样，享受的待遇也不一样。两种贵宾卡，可以在威城所有的大龙火锅店消费，普通贵宾卡打九折，白金贵宾卡打八折，先生您想办理哪一种卡？"

吴建国张大了嘴巴，夸张地哈哈大笑："抢钱呀？2000块买一张白金卡，难不成这白金卡是用真金白银制成的？分量能有几两？你这有没有不花钱就送卡的？"

"先生，对不起……"服务员拉长了声调，眼睛斜视吴建国，"我们推出贵宾卡是代表持卡人是我们店的忠实顾客，我们店将用热忱的服务让顾客满意。若您不认可我们的消费模式，可以不用办理。一楼还有空位，先生楼下请。"

"让我下楼？你是看不起我怎的？就因为我这身衣裳，比不上包间里面的人光鲜？"吴建国突然觉得怒气往脑门上冲，想不到就连进火锅店消费，也分三六九等，而自己是被定义为"下等"。

"抱歉，我不是这个意思。如果您办理了白金卡，就不必下楼了。"服务员虽然在道歉，但弦外之音却明明白白——如果不办卡，就不要在这里耗着了。

吴建国目光一扫，将二楼大厅几桌客人和旁边开着包间门的客人都尽收眼底。大厅坐着的人都在谈笑风生、家长里短，听语气应该是普通的上班族。旁边包间，坐着五个人，正对门的那个文质彬彬的男人虽长相一般，但气度不凡，只凭举止可以断定并非寻常之人。旁边围坐的则不同，个个衣着光鲜，气势过人，身上都散发出逼人的土豪之气。没猜错的话，应该是商人在请官员下馆子。

"这个点了，想必先生您也饿了，到楼下好好吃上一顿，也是一样的。"服务员倒有涵养，虽然神色中微微流露出不屑之意，却自始至终都保持了足够的克制。"一楼和二楼包间的饭菜，食材并无区别，制作方法也没有不同，所不同的，只有就餐环境而已。"

吴建国突然觉得很没面子，二话不说，从口袋里掏出二十张百元大钞，往空余的那张桌子上一拍："你以为我消费不起？今天我偏不下楼，快去给我办张白金卡！"

"白金卡？哈哈，好的好的，"服务员收下钱，态度不再机械，变得人情味十足，"您办了卡再消费，合算得很。"

吴建国望着那离开的背影，"呸"了一声："等我有了钱，让你好看！"

吴建国既然有了待在二楼的权利，自然不会浪费这两千块钱换来的环境，等餐之余，便大步流星地参观起这家火锅店来。

他先来到窗前，朝外看一眼，总共两层，一楼的门口有"大龙火锅"四个楷体大字写就的牌匾，没有落款，也不知是哪个名家的手笔，笔力苍劲，笔法飘逸。二楼的每间包房门口都竖着一块牌子，白底黑字，上面是用隶书写就的重庆多个旅游景点的名字，表示自己的火锅是正宗的"巴渝风味"。

这家店装修还算古朴典雅，又隐隐透露出一股市井气象。吴建国正百思不得其解之时，服务员手拿着办好的白金卡，引领他到一间小包房，轻笑一声，对他说道："先生，您一人来，我们专门给您腾出了一间小包房，方便您安静享用，请点菜品尝。"

吴建国下意识地说了声谢谢，将白金卡收起，靠着窗户与大门相对而坐。他重新叫来服务员，点了这家店著名的大刀毛肚、七尺鸭肠、椒麻牛肉，又要了两瓶山城啤酒，自顾自开怀畅饮起来。

那名服务员过来关照了几回，吴建国想起她前倨后恭的神情，借着酒劲儿，心里有点不痛快，于是打了个响指，喊道："服务员！"

服务员赶紧走了过来，笑容可掬地说道："先生，请问有什么需要？"吴建国说："常言道'寡酒难吃'，你来陪我喝一杯如何，我请！"

"先生，您认错人了，我不陪酒的。"那名服务员依然有礼貌地说，"先生，我还有工作，如果没有别的事情，我先失陪一下。"

吴建国喝得微醺，说道："一杯，一百块，喝不喝？"

服务员说："抱歉，先生，我们不陪酒的。"

吴建国说："一杯，一千块，喝不喝？"

服务员愣了，但很快回过神来，说道："先生，我真的不会喝酒……"

"呦，看你正人君子模样，原来也是个不安分的。"一道娇滴滴的声音传来，吴建国不用回头，单凭那嗲嗲的语气，就知道是李天娇。

吴建国自然给房东点面子，说道："我在这里吃饭，顺便跟这位妹妹聊聊天，真的没有什么非分之想。"

"是吗？"李天娇依然娇滴滴地说，"不就是寂寞，想找人一起喝酒吗？来，小妹陪你喝两杯。"于是喧宾夺主般坐了下来。

"服务员，埋单！"吴建国感到非常扫兴，尤其是自己装一回大款，却被李天娇给撞见，这女人鬼灵精怪，就凭上午那番交锋，他有几斤几两岂不早被她拿捏得死死的？

吴建国突然想逃，就把那张刚办的卡拍在桌子上，那服务员一愣，拿起卡，三步并作两步地跑到前台，麻利地扣了费。

"看你，把人家小姑娘吓得，跟逃命似的。"李天娇嘟嘴道，"想不到你这么小气，连杯酒都不肯请我。算了，租了我的房子，以后见面的机会多得是，下次我请你吧。"

吴建国不说话了，心里却有点怨怼：难道连一个服务员，也看不起我吗？

——你们都给我等着！

第五章

人海喧嚣，一缕光阴照故人

　　吴建国对商业管理还摸不着多少头绪，只知道任何一家店，不管卖什么，都必须规范和严格。就拿自己将开的这家火锅店来说，铺面的规模不算大，生意能做到哪一步还不知道，刚开业并不具备原材料的直销和酒水的自酿自销，采购这一块就是当前的重中之重，必须亲力亲为。

　　火锅店开始装修，表姐夫告诉他，营业执照批下来是早晚的问题，让他放心大胆地开始干。吃到这颗定心丸，他时不时一个人满大街找餐馆落座吃饭，边吃边想这家店的优缺点，总结到位后赶回出租屋里研究起经营模式。

　　开一个火锅店并不简单，事情复杂到超出了自己之前的想象。供应链、环境、餐具、服务水准、菜式、味道等，环环相扣，一点都马虎不得。另外，吴建国还摸不准餐饮行业的水深水浅，不敢一开始就定位成大龙火锅店那样的高端模式，只是小心翼翼地定位为中档餐厅。当有了左右权衡过的构想，才可以谋定而后动，一步一步地实施，火锅店才能开门对外营业。

　　20 世纪 90 年代中后期的威城，餐饮业在全国来说，算是十分发达的，不只中心区，还有郊区和新开发区，餐馆酒楼随处可见。市中心最气派的要数五星级酒店"国贸饭店"，酒店仅中餐厅就可以容纳500多人，光是用餐的地方就有几千平方米，那里无疑是档次最高、规模最大的饭店，中西餐合璧，同时接待2000多人就餐不是问题。

在威城的地标建筑金星大厦顶层的海月酒楼也很出名。登上顶楼，极目千里，可将整个威城的景色尽收眼底。海月酒楼在威城共有12家分店，金星大厦顶楼的这一家只是其中一家高端规模的分店。

"都人欢呼去踏青，马如游龙车如水。"威城餐饮业的发达程度，丝毫不亚于北京。威城的著名饭店名单，还包括海天居、和丰楼、春风餐厅、大龙火锅等，其中国贸饭店和海月酒楼都设有近百个包厢，每日接待量可想而知。

因威城商业发达，无论是临街的还是偏远的饭店，为了招揽客人，都极重视招牌。招牌是客人了解店铺的一张名片，光有牌子还不够，一些酒楼还打出立体的广告语，即在一个长方形的灯箱外面写上"老字号、味道最佳、百年传承"字样，灯箱明亮，特别引人注目。

吴建国还去一些酒吧舞厅逛过，一些拥有合法经营权的酒吧，还会雇请三流小明星来代言。灯红酒绿之间，年轻的小姑娘打扮得花枝招展，拎着代言的啤酒开始招待客人，场面相当壮观、人声鼎沸。

这一幕幕风花雪月，让吴建国有了一些思考，也有了一些初步的想法。开一家中型的火锅店不难，维持也容易，可是要想发展壮大却非常难。要么得有特色食品，要么投资巨大，要么薄利多销，要么走短期路线。

为什么要开火锅店？就没有想过做炒菜？因为开火锅店除了味道容易稳定下来，不用受厨师制约以外，还一个原因是吴建国父亲在世时，专门研究过川味火锅的配方，那是一个厨子对美食的热爱使然。吴建国曾试着做过，在口味上他有信心。或许，如果不是父亲英年早逝，早就会有自己的火锅店了吧。

吴建国到威城后，专门去品尝了粤式海鲜火锅和北方的涮羊肉火锅，发现跟他父亲研究出的火锅味道区别很大。父亲研究出的锅底讲究的是麻辣鲜香，吃一口，舌头就像被放了鞭炮似的，刺激性比较大，可是配上鲜嫩的毛肚鹅肠，在汤底里七上八下地涮一涮，吃在嘴里鲜香爽脆，口感劲道。

至于火锅店的装修风格，他想好了！要与威城其他火锅店的装修大相径庭，显示出自己的特色。他取出一张白纸，用铅笔在上面画着构造图，一遍遍地修改和思考。用了一个上午的时间，终于完成了自己深思熟虑后的构想。

进门处，要设一处鱼塘，塘子可以不大，养些常见的金鱼、红鲤，无须什么名贵品种，只是为来往的客人提供一处观赏的场所，与玄学上的水为财有异曲同工之妙；收银处，要辟出一小块地方，摆放些凳子，以备客满时作排队等候之用，服务员也可以利用这个时间，向等位的客人宣传一下火锅店的菜品和特色。

吴建国拿着草图去找张军，让他提点意见，集思广益嘛！张军眯着眼睛仔细看了几遍，点头赞许道："这样的设计，各要素一应俱全，有就餐的地方，还专门辟了一块地方供赏鱼喝茶休息，客人进了店里，满意度和好感度一定会提升得非常快。"

夸赞之余，张军还建议道："店里的餐具和桌椅，最好能跟这个装修风格保持一致，这样才能相得益彰。"

吴建国一拍脑袋道："对啊！店里的桌子椅子都需要定做，火锅的锅安在哪个位置，也要讲究，除了方便客人，还要美观。餐具我决定用我们四川老家的土碗和不锈钢漏勺、汤勺，这才有正宗四川火锅的韵意。"

张军又建议道："还有就是，调料是自助好，还是店里配比好？虽然是细枝末节，但也不能掉以轻心。"

吴建国还没有想好这个问题，暂时决定到时候由厨房统一用香油、蒜泥先调好，配发给顾客。

每天监督装修让人烦躁，那些装修工人坏习惯太多了，吴建国不得不一天到晚当监工，工程才能如期完成。

吴建国心里骂娘，这些人心太黑！他们多了一天装修期，火锅店就晚一天开业，成本增加了，怎么划得来？

吴建国并不是个挑剔的人，雇用人手方面就抱着"人相我、我相人"的公平心态，一边忙着装修，一边在招聘的事情上做着腹案——来应征面试的人，只要谈上一会儿，觉得印象好的，就把人给招了。餐饮这一行，不要太在意什么人员素质，只要能干活、干长久点就成。

这天，他到了花果山街道的农贸批发市场。这个市场在全国都有点名气，沿街有七八十个门面，拐进去还有一个大市场，有100多个摊位。

吴建国一家一家看过去，他对采购这一块不怎么熟悉，走到一个摊位，假装抓起这种菜、那种调料来看一眼，闻闻，放下。他要重温自己做厨子时对食材质量的辨别能力。

看了20多个摊位，以劣充好的不少，但劣质产品的价格优势明显。他向一位摊主指出牛毛肚的品质，对方马上就把价格降了下来。在一个摊位前吴建国觉得黄喉颜色有异，闻一闻异味很浓烈，再认真瞧一瞧，就明白这是经过福尔马林泡发过的，老板说："怎么样，看中了吧？我这黄喉都是当天新鲜宰杀的，看这成色！煮到锅里爽脆还有嚼劲，保证顾客喜欢！"

吴建国推辞说："我再转转，回来时再买。"

哼，这种质量的菜品也能进入厨房？

准备离开农贸市场时，一个摊主在叫卖辣椒，一口浓重的四川话引起了吴建国的注意。他走过去问："老板，多少钱一斤？"

摊主说："这是我们老家四川达州的老树辣椒，辣味劲爆，还有香味。你能吃辣不？能吃你现在挑一根嚼下尝尝味道，不辣不香不要钱。"又拎起装辣椒的编织袋颠了颠，说："你看，这一袋辣椒从下到上，没一根坏的，闻一闻都辣得睁不开眼，这可是好品种。"

吴建国说："这是正宗四川辣椒，但不是老树的。"又问多少钱一斤，摊主说："三块五一斤。"吴建国说："两块一斤卖不卖？"摊主说："兄弟你讲什么相声？三块钱一斤！我赚了你一分钱，我是你孙子。"吴建国又开始假装要走，他说："回来，称给你！"吴建国觉得这个摊主有点意思，会做生意，不狡诈，适合长期打交道。他将一编织袋全称了，扛上就走。在农贸市场又多待了一会儿，发现所有的物品、菜品应有尽有，后来都懒得买了，拿不动。

在农贸市场逛了一天，发现了几家好的进货渠道，之后连续几天重点关注，对这几家的物价和每天的采购流程他有了一本流水账。

周末，吴建国躺在床上不知多久，忽然发现天已经黑了。他走出去想透口气，出了大门沿着青云街一直往前走。走了一会儿，一辆黑色尼桑小汽车停在他身边，走下一个高大的身影，他走近定睛一看，吃一惊，是"不打不相识"的石磊。虽然，初中时两人相处非常不愉快，吴建国饱受欺负，但石磊付出的代价也是惨痛的，以他的成绩，一路绿灯考上大学应该没问题，却因为那件事变成了一个敏感的少年，转学后学习再也提不起劲儿，父母看他学习成绩每况愈下，只好送他去了技校。

在技校，两人都沉淀了许多，吴建国把那件事归于年少不懂事，两人本就是住在一条巷子的老乡，在外地，关系倒也比寻常同学近一点。这次来威城前，吴建国给石磊打过电话，正想忙完过几天去找他呢，没成想这家伙先找过来了。石磊二话不说，将吴建国拉上车，向海边开去。

吴建国说："这么晚咱还去哪？就在附近找个茶馆坐坐得了。"石磊说："跟我走就是。"开了有四十多分钟，到了海边，在一家海鲜餐馆前停了车，拉着吴建国进去。吴建国说："我不饿，白天在屋里煮了面吃，一点都不饿。"

石磊说："不饿也要好好吃一顿晚饭！"吴建国吃一惊说："你怎么知道我没吃晚饭？"石磊说："真朋友不讲假话，我早就想来看你了，但平时上班太忙，下了班来找你又怕喝得不尽兴，今天周末，咱俩好好聊聊。"

服务员过来，石磊点了七个菜，说："我知道你到威城了，以为你会来找我，这都这么长时间了还没见你来找。这不，我前两天打电话到你家，你媳妇告诉我你的地址，我就找过来了。"

"她跟你说起过我要来开餐馆的事情？"吴建国听着石磊的口气，怀疑王春华给石磊抱怨了一些事情，脸色就沉下来了。他不喜欢向任何人抖搂家事，不喜欢与任何人走得太近，说白了，吴建国这人情感淡漠，除了家人，他对任何人都不会有过深的情绪反应。

"说了，嫂子还嘱咐说，既是同学，又是同乡，在外面要相互照应。"石磊并没有注意到他的情绪，自顾自地说道。

吴建国说："今后她如果跟你打听我在威城的情况，你就别再说别的，不然我这心里堵得慌。自家的老婆不支持我就算了，成天没事找事地猫抓耗子，一双眼睛盯得死死的。我做事最忌讳的就是她多嘴。你都不知道，春华这些年变得爱唠叨，烦死个人。"

服务员端了菜来，吴建国说："真吃不下了。"

石磊说："难得到海边来，怎么也要吃几口海鲜，我来威城这么多年，到这块来也没几次。"

吴建国这才拿起筷子，夹了点菜慢慢吃着。

石磊接着说："我今天来看你有两件事，第一是咱俩有好几年没见面了，来看看有啥用得着我的，尽管开口。第二件事呢，我要向你提一下，你要是不嫌弃，我想跟你合伙一块干！正好我手上有些余钱，想做些事。那天打电话给你媳妇，她告诉我你到威城来开火锅店这件事的时候，我当时就表了一个态，我说我与你商量下能不能合伙经营，这样你也少辛苦点。这些年我在威城的国企早待腻了，正寻思着自己出来做点事，这不，你正好来了！"

"兄弟还不了解我？我要说在这人生地不熟的地方开餐馆，我自己先挺着就是了，你牵进来干什么？你把心先放下去，等我真做出点名堂，你再加进来不迟。"

听到吴建国拒绝，石磊若有所思地看着吴建国，说："建国啊，几年不见，对你刮目相看啊。我猜你是对我之前不支持你来威城做生意有想法吧？你要理解，我有我的难处啊！在威城这么多年，事业上一直没啥起色，快四十了也没啥大出息！"

吴建国琢磨着他话中的内涵。

石磊接着笑了笑，说："明白，你有你的打算，不让我入股我不怨你。理解万岁嘛！我在川大读书那几年，竞选学生会主席时老是遇到对手挑事，我就每天把这句话挂在嘴上讲，让自己想通点。现在人到中年，才体会到面对别人的不理解，心里其实有艰难、很沉重。"

原来石磊这小子，技校毕业后上了几天班，彻底对低端工作绝望了。家里花钱让他上了私立高中，颇珍惜学习机会的他，虽然落下了初二初三的课程，但在三年后竟然考上了川大，毕业后被分配到威城一家国企。

"石磊毕竟是块学习的料。"吴建国曾经感慨道。

回去的路上，石磊边开着车，边感慨地说："建国啊，我在威城也这么多年了，有一条做人的原则就是要看得惯！你也别看不惯我以前有些做事的方法，你也别不信，这大城市啥人都有，即使见有人把钱不当钱，疯扯扯的成百上千地往楼下扔，你也别大惊小怪。在这里，能挣到钱的都不是傻瓜，他扔总有他的理由。你不明白那点理由，千万别跳出来说他疯了！总之你不能说，你说就是你错。想通了这个道理，就看开了。"

吴建国说："我初来乍到，确实有很多不懂，以后为人处事这方面，还需要你多多指点。"石磊没听出吴建国说这句话的其中意味，紧口说："没人商量时也可以来找我商量。"

快到出租屋了，石磊说："我就不进去了，太晚不着家，我老婆瞎想。"吴建国打开车门下了车，石磊踩了下油门，一溜烟开走了。小汽车无声无息地滑入灯光璀璨的南山大道，消失在一盏盏闪烁的尾灯之中。

回到出租屋，吴建国心里不舒服，有气！石磊这人他太了解了，不靠谱。几个月前给他打电话，让他帮忙在威城给找个铺面，他当时一口回绝，说自己工作如何如何忙，还劝他别到威城来，来了的没一个做事成功的，要不了多久都得卷铺盖回老家。

后来打听了，在威城的朋友圈子里，都不待见石磊这个人。

平时老乡聚会，同学到威城出差开会，他都不来！他心里正打着算盘呢，这些无谓的社交只会消耗精力和钱财。但那种家乡父母官到威城招商引资的会议，他钻头觅缝都去参加，想蹭个脸熟，想改变自己的阶层命运和个人命运。呵呵，难不成他现在是看到自己已经把前期的局面打开，几个月把所有的事都搞定了，就想着来占点现成的股份？交朋友，最忌讳这样的人了！

正想着，听见轻微的敲门声，像指甲弹在门上，有点脆。吴建国走到门边侧耳一听，那声音清晰了，是张军。

他打开门，张军看到他，说："建国你回来了？"说着便走进屋里。他的声音很大，很兴奋，吴建国也不自觉地提高了声音说："刚和一老乡去吃饭了。"张军问："没让朋友进来坐坐？"吴建国摇摇头。

张军说："我到门口看了三四次，总算看见你房里亮灯了，就来敲门。我来告诉你好消息，我今天下班早，去你店里帮忙盯了下装修，顺便帮你收了营业执照。你这执照批得挺快，对面那家湖南米粉店可是足足等了大半年哪。另外，店里的装修只差几张桌子的油漆没有刷好，质量啥的都很到位。现在你得赶紧筹划个日子开业了，这房租每天都是实打实的真金白银流出去啊！我这拿工资吃饭的人心里瘆得慌，今后这用钱的地方多着呢，我若不提醒一下，就失去了朋友本分。"

吴建国说："你理解我，我理解你，我们之间还真有这种朋友默契，这不容易。你要不别上班了，来和我一块干得了。"张军与吴建国不过点头之交，但在听说他要开火锅店后，就帮着找房子、联系装修队、出主意，甚至下班、节假日有空就来帮他盯装修质量，让吴建国有时间去忙些其他的事情，这样热心肠的人，打着灯笼也难找。

张军摇着头说："我说这些，是认你这个朋友！我呢，有多大能力做多大点事。这人啊，没有生意往来，朋友是越走越近，越相处越亲，但一沾上合作共事的边，早晚都得闹僵了！别人看见了会说三道四，对你这个朋友不好。而且，你可以孤注一掷去赌，我虽然攒了一笔钱，却不敢赌，输不起。如果明年还交不上首付，我哪有脸回去见我的妻儿老小？"

"那行！我也明白咱哥俩的情谊和想法，你心里跟我的想法一样，我就不难为你了。我就奇了怪了，从小一块长大的兄弟，怎么就跟我吹的尽是西风。咱们相处时间不长，彼此心里都为对方考虑，一起把事做好，让日子都好过点。就我刚才见的那个老乡吧，还是初中、中专的同学呢，他可不这样想，他打小就是当面一套，背后一套，现在更不得了，做演员做得那么像，假的比真的还真！"吴建国说了石磊想入股火锅店的事。

张军说："你也别怪他，在威城生存，就是这么回事，大家都练就了一身察言观色的本事。刚听你讲了他想入股，未必真就会入股与你一块干。我猜他的意思，你吴建国来威城开餐馆，我是好心要入股支持你的，是你将我拒之门外。餐馆如果倒闭了，那不怪我不帮忙；生意要是做起来了，家乡的朋友会说你这个人当初是如何冷漠无情，将发小打发走的！别管他，真正将你当朋友的人不会这样去想问题。"

第六章

陌路红粉，一却风月不留痕

"建国，在吗？"一道娇滴滴的声音传来，吴建国忍不住皱起了眉头。"朋友送了两张李云一的钢琴演奏会门票，要不要一起去？"

"不了，"吴建国打开门，并没有让李天娇进店的意思，说道，"谢谢你的好意。这店铺还没装修完，开业前事情很多，离不开人。再说了，你这房租这么贵，耽搁一天就浪费一天，都是真金白银，我可舍不得。"

李天娇："这样，今晚你陪我去听演奏会，我免了你今天的房租。"

吴建国："不去。"

李天娇："送你一个月的房租？"

吴建国："不去。"

李天娇："我给你免半年好了，去不去？"

吴建国抬起头，看着她那副欲娇还嗔的模样，翻白眼道："你这是替大龙那个服务员报仇来了？"

李天娇说："真是小人之心！我是诚心想请你听演奏会的。"

吴建国脑袋飞快地转了一遍，不就是富婆花钱找人陪嘛，半年房租不少了，一晚上的时间绝对值。于是极其装酷，又带点无耻地答应道："你先退我半年房租，可以考虑。"

李天娇似笑非笑，从包里掏出一沓钱，说道："听完演奏会，我再给你。我一个弱女子，你总不怕我赖账吧。"

吴建国便略微整理下，准备出门，张军正好来到火锅店，干咳嗽一声道："建国，你这是要去哪里？"

吴建国说："李小姐有点事，需要人帮忙，我去去就回。"

李天娇开着红色的三菱帕杰罗，打开车门，做了个"请"的手势。

演奏会现场，与演唱会不同的是，钢琴是高雅的艺术，现场都是有品位的人。李云一，不过是十五岁的少年，却已经在柏林爱乐厅登台演奏了，这次来威城，由威城最具盛名的钢琴培训机构花钱办了这场演奏会，实际上是为了吸引更多的人去他们那里学钢琴。

想到这里，吴建国似乎明白了石磊说的那句"有钱人把钱往街上撒"是什么意思。

吴建国对钢琴是门外汉，近日忙着火锅店的事情，也确实太困了，近三个小时的时间，大概躺在椅子上睡了两个小时。现场的灯光很柔和，也很温馨，李天娇听着听着，终于忍不住，有意无意地把脑袋向吴建国肩膀上靠去。吴建国顿时睡意全无，想要推开她，但闻着她发梢那股诱人的香气，又不舍得，只好趁势装着还在睡觉。

演奏会终于结束了，李天娇恋恋不舍地抬起头，说道："别装睡了，起来吧。"

吴建国略感尴尬，掩饰道："对不起，最近装修太累了，不小心睡着了。"

李天娇似笑非笑地说："刚才你偷偷睁了下眼，你以为我不知道？"

吴建国意乱神迷，局促不已，语无伦次地说道："你什么时候看到的？难道你脑袋后面长眼睛了？"

李天娇笑了，笑得花枝乱颤，说道："傻瓜，哪有人脑袋后面长眼睛的？我骗你的，没成想你真的招了。"

吴建国浑身不自在，起身道："我得回店里看看，张军一个人盯着，我不能离开太久了。"然后逃也似的冲出了演奏厅。

李天娇起身，跟着吴建国出去，未及说话，吴建国已经招了一辆出租车，飞也似的走了。

"小样儿！你跑不出我的手掌心！"李天娇嘴角露出一抹浅笑，脸上挂起了一抹红霞，"精明间带点憨，有趣的人。"然后跃上自己的帕杰罗，独自回家去了。

自打与李天娇一起听了这场演奏会，她总是有事没事就来找吴建国，唠叨个没完没了，那脸上的粉一次比一次抹得厚，像刷了粉的白墙那般，看着白嫩光滑，却少了些自然生动。

她还是一如既往地自我感觉良好，一如既往地搔首弄姿。来的次数多了，还时不时给吴建国聊聊生活情趣，讲些过去的故事……反正，女人该有的套路，她是打算全用上一遍。而吴建国对李天娇的心意心如明镜，只是避而不答。有空就坐着听她在那自言自语，管她心烦意乱也好，看不惯也罢，随她乐意。不想听了，就随便找个借口，起身去找张军下一两盘棋。有时候张军没在，他就找来一本棋谱，头也不抬钻研棋艺，管她李天娇在旁边念叨些啥。看到李天娇还没有要走的意思，他也不吱声，该干吗就干吗。

男人都是理智的，在挣钱的问题上看得比女人通透多了，再加上到了一定岁数，男女情事早已看淡。他才不会随意让自己陷入感情当中，搞不好是个桃色陷阱呢。

这天，李天娇又来店里找正在监工装修的吴建国。刚一进门，不巧被两扇门绊住了脚，差点摔一跤。吴建国不等她倒下去，便上前一步扶住她。李天娇情急之下抓住了吴建国的手掌。

吴建国感觉手中滑腻如玉，低头一看，李天娇柔若无骨的右手正握着他的手掌，如握至宝。他不由得心神一荡，稍一用力，旋即松开，笑道："李总贵人出门多风雨，走路要小心……"

李天娇放开吴建国，后退一步，假装羞涩地笑了笑，心中别提有多欣喜了。"你刚才这手掌甩得如此大义凛然，也不担心我吓着没有……"

李天娇的情史比吴建国丰富多了，她虽然对吴建国有爱慕之意，却自始至终并未挑明。认识的时间不长，先以退为进，以甲乙双方的关系为由，再慢慢试探对方的心意，反正也不急在一时。

因为刚才的英雄救美，可算是让李天娇找到理由了。她请吴建国晚上去海月酒楼吃饭，表示感谢。落座的时候，服务员将李天娇的位置往吴建国这边靠近，却被吴建国拉开，李天娇有些不高兴，不依不饶地用目光瞪着吴建国。吴建国乐了，冲李天娇嘿嘿一笑："你这才认识我几天，莫非对我有意思？"

李天娇脱口而出："呸！"

在吴建国看来，她并非真的爱上自己这个从偏远地方独自出来打拼的外乡人，很大一部分原因是为了新鲜和刺激，顺便想证明她的魅力依然存在而已。吴建国这么想着，便揣摩着她的小心思，所以方才椅子的摆放，他故意和李天娇你来我往暗中较劲，就想验证一下自己的猜测罢了。

两人点了菜，还要了酒。上菜后，吴建国和李天娇说起开业之事，二人讨论如何布置排面，就这个话题聊得不亦乐乎。

吴建国借着酒劲，开始有意无意地观察、打量起李天娇来。

面前这女人虽然有 30 多岁了，但身材和容貌保养得是真好，这跟自己老婆王春华的朴实无华不同。看得出，她的生活质量是有物质基础做保障的，估计吃穿用度都是大手大脚的，属于那种三天两头往美容院里一躺，听说啥产品好就往脸上堆的富养女人。

确实，李天娇虽说不是富贵之家出身，但从小姿色出众，年轻时捧她的男人多了去，这些年走南闯北见多了各种奢华之物。她给吴建国聊起，前夫是香港人，以前在威城开工厂，认识后就在一起了。

吴建国问道："前夫？你们为什么离婚呢？"

李天娇说："'商人重利轻别离'而已，为了香港的生意，他回去跟前妻复合了，就把我和女儿扔在了这边。"

吴建国问道："我怎么没见过你的女儿？"

李天娇说："他请了专业的律师团队，把女儿的抚养权也弄走了。"

吴建国说："所以，你在威城的房产、铺面和车子，都是你前夫为了带走女儿留给你的？"

李天娇说："房子是留给我的，他回香港也没法背回去不是？离婚倒是分了一笔财产，毕竟他想着法子要我签离婚协议书，还是得给我点签字费的。"

吴建国说："那你还能见到你女儿吗？"

李天娇说："再也不行了。"厚厚的粉底遮掩住了她的表情，但吴建国却忽然感觉有点悲伤。

沉默了一会儿，李天娇继续说道："生了个女儿后我就一直没做事，有余钱就买铺面和楼盘，没几年时间，房价大涨，也算赚了吧。再后来，香港老公生意失败，他的前妻可以帮他东山再起，他就义无反顾地回去了。在他眼里，生意是第一位的，我不过是他趁着有钱，扯张结婚证在这边消遣寂寞的玩具罢了。"

吴建国听了，觉得有钱人的生活，他实在搞不懂。但是，李天娇嫁给他，恐怕也是因为他有钱吧。听李天娇这么说，反倒没处安慰，只是说道："你很想你的女儿吧。"

李天娇说："想，但是我没办法。偌大的房子，只有我一个人。我也曾试着再组建个家庭，可那些男人要么借着恋爱关系找我借钱，要么想办法把我骗上床后就消失得无影无踪。几次被人骗钱骗色，现在也不敢奢想了，只想找个可靠的人，安安稳稳地度过下半生。"然后眼睛定定地望着吴建国。

吴建国打了个寒战，难道自己就是那个猎物、那个"可靠的人"？赶紧岔开话题，说道："你会找到称心如意的人的。其实我很羡慕你在威城立住了脚跟，你看我，在这人生地不熟的威城单打独斗讨生活，愁得我每天都跺脚。"

李天娇也懂得适可而止的道理，便不再谈自己的生活私事，还给吴建国说了生意圈的那些人和事，说大家是如何围绕着利益时时盘算日日焦躁的。这个话题让吴建国突然想到了石磊，他对石磊也不知从什么时候开始厌恶的，总觉得他这些年在国企做管理工作，就是那种以表演的人格和眼光在这座城市生存的。

从小，石磊就仗着干部子弟的身份欺压他，还容易把眼前的那点东西，那些转瞬即逝的东西看得太重。在吴建国看来，石磊到威城这些年并没有做出什么大的名堂，与他的性格分不开，他就是个不能放开眼光往远处看的人。

吴建国不同，他的野心比石磊大多了！人在世上，哪有时时占便宜的时候呢？在他眼里，占便宜不过是脸盆里的风暴，是一粒芝麻，是臭虫放的一个屁，不算什么。

想当年，石磊也是出息过的，虽然在不入流的私立高中跟那些中考成绩不够、花钱来凑的学渣混在一起，却在高考中以县城高考状元的身份入读四川大学法律系。虽然一时风光无两，但到今天看来，还不是人情世故、世事如烟？以他现在的成就，甚至比不上李天娇富有，当然，财富多寡不是衡量成功与否的标志，但在吴建国看来，最起码是衡量成功与否的重要因素。

时间，的确会使一切重大的事件都变得意义暧昧，变得乾坤颠倒。这一点，让吴建国等草根感到非常欣慰。他经常会拿彼此出身的不同，用来对比今天的差距：别看他还没混出什么名堂，可他打心眼里瞧不起俗人，觉得他们每天就动些小脑筋，搞些小动作，这样的眼界和格局，撑破了天，也就让生活达到小康水平；如果不努力提升自己，早晚逃不脱随风飘逝，被这个时代遗忘。

李天娇谈了会儿生意经，又开始有一句没一句地暗示对吴建国的欣赏。她说自己单身了这么久，还没遇到一个能让自己无怨无悔付出下半生的男人，而与吴建国见第一面时，就被他的真诚踏实、努力奋进的气场镇住了。

听到这，吴建国抬起头挤出点笑容缓解尴尬。李天娇一看冰山貌似开始融化，认为是自己幽默得体的语言感染了对方，江湖气越发显露。她取出精巧的打火机点燃香烟，是那种精巧细长的韩国"七喜"烟，悠悠吸了一口，又徐徐吐出，问道："你知道我的学历吗？我可是正儿八经大学经济系的高才生，毕业就分配到威城一家国企做财务，后来做得不开心，直接辞职不干了！"

既然都聊到这了，再不搭话就太看低人了！

"想不到你还是个文化人啊，学的还是经济，要不以后你开个大公司干干，我也沾你点福。"

李天娇说："赚大钱，那是你们男人的事。"接着嘻嘻笑说，"一个女人找个男人，就是要找个精神支柱，找个靠山！你在我心中的形象很伟岸，像座山那样伟岸！"

说完，眼光往吴建国脸上扫去，见吴建国不作声，又接着说："我这样外省来的女人，如果去找一棵小树，你觉得能靠得稳？"

她要暗示吴建国，他有男人的魄力，在她心里就像是一座大山。

吴建国默然一笑，对于男女的观点，他习惯区别对待。"靠山这两个字如此神韵，古人造这个词估计是为了体现女人慕强的天性！"他有些欣赏李天娇的坦诚，忍不住打量起对方来。

李天娇脸上泛起一朵红云，竟然把粉底都穿透了。她又好气又好笑，气的是吴建国不正面回答她的问题，故意装傻，笑的是吴建国开始对她有了一些兴趣。女人的第六感只可意会不可言传。

吃完饭，二人走在街上。微风习习，吹动李天娇的衣裙。李天娇摆明了今日要与吴建国喝酒，没有开车过来。吴建国将外套披上，送李天娇打车。看李天娇钻进出租车后，他才扯过脸往回走。边走边想，许多时候，为了跟当下环境和平共处，真心话不敢说，却理直气壮地说着违心的话，做着违心的事，比如，面对李天娇的热情，只能如此。

但是，吴建国作为一个有着七情六欲的男人，本身就不是个无缝的蛋。

他能支撑多久呢？

第七章

云雁初行，一羽飘飞若千钧

万事俱备，终于到了开业这一天。

1996 年 10 月 31 日，建龙火锅店正式开业。

开业时间是经过谋划的，选了个黄道吉日，吴建国虽然不迷信，但对此确实有一种美好的愿望和期待。开业当天，表姐一家来了！石磊和几个同学、发小来了！张军来了！张军的所长堂哥也来了！

李天娇一大早就来了，她自以为是地承担起了女主人的角色，显然没把自己当外人，极尽热情地帮忙招待客人。

吴建国请了舞狮队在火锅店门口助兴，鞭炮声一响，周围的人陆陆续续跑过来看热闹，没多久就围了好多人。

剪彩仪式结束后，吴建国面露笑容讲话。当天的他，意气风发，声如洪钟，李天娇在台下像个花痴般紧紧盯着他看，一秒都没脱离过视线。

"我们店今天开业了！这是整条新港街第一家使用一次性锅底的火锅店，同时也是新港街唯一一家正宗的川味火锅店。为了让威城的顾客和在威城务工的家乡父老吃上正宗的川味火锅，我们的员工每天起早贪黑，尤其是最近几天，每天早上 5 点多，一部分员工先到农贸市场采购新鲜的肉菜，7 点多回来后大家开始备菜，所以顾客朋友们放心吃，发现有质量问题，欢迎投诉。"

说完，经过专业培训的服务员开始到门口招呼着前来道贺的客人。楼上楼下没多久就坐满了人。整个大厅、包间爆满，翻台率极高。

庞大的川剧乐队开始表演变脸，长方形餐桌上堆满了美味佳肴和各色酒水。侍者来往穿梭，宾客笑语欢声，整个大厅洋溢着喜庆的气氛。

吴建国端着酒杯谈笑风生。偶有一两家新闻媒体记者还会闪灯拍照，有些眼花缭乱。石磊则独自坐在僻静的角落里冷眼旁观，他在心里暗暗拿自己与吴建国比较，这一比哪哪都不如别人春风得意，脸上神色越发沉默，显得与眼前的场景格格不入。

李天娇神叨叨地凑到吴建国耳朵边细声说："你闯祸了！"吴建国吓一跳，不明白她说的是哪件事。她说："新港路街道办的领导你没请，街道派出所的头儿你没请，你以为世界就这么简单啊。"

吴建国说："我堂堂正正开门做生意，他们还杀了我卖肉不成？"李天娇说："真要杀你还不容易，杀也不一定用刀子，笑眯眯地就把你杀了，你还喊不得屈。"

吴建国说："行得正踏得直，我是守法公民，这是法治社会，他们能怎么地？"

李天娇莞尔，说道："举个例子，他们依法办事，来查你消防，不合格停业整顿三个月，说是为了周围人民群众消防安全着想，你觉得他们违法了吗？但你是不是被人整了？"

"啊？"吴建国意识到了问题的严重性，"都这个点了能怎么办？你别吵，让我想一想！"

李天娇媚眼迷离地抛过来一抹笑意，嗲嗲地说："你老给我说要多提意见，结果呢？你听进去了吗？谁能帮你想到？"她接着说："只有我想得到！你今后遇到事，怎么也要跟我商量。放心吧，我已经亲自登门拜访，邀请他们来，刚才还将 2 号包间腾出来，就等领导们下班后入座。"

李天娇的这波操作，让吴建国那颗冰冷、坚硬的心，恍然间，似被温水浸泡过一般，不仅有了温度，还迸发出情感的小小火苗。

"你很能干，今后得靠你大力支持。"

李天娇说："现在知道我是靠得住的吧？也不晚。"她又说："你不知道这条街道的规矩，与公家打交道，见了面都热情得不得了，其实全靠你来我往才能把热情维持下去，谁跟谁真的是哥们？老百姓拿什么跟当官的你来我往？若没有，就说不上话。"

吴建国认可李天娇的这句话，说："你在这里生活时间长，看惯了听惯了，我刚开始做生意，还真有些看不惯这些狗仗人势的小喽啰，听你这么一说，我明白了。"

李天娇如此深谙江湖之道，这让吴建国感到一丝畏惧。她说："我给你提个建议吧，反正我跟你也这么熟了。等会晚餐，我陪你去敬领导们一杯酒吧，我知道你不屑与他们低三下四打交道，难堪是有一点的，挺一挺就挺过去了，把局面打开再说。"

吴建国说："要去你去，我进不去那门。"李天娇笑了，说："我看你这个犟牛的样子，早晚吃大亏！这个时代，当了领导，他错也错得对，反正对不对不由你说了算，懂不？你这么偏着，这店的安全、经营，需要打点的地方多了去！你怎么办？你这脾气永远不改，就永远做不好生意，永远都是错的。"

吴建国说："你别说得那么恐怖。"

李天娇说："他们看你没有往上贴的意思，就会想办法把你压下去，否则他们不择手段去坐那把椅子干什么？你也别怨，这就是现实。"

"你年龄不大，涉世如此之深，还学会这一套，搞得我都有点怕你了。"

听吴建国这么一说，李天娇有些不高兴了。按理说，看到女的不高兴，只要没触及底线，是个男人总会想办法哄一哄。吴建国明白这道理，可安慰他就是没办法给，他觉得与李天娇的关系还没到那个份儿上，他转不了这个弯。

这两人正说着话，街道办领导和辖区派出所的头儿都带着部下走进来了！吴建国虽说有不上路的感觉，但还是笑脸相迎，客套道："各位领导拨冗前来，令小店蓬荜生辉！前几日未能亲自登门拜访，实在失礼。各位领导请入座，我给大家斟酒赔罪。"

领导们无论在单位还是在生活中，都会表现得很大度、很宽容，其中一个走在最前面的，吴建国虽然不认识，但也知道这人是官职最大的。

他摆摆手，朗声笑道："吴老板日理万机，还能想着我们，派嫂夫人亲自去下帖子，我们却之不恭，倍感荣幸啊！"

吴建国满脸堆笑道："哪里，哪里，请上座！"早有眼快的服务员跑过来，引导道："各位贵客，这边请。"

一行人客套着，自去包厢坐定了。

"怎么样？我这'嫂夫人'当得还称职不？"李天娇不知何时站在身后，撒娇般地说。

"谢谢你。"吴建国真诚道了声谢，又有新的客人来了，吴建国露出一个抱歉的神情，转身去接待了。

宾客齐整，厨房里也热闹起来，吴建国并不惜费，好酒好菜的一股脑儿往桌子上搬，热情招待着大家。李天娇扯了他的衣袖，耳语了几句，吴建国拍拍脑袋，赶紧整整衣冠，去给2号包间的客人们一一敬酒。每喝完一杯，李天娇就给倒上，喝到最后，头脑已经不大清楚，只是一个劲儿地请大家关照，剩下的话，都是李天娇给说的。2号包间的客人起哄，以"回敬"的名义让李天娇喝酒，吴建国欲开口阻止，李天娇白了他一眼，来者不拒，喝了不少。

出了包厢门，吴建国轻声抱怨道："什么习气！酒桌上遇见女士就想着给灌醉，这些人算什么东西。"

李天娇显然喝得不好受，拉了拉吴建国说："不要多说，人在屋檐下，怎能不低头？"

吴建国说："你是房东，没必要这样。"

李天娇说："今天如果没有我，你操持这开业大典能行吗？"

"这……"吴建国酒劲儿上冲，动情而又真诚地说，"谢谢你，你是我在威城遇见的贵人。"

"只是贵人吗？"李天娇有点失望地说，"你不必谢我，这是我自愿做的。还有客人，你去招待下，我去趟洗手间。"

"我找人扶你去？"吴建国担心地说。

"不用，二斤白酒，不算什么，你不用在意。"李天娇转过身去，依然优雅的步伐、依然扭动着的腰臀，看不出一丁点醉意。

吴建国放心了，站了一会儿，酒劲儿上来，便去洗手间洗把脸，却听见女洗手间里传来剧烈呕吐的声音。

不用想，是李天娇。

他想去安慰，但是又想："她估计不想让人看到她这个模样吧。"于是急忙洗了把脸，从洗手间里出来，又等了一会儿，看见那抹曼妙的身影从洗手间出来，显然是补了妆的，依然是那副俗媚的模样，仿佛刚才从未呕吐过。

吴建国关心地问："没事吧。"

"没事，"李天娇皱眉道，"你傻站着做什么？其他人你不敬酒了？"吴建国说："对，我这就去。"

吴建国来到大厅，感受着开业场面的热闹非凡，大家都在虚伪透顶中互相问候，互相表达着自己的敬意与感情。

饭吃得差不多了，李天娇带着吴建国，敲开了2号包厢的门，撒娇道："大领导，今天能请到您，实在是荣幸，满屋子的客人听说您来了，都在等着您讲两句呢！"

街道办领导万主任心情不错，众人也起哄道："美女邀约，是该讲两句。"万主任说："那，恭敬不如从命了。"于是，在众人的拥簇下，站在大厅的最前面。吴建国摆了摆手，说道："各位亲友，先静一静，欢迎咱们新港街道办的万主任致辞！"

宾客们很给面子，纷纷拍响了巴掌，万主任双手举起，朝外摆了个"八"字，下面就安静了下来，万主任清了清嗓子，说道："今天，我抱着跟各位一样的心情，来给吴老板表达衷心的祝贺！今天，开业仪式很成功，吴总创业的决心大，待人接物的格局大，相信建龙火锅店在吴老板的经营管理下，一定会生意兴隆！"故意顿了顿，下面立马响起一阵掌声。

开场白说完后，万主任继续侃侃而谈："威市人口约500万，气候宜人，沿海沿江，通路通航，交通十分便利。吴老板将餐馆开在我们新港街道最有优势的地段，相信很快就会占据这条街道餐饮业的主导地位，发家致富势不可当啊。"掌声又响起。

万主任没有忘记自己领导的身份，待掌声停歇，又说道："我代表街道办事处，向吴老板表达祝贺的同时，也要提出一点要求，希望吴老板实业报国、振兴民族经济，将民族品牌做大做强，多为政府缴纳税收、多为人民群众提供就业岗位，将建龙火锅打造成威城乃至全国的一张名片！"

宴会厅内再次响起如雷般的掌声，万主任摆了摆手，对吴建国说："吴老板，下午还有公务要处理，先走一步了。"吴建国连忙说："不敢耽误万主任工作，万主任慢走。"

将领导们送到大门外，宾客们也吃得差不多了，纷纷起身作别，吴建国和李天娇就在门口站着，不停地送客人离去。

宾客散尽，被中午的喧哗热闹反衬出一种落寞与孤寂的味道。李天娇在指挥着服务员收拾狼藉杯盘。吴建国说："我自己看着就行，你先回去休息吧。"

李天娇说："也好，反正我也帮不上什么忙了。"于是挎起那个棕色的小坤包，用手抚了抚额头的头发，告辞而去，吴建国赶紧送出门外。

两人站着，相对默默无语，吴建国说："今天多亏你了，大恩不言谢，改日再说。我站在这里看着你打车。"

李天娇期期艾艾地说："那我这就回去了。"眼睛望着吴建国。

吴建国感到一种压力，一种不知以何种身份与她相处下去的压力！对李天娇今日为开业大典所付出的一切，他开始有点招架不住了！哪个男人不想身边多一个知冷知热的女人？更何况还身处孤独寂寞的异乡。就这么依了她？怕是不行，这女人太世故、太不安全，发展下去恐怕会引火烧身，自掘坟墓。

吴建国也不是没想过向李天娇表明一种态度：自己是有家室有孩子的人，与你一单身女性交往过甚，不妥。可这个态吴建国实在没办法表出来，只好掩饰地一笑。

李天娇说："我可要回去了。你不觉得应该对我说点什么吗？"

夜幕下，华灯初上，由于呕吐过的关系，李天娇洗脸后补妆时没有抹那么厚的粉底，反而有点素面朝天，这才让吴建国看清楚了她的真容。那一头微卷的长发如波浪般簇拥着洁白得如同凝脂的瓜子脸，五官俊俏而别致。"原来，她抹这么厚的粉底并不是要遮丑，而是为了遮住自己的靓丽。"吴建国想，"她以近乎艳俗的方式来靠近自己，为何却要掩饰自己为了帮忙操持开业大典而喝到吐的事情？如果自己不去洗手间，没人知道她这么付出过吧？"

想到这里，吴建国内心有了点电流，他怎么觉得李天娇貌似突然之间变好看了？原来上天对她这张脸有特别的青睐，把精雕细琢的五官如此巧妙地镶嵌在她的脸上，灯光下如此摄人心魄，令人不敢直视。

况且，她也不只是好看的花瓶，从上次吃饭时给自己谈的那些做生意的心得，到今天滴水不漏的安排与照应，更显示出一种久经商海风雨的干练，如果她自己开一家店，生意应该不会很差。

吴建国外表风轻云淡，内心万马奔腾。

英雄难过美人关！最近几天来，他可耻地对李天娇产生了心理上和生理上的反应，甚至是一种依赖。他内心暗示自己几百次，不能背叛家庭，不能背叛家庭。此刻看到李天娇那双含情脉脉的眼睛，他感到了沉闷的挤压，心中像被劈成两半似的。他用牙咬着嘴唇，让那种纠结转移内心的撕裂，心中才舒坦了一点。

他笑一笑，笑得非常勉强，说："你路上要小心。"然后头也不回地走了。

第八章

长积跬步，一派从容志万里

客人们走了，李天娇也走了，只剩下低头洒扫的服务员，以及重新恢复秩序井然的桌椅板凳、碗筷餐巾。

吴建国按着计算器，算了算今天的收入，除去用去的本钱，还有给来捧场客人免去的单，一天的收入竟然有 3000 多元。

我的天！ 3000 元，相当于自己在机械厂炒一年的菜了！

吴建国心里感慨万千，眼前像放电影一般浮现起今日的种种，忽然想到：今天这么多客人，有李天娇的帮忙才安顿好，如果以后客人多了，他一个人怎么顶用？要不，干脆让李天娇来帮忙算了。

"算了，她那么有钱，钱少了入不了眼，钱多了又开不起工资，我这庙小，养不起这么大一尊佛。还是找其他人吧。"

但是，找谁呢？吴建国从怀里掏出通讯录，细细地翻了几页，当看到"叶小帅"的名字时，突然眼前一亮，给他发了个传呼。

不久，叶小帅回了个电话，寒暄几句后，叶小帅问道："建国，多年不见，怎么想起来找哥们儿聊聊了？"

吴建国说："我现在在威城，开了个火锅店，但有点力不从心，想要你来帮我。"

叶小帅倒也爽快，说道："好啊！反正我现在也是独身一人，只要你信得过，去威城见识下大城市气派，也是好的。"

吴建国不由得问道："怎么是'独身一人'？嫂子呢？你那边出了什么状况？"

叶小帅说："咱们当兵的人，转业后多少都会带点军营的脾气，你嫂子受不了，过不下去了，就分开了。"

虽然轻描淡写，但吴建国也略微了解了些什么。当兵是一件全家光荣的事情，很多退伍回来的人，身上早已被军旅生活打上了印记，这种印记甚至会烙印在骨髓里，有时会显得与社会脱节，甚至格格不入。

吴建国便不问了，只是说道："我跟你说个地址，你直接过来，到了车站给我打电话，我去接你。"

叶小帅说："我明日就动身，见面再聊。"

放下电话，吴建国轻舒了一口气。叶小帅与吴建国是同一节火车皮参军入伍的战友，在部队时就走得很近，回乡工作后，两人也三天两头聚在一块下棋聊天，遇上对方家里有事需要搭把手，彼此都鞍前马后地张罗着。

后来，叶小帅所在的造纸厂人员大裁减，年纪轻轻的他被一次性买断工龄下岗了。于是，叶小帅搬走了，去了另一座县城讨生活，从此音讯才逐渐稀疏了些。但是，吴建国不知道的是，下岗这件事，让叶小帅原本已经有了缝隙的婚姻，顷刻间土崩瓦解，前妻南下打工，两人所生的儿子留在老家给父母带着，如今也有 10 岁了。

吴建国想着一个人的精力有限，火锅店要发展，除了要有专业的厨师团队以外，还需要一个人来进行整体的运营管理，他首先想到的就是叶小帅，因为这个人踏实、稳重，又有着战友情分，与自己一直要好，把店交给他管理，没有什么不放心的。

吴建国坚信自己的选择是对的。一来，他现在一个人在威城打拼，牵挂不多，能将精力和闯劲放在事业上；二来，叶小帅漂泊多年，事业一直没有任何起色，如果给他一个稳定发展的平台和机会，他肯定会非常珍惜。

叶小帅在几天后风尘仆仆赶到威城，两颗干事业的心就连在一起了。

但是，叶小帅毕竟也没有什么经验，吴建国就想出了一个"一石二鸟"之计。一则，既然李天娇想寻个踏实的人过日子，叶小帅就足够踏实，不若让他们亲近一下，也好让李天娇的注意力从自己身上离开，免得自己把持不住，背叛了家庭；二则，李天娇虽然看起来艳俗，但那份能力与素质，恰如尚待挖掘的宝藏，被俗媚的外表所遮掩，让她帮着带一下叶小帅，也算物尽其用。

于是，吴建国破天荒登门去寻李天娇。那是威城数得上号的豪华小区，吴建国好说歹说了半晌，门卫收了他的身份证做抵押，才放他进去。

吴建国敲响了门，李天娇从猫眼里看了是吴建国，连忙打开门。吴建国进门后，只感觉自己一双脚没有地方落地，那枣红色的木地板纤尘不染，还有那考究的布艺与帘饰，让自己身上充满了一股乡巴佬的寒酸气。

李天娇显然没有注意到他的局促，她刚刚洗完头，脸上还敷着面膜，看不出表情，只是热情地招呼道："建国，快坐，我给你泡茶。"

吴建国讪讪地坐在了沙发的一角，李天娇麻利地给他泡了一杯茶，自己也端着个茶杯，坐在吴建国身边。

吴建国捧着茶杯，细细地打量了下屋子里的布置，古朴的木质家具，带着原木花纹，虽然看起来价值不菲，但入眼绝对不显得华丽；窗帘上有着精致的绣工，颜色柔和却又带点呼之欲出的活力；而坐着的这张沙发，是布艺的，洁白中印着黄色和红色碎花的沙发布，招人喜爱的同时，又显得极不耐脏，仿佛在提醒着客人，这家的女主人是一个极其爱干净的人。

李天娇习惯性地抚了抚鬓边的长发，却触碰到了脸上的面膜，忽然感觉到不礼貌，致歉道："忘了摘下来，建国你别介意。"吴建国说："我本来就是不速之客，你别怪我打扰。"

李天娇说："哪里话？你来，我高兴都来不及呢。"顺手把面膜撕下来，扔在茶几旁的垃圾桶里。

吴建国偷偷瞥了一眼李天娇，她穿着家居服，类似于睡衣那种，身材凸显无遗，胸前的两根系带仿佛包裹不住那两座呼之欲出的玉峰，又像是熟透的桃子，故意半露着引诱人去咬一口；刚刚洗完的头发，还带有丝丝水汽，弥漫着洗发香波的清香，而尚未来得及化妆的脸，又是那样的新嫩与娇媚，一时间勾起了他沉睡已久的荷尔蒙，某个部位也不自觉地起了反应。

李天娇抿了一口茶，说道："建国，你来是有什么事吗？店里遇到问题了？"

"呃……"吴建国开口回话，却感觉呼吸艰难，甚至忘记了要说什么话，略带窘迫地说："我先喝口水，再跟你慢慢说。"

这不能怪他，如果有男人能够在这样一个尤物面前把持住，要么是久经风月的老手，要么是个坐怀不乱的柳下惠。

可惜的是，吴建国已经跟王春华性冷淡七八年了；而五千年来，只有一个柳下惠。

吴建国微微喘着粗气，大脑一片空白，猛地喝了一大口茶，想让自己清醒下，却被烫得"哎呦"一声，忙不迭地又吐了出来，吐了自己和李天娇一身。

"你傻啊！"李天娇一声娇嗔，"刚冲上的茶，你就不能慢点喝？"这似撒娇又似关心的语气，虽然与之前的娇嗔并无二致，但她之前脸上抹着厚厚的粉底，那种娇嗔只令吴建国反胃，而如今放到这张洗尽铅华的脸上，却令吴建国骨头都酥了。

李天娇连忙拿纸巾给他擦拭，吴建国下意识地也拿了张纸巾，说道："我自己来就行。"不经意间两只手碰在了一起，却又火速地分开。

吴建国只觉得脸上发烧，而李天娇却丝毫不以为意，擦了一会儿，重新给他倒上茶，问道："建国，你来找我，有什么话想跟我说吗？"

经此闹剧，吴建国定了定神，尽量不去与李天娇有目光接触，说道：

"我有个战友，来威城帮我，但他不大懂，我想请你去带带他，你看看能不能……"

"就这事儿？什么时候你见到我说一声就是了，何必专门跑一趟？我本来就想下午去你店里看看的。"李天娇认真地说道。

"那好，既然你答应了，那我就先走了。"吴建国起身作别，他不敢在这里多待一秒，生怕自己忍不住做下什么大事。

"什么？刚来你就要走？"李天娇失望地娇嗔道。

"我那战友在店里看着，我不放心。毕竟火锅店刚开业，我得多盯着。"吴建国掩饰道。

"那好，你等等，我跟你一起去，我正想去你店里。"李天娇说，"我化一下妆，很快就好。"

吴建国便又坐下了。李天娇去了洗手间，翻弄瓶瓶罐罐的声音传来，显然在化妆。

化妆，是工夫活儿；女人说的"很快就好"，只不过是个童话。

等了半个多小时，李天娇才化好了妆，又钻进了卧室，吴建国只好继续等着。

终于，又过了半小时，李天娇出来了，穿着一件米黄色的风衣，脸上带着厚厚的粉底，厚到让人看不清脸上的表情，还是挎着那只棕色的坤包，娇声道："建国，我们走吧。"

进了电梯，李天娇很自然地用手臂挽住了吴建国的胳臂，吴建国伸手拂开，但李天娇执拗似的再次挽过来，吴建国抬起手来，却又放下了。

两个人没有说一句话，就这样挽着，去了地下车库。上了帕杰罗，李天娇一脚油门，朝着火锅店疾驰而去。

到了火锅店，那些服务员，因为见识了开业那天李天娇的所作所为，已经默认了她是老板娘，纷纷露出恭敬的神情来。李天娇也不怕生，点点头道："今天开始，我来培训大家基本的服务礼节与推销话术。只要客人不是很多，大家就来前台集合。每天下班后，要培训一个小时，算作加班，由店里支付加班费。"

那简短而又掷地有声的气场，服务员们只有点头的份儿，没人敢出声。

吴建国尚未来得及介绍叶小帅，李天娇便问道："谁是叶小帅？"

叶小帅也被这气场震慑了，赶忙回答道："我是。"

"从今天起，你给我做店长助理，眼要快、心要活、说话办事要机灵，我很忙，只带你一个月，如果不行，立马走人。"

"是，我一定好好学。"叶小帅赶忙回答道。

下面服务员窃窃私语，面露疑惑："她是店长，那吴老板是什么？""吴老板对叶经理都客客气气的，她怎么这么对他说话？"李天娇恍若听不见、看不见，只是说道："你们去忙吧，忙完后过来集合，今天就开始培训。"

过了两天，有一桌人酒足饭饱后，来到前台结账。

"一共是 279 元。"负责结账的小会计说道。

"能开发票吗？"结账的胖子醉醺醺地问道。

"可以。"小会计收了钱，找回 21 块钱，撕了几张定额发票，恭敬地递过去。

胖子接过发票，仔细地数了数，说道："妹子，不对啊，我消费了279，你给我 280 块钱的发票做什么？"

小会计说："先生，我们这里是去税务局登记申领的定额发票，没有一块钱的发票，您若是报销，也不会亏了。"

胖子说："不行，我最不愿意占公家的便宜，给我开个 279 的发票，多一分钱也不行。"

叶小帅看了，这明显是找茬的，刚要出头，李天娇止住他说："你要怎么做？"叶小帅说："这种情况，无非是把 9 块钱抹了，给他 270 元的发票，这样他花的钱和报销的钱一样，自然满足了他'两袖清风'的要求。实际上他不就是冲着这 9 块钱去的吗？"

李天娇说："这不是最优解。"

那边收银的小姑娘显然没遇到过这种情况，当时有点懵，而那胖子也不催逼，只是拿着发票站在柜台前，说道："给我换发票。我还赶时间，你是打工的，我不难为你，让你们老板出来。"

吴建国并没有上前，他想看看李天娇怎么做。

李天娇不慌不忙地走上前去，严肃地问道："小张，出了什么事？惹得客人不高兴？"

小会计说："店长，是这样的……"

李天娇听她说完后，板起脸来大声呵斥道："就一块钱的事儿，你给我整成这样？你若好好跟客人解释，人家还会为了一块钱跟你耗这么久？"

声音很大，大到足以吸引所有人的注意。

胖子听了，脸上一阵红白，尚未开口，李天娇从柜台上拿出两瓶啤酒，拇指熟练地一弹，啤酒盖便应声而落，递给胖子一瓶，说道："开店做生意，和气生财，因为一块钱让大哥不高兴，这瓶酒权当赔罪。"

胖子接也不是，不接也不是。服务员们都围过来，窃窃私语，有几桌食客也转过脑袋往这里张望，胖子只得接了，说道："怪不得年纪轻轻，就能当店长，果然有气度。你这个朋友，我交定了。"然后仰脖把啤酒喝了，把酒瓶放在柜台上，转身就走了。

李天娇寻了个杯子，倒上一杯，递给小会计，说道："你受委屈了。"

小会计说："没……倒是麻烦李经理出来平事儿。"

李天娇说："干了这杯，这件事就过去了。"

小会计一脸感激，把酒喝了。

李天娇赞许地点了点头，把瓶子里的酒喝完，回头道："没事了，别围着了，散了吧！"

服务员们散了，各自忙活去了。

叶小帅目瞪口呆，两瓶啤酒三块钱，这样比退九块还省了。而且，发票的一块钱金额与一块钱纸币概念是不同的，李天娇偷换概念，让胖子也觉得自己因为一块钱，在大庭广众之下难为一个收钱的小姑娘，显得很小气、很难堪。而这瓶酒，却又给了他面子和台阶，给了他一个证明自己"大度"的机会，不会让他下不了台。

叶小帅对李天娇佩服得五体投地，认认真真地跟着李天娇做事，而李天娇除了带叶小帅，找到机会就去找吴建国闲聊。虽然还是艳俗的装扮，还是娇嗔的语气，但吴建国已经不觉得厌烦了。

因为，这娇嗔的语气，似乎只是给他一个人听的；面对员工时的雷厉风行、铿铿锵锵地，完全是另一种风格。

光阴迅逝，一个月时间很快就过去了。下班后，李天娇找到吴建国，说道："一个月时间到了，明天开始我就不过来了。"

吴建国说："开业这段时间，多亏有你帮忙，店里才平稳度过了这段时期。你走了，店里的事不知还能不能这么顺利。"

李天娇说："我也有自己的事。店里的一切，我都帮你理顺了，剩下的就靠你自己了。你也不希望一直拄着拐杖走路吧。"

吴建国说："那我该怎么感谢你？"

李天娇说："有空，再去我家坐坐吧……"

吴建国使劲儿点了点头，李天娇忽然变得很高兴，说道："说好了啊，不准反悔！我走了！"钻入帕杰罗，一溜烟儿地走了。

吴建国站在门口，直到看不见小车的踪迹，才怅然若失地回到店里。

店内新招了几个人，叶小帅像李天娇培训员工那样，正在给新员工训练"抬盘走"，将十几个菜先装在大横盘上，慢步走到桌边，再手托手于肩部下方，一个菜一个菜地取出放平稳。

新来的服务员个个走得歪歪斜斜，叶小帅大声吆喝："腰要挺直，两肩放平！目光要看前面，脖子不要歪……"

一切的一切，都是李天娇的影子，就连吆喝的语气，也像极了李天娇。建龙火锅店，已经有了李天娇的印记。

四川老家的家中，王春华正在教育吴晓晓："你现在啊，要想办法争取把这次市作文比赛的冠军拿到手。初赛虽然赛完了，但不可以掉以轻心，决赛时如果能写出一篇佳作，获得大奖，那妈妈就不用去找人，你就可以上市重点中学了。"

吴晓晓眨巴着眼睛，似懂非懂。

上次吴建国的店开业，一家人本想从四川老家赶到威城去团聚的，正好遇到女儿吴晓晓刚升小学六年级，学习任务非常重，所以行程就改变了。

女人的第六感告诉王春华，她男人对这个家的依赖感，隐隐约约间，没有曾经那么强了，这种不祥预感让她开始焦躁，为了女儿能顺利入读重点中学，她压制住内心的猜忌，与吴建国长期冷暴力对抗着。

而吴建国早已对家里的事情不管不问了，他饶有兴致地看服务员的"翻台"训练，一个六人座的长方形桌面摆满东倒西歪的碗筷和铜锅，一名服务员推着上下两层摆着几个大盆的餐车过来，快速将碗筷归类放入餐车中，然后用三块毛巾分三步将桌面擦洗干净，再快速将消毒过的餐具摆放整齐，整个动作行云流水，干净利落，吴建国很满意。

开业一个月来，店里生意一直火爆，人太多有时候都忙不过来，因此只得临时又招了几个服务员。

每天，厨房里热火朝天，送菜的服务员排着队等菜。一盘酥肉新鲜出炉，厨师叫道："酥肉，3号台的！"一个服务员把菜放到托盘上，快速摆好。另一个厨师又端过一盘菜来，叫了一声："红糖糍粑，4号台的！"这个服务员将盘子放在4号台托盘的最上层，让等菜的另一个服务员快速端走。

这天中午，叶小帅兴奋地告诉吴建国："晚上包出去了20桌，原材料都备齐了。这次邻市举办的进出口博览会，给了我们店很大的挑战啊！最近几天您都看到了，都营业到凌晨2点，晚上10点还有顾客排队。"

吴建国觉得这是检验一家店口碑和运营模式的时机。一个邻市的交易会，竟然涌现出如此大规模的客流量，这些客人又都是来自世界各地、五湖四海的，这于火锅店简直就是天降的免费广告啊！

叶小帅说："这几天对员工的强化培训，咱们店无论软件硬件，在全市打响知名度的条件都是具备的。所以我建议还要再招一些服务人员和财务人员，这生意一红火起来，人手不够，容易影响咱们店的口碑。"

吴建国听进去了，说："非常好，就按你说的去办。另外，我们要抓住这次机会，在口味上做调整，要调制出多种口味的锅底，满足不同客人的饮食习惯，对菜品项目和特色的介绍也要迎合大多数顾客的需求。"

建龙火锅店开业后，千头万绪，真不是吴建国这个初入商海的人能够短时间厘清的，即便他再机灵、再肯吃苦。

但是，李天娇一个月内，已经把店打理得井井有条，制定基本的考核办法、绩效管理，也不厌其烦地一遍遍给叶小帅指出不足、督促叶小帅重做，终于成了制度，写入了员工手册。就连卫生标准、餐具摆放布局、上菜时鸡头鱼尾的朝向等小事，也没落下。

吴建国很感激李天娇，觉得自己亏欠她很多。这一个月内，他和叶小帅耳濡目染，也学到了不少现代餐饮的管理理念和管理知识。

如今，建龙火锅店算上吴建国和叶小帅，一共有八个人，外聘了一个川菜厨师，主要做凉菜和炒饭、小吃。吴建国和厨师负责厨房，叶小帅负责财务账目和店里的管理，余下的服务员除了一个负责结账收钱外，另外的负责前头跑堂，虽然人不是很多，但对于这么一个开业不久的火锅店来说还可以。

这天空闲的时候，吴建国到前台那边召集大家开会。他先对叶小帅说：

"你有时间把账算一下，看看我们开业到现在情况怎么样。"店里生意看着是挺好，赚没赚到钱他心里还是没谱，先算算账再说。

"我们这几天的菜单要改一改，原来的菜牌制作得有点小气，我们大家商量一下，看看怎么把店里的菜单搞得更有特色一点！"吴建国一边扒拉着计算器，一边接着说。

"最近店里是比较忙，但是着装、仪容仪表、服务态度等，丝毫不能有所放松和疏忽，叶经理你要多抓一下这些工作。还有，卫生方面，绝对不允许出任何幺蛾子，这对一个餐馆来说至关重要，如果卫生做不好，其他的都别谈了，立马卷铺盖走人！"

叶小帅毕恭毕敬地点了下头，说道："我建议，每个月的 25 号，店里要拿出固定的两个小时打扫卫生，不留下任何死角，就连厨房排气扇的扇叶，也必须擦得锃亮。另外，每周还要进行一次小的卫生清扫，就是每天上下班时，每个人划定卫生负责区域，跟工资奖金挂钩，严格执行考核制度，让人人都有责任意识。"叶小帅跟了李天娇一个月，显然已经有了些管理的思路与想法。

吴建国点了点头，表示赞许，说道："具体实施，叶经理去抓一下。店铺运营好了，年底我给大家包红包！"

员工们备受鼓舞，齐声道："谢谢吴老板！"

"那就散会，大家各就各位！"吴建国说完以后，便到后厨去了。服务员赶紧上去招呼进门的客人，叶小帅也回到前台那里，这几天的账目自己要好好算一下，开业一个多月时间了，是应该好好总结一下了。

火锅店恢复原来的秩序，客人点菜，服务员帮他们写菜单，一切都井井有条地进行着。看到这样的情境，吴建国心里踏实，常言道：好的开始是成功的一半，眼前的这种规模已经超出了自己的预期，后面无论遇到什么困难，都要坚持走下去，把这个店做大！

从 5 点多散会开始，那天晚上的生意一直很好，客人比平时任何时候都多。员工们在开会时听说要发年终奖，都干劲十足，开心得不得了。

是啊，谁会不高兴呢？出来打工，都想多挣一点钱，而这次是吴建国主动提出来的，他们自然没有意见，如果有意见，那脑子才有问题呢。

营业到晚上 11 点钟时，吴建国又开始给大伙训话："大家辛苦一点，餐厅做好了，赚钱了，绝对少不了大家的好处。我决定，除了下午承诺的年底红包，以后每个月都会根据营业额的比例给大家发奖金，只要大家劲儿往一处使，我保证每月大家的奖金也会不断上升的……"

员工们虽然疲惫，但好像被打了一剂强心针，个个笑逐颜开，道声"再见"，欢天喜地下班回家去了。

那段时间李天娇很是烦恼，主要是吴建国忙于火锅店里的生意，没时间搭理她，答应去她家做客的事情也好像抛在了脑后。有时候假装打个电话给吴建国东拉西扯，吴建国虚与委蛇地应付两句就说有事，回头给她打过去。但她经常守在电话旁，却很少能听见话筒响起来。

吴建国虽然感激李天娇，也对她有好感，但目前这种状况，他哪有精力去跟李天娇暧昧？目前火锅店发展虽说不错，可每天进货、支付水电、员工工资、各种税收，开销很大，资金方面有点吃紧。还有一件事让他一筹莫展，母亲打电话来，催促他有时间回家看看。李明辉自从把餐馆盘出去给他筹钱，现在无所事事天天待在家里，三天两头看王春华不顺眼，俩人有事没事总吵架。

吴建国只好对母亲百般安慰，说自己现在事业上还不是很成熟，暂时走不开。他想给王春华打个电话，让她遇事让着点婆婆，可是电话接通后，只是问了几句晓晓的状况，听王春华说晓晓哪天参加了什么活动，又取得了什么成绩之类的事情，反倒让他感到羞愧。

晓晓这些事情都是王春华自己在操持，自己什么忙也帮不上，又如何能靦着脸让她在照顾好晓晓的同时，还要时刻注意着婆婆的心情？说实话，别看李明辉对自己慈祥包容，对王春华却有着一股眼里揉不得沙子的偏见，虽然在家时自己每次都帮着李明辉，劝诫王春华要学会包容长辈，但传统婆婆的那些刻在骨子里的封建糟粕，他又岂能不知？

他不住地向母亲和妻子保证：等春节时，一定回去。

李明辉心疼儿子，劝他不要因为事业拖坏了身子；王春华则不置可否，说道："你这么久都不在家，我跟晓晓也能过得很好。"然后就把电话挂断了。

人，是很奇怪的动物。当初要来威城的时候，王春华不同意，后来在他的执着坚持下，虽说同意了，可来了这么几个月，电话也没有几个，原来的关心变得越来越少，这个表现倒令自己有点担心了。直到王春华第一次抢在他之前挂了电话，他才恍然间觉得，自己或许在妻子那里已经不那么重要，已经成了一个可有可无的人了吧。他忽然感到有点属于男人的挫败感。

"你最近怎么了？每天都这样闷闷不乐？"晚上的时候，李天娇来到火锅店，对坐在大门外发呆的吴建国说，顺便去给他倒了一杯茶。

"在想火锅店里的事呢。"

自从上次吃饭后，他们两个人很长时间都没有在一起聊天了，特别是火锅店生意越来越好，吴建国更没有时间了。交流的机会少了，李天娇心里难受抓狂，今天她特意来火锅店，正好碰到吴建国闲下来。

吴建国喝了一口茶，感觉舒服多了，回头看看大厅的墙上，是一幅八骏图，旁边的落地窗旁坐满了人，透过窗纱向外面看去，灯火辉煌，家家户户灯光闪烁，在每个灯光下似乎都有一个故事，就像现在的自己一样。

"你是不是累了？看你傻傻的样子！"李天娇顺势坐在他身侧，低声说。"你最近状态不太好？"她关心地问道。

吴建国笑笑说："没事，主要是火锅店经营的事。你看现在发展得不错，后面要如何发展，是应该仔细考虑一下。"

"是啊，你怎么想的？"

她这么反问，吴建国笑笑说："我想过一段时间，再找个大点的地方，把经营规模扩大！你看怎么样？"

"好是好，但以我对建龙火锅店的理解，觉得目前还不到时候。"

吴建国听李天娇这么一说，也觉得时机还不够成熟。虽说火锅店的味道，大众评价都很高，可做餐饮需要经过时间的积累和沉淀，才能树立起口碑。

火锅的味道，他不担心，甚至十分自信。光说锅底的汤料，都是他父亲当厨师几十年秘制出来的。牛油放多少，沙仁放几颗，花椒和辣椒哪个先放，这都是有讲究的，香料的配比都精确到克，这些自有的配方让味道稳定，也能让建龙火锅的味道独一无二，在威城打响名号。

他担心什么呢？想了想，略带伤感地对李天娇说："我很害怕……害怕自己还没有创业成功，就已经老了，力不从心了，害怕让我一直追逐的梦想随着年龄的逝去而彻底沦为泡影。"

听到吴建国对自己说了些掏心窝的话，李天娇有些感动。

"有志不在年高，有才不在早晚，只要努力，超越别的火锅店是早晚的事，何必想东想西地自寻烦恼？"李天娇感慨一番，也是她内心的真实所想，在她看来，吴建国的火锅店能在自己的店铺里做起来，是件大好事。

听了李天娇的劝慰，吴建国若有所思地低头不语，李天娇以为他想通了什么，不料过了片刻，吴建国忽然哈哈一笑，说道："若我不能将建龙做大，扬名于天下，我就白来威城打拼了。"

两人继续有一搭没一搭地聊着，待店里打烊，就直接坐在夜市的大排档里吃起夜宵。接过李天娇剥好的白灼虾，吴建国不客气地吃着。李天娇守在一旁看着他吃，脸上溢满甜甜的微笑，透出对面前这个异性深深的眷恋。

当晚吴建国喝了五瓶啤酒，有点整多了。他自然地搂过李天娇的肩走进一家歌舞厅，这时迪斯科刚跳完，两人去跳慢四，刚下舞池灯光就暗了下来，渐渐地伸手不见五指。音乐幽幽地响着，李天娇的手臂碰着吴建国的手臂，每碰一下就像在那个部位点燃了一片火似的，让人心跳加速。

吴建国很多年都没有这样的感觉了，这是在十几年的婚姻生活里怎么也得不到的。散了舞会，吴建国趁着酒劲，一把搂过李天娇的腰走回了出租屋。两人都发现心情有点异样，这是受到了生理诱惑？话说回来，李天娇的确是一个狐媚的女人，吴建国此刻才发现这一点。女人的媚，就是魅力，能激起男人探索的欲望。

一进门，俩人互相凝视着对方的眼睛。李天娇温柔写意地爱抚着眼前的男人，吴建国激情渐涌，终于演变为幽暗灯光下惊心动魄的狂潮。急风暴雨后的平静中，李天娇小鸟依人般偎在吴建国怀里。

吴建国倏地睁开了眼睛，身子微微一抖，发现自己犯了大错，狠狠往自己额头盖了几巴掌。他把李天娇抱得更紧些，说："我老婆孩子还在老家啊！我这样做真的太混蛋了！"说完，轻推开李天娇，又狠狠地往左右脸扇了几耳光。也许，身体语言比苍白的对话更有力量，李天娇忽觉有些委屈，泪光闪烁。

吴建国有些慌乱，吻了吻她的秀发，说："事情已经发生，等今后我发达了，一定给你经济上的补偿。"

李天娇身体轻颤，晶莹的泪珠如断线般无言地滚落。吴建国似乎良心上有些不安，问道："你想怎么样？"

听到吴建国没有要离婚与她在一起的打算，她猛然翻身扑到吴建国身上，哭喊："我要你爱我！我要你娶我……"

这女人吧，一吃起醋来，就会发疯！这一发疯就毫无理智！吴建国看到李天娇激烈的情绪，痛苦地紧闭着双眼。而李天娇的抽泣声持续不停！

他忽然对身边的这个女人有些惧怕了！太过热烈的感情令人生畏。

李天娇是俗气而可怜的。她爱钱，也向往爱情，可这些并不是什么弥天大罪，甚至也不是什么过错，只因为身上的气味太过真实，因而显得平庸、俗气，值得男人们理直气壮地抛弃。

吴建国沉默，并不敢承诺什么。

李天娇恨恨地说："你个混蛋！你有老婆，若早点跟我说，我也不会死缠烂打缠着你！你当我是最不值钱的婊子，天天求着你白嫖？你真可恶，竟然骗我上床，我这就报警抓你！"

吴建国吓了一跳，若是李天娇硬说自己强暴，警察听谁的还真不一定。又看了看自己逼仄的出租屋，斑驳的土墙上顶着一块块石棉瓦，散发出一股股腐朽的味道，与李天娇住的房子根本不能相提并论，她这么爱干净的一个人，能够在这种地方把自己交出来，难道不是动了真感情吗？

如果她动了真感情，那么自己还有救，最起码不会被警察抓去审讯室。

他立即撒下了一个弥天大谎，装作动容地说："天娇，我跟我老婆已经七八年没有夫妻之实了。你给我点时间，我会给你一个交代的。"

李天娇使劲儿点了点头，投在他的怀里，嘤嘤地哭着，泪水打湿了他健硕的胸膛。

第十章

按部就班，一马平川画蓝图

第二天早上，吴建国从宿醉中醒来，李天娇已经不知去向，煤气炉上隐约有香气传来，上面煮着一锅小米粥，餐桌上摆放着两枚煮熟的鸡蛋，剥了壳，还细心地洒了细盐巴。

吴建国吃着鸡蛋，喝着小米粥，张军探头探脑来打招呼，说道："不错啊，这么快就搞到手了。昨夜声音那么大，还能起床给你备早饭，看来以后店铺的房租可以省下了。"吴建国猛然想起，这出租屋太简陋，隔音效果太差了，但依然装作无辜地说："昨夜喝醉了，什么也没发生，你可别出去乱说。"

张军说："你不用解释，我对别人的私事也没什么兴趣。我要上班去了，回见！"吴建国苦笑着摇了摇头，真是最难消受女人恩哪！

吃完早饭，吴建国立马风风火火赶到火锅店，先到厨房跟大厨杨成打了个招呼。杨成老实巴交，人又勤勉，已经从早市买来了各种香料，吴建国亲自按照秘制的配比，把各种香料加在锅里，杨成就生起火，把一大锅火锅底料炒得火候十足，足够一日之需。

炒底料是个有意思的过程，不同颜色、不同味道的香料混在一起，彼此交融出一种新的香气。炒着炒着，周围都会弥漫着麻辣的味道，许多客人都会驻足停留，实在诱不过，就干脆走进店里饱腹一顿。杨师傅每天炒的火锅底料大约有 200 份，这是根据建龙火锅店正常的容纳能力定制的，午晚餐加上夜市，基本能售完。

厨房里的切菜师傅都身怀绝技。刀切出的腰片和牛肉都薄如蝉翼，切的鲜毛肚大小都在 4.5 厘米左右，鹅肠与肥肠的肥油都被剔得干净透亮，剁出的香菜丸子细腻弹牙，纹理清晰，这些都是建龙的招牌菜。

可能是火锅店的定位够精准，没有因为身在他乡就迎合当地人的饮食习惯而把菜式做得清淡，而是直接把正宗的川味火锅带到威城，尽可能保留了原来的风味特色，再加上锅底调制得够美味，菜品独一无二，所以至今的的确确积累了一定的客流量。

话说回来，吴建国这个创意相当大胆。

威城很少有餐馆老板敢于尝试将正宗川味原封不动地引进，这样一来反而凸显出建龙火锅店的与众不同。许多当地顾客都从不习惯、受不了重口味，逐渐变得喜欢、上瘾。店里很多菜品种类在当时的威城还没有，所以越发显得独特。

有些客人，来了一次又一次，都成了建龙火锅的忠实粉丝，大家一传十、十传百，越来越多的人知道在威城也能吃到正宗的川味火锅，很多人慕名而来。

虽然客人多了，但吴建国生怕卫生和服务出问题，从来不敢松懈，毕竟"坏事传千里"，有多少餐饮品牌就是死于卫生和服务问题的？

吴建国如此在意，叶小帅岂不灵光？于是便制定了更加精细的卫生管理制度，每天客人用过的碗筷，都先让服务员清洗三遍后再用开水煮十分钟，在厨房工作的所有人员都必须戴上口罩。区卫生局来检查时，虽然收了叶小帅偷偷塞的红包，但也是对店里的卫生由衷地给予了很高的评价。

而服务这一块，叶小帅更不敢掉以轻心，制定了一套"星级服务"标准，每月对员工进行培训与考核，三星级算合格，四星级发奖金，五星级奖金翻倍；二星级扣工资，一星级直接让卷铺盖走人。这个制度一出来，员工们都挤破了脑袋想升入五星级，对顾客自然恭恭敬敬、彬彬有礼。

吴建国到大城市有一段时间了，通过与社会上各色人等打交道，不仅收住了锋芒，还学会了察言观色。来火锅店里就餐的人，只要被他看到，自然一眼就能看出谁的身份更高一等，还能看出哪些是来吃霸王餐惹是生非的。

吴建国从不与街上的半截大爷、地痞流氓发生争执，遇上不长眼的服务员看到吃了不给钱的主，主动追上前去要求结账的，他都会赶紧追出去扯回来，然后赔着笑脸相送。生意嘛，以和为贵！一个外地人在外地开餐馆做生意，这点亏都吃不了，能行吗？更何况建龙才刚起步，不能因为一些小事影响大的发展。他觉得，制度和江湖规矩是生硬的，人心是复杂的、弹性柔软的，开门做生意，一句话：没有那么多看不惯，即使看不惯也要看惯。

日子如流水般匆匆逝去，吴建国每天算计着营业额，悉心记录着各种账目和支出，勤勉经营之下，建龙火锅店的利润非常高。他觉得是时候为开分店做准备了，便让叶小帅再多招些新员工，抓紧培训，配套的服务质量要跟上节奏，争取分店旗开得胜。

好在叶小帅非常用心，已经把培训内容编成了培训资料，又在原来的基础上根据建龙火锅店的发展状况，不断修正和改进着店里的服务制度与卫生标准。

叶小帅接到吴建国要招人的指示，立马便付诸实施。半个月过去了，就招来了五名新员工，三男两女，都是年龄在18到22岁的小年轻。其中一个叫张梦如的小姑娘形象气质俱佳，举止干练得体，吴建国对她青睐有加，直接让她当领班，给火锅店撑门面。

有了充足的人员储备，就有了更优质的服务。看着逐步完善的管理体制，以及越发兴隆的生意，吴建国对经营连锁火锅店更加有信心了。

但是，人怕出名猪怕壮，吴建国开火锅店成功的消息不胫而走，老家那边自然少不了一些人前来探望。有些是好奇当年那个少年丧父的穷小子，究竟挣下了多少家业？有些则是纯粹来攀交情、借钱的，遇到这样的，吴建国总会摆上酒菜好好招待，有意无意地谈起往事，哀伤地说道："当年我父亲去世了，偌大的城市、那么多的亲戚，却只有三桌人来吊唁……"还会滴落几滴眼泪，来人大多惭愧不已，酒也喝不尽兴，灰溜溜地告辞走人。每当这时，吴建国心里总是有说不出的快慰。

然而，有两个人，吴建国却没法拒绝。

一个是马来运，他找到吴建国说："建国，我爸生了病，欠了很多钱，我上班那点工资，几年不吃不喝也还不完，你看你这需要用人不，让我做什么都行。"

吴建国摆上酒菜，谈起往事，说道："我父亲去世的时候，那么多的亲戚，只来了三桌人吊唁……"马来运听了，起身就要告辞，吴建国拉住他继续道："就那三桌，还是马叔叔给帮忙安排的，我从来都没有忘记。"马来运说："谢谢你，谢谢你还能记得我爸的好。"

于是，吴建国说："我这店里，缺一个水电工。先委屈你一下，我们一起好好干，早点把马叔叔欠的钱还上。"

另一个是柳诚，二姨家的表弟，一直游手好闲，不务正业，在外斗殴时，一拳把人家的眼珠子打了出来，又没钱赔偿，老老实实被关了七年，刚放出来。听说吴建国发了财，特地来拜访。未等吴建国谈起往事，柳诚便开口说道："表哥，大姨让我给你带封信。"

吴建国打开信封一看，果然是母亲的亲笔信，大概是说，这娃命苦，从小在后妈手里养的，甚是可怜，让他帮衬帮衬，他二姨在天之灵，也会感激他的。

吴建国反而有点同病相怜的感觉，当时就把人留了下来，即便叶小帅事后激烈反对了好几次，吴建国总是说："算白养着吧，从我那份儿收入里扣。"

叶小帅无奈，安排柳诚去门口当保安。柳诚当年斗殴，手臂上留下了一道长长的刀疤，叶小帅严令他不准随便露出来，以免吓着客人。柳诚倒也听话，收起了满身戾气，真有副重新做人的模样。

这天晚上十点半，建龙火锅店提前打烊。

吴建国走出店门，来到街边。拐个弯，忽然柳暗花明起来：霓虹闪烁，路两旁，一些浓妆艳抹、袒胸露背的小姐搔首弄姿，貌似正与面目阴暗的先生们进行着什么交易。吴建国莫名其妙地产生了一种生理上的灼燃感，30多岁的壮年男子，对性的向往还处在无限热情当中。

他接着往前走，走到夜宵摊，正碰上李天娇在打包夜宵。李天娇媚笑着，先打了招呼："哟，好巧！吴总才下班？"吴建国也打招呼："啊。你饿了？"

李天娇说道："对。"接着，又问吴建国："你去哪儿？"

吴建国说："我也饿了，之前说过要去你家做客的，一直没有时间，不知现在方便不？"

李天娇说："方便，自然是方便的。"于是开着帕杰罗，载着吴建国回到了那处豪华小区。

进了门，吴建国说："夜宵够不够，不够我就不吃了。"

李天娇说："你神经病啊，在火锅店闻味儿也闻饱了，这么晚你真的是来吃夜宵的？"然后卸了妆，凑过来，一副任君宰割的姿态，魅声道："你难道不是为了来吃我？"

吴建国一把把她抱起来，嘴唇也贴了上去，一边往卧室走去。李天娇说："先洗个澡……"吴建国说："洗澡间在哪？一起洗。"

李天娇没有拒绝，伸手指了指，吴建国就抱着这个媚若无骨的女人，钻进了洗澡间。

良久，心满意足的吴建国从床上爬起来，望着面带红霞的丽人，心里有说不出的畅快。他其实也想开了，如果出轨一次算是背叛家庭，那么出轨十次、一百次又有什么不同？

可李天娇并不这么想，她还眼巴巴地等着吴建国跟王春华离婚哩。

吴建国凭着父亲的底料秘方，打造出的火锅还真不是昙花一现的噱头，在这人流穿梭不息的威城新港路，每天都有来自大江南北的顾客涌入火锅店。大家对这家店的服务、味道赞不绝口。

威城的天越来越冷，吃火锅不仅是味蕾上的享受，而且还在其中感受到了乐趣与满足感！

李天娇极有主见，说只帮一个月就只帮一个月，从此很少过问建龙火锅店的事。她对自己的眼光尚有自信，吴建国绝非池中物，肯定会创出一番事业，自己素来红颜薄命，但愿眼前这个人，不要辜负了自己吧。

叶小帅又向吴建国提议要招一个专业的财务，有利于管理账目，让税务那块更加专业化，免得百密一疏，惹出偷税漏税的事来；同时，他自己也可以腾出手来，大力发展经营。吴建国表示赞同。

招专业的财务人员，不是小事，他要亲自面试。

并不宽敞的办公室里很安静，吴建国全神贯注地看着电视，电视里正播放着热火朝天的港剧《大时代》。当看到丁蟹落败，吴建国的表情时而激动，时而茫然，时而震惊。生意人的命运谁说不是一场赌博呢？

他已经将自己当作一名彻彻底底的生意人去看问题了。人这一辈子，踏对了一步，满盘皆赢；下错了一招，满盘皆输。这输赢之间的差别，不是说开好一家火锅店可以衡量的，要达到了一定的思想境界，懂得"人情似水分高下"；要知道在没有做出一些名堂来的时候，懂得夹着尾巴去做人。哪怕受了委屈也要学会忍，只有生意做成功了，有了雄厚的经济做支撑，说话才有分量。

这是潜龙勿用，终日乾乾的规律，也是居安思危的意识。

他经常在想，一个人最想达到的境界是什么？如今事业也算小有成就，腰包也逐渐鼓了起来，还有投怀送抱的李天娇，这算是成功了吗？不，这还不够，对于他来说，有钱有女人只是成功的一部分，如果能让曾经看不起自己的人感到后悔，那才是完整的成功啊！

不可否认，吴建国也觉得自己有点病态，但一想到父亲临走时的那份凄惨，就觉得上天对父亲、对自己不公，或许只有将这份不公让欺负过、嘲笑过自己的人也感受一下，才算是公平吧。

当然，这是一种病态的哲学与价值观，但吴建国却认为这是最公平不过的以牙还牙。

吴建国正沉浸在思绪中，叶小帅悄没声儿地走进来，笑眯眯地将一本账本递给吴建国："吴总，本月收支状况都在这里了。"他的眼神有丝丝得意，态度一如既往地谦卑。

吴建国翻了翻账本，说："开业到现在取得如此大的利润，开门红啊！"然后拿起遥控器把电视关了，对着叶小帅说："小帅，咱哥儿俩还是要立一个规矩，你以后进我这办公室，要先敲门，别让外人看到咱俩熟过头了，否则外面的厨师、员工会有异心。知道吗？"

叶小帅有点茫然，但很快回过神来，谦恭地说道："知道了，吴总。"

"昨天杨大厨来找我，他估计是看我们店生意好，明里暗里想让我给他加工资，我拒绝了。锅底秘方是我们自己的，他不过就是负责流水作业，凭什么要求涨工资？"吴建国发牢骚般说道。

叶小帅听了，也说道："张梦如也向我提了，店里生意太好，他们工作量加大了不少，想每月多涨 200 块钱加班费。"

吴建国接过话："不能答应他们。我在想，咱得多研究一下如何管理人。无论在哪个行业里活动，最重要的就是对周围人的心思了如指掌，要吃透他们。"

叶小帅说："李经理跟我说过，建龙要想有更好的发展，就必须跟政府搞好关系。现在想来，李经理说的是有道理的，如果我们派出所有熟人，就不怕地痞流氓了；如果工商局有人，有什么卫生方面的问题，也能帮我们压下去。"

吴建国对此表示赞同，说道："你是了解我的，以前从不喜欢与公家的人打交道，但真正做起生意来，不跟他们绑在一块是行不通的。那天开业，在酒桌上，街道办万书记和派出所所长讲的那些话，听着好似不经意说的，我后来分析，每一句话后面都有内容，他们明显就是让咱们多去他们那里走动走动，只有来往多了，他们才会保我们平安。没办法，这可能就是江湖，咱们得认！"

吴建国边说，边把账本推开。"不瞒你说，自打我看到我父亲老实巴交一辈子，到头来因为没钱没权，死了都没个尊严体面，我也慢慢变得通透了！现在要管理好这家店，你我都要学会在任何情形下，都能控制事情的发展方向。只有先学会控制人，才能控制事！"

听吴建国这么一说，叶小帅显然拘谨起来，他本就不善表达，他的经历和性格让他的行为处事都是直截了当的。吴建国对他讲这些话，他并没有生气，他理解这是吴建国信任他的表现。

吴建国又说："上次你提的招财务的事，落实得怎么样？"叶小帅说："已经找到合适的人选了，下午就来面试，我到时候给你领过来。"

下午时，叶小帅将一位叫张海洋的中年男子带到吴建国面前。

吴建国把双臂交叉在胸前，注视着张海洋。张海洋先自我介绍，然后介绍了自己的工作经历："我插队回来，在工厂当会计，后来单位送去财经大学读了几年，回来后当了财务科副科长。"

吴建国打断他："你在厂里当财务副科长多长时间？"

张海洋："五年多。"吴建国问："怎么不在厂里干了？"张海洋说道："全国的厂矿都在改革，我们一年前都下岗分流了！"

吴建国沉吟片刻后说："你到我们这小庙来，工资待遇不少你，但有几点你要记下：一、账目要清晰，报税要及时，单据档案要收拾好；二、店内员工的报销凭证都需要我签字；三、每天早上9点，准时到银行存入头一天的收入；四、要多想想如何控制火锅店的经营成本。我给你提的要求，有一些虽然不是你的职责范围，但你毕竟有多年国企工作经验，见过世面，所以希望你多费些心思。"

张海洋识相地点头微笑。

第十一章

近乡情怯，一朝欢聚忆曾经

吴建国面试张海洋时，叶小帅就在旁边，但他颇知分寸，自始至终没吭声。

虽然表面上看，吴建国是老板，在管理能力上、知识层面上更有优势，为人更有豪气，有着足够的魄力；但是，叶小帅沉静如水，不显山不露水地站在他身边，给了吴建国稳定军心的作用，同时也给张海洋一种无形的压迫。吴建国虽然惯常以经商之道去审视这个社会，但是一直觉得叶小帅在平静和忠诚之下，还有着什么深不可测的心思。

在军队那会儿，叶小帅位列高炮团十大业务能手之一。若论对大势的评判，他肯定不是最睿智的那一个；但若论刻苦，整个高炮团无人可及。吴建国曾经这样评价叶小帅——比他有能力的，没他业务水平高；比他业务水平高的，没他刻苦努力。吴建国那时候在炊事班做菜，在全团表彰大会上总是用相当崇拜的眼神望向叶小帅，坚信有朝一日他一定可以混出大名堂来。

但是，铁打的营盘流水的兵，退伍季到了，叶小帅与自己一样，退伍回到了老家。虽然吴建国自诩从来不会看错人，但叶小帅退伍后一直过得不怎么如意，当时分配到了造纸厂，可谁想没过几年造纸厂就濒临倒闭呢？更糟糕的是，叶小帅被列入下岗名单，连妻子也都一去不回了。难道，自己看人的眼光出现了差错？

吴建国自然不肯承认自己眼光不行，所以他选择了十足的信任：叶小帅一定能独当一面，一定不会让自己失望！

还有几天就到 1997 年的春节了，威城的流动人口随着春运的大潮走得差不多了。吴建国在店门口贴了个休假通知，给员工们发了大红包。他收拾好行李，正躺在出租屋里发呆。

张军过来跟他告别，兴奋地说道："今年业绩不错，发了好大一笔年终奖，明年可以交上首付了！"他故意把"好大"两个字的尾音拖得长长的，言语中展现出一股自豪。

想来也是，他来威城打拼了七八年，吃熬的小米粥，住简陋便宜的出租屋，节衣缩食之下终于攒够了买房子的首付钱，这对于没有背景、没有根基的他来说，确实值得骄傲。吴建国想起张海洋临放假前做的财务报表，自己在短短的时间里已经赚够了在威城支付一套房子首付的钱了，张军你神气什么？

他当然不会把这些话说出来，为张军感到高兴之余，又觉得他很辛苦、很可怜。想起自己初来威城时他给自己的帮助，于是说道："你先坐一坐，我有事跟你说。"

张军把行李放在门口，说道："兄弟，有话就赶快说，要不然得等到明年说了。"

吴建国掏出一沓钱，数出 1000 块，递给张军说："回去给嫂子和侄子买件新衣服，是我当弟弟的一点心意。"

张军自然推辞，吴建国说："你要是不把我当兄弟了，就别收这钱。你给我找房子、照看装修，我也从没说过感激的话，是不想跟你见外，这钱你看着要不要吧。"

张军为人耿直，就不再推托了，说道："那我替他们娘俩谢谢你了。"把钱装在怀里，再次告了个别，就出门去了。

吴建国百无聊赖，想着自己要离开威城了，忽然有点小失落，回想起经历过的一切，等想到李天娇的时候，不由得心里一荡，于是打车朝李天娇家赶去。

李天娇正在家里侍弄阳台上的花草。刚一打开门，吴建国就把她紧紧地抱了起来，不由分说扔床上，极尽缠绵。一番狂风骤雨过后，他抚摸着李天娇的鬓发，轻声说道："我要走了。"

李天娇嘤咛一声，显然是撒娇，又带着些不舍，说道："你不陪我在威城过年吗？我一个人，孤单、害怕、冷。"

吴建国说："我自然是想，但家里还有个老母亲，日夜盼着我回去。这样，过完年我早点回来陪你，好不好？"

李天娇抬起头来，眼睛充满期待地望着他，说道："你会跟你老婆离婚，然后回来娶我对吗？"

吴建国看了看怀里的美人，不忍心拒绝她，轻声说道："我会的……"李天娇满意地笑了，使劲儿地亲他。

李天娇与他到小区外面一家餐厅吃了顿午饭，然后开着帕杰罗把他送到车站，来了个大大的吻别。车子缓缓发动了，吴建国隔着车窗向李天娇告别，却发现她捂着脸蹲在地上已经哭成了一个泪人。

吴建国内心翻涌，想起家里的王春华和吴晓晓，不知道怎么去面对她们。

半年时间，岁月让建龙火锅店日新月异，也催着新的一代一天天地成长，吴晓晓长大了。快满12岁的她已经出落成个漂亮的小姑娘，幼时的圆脸变成了尖下颏儿的长脸，衬着一双乌黑晶莹、闪着光辉的眼睛，两弯月牙儿似的眉毛，满头黑发光滑柔软，还长高了一头。

年龄的增长，再加之这半年没见面，她和父亲显得生疏，只是自觉而怯生生地叫了一声"爸爸"，然后就躲进自己房间。再看看王春华，眼里尽是疲惫，仿佛又老了好几岁。是啊！自从嫁给吴建国，她的肩上为他们吴家承担起了太多的责任。饭要让他们吃得及时、吃得可口；四季衣服，缝补浆洗，不用婆婆吩咐，必须要抢在前头。婆婆老了，常闹脾气，还经常让她受气，在传统的大家长作风中，她只能隐忍。

而叶小帅，稍微打理了一下自己的私事后，也离开了威城。回到家后，感激吴建国给自己提供的机会，便拎着一堆花花绿绿的礼品，前来看望吴建国的母亲。吴建国并不惊讶，因为像他这般重情重义的男人，自然会极重节日前后的繁文缛节。

叶小帅退伍后，有过一段婚姻，但仅仅持续了几年，就无疾而终了，原因便是军旅生涯留下的典型印记——强迫症。

在军营里，他强迫自己拿先进、夺锦标，用一种对自己近乎残忍的执拗，以并不出众的天资，硬是凭借着坚持和勤奋，将各项荣誉称号纳入囊中。许多士兵退伍后，都会遗留着军人的特质，而叶小帅，则是属于变本加厉的那种。

他要求妻子，衣服一定要叠得整整齐齐，被子一定要以豆腐块的方式放在床头，洗澡间掉落的头发，必须第一时间收起来，甚至吃饭时剩下半碗汤、一粒米，也会招致他的责怪。

军营，自然是要有铁的纪律；但生活，却不需要这种不近人情的严苛。

所以，他妻子忍受不了这种强迫症式的性格，只好选择离婚。叶小帅也很伤心，他自认一直深爱着妻子，为何她依然走得那么决绝？

他不甘心，领到离婚证走出民政局大门的时候，他问她："你为什么要这样？"

她说："你曾经是一名优秀的军人，现在也是。但你身为军人的那份骄傲，太过于无情。"

叶小帅崩溃了，回到家中，面对着空荡荡的床头，那一方依然叠成豆腐块的被子，虽然完美无缺地放在那里，但却少了她的体温……

他无愧于一名合格的军人，但绝对不是合格的丈夫。

他终于醒悟了，他已经脱下军装，周围的人不再是一起摸爬滚打的同袍兄弟，而是充满着烟火习气的普通人而已。

"是我欠她的，"他想，"我再也遇不见这么好的女人了。"于是，许多年过去了，他宁愿单着。

所以，当他敲开吴建国的家门，望着开门的这个中年女人，一样地充满烟火习气，与吴建国那种意气风发的商海新锐极不相称，甚至显得有些相形见绌。

如果说商场是战场，那么吴建国就是一名冲锋的战士。

战士有着天生的纪律与适应战场的生存技能与法则，但如果把这些东西带回家，那么眼前的这个女人，注定会成为第二个失望离去的伤心人。

"但愿，建国能够摆清楚商场与家庭的位置吧。"他这么想着，却满脸堆笑道："嫂子好，我是叶小帅，跟吴建国一起扛过枪，现在他帮衬着我，让我在店里做点儿杂活儿。"

"哦，原来是叶兄弟，穿成这个模样，差点没认出来，请进。"王春华把他让进门，客厅里传来一声拉长的话语："小帅，你来啦！咱们兄弟不是外人，你还破费啥？"

最后一个音节吐完，吴建国已经来到了门口，把他手里的东西接了，放在地板上，王春华已经去了厨房，端出了一壶茶。

"嫂子，别忙活了。"叶小帅说道，"我来拜见下伯母，一会儿就走，给嫂子添麻烦了。"

"哪里！你这还真跟我客气了！"吴建国说道，"先喝两杯茶，再去我母亲那里不迟。"王春华斟上茶，换下拖鞋，便要出门买菜，吴建国喊住她，说道："把隔壁的来运喊来，正好一起尽地主之谊。"王春华答应了一声，便买菜去了。

不多久，四人坐上餐桌，觥筹交错，气氛倒是非常不错。吴建国告诉王春华，火锅店无论是进料、接待、管理，都是放心地交给叶小帅去办，这半年没有出过差错。

马来运也附和道："叶经理对我们员工可好了，在火锅店里是人缘极好的。"

王春华便举杯说道："建国在外面，人生地不熟，多亏了你们两位帮衬着，我敬你们一杯。"

叶小帅和马来运举起酒杯，推辞道："不敢，不敢！"便仰脖一饮而尽。但他们没有发现，吴建国的眼里，闪过一丝不易察觉的不悦。

叶小帅吃了饭，探望了吴建国的母亲，便告辞离开了。因为家里来了其他客人，吴建国便委托马来运替他送一下叶小帅。叶小帅说道："来运，以后可不要再说我人缘好了，我跟你一样，是给吴总打工的，你这么说岂不是要害了我？"

马来运是个直人，哪有叶小帅那种军人的敏感？对于全优战士来说，侦察战术与心理战术的严格学习，让他对人心的揣摩，倒有着一定的心得。

马来运愕然地点了点头，送走了叶小帅，自己也就直接回家了。

这次回来，王春华还是隐约感觉到吴建国有些不对劲。她虽然这半年没有在吴建国身边，但不妨碍她福尔摩斯般的专业水准，女人第六感的精准程度相当可怕。

她是知识分子，许多上不了台面的话说不出口，有失大雅的事她也做不出来；哪怕就是确信吴建国出轨了，现在也还不是去查找实证的时机。

想想也是，要是婆婆李明辉知道了，一定会站在她儿子那边，嫌弃她不识大体，肯定跟她吵得天翻地覆，家里又会有她受不完的气；再加上吴晓晓即将小升初，她不想在关键时刻搞得家里鸡犬不宁，影响孩子成绩。

别人不了解她，她清楚地了解自己。外表的柔弱是用来待人接物的，骨子里，她怎么可能受得了背叛？这些年的忍辱负重，都是为了女儿，就眼下情况来看，她也只能继续隐忍。

吴建国在大的方面做得不错，例如每周都会往家里打电话，先是问王春华孩子的情况，然后再向他母亲一五一十地详细介绍店里方方面面的情况。因为父亲走得早，母亲独自将这个家撑起，他当兵的那些年，母亲是在一个个孤独的日子中度过的，太不容易。

吴建国对母亲的依赖，胜过所有健全家庭的孩子，这种情感，旁人无法理解。这也许是相依为命、血浓于水带来的黏稠与依恋。

每当吴建国给母亲汇报完近况，李明辉内心高兴，但从不啰唆，就说声："我儿要成事了。"

其实吧，王春华心里有数，在一边旁听的小人儿吴晓晓心里也有数，这个家，是奶奶和爸爸说了算的！王春华旁敲侧击地问过石磊，也时常偷听吴建国母子的对话，准确无误地知道火锅店的发展情况，就是生活作风方面一直没打探出个所以然。

所以，当柳诚来送节礼的时候，趁着吴建国不在，她旁敲侧击地问了几句，先是说："你表哥在外面，过得好不好？"柳诚说："托大姨的福，表哥过得滋润着呢！"

王春华说："是啊，上有老下有小的，都不用挂念，只图自己左拥右抱地快活，确实是应该很滋润。"

柳诚听出了门道来，偏偏又嘴笨，连忙说道："嫂子，表哥在外面没有女人，只忙工作，每次说起家里，都是挺挂念你呢！"

王春华唬他："我一直把你当成自家亲戚，原来你也不肯说实话。他在外面的事，我都知道了，你还要瞒我？算了，我回头跟建国说说，干事业要用些可靠的人，可不能用些口是心非、有前科的人。"

柳诚想："俗话说，疏不间亲，她若床头风一吹，那还了得？"又忖道："她真的都知道了？但她一家庭妇女，能找谁去调查表哥？对，马来运住她家隔壁，忽然去找工作，这条巷子里其他人都没留下，凭什么马来运就留下了？指不定就是她安插的细作！"

柳诚苦着脸，只好说道："嫂子，我怎敢瞒你啊！我从里面出来，也想改头换面好好做人，将来娶房媳妇好好过日子，但没有什么文化和技术，那些厂子见我有前科，都不愿意雇我干活，好在大姨看我可怜，让我去投奔表哥，虽然只是个看门儿的，到底也有份自食其力的收入不是？你可千万别让表哥把我赶了出去。"

王春华说:"咱们是亲戚,砸断骨头连着筋哩!你若说实话,我又怎会为难你?你跟我说说,你表哥在外面有没有女人?"

柳诚为难地说:"嫂子,虽然有妖里骚气的女人老去勾搭表哥,但自古捉奸拿双,我真的没有亲眼看见表哥与她们睡在一张床上。"

王春华说:"也是难为你了。我这里有两盒武夷山的茶叶,你带回去给姨父喝吧,等建国这阵子忙完,我再与他找个时间去拜访。"

吴建国的二姨难产去世,这一支亲戚自然就冷落了,那姨父另外娶了妻子过活,与这边哪有什么亲情可言?甚至连吴建国的父亲出殡,他都没有来过,王春华又怎会专门拿茶叶去探望他?柳诚自然知道,这茶叶是王春华是给自己封嘴的。

于是道声谢,擦了擦额头的冷汗,急忙逃也似的离开了。

王春华却心里明白,他那火锅店虽说经营不错,但威城的大佬、领导多得是,拔根汗毛都比吴建国腰粗,哪个被妖里骚气的女人找上门,还不避人耳目的?分明是吴建国自己作下了,才让人一次次上门。但是,对外的时候,她默默隐藏了心事,一如既往地为吴建国贴金,都说他的好,自己信得过他。

不能怪王春华有疑心。吴建国长得好看,还男人味十足,上中专时就特别招女孩子喜欢。谈恋爱那会儿,学校里的同事都说,吴建国看着太年轻,像她儿子;还有人说得叫人心里跳,说她这是找了个电影明星啊?能看得住吗?这些话,传到王家人耳朵里,王春华除了羞涩,心里是愤愤的,又慌慌的,那时候单纯地认为自己清纯,与吴建国很般配,他们的爱情就像春天的骨朵儿在风中摇摆,她就是那花儿,是朵花迟早要开的。然而结婚十几年,这都开败了。

大年三十,天将破晓,河水涌动着四川这座小城的安宁,一抹黛青在东方沉浮,在片云不见的苍穹之涯有一道柔美的银色曲线。

吃过早饭,吴建国从口袋里掏出一沓钱,让王春华上午多备些礼品,他要去给走得近的亲戚、教过自己的老师、对自己有恩的领导拜年。尤其是马大志那里，他亲自去探望了一回，虽然是股骨粉碎性骨折，做手术时预后不善，引发大规模感染，甚至入了重症监护室，但总算是有惊无险，已经转入普通病房，骨伤也康复得差不多了。当时自己没带多少钱，只是在医院附近买了些水果，所以他特地嘱咐王春华给多送点钱去，让他早日还清债务。他开始有了初尝富裕后的丝丝傲慢，但商人的触觉要求他表面还需要保持谦和。

一家人吃过团年饭后，李明辉就出门了，一直没回来。吴建国似乎想到了什么，他开着王春华上班用的小汽车，驶入小时候居住的老屋大门，沿着树影婆娑的坡路开了一段，停在一排非常陈旧的楼房前，下车径直走去。

吴建国蹑手蹑脚走进屋内，进入灯光幽暗、房门虚掩的客厅。母亲的声音传来："是建国吧！"声音柔软悦耳。

吴建国打开大灯，慢慢坐在母亲旁边："妈。"正窝在沙发里看电视的母亲坐直身体，面向儿子："我每年春节就想回来陪陪你爸。"吴建国"嗯"了声，他仔细看着母亲的脸。这张脸纹路密布，饱经风霜。母亲的眼睛有些湿润，伸出双手无言地抚摸儿子的脸。

吴建国眼角也湿润了。李明辉轻轻拍了拍吴建国的背，慢慢站起来，把儿子拉到丈夫的遗像前面，说："今晚咱们陪陪你爸，也给他说说咱娘俩这些年的生活。"俩人抬头看着遗像，顿生伤感。

整整 18 年了，其间的艰辛、疾苦无法再回首。电视里放着的《难忘今宵》在此刻听来，如泣如诉。18 年，足够阅尽人世悲欢！对丈夫的思念令李明辉柔肠寸断，泪如泉涌。

第十二章

得鱼忘筌，一望青云哂天高

在老家这半个月吴建国没闲着，这是生意人清理账目的当口。

做生意是几家欢喜几家愁的事，他走大运了！建龙火锅店经过几个月的营业，已经将前期投入的成本全部归平，还赢利四万多元。他兴奋地想到自己的创造，用不了多久，第二家、第三家、第四家……建龙火锅店将会像这春节的礼花一般布满威城的大街小巷。

美好的、可以望得见的前景鼓舞着吴建国，他心中充满了雄心壮志。

晚上，吴建国在外面喝得微醺，哼着小曲儿回到家。人道"饱暖思淫欲"，他忽然想起李天娇那白花花的胸脯和娇嫩的脸蛋儿，但远水不解近渴，迫在眉睫的生理需求要如何解决呢？

他推开家门，吴晓晓已经在自己的房间睡着了，王春华蜷缩在沙发里看着妇女节目，时不时抿一口茶。"回来了？"王春华起身说道，"喝杯茶，稍微醒下酒再睡。"然后找出一只空茶杯，给吴建国倒茶。

吴建国接过来喝了一口，有点烫，又想起了第一天去李天娇家时的事情，不由得轻声叹了口气。如果不是母亲定要他过了元宵节再走，他恨不得今晚就买了机票，去寻李天娇春风一度。

王春华看了他一眼，目光又回到电视节目上，说道："有点热，你慢点喝。"

吴建国突然变得温柔起来，从背后抱住王春华，轻柔地说："春华，你自己在家里操持，受累了。"

王春华不作声，由他抱了，说道："喝多了吧你，赶紧睡觉去。"

吴建国说："我们一起睡吧，我去洗澡。"然后洗澡间里就传来了水龙头放水的声音。

王春华颇感意外，但吴建国这暗示再明显不过，她又磨蹭了一会儿，等吴建国洗完了，也寻着换洗衣服，去洗澡。

两人很长时间没有过夫妻生活了，王春华心里确实有点不习惯，甚至有点抵触。但是，他毕竟还是自己的丈夫，自己还需要尽妻子的义务。

她洗完澡，穿着浴袍，来到卧室，吴建国一把搂住她，把浴袍揭开，顺手灭了灯。

黑暗中，王春华突然尖叫一声，把吴建国推开，喊道："疼！"

吴建国耐心地说："是太久没做了，一会儿就会好的。"

王春华说："我们多久没做了？"

吴建国说："我离家才半年多。"

王春华说："那你离家以前呢？"

吴建国眯着眼使劲回想，也记不起上一次肌肤之亲是什么时候了。

王春华沉默了一会儿，见他答不上来，悠悠地说："我们已经两千九百三十五天没有做过了。"

吴建国很惭愧，她是一个活生生的女人啊！七八年的性冷淡，甚至连离家前夜自己都拒绝了她的要求，不啻让她一直守活寡啊。

他轻轻搂着她，慢慢地在耳边吹着气儿，说道："是我不对，只是想着怎么挣钱，让你活得很遭罪。现在我有钱了，让我好好补偿你好吗？"

王春华说："如果你只是可怜我，倒也不必了。我已经习惯了没有你的生活，也习惯了陪着晓晓睡。抱歉，今晚让你扫兴了，没法满足你了。"

于是起身，穿上睡衣，说道："我去陪晓晓睡。"转过身去，轻轻地带上门，接着就是渐远的拖鞋声传来。

吴建国很沮丧，想起刚结婚那会儿，经常跟着厂里一般大的年轻人，偷偷去偏僻处的录像厅看国外的录像带，回来后变着花样儿折腾王春华，而王春华总是想着办法满足自己近乎变态的要求，可如今，却连正常的夫妻生活也没有了。

更令人感到无力的是，这个女人春闺寂寞多年，一直自己默默忍受着，忍到最后竟然连跟自己吵架的欲望都没有了。

做丈夫做到这种程度，不能不说是一种失败。

吴建国躺在宽大的床上，却再也睡不着，想起李天娇那柔软的身体，还有那期期艾艾的表情，抽搐的嘴角慢慢挤出两个字："离婚！"但又想起吴晓晓，忽然觉得自己还得继续忍。

元宵节这天，李明辉带着一家老小去给丈夫上坟，刚回到家中，吴建国的 BP 机就响个不停，他走到露天的院子里掏出一看，是李天娇，留言肉麻露骨："亲爱的，我想你想得失眠了好多天！你什么时候回来？"

王春华假借着收衣服追到院子里。吴建国赶紧像没事一样将 BP 机揣到裤兜里。王春华了解吴建国，如果是朋友或是生意上的事 CALL 他，他会煞有介事地拿起 BP 机大声念出上面的字，而这一次并没有，情况显而易见。

她不傻，吴建国此刻的举动更加证实了她的判断。她走近吴建国，冷冷地笑了两声，说道："你又不是作奸犯科，干吗鬼鬼祟祟的。难不成外面有人了？"

吴建国微微一愕，问："你什么意思？"

"意思就是别以为挣了两个臭钱就了不起，就开始起花花肠子，到时候别真弄出乱子来才好！我告诉你吴建国，现在我是眼不见心不烦，当真被我瞧见了，这个家我先砸烂再散伙。"王春华没憋住，歇斯底里地吼了出来。

她的话语非常犀利，弄得吴建国尴尬万分，脸上青红不定。王春华认为，对付男人不能太客气。

吴建国自从分居两地之后，就不再跟王春华谈任何心里话了。王春华本是乐得清静。夫妻关系、婆媳关系实在是复杂而令人头痛的问题，可是她对所有打乱她安乐生活的人和事，都有一股狠劲，就等着睚眦必报。

吴建国油滑地岔开话题，一是为了转移王春华的注意力，二是他的确没有想好与李天娇有什么样的结局，能发展到哪一步。虽然李天娇能给他肉体上的满足，但他精神的寄托依然在这个家，至少他现在是爱这个家的，是离不开这个家的。

"那什么，昨天二舅家明生哥来找我，想让我借5000块钱给他办养鸡场，我没同意，我说在外做生意，用钱的地方多着呢！"

"不借！你家这些亲戚真的吃相难看。他办养鸡场跟我们八竿子打不着，真好意思厚着脸来这开口！"王春华说，"嫁给你这些年，容我说句坦白的话，你家这些亲戚太不识做人了，处于低势，冷眼旁观；走了财运，马上过来巴结、寻只扶手，未免不知进退。要是你去威城没挣到钱，指不定被你这些亲戚和不怀好意的人一下一下地推跌在地上。钱不能借，他这是自取其辱，与人无尤。"

王春华说这话时的神情比她平时老成得多。一番话巴辣而深刻，无情又实际，听得吴建国有点寒意。

"春华，我跟你是越来越疏离、越来越有隔膜、越来越陌生了，感觉无法相处。"

吴建国的语调是苦涩的，他在听到王春华刚才那一席话后，内心像经历过一次大大的挣扎，把这些年内心孤寂无人懂的恨意说出来。

王春华盯着丈夫，下意识地问："你打算怎么样？离婚？"

"如果你想离，我同意。如果你想带晓晓到威城生活，我也接受。"

王春华回望丈夫，只见他呆立着，以一种木然、哀怨的目光看着她。她微垂下头，再抬起来望住丈夫，决绝地说："你是想要我面对你有外心的现实，还是解决我们夫妻之间出现的问题？我们之间以前没有原则性的问题，不需要解决，只需要磨合。但既然你话已经说到这个份儿上了，我的问题只有一个，她究竟是个什么样的女人？"

吴建国说："这不重要，昨晚我们连正常的夫妻生活都没法过，我才觉得你是打心底里讨厌我。不过我也跟你说明白，我在外面没有人。"

王春华说："你还怨我？谁家的老婆跟我似的？才结婚三四年就断了夫妻生活？你在家时，除了炒菜就是点灯熬油地研究菜谱，正眼看过我几眼？后来，你说要去闯一闯，把家里的积蓄全部卷走，还搭上了家里开的饭店，你知道我那点工资是如何养活一家三口的吗？等你回来了，整日跟狐朋狗友混一块儿，每天喝得醉醺醺的，跟我聊过几次知心话？直到喝醉了，来找我过什么夫妻生活，明摆着是想着别人却来拿我泄火。我告诉你，吴建国，我是一个正常的女人，不是你呼之即来，挥之即去的工具！"

吴建国被训斥得抬不起头，恼羞成怒地吼道："话都说到这份儿上了，我觉得我们没必要再待在一起了，不如离了吧。"

王春华流着泪，不过很快就镇定下来了，一直没跟吴建国离婚，是为了晓晓，但吴建国难道打算不管晓晓了吗？李明辉听到争吵声走到院子里来，恰好听到吴建国的怒吼，她径直走到儿子跟前，"啪啪"，清清脆脆的两记耳光打在吴建国脸上，吴建国两颊顿时通红。

"你刚才说离婚？我还没死呢！春华这些年对你工作的支持你忘记了？她把这个家里里外外打理得井井有条你忘记了？身在福中不知福的东西！"李明辉虽然在家里强势霸道，但她是个明事理的女人。

吴建国木然地摸了摸脸颊，说："妈，我那只是气话。"然后侧着身快步走回里屋。

王春华呆立在原地，她有种快要窒息的感觉，因为婆婆在旁边，才叫自己控制着，不能哭出来。她张着口，拼命吸气，只觉全身散架，内伤严重。

李明辉看到儿媳这副模样，心疼着。她不敢劝说些什么，担心激怒她压抑多年的怨气。她缓缓转过身去，摸索着回自己房间去了。

过了好久，好久，王春华抬眼一望，发觉太阳快要落山了，她用袖口擦干脸上泪痕，进屋择菜。她与老同学钟梅一家早些天约好了，今年元宵节在她家一起过。

吴建国回到屋子里，躺在床上发呆。脸上依然火辣辣的，母亲这次是下了重手，足以感受到她对自己的愤怒。从小，虽然过得辛苦，但母亲一直教导自己要懂得感恩、知足，要行得正踏得直，而今天的自己，已经变成了一个喜新厌旧、见色忘义的小人。因为李天娇性感漂亮？或是因为李天娇精明干练，对自己开店帮助颇多？诚然，无论从长相、气质、品位，还是智慧、能力、手腕来说，李天娇与王春华存在着云泥之别，但王春华为自己付出的一切，李天娇连边儿都沾不上。

吴晓晓去同学家里玩儿，刚回到家，就见母亲在院子里流泪，也没敢多问。其实她知道，母亲不容易，肯定是爸爸惹她生气了，于是就去问吴建国："爸爸，你们吵架了？"

吴建国收回思绪说："是爸爸不好，让妈妈生气了。"

吴晓晓说："你不在家这半年，我从来没有见过妈妈哭过，你才回来几天，就把她惹哭了？"

吴建国默然无语，吴晓晓就恨恨地盯着他看。良久，吴建国才缓缓抬起手，抚摸着吴晓晓的脑袋说："晓晓，爸爸向你保证，以后再也不让妈妈流泪了。"

吴晓晓却一把打开他的手，头也不回地跑开了。

吴建国的心在滴血，造孽啊！自己不能抛弃这个家，即便这个家已经习惯了不需要自己，但自己依然需要亲情，需要这个家！

第十三章

糟糠之妻，一瞬芳华悼流年

一辆桑塔纳小汽车停到门口，车门打开了，出来一张美丽而明艳的脸孔。钟梅关闭车门，手里拎着两大袋礼品，站在路边指挥老公王培军倒车。

吴建国识相地挤出满脸的笑容，一路小跑到门口相迎，王春华则留在厨房做饭。

钟梅与王春华从小学开始就是同学，她打小就出落得标致，成绩优异，身上难免有些傲气。在那个大学生较少见的年代，她还以文科状元的成绩考上西南政法大学，毕业后分配到市司法局工作，现在已经是副局长了。

她后来嫁给市委办小车班的王培军时，所有人大跌眼镜！大家觉得心高气傲的钟梅找对象怎么着也应该是个大款，或者是有一定级别的国家干部，没曾想，她义无反顾地嫁给了一个在国家机构工作的工勤人员。地位的悬殊，外形的不匹配，让这对伉俪成了大家的焦点话题。但是，十几年过去了，小两口越来越幸福，越来越有默契。

钟梅走进厨房与王春华打招呼，看到王春华脸上湿湿的泪痕，她知道一定是两口子吵架了。吃过晚餐，她让老公王培军拉着吴建国外出打牌，她留下来陪好友聊聊天，问问情况。

为了不被王春华的婆婆听见，两人躲到卧室里。一进卧室，王春华禁不住哭了起来。

"春华，人生的委屈何其多，一会儿就过去了。"钟梅说完递给王春华一张纸巾，"再说，大过年的，有啥好气的？你可别没事找不痛快，建国过两天就走了，鸡毛蒜皮的小事你忍一忍就过去了。"

"鸡毛蒜皮的小事？我是那种斤斤计较的人吗？"事到如今，王春华也不打算隐瞒了，她将自己的怀疑，以及吴建国在 BP 机响后的反应都告诉了钟梅。钟梅以自己的专业嗅觉判断，吴建国肯定是婚内出轨了。她停顿了一下，努力保持理智，不想让好姐妹伤心欲绝。

"别这样！"她拍拍王春华的肩，"一遇到矛盾就哭，那你不得天天以泪洗面？日子还过不过了？今天哭过就别再为这些破事哭了，你不为自己想也要为晓晓想一下。离啥婚？他吴建国现在是事业上升期，没准一年半载就变成富豪了，你现在离婚不是脑袋进水吗？过完年，你就向学校申请停薪留职，带着晓晓到威城去找个学校。我不信你们娘俩到了他身边，他还敢明目张胆、胡作非为。"

说完，钟梅搂紧还在抽泣的王春华，继续劝着："别再难过了，哪个家哪个人不都要遇到一些坎？背人垂泪背人愁，我们的一生各适其适。"

王春华细声说道："不，你就很幸福，你拥有你想要的一切。"

钟梅反问："我幸福？快 40 岁了，还没有孩子。我的那些光环，是以牺牲成为一个母亲的代价换来的。为了加班升职，我不敢要孩子，不敢歇产假，生怕晋升机会被别人抢了去。在付出代价时，我已经接受了没有孩子的事实。"

钟梅说这话时，神情的坚决，令王春华骇异。

"许多时候，幸福只属于心间，并不在手上，那是看不见摸不着的东西，只能靠心去感受。"

钟梅做领导多年，劝慰人的水平是有的。她说这些话时，语调开始变得平和却肯定。

王春华知道钟梅的良苦用心，这些话分明是给她的鼓励，并非阿谀，亦无夸大。

钟梅淡然地对王春华说："你现在如果不想放弃婚姻，就得带晓晓到威城去生活，这男人不在身边盯着是不行的。我大学同班同学在威城教育局工作，我等会儿就打电话给他，请他帮忙解决晓晓转学的事。咱们要用尽所有方法保住家庭，你光哭不是办法。"

王春华又流下眼泪，说："是啊，我这些年一哭二闹三上吊都用齐了，他该出问题还是出问题。"

她本来只是一个热衷于小日子带来的生活享受的女人，没有想过对未来做何种打算。但是现在，如果还放任吴建国一人在威城打拼，这个家要不了多久就会支离破碎，这些是她不想去经历的。

那晚在与钟梅一番交心聊天后，王春华顿悟了。对，去了再说。一切问题，让它自然发展，船到桥头自然直，费心花神有什么用？万一将来有变，带孩子一走了之，反正吴建国也不算薄情寡义之人，肯定会给她和孩子安排好退路，给上足够的钱。人嘛，口袋里只要有足够的钱，在哪都能生活。

夜深了，吴建国打牌还没回来，孩子和婆婆早早睡了。王春华在灯下枯坐着。天凉得早，当夜的风很大，她似乎在风中听到了一种声音，那像是召唤，又像是诉说。她想起很久以前的岁月，想起与吴建国谈恋爱时的情景，越想越缥缈，越想越漫无边际。

吴建国与王春华是中专同学，前两年两人都没怎么交流过，只知道班上有这么一个人。直到有天上晚自习，吴建国刚坐下，王春华就进来了，凑到他跟前说："你也在这里啊。"然后就在他后面一排坐下，从那一刻起，吴建国开始心猿意马，总觉得后脑勺不自在，几次想扭头看看，都忍住了。书看得越来越含糊，心神都转到后面那个人身上。一会儿王春华过来递给他一个橘子，他连"谢谢"二字都说得语无伦次、含糊不清。她头发中散发出蜂花护发素的香味，吴建国忍不住转过头假装问她几个题，还希望王春华讲得详细些，这样他就可以把头靠近了。

吴建国后来告诉王春华，当天晚上，他躺在床上心神不定，眼里全是王春华的影子，那蜂花护发素夹杂着她的体香，总是在他身边缭绕。

是啊，十几年了！夜色中，王春华开始嘤嘤哭了起来，但随着一声门响，她知道是吴建国回来了，赶紧擦干泪痕，去门口迎接。

"回来了？手气怎么样？"王春华问道。

"还不错。"吴建国应了一句，显然有些诧异，今天下午还哭哭啼啼的王春华，怎么此刻就恢复如常了？

"你怎么还没睡？"吴建国问道。

"等你回来。"王春华低头含羞说道，"昨晚是我不对，对不起啊。"

吴建国心神一荡，笑着说："知错就改，也不错嘛。"于是把王春华抱起来，向卧室走去。

一阵狂风骤雨，吴建国想着李天娇，仿佛李天娇就在身下娇喘、迎合，于是身上有着使不完的劲儿。王春华咬着牙，发出轻轻的哼声，说不出来是痛苦还是畅快。

灯亮起，王春华抬起头，望着吴建国，吴建国也在温柔地看着她，他第一次发现，王春华竟然也是这样地妩媚，虽然有了些许岁月留下的痕迹，但那份温婉与纯真依然不减当年。

他甚至有点后悔，这样几乎完美的老婆，自己无视得太久了，于是说道："春华，这几年你受苦了，是我不对。"

王春华说："我知道你在外面打拼，不容易。我作为妻子，应该在你身边陪你打拼的，不应该在家疑神疑鬼。"

吴建国轻舒了一口气，说道："你相信我就好，我不会抛弃你的。等我回去托人找找关系，让晓晓转学到威城，我们一家人待在一起。"

王春华抬起头，眼里充满了惊喜，说道："真的，需要多久？"

吴建国说："我在那边刚刚立足，领导那里还牵不上线，你再等等，等个一年半载，这事儿准成。"

王春华就直直望着吴建国，看得他心里发毛。

突然王春华"扑哧"一笑，说道："你忙你的，转学的事我来办。"

吴建国显然不信，问道："在威城没有关系，转学这事，可不是那么简单的。"

王春华说："钟梅今天不是过来了嘛，她在威城有同学，已经托他帮忙了，顺利的话，寒假结束前就可以办好。"

"啊？"吴建国瞠目结舌，他本来想着安抚王春华，说一年半载不过是缓兵之计，没想到王春华在这等着他呢！只好装作高兴的样子，说道："是吗，钟梅是个信得过的人。"

顿了顿，又说道："这样，明天我先回威城，租一套大房子，正好从我那狗窝搬出来。你跟晓晓得了准信儿，就跟妈一起去威城。"

王春华说："好，建国，我什么都听你的。"

第二天，吴建国告别了母亲和妻女，坐上了去威城的汽车。一路上他心乱如麻，自己对李天娇的承诺要如何兑现？王春华来了，李天娇跟他的事情该怎么收场？想来想去，只觉头疼，又加上昨夜睡得晚，就不知不觉睡着了。

回到威城，吴建国首先要解决的事情，就是跟李天娇摊牌，但又不知如何跟她开口。

出租屋里冷冷清清的，仿佛年味儿从未来到这里，冰冷的被褥，残破的屋子，与老家的温馨相比，更像是一个冰窖。

吴建国感觉有点饿，从柜子里翻弄了半晌，好歹找到几包方便面，便煮来吃。调料下在锅里，弥漫起一股香气，吴建国捞出面条，独自吃了起来。

吃着吃着，忽然就流下泪来。他不知道，该如何面对李天娇；也不知道，王春华来了后，纸包不住火，那时该怎么办？如果能够自由选择，他肯定会选李天娇，她不仅人美，而且能够在生意上给自己帮助。但是，他毕竟抛舍不下吴晓晓，也不愿让一生命苦的老母亲伤心失落。

BP机又传来"嘀嘀"声，不用想，肯定是李天娇发来的。他顾不得擦去眼泪，掏出来一看，屏幕上闪烁着："亲爱的，离婚谈妥了吗？人家可想你了，什么时候回来好好疼人家？"

若是平时，他肯定会猴急地打车过去，但是今晚，他突然感到很暴躁，甚至有些怀疑人生。

——自己刚来威城的时候，一心想着做事业，哪有这么多烦恼？

——自己开火锅店，就目前看是成功的，但为何却如此地痛苦？

但问题，终究要解决。他走出出租屋，使劲儿裹了裹羽绒服，来到一家小卖部，借了公用电话，给李天娇打过去。

话筒那边"喂"了一声，吴建国只是沉默。

那边似乎猜出来了，惊喜地问道："是建国吗？"

吴建国开口说："天娇，离婚的事儿没办妥，我母亲不同意。"

李天娇那边沉默了，隐约传来呜咽的声音，说道："你在威城对不对？我去找你，跟你谈清楚。"

吴建国说："不必了，以后没事你也不要来找我了。我们只是房东和租客的关系。"

李天娇彻底崩溃了，嘶吼道："你信誓旦旦说要离婚，原来不过是为了骗色。你如果没有把握，为何一次次来找我？"

吴建国决定把话说绝，冷冷地说道："都是成年人了，冷静点吧，李天娇，反正你阅人无数，也不差我这一个，立什么贞节牌坊。"然后"哐当"一声挂了电话。

付了钱，吴建国如同行尸走肉般慢慢踱回去……

第十四章

渐入佳境，一帆高挂迎春风

第二天，吴建国起得很晚，或者说他宁愿躺在床上，什么也不想，什么也不做，直到隔壁的喧闹把他吵醒。

他穿上衣服，探出个脑袋，只见张军回来了，带着一个女人，还有一个五六岁的男孩子。那女人一身朴素穿着，还围着乡下人常见的那种红围巾，脸冻得红彤彤的，隐约嵌着几粒冻疮，一边开着门，一边用大嗓门嚷嚷着："看你这狗窝！乱成什么样子了？我不在的时候你就这么过的？"

张军赶忙赔笑道："这不，急着回家找你，临走忘了收拾。"

那女人说："还不生火烧水，给娃洗洗脸。"那嗓门够大的，震得棚顶嗡嗡响，仿佛不是夫妻间交谈，倒似陕西梆子。

张军便去过道烧水，迎面看见吴建国，诧异道："兄弟，你咋回来得这么早？"尚未等吴建国回话，回头招呼道，"素梅，来见见我邻居。"

那个叫素梅的，就把手在衣服上擦了两下，过来说道："大兄弟，听张军提起你，还惦记着娃，给那么多钱买衣服，实在是不好意思。"

吴建国打量了一下站在面前的夫妻俩，张军又高又壮，长得还算端正，怎么就找了这么个土里土气的老婆？而且含辛茹苦地攒首付，心心念念地把她接过来？

当下回应道："嫂子客气了，一点心意，不成敬意。"又问张军："你们刚到吗？"

张军说："是啊，太远了，天亮才到。又在火车站倒车，这不都快11点了，才赶到这里。"

那个小男孩忽然哭起来，素梅立马去抱起来，哄道："乖，不哭……"张军不好意思地说："娃怕生，让你笑话了。"素梅听了，却扯大嗓门嚷道："什么怕生？娃从昨晚到现在就没吃饭，是饿的，有你这么当爹的吗？"

吴建国莞尔一笑，说道："我也正好饿了，一起去吃一顿，权当为嫂子接风。"

张军没有推辞，因为娃也确实饿了。四人来到第一次一起吃饭的小饭馆，点了几个热菜、一个热汤，特地让伙房给蒸了个鸡蛋羹，还要了两瓶二锅头。

娃吃了一碗鸡蛋羹，素梅也吃了两个馒头，喝了一大碗肉丸汤，看吴建国和张军正喝得尽兴，抹抹嘴说："我吃饱了，娃在这里调皮，你们也喝不舒服，我带娃去转转，过会儿就回去收拾下老张的狗窝。"吴建国说："嫂子请自便。"

素梅就抱着娃去玩耍了。张军又喝一口酒，说道："农村人，让你笑话了。"

吴建国说："哪里，嫂子很直爽，跟你倒是合得来。"

张军说："其实她跟我谈对象的时候，也是个杨柳腰的苗条人，但生了孩子后，威城消费太高，让我们攒钱买房的计划拖后好几年，不得已才让她回去跟我父母住。我家那地方，是榆林的一个农村，风沙很大，每年春、秋、冬三季，都得防沙护井，很是辛苦，她在那里待了七八年，就变成这个样子了。"

吴建国大概能想象出来，在沙暴中，如果不提高嗓门，根本无法听见彼此说什么；防沙护井，自然是辛苦活，足以把人磨炼得五大三粗。

他打趣地说道："你这要买房子搬新家了，在威城能住上楼房，牛气啊！要不连媳妇一起换了？"

张军瞪着眼说："不换，可以不住大房子，但媳妇不能换。你别看她粗声粗气的，但通情达理着哩。我能找到这个媳妇，是好几辈子修的福气。"

吴建国看他认真的样子，心想："真是开不得玩笑。"于是问道："买房子的事情怎么样了？"

张军说："年前就交了定金，明天就去交上首付、办理贷款手续，就算结了。然后慢慢装修，装好了就住进去。"

吴建国由衷地替他们感到高兴，说道："提前祝贺你乔迁之喜，到时候不要忘了通知我一声，讨杯酒喝。"

张军说："一定，一定。"两人碰杯，一饮而尽。

吴建国又去开第二瓶酒，张军制止说："已经每人半斤了，不能再喝了，再喝回去得挨骂了。"吴建国会意一笑，也不逞强，一人拿了个馒头，盛了汤水，吃起饭来。

吃完饭，吴建国抢着去付钱，只听饭馆老板说："酒肉饭菜一共花了46块钱，那位女客人在柜台放了100块，我找你们54块。"吴建国感觉到不合适，说道："明明是我请的，却让嫂子破费。"

张军说："她心细，又不肯占人便宜，自家兄弟，不用客气。"吴建国恍然间觉得，这个叫素梅的女人，虽然与威城的一切都格格不入，但骨子里是个讲究人。

吴建国与张军一起慢慢踱步往回走，忽然一辆帕杰罗风驰电掣般驶来，不用猜，一定是李天娇了。只见她打着厚厚的粉底，穿着一身枣红色的羽绒服，打开车门，怒目圆睁道："吴建国，你给我站住！"

吴建国赶紧逃也似的跑向出租屋，张军看情势不对，趁着李天娇追过去，赶紧找地方躲了。吴建国却钻进张军的屋子，说道："嫂子，给我挡一挡，有个疯女人寻我麻烦。"

李天娇毕竟跑得慢，只看见吴建国跑进了巷子，却不知道哪一家，疯了似的一家家踢门找。那些租客大多数还没有回来，有几家回来的，开门看了看，见李天娇这个模样，也不敢多说话。

　　李天娇来到张军家，一脚把门踹开，嘴里还喊着："吴建国，你要是个男人，就给我滚出来！"

　　只听张军的娃一阵哭声，紧接着素梅从屋子里出来，粗声粗气地嚷道："喊什么喊，娃都被你吓哭了！"李天娇望着这个五大三粗的女人，竟然有点胆怯，说道："我寻我男人，关你什么事？"

　　素梅说："你找男人找到我屋里，是怀疑我偷人还是怎的？"李天娇不言语了，转头就走，张军听见娃哭，毕竟挂念，赶紧跑回家来，却被李天娇撞个正着，一把揪住，说道："你不把吴建国交出来，我跟你没完！"

　　素梅却说道："你扯我老公作甚？有什么事情说清楚。"也许是素梅气场太过于震撼，李天娇松了手，蹲地上哭了起来。

　　素梅见她哭得凄惨，心里也软了，问道："你寻吴建国什么事？跟姐姐说，姐姐给你出气。"

　　李天娇就把事情大体上说了一遍，气得素梅浓眉倒竖，说道："跑了和尚跑不了庙，你去他火锅店堵他，一定没跑。"李天娇倾诉了一番，心情好多了，觉得自己歇斯底里地闹腾很不好，就擦干眼泪，开车回去了。

　　吴建国从床底下溜出来，头上还带着蜘蛛网，讪笑道："谢谢嫂子。"素梅问："她说的是真的？"吴建国笑容僵住了，低头说道："是，是真的。"

　　素梅回过头来，冲着张军喊道："你结交的什么朋友？赶紧搬家！娃还小，不能跟这种人住得近，恐怕学不着好。"于是扯着娃边走，边给了吴建国一个鄙夷的眼神。

　　吴建国懵了，赶紧说道："我本来就要搬走的，我现在就搬走。"于是把被褥捆扎成一个行军包，背在身上，手里提着些衣物，对张军说："等房东过来，帮我把押金退了。"然后神情暗淡地走了，屋里的二手家具和锅碗瓢盆，全部舍弃了。

好在刚刚下午，吴建国开了火锅店的门，把东西放进去，便去找了房产中介，租了个大点儿的房子，位置还算不错，可以按照日租结算，价格也能接受，于是当天下午就搬了进去。

又过了两天，服务员都回来了，重新整理了下店铺，又开始营业了。生意红火的建龙火锅店，再次有了源源不断的收入。吴建国直接对接上了威城屠宰场，菜品新鲜，供货充足。

大家一合计，又从四川招来几个川菜师傅，天天做不同的凉菜和小菜。这菜品一丰富，根据点单的概率，再推广给目标客户，这样一来，留在菜牌上的菜都是定位精准的热销菜。

吴建国还扩大了服务员队伍，保障在生意好的情况下，服务没有缩水。

春季开学，钟梅帮吴晓晓办理好了转学手续，王春华在学校旁边租了一套120平方米的房子，专心做起了家庭妇女。

婆婆李明辉不愿意到威城来生活，一个人留在了老家。

吴建国还在店里守着，大厅里热气蒸腾、烟雾弥漫，20多张台张张坐满了人。厨房里10多名厨师和助手都穿着白色工服，头戴白色帽子，围着10来口大铁锅，用粗大的锅勺使劲搅动着锅里红亮的火锅底料。

传菜的师傅卖力地吆喝着："快点儿来接5号桌的菜——"

杨厨师对助手说："把火烧旺点儿！熬完这几锅，咱们就开饭。今天给老板说一声，加餐，麻辣鸡片管够！"

"哟，杨大厨，忙着哪！"雾气太大，吴建国揣着半只眼进来。

杨厨师把炒得汤色油亮的汤底指给他看。吴建国伸手拿出一只碗，舀过一小口尝了尝，满意地说道："嗯，不错，杨师傅手艺实在好。你以前在老家不光只会烧川菜吧？"杨成谦虚地哈着腰道："在村办企业、乡镇企业都干过厨师，也经常负责办村里的一些红白喜事。"

吴建国问："怎么又不干了？"

杨成不好意思地答："为女人呗。"

"为女人？"吴建国来了兴趣，"介绍介绍。"

"老婆跟我是二婚，小我近 20 岁，她要到威城来打工，我得看紧点儿！"

四周响起一阵笑声……

威城充满奇迹，建龙火锅店便是一例，不到一年的时间，已打响了威城第一火锅的名号。午晚餐固然排长龙，更接到大批寿宴嫁娶的围桌订单。

吴建国是急躁的野心家，绝对希望能三天建成罗马。他对叶小帅说："我打算从速在各商业区开分店，好生意要抓紧机会，否则就有人争相效仿。"他想让叶小帅跟他一样，收拾离乱情怀，全身心投入经营管理，不能每天就想着单身汉那档子事，老盯着店里服务员小姑娘们看。

他还有个商业模式的构思，希望把建龙火锅店做出品牌效应后，在世界各地开设连锁直营店。

吴建国自从在乔赢身上看到了未来的发展框架和模式，也慢慢摸索出了一些行业发展规律：开餐馆，生意是否兴隆，选址占很大的比重。如果遇到分店盈利不高，就得迅速将之结束，再把人手资源另作安排；相反，如果店铺开在购物力强的地方，扩张得越大越好。

吴建国准备好好考察几个地处商业区的旺铺。他先去看了莲花区新开业的大型百货商场，发现人流量非常大，又访了访一家卖重庆小面的店，发现每天的营业额很可观，于是决定在即将放盘租售的第二期商场租一个好铺位。

负责租售物业的其中一个部门主管李明涛，是表姐夫王思瑞推荐认识的，有一个大熟人做后台，更不成问题了。

现在的吴建国，才是真正的运筹帷幄。他上周去找过张军，劝说张军加入进来。

张军心中迟疑不定，吴建国先与他谈了未来火锅店的宏伟蓝图，再笑嘻嘻地以友情逼迫，让他左右为难。

在汽车销售公司这边拿着死工资，现阶段明显半死不活，他能想明白继续待下去的利害关系，也不想就这样庸庸碌碌地过下去。而且吴建国已经两次劝说自己跟着他干了，如果再不答应，未免拿乔，不识好歹。但一旦加入建龙，他几乎可以肯定，兄弟关系就会转变成上下级关系、雇佣关系，就别想再像从前那样推心置腹，心里想什么就说什么。

去还是不去？张军眼睛眯了起来，平心而论，就他本意而言，他是很想直接辞职过去的。建龙火锅店现在的发展势头是节节高，吴建国承诺的工资比在汽车销售公司要多出两倍，这还不算日后开连锁店、扩大经营的各种补助和提成。

他心里十分复杂、紧张，毕竟攸关前途，稍做不好，就会事业、友情一拍两散。就算对方是好朋友，去了后，如果火锅店经营不好倒闭了，无论他工作再怎样负责、勤奋，感情也无法复原。

就这样，在吴建国的反复劝说下，张军最终决定辞职，加入建龙火锅。吴建国让他负责两间分店开业前期的准备工作，等分店正式开业，他去做其中一家店的店长。张军欣然同意。

张军这个人，吴建国了解，为人讲感情、厚道。在事业刚起步时，身边需要的，必须是值得信赖、能与自己同甘共苦的人。

在听到张军同意加入进来的那天，吴建国专程回到曾经的出租房，跟张军下棋聊天。素梅在新房子监督装修，吴建国是问了准信才敢过来的。

吴建国知道，今后这种单纯的情谊将不复存在，双方有了利益的牵扯，任何事都要从火锅店的发展去着眼，不可意气用事了。

张军说："建国兄弟，你这不到一年时间，与刚来威城时的状况真的是天上人间的区别。现在事业发展总算打开局面了，再往前走半步，可以说要风有风要雨有雨，我真心为兄弟你高兴。"

"我懂你说的那半步是什么意思。事业到了一定的层面，考虑的问题就多了，面对的困难也大了！以前看着别人为了那半步绞尽脑汁，怨气冲天，哭哭啼啼，觉得非常可笑，大男人的，值得吗？轮到自己了才明白这半步的分量和含金量。人嘛，也不能说谁是野心家，进步是人人都梦想的，批判什么人说他是野心家，那实在是很可笑的。我以前一点野心也没有，开这个小火锅店，除了你，谁又照应过我那么一点半点？所以我们必须将建龙做大做强，做成全国首屈一指的火锅品牌。"吴建国说着掏心窝的话。

"我三番四次劝你加入进来，是希望用你的长处来补齐我的短处。你在威城做汽车销售多年，知道如何跟顾客、跟企业打交道，你懂他们的心理需求，懂市场规律，这些是我不具备的经验，建龙要扩张，的确需要你的加入。"

吴建国说，张军安静地听着。

"其实只要威城的市场打开了，全国的连锁经营市场就容易攻下了。品牌的辐射效应你是不知道，毫不夸张地说，当一个产品成为名牌，根本不需要广告，不需要推销，顾客都会蜂拥而至。你看麦当劳。"

张军赞同吴建国扩张的想法，只是觉得这需要时间。他问了一下建龙每天的营业额及利润，吴建国说出数字后，张军惊讶地说："这么多？"过了一会儿，他又说道："以建龙现在的资产和发展趋势，至少应该可以保持每年开两家新店的增长幅度。另外我觉得，你是不是可以考虑成立一个专业的经营管理团队？所有的经营问题让下属研究、提出方案，你来做决定。"

"我同意你的建议。现阶段，建龙连锁经营的模式刚刚起步，对于如何管理我还是模糊的，有专业的管理团队，对建龙的发展肯定更好。"

两人蹲在院子里的台阶上，直到夕阳斜下，各自心满意足，踌躇满志。吴建国看了看手表，突然道："嫂子快回来了，我得抓紧走了。"

"走去哪里？这时候了还不留下吃顿饭？"素梅带着娃从外面回来，粗声粗气地嚷道。吴建国立马忐忑不安起来，说道："嫂子，你回来了……娃又长高了……"

素梅笑着说："今早就听见喜鹊在枝头叫，我寻思着要有贵客到，就多买了些肉和菜，今晚就在这里吃顿便饭吧。"然后自顾自地收拾去了。

吴建国心有余悸，连忙说："不敢麻烦……"张军却说："留下吧，她这人心直口快，发完火就没事了，从来不记仇。"

吴建国就留了下来，三人聊些故乡的事情，心有灵犀地不去提李天娇的事情。

一个月后，张军正式加入建龙火锅。

那段时间，每个人都忙碌而紧张，根本腾不出时间来兼顾别的事，李天娇经历了吴建国避而不见的挫折，心灰意冷，干脆去了云南旅游，来治疗自己的情伤。

吴建国已经没有那个兴趣、没有那个时间去谈情说爱了，他压力大，店里那么多事需要他统筹。威城在那几年，已经有几百万的流动人口，城市一共有六个行政区，餐饮的发展潜力巨大！

每晚临睡前,他都要琢磨店里的人和事。他们夫妻虽然同床共枕,但依然缺少交流。

某天晚上睡觉前,吴建国想起刚来威城时,去过的那家大龙火锅店,店里实行的普通贵宾卡和白金贵宾卡的销售策略令他印象深刻。

这经验不错,为什么不借鉴呢?吴建国拍了下脑门,第二天就赶紧打出广告:每桌消费满50元,结账时送现金券10元。

不要小看了这个小小的让利活动,现金券毕竟是有日期限制的,客人拿到券后,需要在指定的期限内再到建龙火锅店消费,才可以使用现金券,如此反复消费,顾客觉得占了便宜,无形中给建龙火锅做了免费宣传,变成了捆绑式消费。

经过一个月的现金券打折活动,吴建国仔细一盘算,生意的确比一个月前更好。就拿某天中午来说,他到店里的时候正值午餐高峰期,20多桌全部爆满,按每桌发出两张左右,发出去的10元现金券就已经突破了50张。

吴建国不由得喟叹做生意的玄机!

他突然想起当时大龙火锅店那名服务员眼中一闪而过的鄙夷神情,心中顿时升起一股怨气。他来到门口,对柳诚说:"有件事,你替我办一下,这几天不用上班了,工资照双倍发,但不要告诉任何人。"柳诚听吴建国附耳说了几句,眯着眼说道:"表哥,你放心吧,这事儿我保管办得漂漂亮亮的!"

这天上午,王思瑞办公室电话响起,他拿起来接听。

"是建国呀?听你表姐说,你们火锅店生意很不错啊,这开张还不到一年,据说要开新店了?"

王思瑞是只老狐狸!知道吴建国这个时候打电话来,肯定有什么事需要他出面帮忙解决。

以前嘛,帮的那些忙可以说是亲戚间的人情往来,不帮说不过去。但接下来至于能帮你吴建国多大的忙,还得看你会不会做人,能不能落实一些私事,能不能带来一些利益。

吴建国在电话那头，也没有过多考虑王思瑞的需求，他单纯觉得，亲戚间搭把手扶持一下是应该的。

　　"姐夫，现在大致情况是这样的，我想近期再开两家分店，但需要一笔不小的资金。今天打电话，就想找姐夫问问有没有认识银行的朋友，我想在最短的时间内贷一笔款，利息和期限能相对放宽。"

　　王思瑞听罢笑了笑，这事对他而言太简单不过。他所在的处室是市计委一个分管相关项目审批的处室，平时与金融机构打交道就比较多。吴建国所托之事，他是容易办到的，只是他要告诉吴建国办这件事情的难度非常大，提醒吴建国欠他的可不是一个小人情。

　　吴建国在电话那头，详细讲解了建龙火锅下一步拓展新店的规划。比如，每家分店招一个店长，配20个服务员，每个店配两个掌勺师傅，加五个学徒；柜台单独设立，设一个收银员和一个前台等，事无巨细。

　　王思瑞在电话那头表示赞同他的构想，只是贷款这件事要托很多关系，能不能办成两说，让吴建国做好两手准备，等消息。

　　有了前期的现金券销售模式，建龙的营业额呈倍式增长，客流量一大，各项收支都增加了，吴建国忙得团团转，慢慢也感觉精力不济。

　　王春华虽说是全职主妇，但只是负责在家带吴晓晓。可生长在红旗下的花朵们，生活条件都好了，作为家长，哪里还会像以前的人家那样教育孩子。她自己也说，每天也没做什么具体的事呀，怎么感觉忙得一塌糊涂？

　　叶小帅和张军又向吴建国提出组建管理团队的事。这确实是当务之急，吴建国虽然有经商头脑，可如今的建龙已经和刚开业那会儿不一样了，不是只需要几个人支起锅架起桌就能经营开来的。分店开起来，就是连锁店模式，对于具体管理事务他也一头雾水。

　　他本想再次去拜访表姐一家，银行那边还没有消息，他迫不及待地想见到表姐夫。即便没有贷款的事情，没事多联络一下感情总是好的。平日多见面，多听听表姐夫的意见，不要总是临时抱佛脚，一有事才去麻烦人家，这样容易让对方反感。

两天后，吴建国邀约了表姐一家到海月酒楼吃晚餐。这个店吴建国还是跟李天娇去过一次的，望着那熟悉的位子，已经没有了伊人娇嗔的身影，吴建国有点惆怅，但正事要紧，他只伤感了不到两秒，就带着王春华和吴晓晓早早地在包厢里恭候着。

吴建国知道，要想在人生地不熟的地方做生意，人脉资源太重要了。这近一年来，王思瑞在前期对建龙的帮助可谓诚心实意，也因为有了他的支持，火锅店的发展才会如此顺利。

王思瑞带着李子渝和正在读高中的儿子王睿进来了！王春华热情地招待，并叫服务员起菜。上来的都是高档海鲜：象拔蚌刺生、龙虾伊面、小米辽参等，摆了满满当当一桌。王思瑞一看这规格，心中窃喜，觉得是自己对老婆表弟的全力支持，攒下了这个面子，今后在老婆娘家可谓是风光得意了。

李子渝责怪吴建国乱花钱，说道："我听你姐夫说你马上要开分店了，可不能这么糟蹋钱呀！"王春华急忙解释："两家人难得聚在一起，吃一顿好的是应该的。况且您和姐夫这么支持建国的事业，我们点这几个菜，你们不要嫌弃才是。"

寒暄了一会儿，双方便开始推杯换盏。席间，吴建国跟表姐夫提到要组建管理团队的事，李子渝看向老公，王思瑞马上心领神会，侃侃而谈道："我这有个人选，是我们副主任的侄女，刚从威城一家电子厂的销售岗位上辞职，你那儿适合她。别看人家只是个中专学历，读书成绩可是一等一的好。"

李子渝赶忙附和说："那丫头我了解，性格开朗，做事认真，还有一股子闯劲。她辞职时领导还一再挽留，可人家就是不想在国企干了，想到社会上闯荡，你招她最合适不过了。"

吴建国笑容满面地点点头，连声说："我与春华都是中专毕业的，从来没有嫌弃学历的意思。姐夫能如此上心，实在是太感谢了！只要她不嫌我们店小，工资待遇好商量。"

那顿晚餐，表面看着融洽，实则各怀心思，更像是利益的捆绑与交换。

第二天下午，表姐就打来电话，说那个叫林惠的姑娘四点到店里来面试，让吴建国多照顾一些。吴建国从三点开始就坐在店里向门外不停张望。快到四点时，他看见一个身穿 T 恤牛仔裤的年轻姑娘走进来，身材不胖不瘦，长相普通，是那种一周后再见面都想不起在哪见过的普通。

林惠也不拘束，见面没两句话，就开始把自己当官的叔叔挂在嘴边了，很明显是想让吴建国重视。这种肤浅的态度引来吴建国的一丝不满。

吴建国心想："跟这个林惠聊了这么久，听她说自己的个人能力和外联能力都不错，可我为啥对她没有好感呢？"

林惠还在自顾自地说着，吴建国猛然悟出那天与王思瑞一家的那顿饭原来是交易。自己这会儿才回过味来，赶忙又梳理了一下与王思瑞的对话，回想当时的场景，想到表姐李子渝对王思瑞使的那个眼神！这一家人都不是省油的灯啊！这不，已经送来一块烫手的山芋了。

吴建国内心天雷滚滚，却又不好发作，暗自咬牙切齿："切，他们俩这一招可够损的。先往自己脸上贴金说这姑娘如何优秀，再打着给我介绍人才的旗号扔这么个祖宗过来，接着肯定会跟我说银行的事有多么不容易！我这差点被当枪使了还不明就里。他们这一家倒好，把这个林惠介绍过来，一来讨好那位副主任，二来让我觉得是欠了他们人情。"

可这山芋已经来了，不接不行啊，往后还得指望人家帮忙呢！

吴建国看着林惠，笑着问："林小姐来我这，想在哪个岗位谋职？"

林惠自信地说："听我叔叔说，你们店马上要开两家分店，我想当其中一家店的店长，我有这个能力胜任。我不想在国企干，主要是工作太枯燥，工资又低，管理太严不自由。"

林惠说完，对视着吴建国的眼睛，感觉到吴建国对自己并不是特别满意，随即说道："虽然你这里的工作可能累些，但我的工资可以与业绩挂钩，这样我就有不停去营销的动力。来店里消费的客人越多，我赚得越多，你更是赚得盆钵均满，这是一举多得的事情。"

随着两人的交谈深入，对彼此都有了初步的了解。确定了来上班的时间，双方握手道别。

林惠刚一走，吴建国就接到表姐的电话："我介绍的这个姑娘怎么样？"吴建国虽然不是很满意，但他脱口而出："非常好！"

李子渝急不可耐地说："小林是很不错的，完全符合你的要求。另外，她人虽长得朴实，但交际能力和沟通能力都是一等一的好。"

放下电话，吴建国叹气道："无奈啊，小帅，你说这个林惠……"

与他一起面试的叶小帅，全程不发一语，此刻却打断吴建国的话，说道："吴总，不用说了，这个人留下吧，我懂。"

第十六章

隐忧初现，一晌贪欢红颜妒

越忙越见鬼。偏巧就在两间分店筹备之际，与建龙签了三年合同的主厨杨成，忽然跑到吴建国跟前来说："吴总，真不好意思，我有件紧要事跟你商量。"

"什么事？"吴建国问。

"我可能没办法履行我跟建龙的合约了。"

他说了这句话之后，静下来，看吴建国的反应。

在以往，生意没起色时，吴建国必然会大惊失色，一家餐馆没有了厨子，就好似一条船没有了掌舵的人，左摇右摆，失掉方向，那怎么办？

但如今的吴建国今非昔比，涉猎生意场日久，知道在任何事情面前，都要锻炼出泰山崩于前而色不变，以不变应万变的气场。何况自己开的是火锅店，味道在开店初期已经形成了，厨师的作用真不大。

杨厨子的那点小九九吴建国心里跟明镜似的，他眼红建龙火锅店的生意，想水涨船高、坐地起价。估计碍于江湖规矩，想借些其他事做托辞。

与牛鬼蛇神打交道久了，他开始明白做人其实有如玩扑克牌，手上有一对王炸加两套马车，完全的成竹在胸，不必轻易亮出底牌。做事也是，没到关键时刻，不必表露实力，更不必横冲直撞，且沉住气，看对方出牌，才定夺乾坤。

吴建国不动声色，示意杨厨子说下去。

杨成作出为难状，说："我也是迫不得已的。我亲戚在威城边也开了一家火锅店，劝说我过去帮他们把店做起来，我一开始是拒绝的，可是我那老婆天天在我耳朵边说叨，那是她娘家表哥，我实在为难啊。其实我很舍不得离开，与吴总你也相处得融洽，只是家人都认为我一把年纪了，还拿着一般的薪酬，倒不如到亲戚店里做挣得多些。"

吴建国皮笑肉不笑地说："杨师傅，你别烦恼，你和你家人的心意我明白，都是讲感情守本分的人。亲戚的情面应该顾及，况且收入也有增加，这对你来说是好事。"

吴建国的话语让杨成骇异，忙道："我对建龙还是有感情的，工作也得心应手。"

"当然，当然，杨师傅几时都宝刀未老；无可置疑，只是你家里头的意愿也要照顾。"

"可是你那两间分店开业在即，且我们之间有合同。"

"不用担心，合作得勉强，你牵肠挂肚地去工作也叫我过意不去。你签约时也没有想过有此意外，所以不必把合同放在心上。"说完，客气地将杨厨子给打发走人。

这个杨厨子不聪明，见利忘义，连基本的职业操守都没有，这种人吴建国是看不上的。

店里的服务员看杨大厨打包行李离开了，都面面相觑。叶小帅叹息说："唉，建龙庙太小了，留不住人啊！"走过张梦如身边时，还特意顿了顿，无奈似的说："小张啊，上次你说要涨工资的事情，我让你先等一等；今天趁着杨成想涨工资，我也去敲了下边鼓，可吴总的意思很明确，店里有财务考核制度，不能因为个别人破坏了，所以这事儿难办。"

张梦如进入火锅店后，虽然来得比一些老员工晚，资历上也差一大截，却直接被扶上了领班的位置，本身就是受照顾了。今天杨大厨以辞职为说辞让涨工资，到头来还不是被扫地出门了。自己虽然年轻漂亮，但对火锅店的重要性却比主厨差远了吧。想到这里，张梦如赶紧说："叶经理，那是我随口一说的，您千万不要当真，也不要再跟吴总提这件事了。"

　　叶小帅像是带点赞许似的说道："小张，你年轻，好好干、认真学，现在建龙在扩张，以后用人的机会多得是。"

　　张梦如说："谢谢叶经理，我会好好努力的。"

　　叶小帅点了点头。

　　安抚好张梦如，其他想要涨工资的服务员更不会开口了。

　　凡事一理通，百理明。

　　解决了内部员工抱有异志的问题后，吴建国决定趁热打铁，他吩咐管行政的林惠，把员工召集起来，开会。

　　吴建国先说道："建龙火锅发展到今天，离不开各位的鼎力支持和辛勤付出。分店开业在即，希望大家好好干，一起把建龙做大做强，我吴建国肯定不会亏待大家的。分店开业的人员安排，请林经理宣布一下。"

　　林惠虽来上班不久，但在会议上却呈现出一副游刃有余的老练，为了将这第一项工作完成好，她根据吴建国的意思，拿出了好几套方案，确实很努力，最终在吴建国的认可下敲定了，心里也感到非常高兴。她望了望参会的员工，开口说道："建龙接下来要开两家分店：一家在莲花区玫丽百货大楼，一家在横滨区的中心地带。新店开张，需要增添人手，招聘的事我已经在着手进行了。但是，还需要从总店调一批老员工过去，以老带新。现在，第一批招的员工已经在横滨分店整训了。张梦如，你这边的工作先放一放，去抓一下培训的事，尤其是服务礼仪，你作为领班，这是你的强项。"

　　张梦如站起来，说道："谢谢林经理照顾，我一定努力完成任务。"张梦如也是不蠢的，新店开张，地理位置又好，收入肯定会高，提成也会水涨船高，能调到新店去，即便还做领班，相当于也是涨了工资。

林惠又说道："张梦如调走，老店这边就缺一名领班。我既然主管行政与人力资源这块业务，在这里就跟大家明确一下：公平竞争、择优上岗，将根据各位过去半年内每月的星级评价记录，选择最优秀的员工担任。"

然后就拿了几张统计表，圈出两个人名，递给吴建国，说道："吴总，您过目。"剩下的发给员工过目。

服务员们聚拢在一起看，但见两个人名，一个是曹秀琴，一个是卢倩，彼此对自己每个月星级评价心知肚明，这次能者上位，自己做的不如别人好，倒也服气。

吴建国看了后，不动声色地递给叶小帅，叶小帅看了一眼，那曹秀琴年近五十，要是当领班，似乎有点年龄大了；而卢倩刚刚大专毕业两年，无论从形象气质还是将来的职业规划培养方面，都更适合提拔。

但是，洗碟子刷碗、收拾满桌狼藉，是个人就能干，年龄超过35岁的员工也不少，也不能寒了这部分老员工的心不是？叶小帅知道吴建国也是这么想的，只是众目睽睽之下，没办法直接宣布是卢倩罢了。

他看了后，递给张海洋，说道："张经理，你也看看，发表下意见。"

张海洋更鬼精，下意识地看了眼曹秀琴，又看了眼卢倩，但见曹秀琴满脸期待，卢倩也是攥着拳头，跃跃欲试的样子，但一路甩锅过来，自己一个管财务的，能发表什么意见？

但叶小帅这么说了，不说话又不好，于是拉长了声调说："我们财务部门对林经理的选拔方式没有异议。请林经理根据行政部门规定正常选拔，将结果知会财务部门，下月造工资表时给变动工资层级。"

果然是老江湖。人力资源不是林惠管吗？她选好了，张海洋配合变动薪资就是了，得罪什么人啊！倒像一个皮球，踢了一圈儿后又到了林惠那里。

于是，众人的目光又聚焦到了林惠身上。

林惠似乎很享受这种被人注视的感觉，也对这种情况做了充分的准备，当下接话说："既然各位领导都看过了，没有人提出异议，那么我就说下我们行政部门的意见。"故意顿了顿，反而把别人的胃口吊得更高。

林惠喝了口茶，说道："我们建龙在人才选拔方面的理念是，让每个人都有职业晋升渠道，但也要因人制宜、因材致用。领班职务，历来对年龄有限制，我认为卢倩更适合这个岗位。但……"

曹秀琴沮丧下来，打断说："林经理，我理解，我年纪大了，下岗后没什么本事，建龙留了我，我很珍惜，每天踏踏实实地工作，能在建龙长干下去，我已经很知足了。升职的想法，我是从来就没有的。"

下面的员工开始窃窃私语，叶小帅要说话，吴建国以目光制止了他。

林惠由着下面窃窃私语了一阵，咳嗽一声道："但是，建龙从来不会让努力创造价值的人才寒心。现在两家分店开业在即，加上总店，就是三家店，除了负责后厨的食材之外，各种易耗品及后勤保障一直由马来运负责，今后恐怕分身乏术。所以，公司决定，把后勤维修和物资保障分开，曹秀琴负责采购和管理，马来运专门负责维修和养护，工资与领班同级。"

后勤采购和管理，是个不重不轻的活儿，重的地方在于，灯具、桌椅、餐具等一应易耗品，零碎而烦琐，缺什么必须及时给补上，需要极其负责和有耐心，毛躁的年轻人还真干不下去；但是，相对于领班一站站一天，却又是清闲的，以曹秀琴的年龄，即便当了领班，能够站几天也是个未知数，这样安排，果然是因人制宜、人尽其才。

曹秀琴自然很满意，最起码不用看客人脸色、不用洗洗刷刷了。本来她在针钉厂就是管物料的，这火锅店的耗材总比针钉厂内型号各异的钢料、零件好管多了，想必林惠已经看过她的履历，让她做自己擅长的事情。于是，不由得向林惠投去感激的目光。

吴建国说："今天到这里，散会！"

吴建国当先站起来，去后厨指导新来的大厨余开鼎，人如其名，开鼎，不就是开锅盖吗？

林惠在后面喊住他，笑着说道："吴总，给您拆了个后勤维修岗位，多了一份工资支出，您不会介意吧？"

吴建国说："我都没想到马来运一个人忙不了三家店的物资保障和维修保养，若是顾此失彼，绝对会耽误事儿。况且，曹秀琴本身就很励志，能给35岁以上的员工以鼓励，让他们积极主动为建龙付出更多，这点工资又算得了什么？"

林惠道："吴总果然有格局。"

吴建国不说话了，只是盯着她看。

林惠打量了下自己的衣着，抬头倩笑道："怎么？我脸上有灰？"

吴建国说："真没想到，你这么会做事。"

林惠故意装作不高兴的样子，然后又莞尔一笑，说道："吴总，你不知道我的地方多着呢，来日方长，我会证明自己不是靠关系坐在这个位置上的。"然后，扭过身，迈着自信的步伐走开了，留吴建国一个人怔立在原地。

李天娇从云南回来了，但那件事怎能是一次旅游就真正放下的？她与吴建国之间，注定要有个了断。于是，她又开始来找吴建国了，这让吴建国烦死。碍于占过这女人的便宜，有把柄被对方抓住，他敢怒不敢言。

这天，涂着厚厚粉底的李天娇又来店里找吴建国。

"吴总，最近怎么样？"她撩着头发，有些不明所以地笑了笑。

吴建国思索片刻，沉吟着道："我老婆孩子都来威城了，你今后少来店里，那天我已经说得很清楚了，我们，断了吧。"

李天娇面露不悦，但还是挤出笑意，来到吴建国对面坐下，说："吴总，该占的便宜你都占了，无论是事业还是身体，你说断就断，天底下哪有这么好的事？"

吴建国烦不胜烦地说："我真没时间没精力跟你纠缠。虽然跟你睡过几次，但是你情我愿，谁都不算吃亏吧。"

李天娇眼睛里闪过一丝狠劲："你说这话什么意思？就是想白吃，对我不负责呗。算了，我实话实说吧！经过最近一些事，我对你也不抱什么情感希望，既然精神上的补偿你给不了，那就来点实际的。我正好对餐饮业有些兴趣，想和你合作。"李天娇觉得继续藏着掖着实在没必要，直截了当说开了来。

吴建国脱口问道："怎么合作？"

"你上次过夜时，答应过我，不会亏待我，你不会反悔吧？"

吴建国摇头："我的意思很简单，咱俩没有可能继续下去，我也没有离婚打算。你要多少钱你说！"

"你新的分店成立后，我要参与进来，占百分之十的份额。"

李天娇说完，吴建国变了脸色，语气尽是羞辱地问："你就因为让我睡了几次，就心黑想拿走建龙百分之十的股份？你咋不直接明码标价出去卖？"

"是，我正是如此。我这人吧，比较懒，不仅对做生意没兴趣，对你今后开多少家火锅店也没兴趣，不过你既然答应不亏待我，总不能食言。所以，我琢磨着这个办法不错。"李天娇慢悠悠地说着。

"哈？你！"

吴建国弹身而起，一副难以置信的神色。他深深吸了口气，说："这个，你痴心妄想！什么都别说了，我想办法给你一万块钱补偿，从此两不相欠互不打扰。我目前只想着经营好这几家店，你要再来干扰我，我不怕鱼死网破。"说完满眼怒火地瞪着李天娇。

一股不甘心的怨气从心底升起，渐渐弥漫到全身。李天娇狠狠地咬住嘴唇，久久地咬着，待一丝血水从牙齿缝里流出，狠声骂道："吴建国，王八蛋！"

她决定去找王春华聊聊。不能从吴建国身上拿到自己想要的，也不能便宜了他！

第十七章

力挺夫婿，一腔悲愤谁与诉

　　李天娇这个可怜的女人，想要找到王春华的住处，并不是痴心妄想。她找到张军，张军本来就是个不会撒谎的陕西汉子，只是支吾，不敢多嘴。

　　李天娇终于不耐烦了，说道："你信不信，我可以让你见不到你老婆孩子？"张军一股火就上来了："你信不信我现在就弄死你？"

　　李天娇说："我打不过你。我去车上等着，等你媳妇回来，我就撞死她，反正我有的是钱赔你。有本事你把我的车砸了。"

　　说着就转身上了车，打着火，故意空挡狠踩油门，嗡嗡的声音搅得张军心烦意乱。

　　张军很无奈，这个受情伤的女人，上次来时就已经疯了，又憋屈了这么久，真想不出会做出什么事情来！

　　只好走上前去，使劲儿拍着车窗，李天娇停下踩油门的脚，把车窗摇下一点，道："张大哥，想通了？"

　　张军说："你这么耍赖，真的没必要。我也不会撒谎，吴建国搬家的时候，我也帮过忙，住哪里我知道。但你要去找人家媳妇理论，我不能告诉你。你直接找上门去，让人家怎么做人？吴建国的媳妇也是无辜的，你想，她自己一个人在家里照顾老小，老公在外面出轨了，她心里能好受吗？你若有气，去找吴建国撒，不要连累无辜。"

李天娇似乎觉得他说得对，但还是说道："那吴建国就是个无赖，不但不认账，还用很难听的话骂我。他是个衣冠禽兽，我就想让他后院起火。实在不行，我雇人去他店里闹事，反正我有的是钱。"

张军觉得很头大，自己以后的指望都在建龙身上呢！若是三天两头有人去闹事，那还得了？张军上学的时候，听说有一种"武混混"，跑到人家店里去，装作不小心把头磕破，满地打滚，滚得到处是血，给钱也不走，就为了对付你；报警吧，店里认栽赔钱，他爬起来就走。可第二天，又有人来这一出，连着闹几天，保管让一个好端端的店变得门可罗雀。

张军挠了挠头，说道："这也不是办法。这样，我给他家打个电话，你跟她媳妇聊一聊，人家若是不想见，你就别上门找人家了；无论怎样，以后不要再闹了。"根据自己的社会阅历，张军认为这是能把损害降到最低程度的办法了。

李天娇说："好，只要能跟她联系上，我就不来找你了。"

张军带着她去了小卖部，给吴建国家打了个电话，吴建国正在店里，在家的肯定只有王春华，只听得电话里王春华说道："喂，哪位？"

张军还没吱声，李天娇一把抢过话筒，喊了声"嫂子"，然后一五一十把自己跟吴建国那些事儿说了一遍。

王春华听得七窍生烟，但还是极力保持着镇定。直到李天娇说完，才问道："说完了吗？你给我打这个电话，是为了跟我说这些？"

李天娇愣了一下，说道："吴建国跟我说好了的，要么跟你离婚，娶我；要么拿钱来补偿我，我跟他要分店百分之十的股份，不过分吧？"

王春华冷冷地说："还没扯证，你就迫不及待把身子交出去啊？你这种人我见多了，你们的行情是多少？我这老公不厚道，哪有消费不买单的道理？这个钱我出。咱们约个时间见个面，把该了结的东西来个了断。"

话虽然说得难听，但李天娇不服输，想见见这个女人，到底是何方神圣，竟然有这么犀利的反击！

午后的咖啡厅里，安静优雅。隐蔽的角落里，面对面坐着两个女人，一个素面朝天，一个浓妆艳抹。视同类为天敌是女人的天性，尤其是喜欢同一个男人的女人。王春华从李天娇的表情里清楚地感受到了这一点，她知道，这个李天娇就是春节时 CALL 吴建国的那个女人。王春华打量着她，年龄比自己小个七八岁，身材却比自己好了许多，厚厚的粉底与考究的鬈发，还有那白皙的手指，明摆着就是个非常精致、享受生活的人，自然有闲情逸致去勾引别人家的老公。王春华怒火中烧，但为了孩子，为了家庭的完整，她必须保持冷静，要用尽心力支撑起气度，赶走眼前这苍蝇一样的女人。

李天娇看着王春华，上下打量了一番，挑衅道："吴建国没告诉你我和他的事？没告诉你他身边有个年轻漂亮的女人？"

王春华一听，觉得眼前的女人幼稚可笑、自以为是，随即提高了声音："我没兴趣问，男人嘛，一个人在外地，难免会有生理需求，有了需求就要解决，这好比我家火锅店，到了饭点就有肚子饿的人来吃饭，喜欢我家口味的来一次还想来第二次、第三次，来多少次我们都打开大门欢迎，只是吃完饭必须付账。建国喜欢吃你这盘菜，多吃几次我也能理解，只是他账没结完就拍屁股走，太不应该了。说说吧，你这儿一次什么价格？"

李天娇那张还带着不屑的脸突然间拧成一团，显然对这些刺耳的话语忍耐到了极限。

王春华内心暗自爽快。

李天娇见王春华也不是省油的灯，句句戳心的羞辱，逼得她想跳上去与对方纠打起来。但她还是克制住了，毕竟该得的还没拿到，此时真的闹翻不好收场，岂不让对方白白得了便宜？转而换成一副悲戚的模样，仿佛自言自语般说："算我眼瞎，喜欢上这样一个男人。没在一起时，我以为他是个单身汉，一直想着法儿往上贴；等在一起了，他告诉我有妻女了，说要离婚娶我，我还真信了。哈哈，哈哈，我真傻，我活该！我要知道他吴建国是这种人渣，我也不会把房子租给他，更不会费心卖力地帮他把店开起来！"

王春华饶有兴致地打量着她，看她精彩的表演，但她并不知道，李天娇说的都是实话。

李天娇擦了擦眼角的泪，说道："都是我自作自受，轻信别人。现在说这些也没意义，你既然护着他，护着你的家庭完整，我也不是那种非要拆散别人婚姻的小三。但是，你要知道，吴建国就是个人渣。"

客观地说，她最开始对吴建国是有情痴成分的，后来看到吴建国对自己故意疏远，再加之王春华已经带着孩子来一家团聚了，深谙男人心思的她知道，如果不摊牌，再纠缠下去，不但得不到真心，还会搭上自己的利益。

靠不住的男人她见多了，但钱对于一个女人来说，永远靠得住。她并不是会为了痴情而放弃理智和利益的那种女人。她想通了，能多多少少拿到建龙火锅店的股份才是长远之计。她有一种直觉，那个男人会发大财，至于发多大的财她没多想。但按照建龙火锅店现在这个扩张趋势，数以万计的身家是迟早的事，自己若能趁机搭上建龙这趟快车，过几年就能多圈上几套房子、几个商铺了。

王春华却说："女儿学校里还有家长会，我赶时间，你说下什么价格，我现在就跟你结算了，以后不要再缠着我家老吴了。如果你说的是真的，不要侮辱自己当初那份痴情，好聚好散吧。"

李天娇克制住怒火，笑了笑，说："什么价格？谈价格不就真成了皮肉生意吗？我一正儿八经的大学生，不做那下作的买卖。既然被吴建国欺骗了感情，我必须讨要损失！建龙火锅店不是想做成连锁店吗？我要占一定的股份。你们也不想想，你们发家是租我的铺面，他刚开店的时候，是我替他张罗内外、帮他理顺店里大大小小的事，这些付出，你问问吴建国认不认？建龙，从一开始就应该有我的一份儿，他若娶了我，我真的不计较；

但他过河拆桥，我就要跟他算清楚！真把我惹急了，我就中途毁约，我倒要看看这损失有多惨重。"

王春华假装释然地笑道："那就毁约，让吴建国滚回家来，天天在我身边。你还真别拿这些威胁我。"李天娇喷地笑了，情绪迅即转换："果然是不讲理的人凑一对儿了。我真担心你这张满是雀斑的脸早就把吴建国吓着了，恶心了。"说完，李天娇噌地一下起身，拎起包对着王春华摆了摆手："拜拜！"

王春华咬着牙，直愣愣地盯着李天娇的背影："呸！"

这件事还没完没了了……

吴建国知道李天娇闹上门了，王春华肯定知道了自己做下的事、撒下的谎。那天晚上，夫妻俩长谈了一夜，他把对家庭、对王春华的愧疚表达出来，王春华饱含着泪水，最终选择了原谅。

除此之外，还能怎么办？嫁给吴建国就没过过几天舒心的日子，现在蹿出李天娇这个不要皮脸的女人来，正遇上老公事业步入正轨，若自己在这个时候步步紧逼，难免吴建国不会恼羞成怒、逃离家庭。

何不假装大度一些，让他把事业做上去，等他回过头来想明白了，对家庭、对自己难道不会心怀愧疚与感恩？婆婆虽然强势，但明事理，做人做事没话说，也会站在自己这一边，到那时，自己在这个家就能说得上话。

星期天，吴建国和王春华带吴晓晓到公园里玩。玩累了，便到旁边的农家乐去吃午饭。

"妈妈，"吴晓晓趁吴建国去卫生间时，煞有介事地说，"你可不可以答应我一件事？"

"当然可以。"看着女儿那微带紧张的神情，王春华不禁从心里笑出来。"好。你说吧！"

吴晓晓巴巴地瞪大眼睛看着王春华，半天没把话说出来。

"晓晓，什么事你尽管说！"

"妈妈，"吴晓晓认真地说，"我现在已经知道你和爸爸的感情不好。"

王春华愣了一下，莫不是前几晚为李天娇的事与吴建国争吵被女儿听见了吧？

"妈妈，你别跟爸爸离婚好不好？你们那天吵架我都听见了。"

真是晴天霹雳，吴晓晓马上就要小升初了，自己太大意，竟然让孩子听到吵架内容，这可如何是好？王春华整个人一阵眩晕。

"妈妈，妈妈，你不要跟爸爸离婚。"吴晓晓急得哭了出来，嚷道，"我不想你们离婚，那样我就没有家了！我要我们一家人永远在一起……"

可怜的孩子。王春华紧紧地抱住吴晓晓连连点头，安慰道："爸爸妈妈永远不会分开！"

略显陈旧的出租屋里，叶小帅拎着几瓶酒和一些熟食，推门而入。马来运正光着膀子看电视，看到他，连忙起身说道："叶经理，你咋到我这地方来了？"连忙胡乱收拾了下屋子，找了张板凳给叶小帅坐。

叶小帅说："上次在吴总那里，没喝尽兴，今天特地来找你再喝几杯。"于是，自作主张地把食物和酒放在桌子上，说道："借个酒杯用用。"

马来运找了半晌，尴尬地笑了笑，跑去门外不远处的小卖部买了一袋一次性纸杯回来，不好意思地说："叶经理，您凑合一下。"叶小帅也不计较，说道："这杯子大，喝着才尽兴！"

一瓶白酒下肚，叶小帅忽然问道："好久不见柳诚，偶尔来店里几次，也是直接找吴总，你知道他在做什么吗？"

马来运压低声音说："叶经理，你平日里待我们非常好，既然问我这件事，我就跟你说了。柳诚每天早出晚归，有时候半夜才回来睡觉，他说吴总派他去公干了。"

叶小帅吃了一惊，到底什么样的事情，吴建国需要瞒着所有人？如果是火锅店发展的大事，那柳诚像个能在商海里打滚的人才吗？又想起他是有前科的人，顿时有一种毛骨悚然的感觉。

于是，他抿了一小口酒，问道："你可知他有什么公干？"

马来运也喝了一口酒，低声说："上个月他领了好多钱，心里高兴，非拉我去喝酒，喝醉了，跟我说吴总看上了大龙火锅店的一个丫头，每日派他去盯人，连人家七大姑八大姨都要打听得明明白白。我估摸着，吴总这次是动心了。"

叶小帅眉头皱成了一个疙瘩，又问道："你可知道那个服务员叫什么名字？"

马来运仰脖喝干净杯中酒，用手抹了抹嘴边的酒渍，叶小帅赶紧又给他倒上，说道："慢慢喝，我给你满上。"

马来运又压低声音说："柳诚喝多了嘴就不严实了，我试着问了下，他说那女的叫刘美萱，不过人家已经有男朋友了，估计快谈婚论嫁了吧。"

叶小帅点了点头，又喝了一会儿酒，从怀里掏出 1000 块钱，说道："听说你父亲修房顶时摔伤了，上次走得急，没来得及去看望，等你回家，替我给伯父买些补品。"

"使不得，叶经理！"马来运连忙推辞。叶小帅却说："吴总瞒着大家，让柳诚去调查一个小姑娘，若是知道你我也知道这件事，恐怕不大好。"

"叶经理，我明白，我不大嘴巴。"马来运急忙说，"可是这钱……"

"这是我对伯父的一片心意，你不拿我也不安心啊！"叶小帅意味深长地笑着说，"早点休息吧，明天上班别迟到了。"

叶小帅离开了，叹了一口气，眼前竟然浮现出那个全身沾满烟火习气的可怜女人！是悲悯吗？是怜惜吗？或许不全是吧……

第十八章

倦鸟归巢，一夜春光半分雨

　　王春华骨子里是个传统的女人，在她心里，丈夫、孩子就是她的全部，这个小家就是她的天。即便是吴建国背叛了婚姻，她的第一选择也不是离婚，而是自己将苦水咽到肚子里，努力去修补这段有裂痕的关系。

　　她这段时间失眠严重，不断分析她与吴建国之间的裂痕出在哪里，又是在什么情况下导致吴建国婚内出轨？自己难道一点责任都没有吗？吴建国心里的需求自己了解吗？这几个问题抛出来，让她感到无力、无助，面对朝夕相处最亲近的丈夫，自己竟然一无所知。

　　她唯一能判断的是，吴建国对李天娇，不过就是逢场作戏的露水情缘罢了，没必要太较真。但是，吴建国这个小县城的厨子，就算菜做得再优秀，要支起建龙这么大个摊子，也不是那么容易的。他是怎么在这么短的时间里做到的？保不齐李天娇说的是真的。所谓"万事开头难"，如果在最难的时候是李天娇帮他平稳渡过的，而这一切都是吴建国以隐瞒自己有家庭的事实为代价、利用李天娇的感情换来的，那么吴建国确实太可恶了！那李天娇也着实是可怜，但她既然有本事理顺一个店，也一定不是一个简单人，或许不像她夸张的妆容那般俗气又鄙薄。

想到这里，王春华的心里拉了一个大大的问号，但聪明的女人，知道什么该问、什么不该问，吴建国正踌躇满志，何必揭他靠欺骗女人感情来站住脚的伤疤呢？

她对这件事妥协还有一个更重要的原因，自己已经是快 40 岁的女人了，是谈不上年老色衰，可这些年一直都生活在家与学校两点一线的小圈子中，与社会脱节太久了。反观自己的对外价值，无论在事业上还是在女性魅力上，都无法、更没有条件体现出来。如果贸然提出离婚，在这偌大的威城，自己几乎丧失了自食其力的能力。

吴建国这边，他已经从之前与李天娇肉体纠缠的幻梦中惊醒过来，意识到这个女人在过去那段日子里，频繁地与他接触是以结婚为目的的，自己之前对她产生了误会，认为她不过是水性杨花的那类人，谁成想她竟然来真的，虽然是自己不对，打心底觉得负了她，但到了这个层级的男人，有财富、有事业，又岂会认错？到头来自己依然拥有完整的家庭，而她却只能在家抱头痛哭，这就是不自量力、轻信于人的愚蠢！所以，他给这段纠缠下了一个定义：认不清现实的女人，是可悲可笑的！

男人就是这样一种生物，他们向来不太会为情所困，不会为了一个女人死去活来，更谈不上会对一个上赶着往前凑的女人重情重义。当认识到外面的女人不过露水情缘后，自然会选择回归家庭，更何况这个家庭里上有母亲，下有女儿，全部仰仗妻子这些年把家里打理得井井有条。

吴建国想到这些，满心自责，甚至对李天娇厌恶至极，生怕她再次来打扰他的家庭，破坏他与王春华的婚姻。经过这件事，这个男人突然间对婚姻的归属感产生了从无到有，甚至更为强烈的变化。他认为，自己只是一时经受不住诱惑做了错事，但绝没想过要用离婚去跟李天娇重新洗牌混到一起。这也正是大多数男人的劣根性，在做出不忠的事情后，把苦果留给婚姻，留给另一半独自吞下，而自己却仍然以"浪子回头"的姿态来要求对方原谅。

吴建国有心弥补，虽然火锅店的工作很忙，但他试着尽可能多抽出时间在家里陪伴老婆孩子。

这天晚上吴晓晓睡下后，夫妻二人回到卧室，两人相对而视，不禁回忆起少年时上技校的情形。

那时候的王春华清纯可爱，是学校里一道靓丽的风景线，不知道有多少男孩子想赢取芳心。就比如石磊，当时他对王春华展开了猛烈的攻势。那时候，石磊的家庭条件比吴建国优越很多，然而王春华对他毫不在意，却唯独喜欢沉默寡言的吴建国。即便石磊想帮她找份安逸的工作留在市内，她都毅然决定回到家乡，进入机械厂当一名普普通通的女工，为的就是能够跟吴建国走得近一点，并在吴建国复员后主动表白心意，进而携手走进婚姻殿堂，还给他生下了女儿吴晓晓。

如今，岁月已经在王春华的脸上留下了抹不去的痕迹，她的眉眼之间已经沧桑了许多，那都是为这个家庭付出的证据。吴建国突然从心中迸发出无限柔情，他抚摸着王春华的脸颊，对着红润的嘴唇吻了下去。室内的温度持续升高，衣服在此时已经成为多余的物件，在一番手脚并用之下，两人终于赤裸相对，无须试探和前戏，欲望的火苗已经在两人的身体上胡乱流窜，吴建国抖擞起精神，在王春华身上留下一处处热情的印记，她拼不过有备而来的"摧残"。

双目含春，意识混沌。

如同新婚之夜，也是背后的蛮力，把她压倒在床上，一双粗糙的大手似刀俎，毫不疼惜地蹂躏着她身上的每一处。那时她也是挣不开的，但是欣喜的。而今夜，她只有哭叫和疼痛，不过转眼间就被黑暗吞没，唯有潮水般的战栗将她高高抛起又重重落下。潮起潮落间的迷蒙中，她听到吴建国那幽幽的声音："春华，我爱你！"

爱，在犯了错之后说出来有什么用？眼泪流了下来，有什么用？

外面的天空，带着些阴霾，笼罩着一切，令人真假难辨。

她疲惫地睁开眼，映入眼帘的是吴建国那张同样略带沧桑的脸，她伸手勾紧他的脖子，靠在他的肩头。要放下往事很简单，累的时候彼此靠近一点也是一种快乐的解脱。王春华知道，她只需要一个忘记一切的消遣方式，而这种方式，男人和女人都无力抗拒。

肉体的结合的确是人类促进感情的良药，也是促进两个灵魂在碰撞中融合的不二法门。吴建国搂着王春华的肩膀，深情地说："春华，这件事是我糊涂，是我鬼迷心窍，是我对不起你，你可以怨我怪我，但我保证以后会对你好，对晓晓好，对这个家负责。我会努力赚钱，让你们都过上好日子。"

王春华也认真地望着眼前这个男人，这个她曾经深爱的男人，仿佛又重新认识了一回。她自己也想不明白，不知是从什么时候开始，生活的琐碎磨灭了恋爱的激情，只剩下穿梭于柴米油盐之间的唠叨与抱怨。她的思绪又透过吴建国想起了那个叫李天娇的女人，妖娆魅惑，性感狐媚，虽然是破坏她家庭的第三者，却不可否认她确实是一个会让男人心乱神迷难以拒绝的女人。吴建国也不可避免地犯了大多数男人都会犯的错误。

王春华追问吴建国："你爱过她吗？"

吴建国不好隐瞒，把与李天娇从如何认识到怎样肉体出轨的事一五一十全部说了。王春华听得心痛，听得吃力，不过都听懂了。她躺在床上，怔怔地盯着天花板愣了一夜。

她知道，吴建国与李天娇认识不过是一个意外，如果房东是个男人，或许不会有这么一段插曲；她知道，建龙开业的时候，吴建国思虑不周，是这个女人极其敏锐地帮他处下了街道上的领导；她知道，面对开店后的千头万绪，吴建国经验全无，这个女人用了一个月的时间来帮助建龙走上正轨；她还知道，这个女人靠近吴建国的时候，吴建国是一副"不拒绝、不排斥、不反对"的暧昧态度，并没有表明自己已经有家庭的身份，才让这个女人试图用肉体来俘获这个中年男人的心——如果说，第一次是酒后乱性，那么后来的事情，则是吴建国以"离婚"为诱饵，将她钓得半死不活、钓得心甘情愿献上自己。

她已经想清楚了，为了家庭，为了孩子，她必须选择原谅。尽管这件事让两人的关系再难恢复到全然信赖的状态，但至少要表面上一切如常。说得自私一点，她做了家庭主妇这么久，没有一技之长，离婚之后要怎样养活自己？而吴建国正处于事业上升期，将来一定会大有作为，生活终于要苦尽甘来，她这个时候如果离婚，简直就是便宜了外面惦记这个女主人位置的妖艳贱货。所以，权衡利弊后，原谅吴建国成为王春华此时的最优选择。

"我怎么这么傻？年轻时候的骄傲哪里去了？"她答不上来。

吴建国暗暗发誓，不再做对不起家庭的事，王春华对他的情意太厚重，他已然不知道怎样去还。李天娇的纠缠让他一度迷失，他知道王春华是爱他的，却不知会深爱他至此，以至抛了尊严和骄傲去拯救他。

他与她的结合，都是初次涉情，这些年跋山涉水，历经一次次劫难，可谓情丝万缕，已经剪不断理还乱。

一夜之间，各怀心事。

那一晚后，从表面上来看，李天娇的出现不仅没有破坏两人的婚姻关系，反而促进了他们的情感交流，两人时常在夜里交颈而眠，吴建国有空的时候还会带她出去约会，仿佛一对处于热恋期的新婚夫妇一样。连女儿吴晓晓都感受到了父母的变化，觉得爸爸妈妈变得更亲密了。

王春华是不会哭了的，面上依然憔悴，再无波澜。每天在家里默默照顾那父女俩，为他们做菜做饭、洗衣收拾。

接送吴晓晓时，王春华感受到威城的秋天来了！清冷的气流，吹在身上时，有种皮肤乃至心脏被锐利的刀锋轻轻划开的感觉，更像是悲伤在如影随形。

而吴建国，自认为已经解决了家庭内患，已经安抚住了王春华的情绪，他需要做的，就是尽快解决李天娇这个外患。吴建国给她打电话约在火锅店附近的咖啡店见面。李天娇打扮得一如既往的妖艳，深紫色的眼影，浓黑的眼线，还有大红色的嘴唇，这些曾经让吴建国迷乱的颜色如今却只剩厌恶。吴建国从手提包里拿出一个牛皮纸信封，说道："这里面是一万块现金，就当我给你的补偿，你不要再缠着我了。"

"区区一万块钱就想把老娘打发了，我说了我要百分之十的股份，不然这件事没完！"李天娇尖声道。吴建国最讨厌被人威胁，尤其是像李天娇这种贪婪、没有底线的人，他沉声道："股份我是不可能给你的，这笔钱你拿走，你我就算两清了。"李天娇讽刺说："两清？你别忘了，当初你刚到威城，若不是我把店铺租给你，不是我帮你打稳基础，你哪来的今天！"

"就是因为你帮过我，所以我记着这个人情，给你一万块钱。"吴建国也被她说烦了，直接撕破脸皮说道，"说句不好听的，你又不是黄花大姑娘，我不过就是和你睡了几次，一万块钱不少了，你别太高看自己了，也没觉得你哪里镶着钻啊！"

李天娇到底是个精明的女人，知道吴建国决心已定，再多纠缠也是徒劳，甚至自取其辱。她端起咖啡一饮而尽，把桌子上的信封揣进包里，一摇三扭地离开了。她早就看清了，男人都是一个样子，开始的时候浓情蜜意，什么好听的话都往外说，真到动真格的时候，不过都是一副冷酷无情的负心汉模样。这世上没有什么是靠得住的，唯有握在自己手里的钱才是真的。

李天娇离开了，吴建国悬着的一颗心也算放下来了，接下来，他的目标就是进一步扩大建龙火锅店的规模，开设分店，建立建龙连锁模式。

但是，李天娇不是那么容易摆平的人物，否则，在他开店之初，又哪来那么多见识，在只言片语间就把形势剖析得明明白白呢？

李天娇自然不稀罕什么贞操，但她不允许自己失败，尤其是被人如弃敝屣般的失败！

十一月，桂花飘香，时光流逝，节序轮转。日子对于每个人来说，都不能挽留住，只能被裹挟着前行。

吴晓晓的情绪慢慢变得稳定了，成绩也不用过多担心。王春华的精神状态也还算好，一个人将小家布置妥当，显得温馨而整洁。有空的时候，吴建国也会跟她商量着怎么把火锅店打理好。

"建国，你说咱们那两家新店开张时，要不要写上几句招牌语？例如——威城最正宗的川味火锅，或者是——来了都是客，吃不吃在你，好不好在我！"

这是王春华的主意，她当过小学教师，自然动了点舞文弄墨的心思。吴建国在当下的境况中，自然不好置若罔闻。一方面，吴建国本就赞赏王春华做人做事的细腻，这些年大事小情都能宠辱不惊地扛下来；另一方面，又感念李天娇之事王春华的大度，自然奉承着说好。

叶小帅在新店开业前，竟然喝多了，与街边的小混混打了一架，把对方打成了二级重伤，被逮到局子里吃了几天牢饭。吴建国连忙找了律师，律师说："若是打死了人，是公诉，必然捞不出来；但只要还有一口气，根据民事诉讼'不告不究'原则，只要赔偿到位，买一纸谅解书，大概率不会被起诉。"律师亲自去与对方的代理人会面，代理人传达了伤者家属的意见，他们不依不饶，除了要求赔偿医疗费以外，还狮子大开口再要三万元"营养费"。吴建国与王春华商量后，托律师去支付了三万块钱，终于从代理人那里换来了一纸谅解书，把叶小帅捞了出来。

叶小帅出来后，第一时间找到吴建国来请罪，他到吴建国面前跪下，被旁边的王春华拉了起来。吴建国对他说："我知道你肯定是情有可原。咱们一道长大，又一块当兵，我知道你是个厚道人，即便是喝了酒，不是对方有错在先你是不会动手的。上学那会儿你被石磊欺负成那样都没作声，这次不过是意外。这一两年你跟着我上刀山下油锅地为建龙出力，我怎么好怪你？"

叶小帅感激涕零，说道："吴总把我从运营经理的位置上撤下来，派我去横滨分店当店长，我以为吴总不再信任我，所以喝多了。没成想吴总还是这么信任我，不惜破费把我捞出来，实在让我无地自容。"

吴建国亲自斟了杯茶，递给叶小帅，说："小帅，你误会我了。职级虽然低了点儿，但新店开张，千头万绪，一点儿不比我们总店开张时轻松。莲花分店，我已经敲定了张军去打理，张梦如会过去帮他，我也会经常去带带他；但是，横滨分店，人员新、底子薄，除了你这跟着我创业的元老，交给谁我都不放心。你去那里，身上担子很重，建龙第一次开分店，希望你能够一炮打响，为将来更多的分店做好表率。"

叶小帅使劲点点头，说道："吴总请放心，我一定竭尽全力把我们建龙的牌子响亮地打出去！"

王春华看着吴建国和叶小帅，也轻言劝慰道："自从建龙火锅店开业以来，一直顺风顺水，反而让我们有点掉以轻心了。经过这次风波，也可以让大家都吸取个教训，仔细想想也不算是坏事。今后咱们应该站得更直，一起熬过所有的困难与挫折。"

叶小帅说："我记住了，谢谢嫂子！"

吴建国又说道："对了，你去那边，一个老人都不带也不像话。总店后勤办公室增加了曹秀琴，显得拥挤了些；再者，采购保管跟物料领取在一起办公，时间久了容易彼此串通，揩店里的油水。你把马来运带去吧，他来店里的时间也不短了，虽然没有搞过业务，但也算是对建龙有感情了，遇见事情也好一起商量。"

叶小帅说："好，我去那边，给他找个小间，没事时帮我跑跑腿、盯着店面，也可以帮上大忙。"

三人又聊了会儿，叶小帅便起身告辞，吴建国和王春华把他送出门外。

叶小帅在路上慢慢走着，阴暗的天空，看不见一丝月光，也没有一颗星星，他想："那马来运是吴建国的发小，派他来究竟是监视我还是帮我？"但这个念头转瞬即逝，毕竟刚刚惹了祸，这三万块钱要不是拿去平事儿的，什么样的人才挖不到？

近段时间发生太多的事，让吴建国心力交瘁。当天夜里，他又做梦了，又梦到了父亲。

他穿衣起身，走到客厅，微明的灯光下，父亲的牌位屹立。牌位前供有茶水和果子，香案头似有灰痕，宛如父亲下葬那天坟上的尘土。他轻唤一声："爸爸！"无人应他。

"爸爸！"他又高声喊道，爸爸的影子终于浮现在牌位上，无比悲愁地叹息了一声，倏忽就不见了。

吴建国伸手想要去留住父亲，却抓了个空，摔倒在地面上，猛然醒来。他望了眼在身边熟睡的妻子，缓缓披上衣服，轻手轻脚开了门出去，在黑夜里游目四周，想找寻父亲的影子。可这是威城，怎么会有父亲的影子？他在夜风里站了会儿，努力揣度。忽然心念一动，沿着南海路，一路向东边的海边跑去。

十一月的风，阻着奔跑的人，冷得让人窒息。吴建国不怕冷，不怕风，努力跑，气似阻滞，也不停歇，就这样一路跑到海边。

寂寞的星空下，海水翻滚，波涛汹涌，有如咆哮。他站在海边大声呼喊着父亲，风声水声下，他也辨不清自己的声音。

吴建国自李天娇的事后，果真改变了以前对王春华漠不关心的态度，王春华也不再去提及。往事被揭了一块皮，皮下的惨痛原是捂不住的，如果一再被揭，她也没有更多力气支撑，索性就不去触碰。

叶小帅一向是个敢想敢做的人，以前不让他做的事，他不会越雷池半步，自从犯了错并得到吴建国的救济，但凡店里大事小事他都鞍前马后地跑去置办。他体力好，人又忠诚，吴建国便放心由他来操办新店开业前那些琐碎的事宜，并让张军跟他一起忙，顺便长点阅历。

这天，王春华闲来无事，戴着墨镜，拎着小包，去逛市场，准备买两个砂锅来学岭南人煲汤，没想到那样凑巧，竟在市场上看见叶小帅，他正专注地看着摊上的锅碗瓢盆和其他物件，还向摊主询问着什么。

"叶小帅？"她脱口而出，又觉得不妥，再叫了一声，"叶经理！"

叶小帅吓了一跳，仔细看了两眼，直到王春华把墨镜摘下来，冲着他礼貌地笑了笑："是我，王春华。"

叶小帅被她这一笑，登时有点不知所措，用笑容掩饰着说："嫂子，这么巧！"

王春华走了过去，这个摊位是卖餐具的。餐具一看就是四川本土生产的，都是打小用惯了的。她疑惑地望着叶小帅，问道："你买这些盆盆罐罐做什么？"

叶小帅指着一把不锈钢漏勺，侃侃而谈道："这样的漏勺，方便客人捞一些细碎的菜，我正在考虑是不是该给店里先进一批。"

她看了他一眼，赞许道："你还真的挺细心，怪不得建国这么器重你。"

叶小帅不好意思地挠了挠头，说道："反正单身汉一个，也没别的事情做，现在不做运营经理了，只是筹备新店，能多跑跑就跑跑吧。"

王春华好奇地问道："你还没有成家？"但马上意识到自己触及了对方的私事，赶紧掩口道，"抱歉，我不该这么问的。"

叶小帅说："没什么，之前也结过婚，但因为我的一些原因，离了。有个孩子在老家，我父母帮忙带着。"

"哈哈，什么原因？是不是因为'不行'？"一个粗声粗气的声音传来，叶小帅和王春华不用回头，就知道是素梅。

搬家的时候，叶小帅和张军夫妇都去帮过忙，还一起在楼下的鲁菜馆吃饭。这个西北女人，直爽、粗犷、口无遮拦，带着点儿沙漠边陲的野性，尤其那胳膊，毫不夸张地说，比王春华的小腿还粗；更匪夷所思的是，那天酒桌上气氛高了，吴建国谈起叶小帅在军营时各项全能的过往，素梅非常不屑，搞得叶小帅酒劲儿上来了，不依不饶的，大家正没法安慰，素梅瞪起眼，说道："全能？掰手腕，你敢不敢跟我比？"

劝不住的一场PK，叶小帅竟然被素梅像逗小孩一般，即便出了一身汗，也扳不动，素梅终于不耐烦了，猛地一用力，"啪"的一声，叶小帅的手结结实实被压在了桌子上。

叶小帅的酒劲儿随着一身汗散得差不多了，倒也坦荡，说道："嫂子臂力过人，甘拜下风。"还略带怜悯地看了张军一眼。

素梅"咕嘟"喝进去一杯酒，一边比画着，一边嚷道："你，不行！小样儿，防沙护井时打的椽子，跟一根梁那么粗、那么长，我一个人扛着在沙窝里跑，跟玩儿似的，你跟我比？"

确实，草原上的人骑术厉害，雪山上的人攀爬厉害，海边的人水性厉害，而沙漠边生活的人，耐力、体力一定很厉害。

素梅今天来为新家挑选餐具，恰好遇到叶小帅与王春华，自然去打个招呼，所以一句"不行"，一是调侃下他那晚的失败，二是略带荤味儿的揶揄。

素梅嗓门大，市场上近处的人纷纷看过来，叶小帅脸都红了，王春华要解决眼下尴尬，笑着说道："行不行，你怎么知道？"

卖餐具的老板已经忍不住笑了出来，素梅倒不以为意，说道："还是妹子大气，不像这个男人，玩笑也开不得。"顿了顿，又说道，"我东西还没买完，先走一步了。"这女人，来得快、走得急，说她没礼貌吧，也确实来打招呼了；说她憨厚吧，但仿佛又带点儿伶俐劲儿，人家一男一女聊得好好的，自己走了，人家爱说啥说啥，也不杵在这里碍事。

王春华笑着摇了摇头，叶小帅依然未从尴尬中缓过来，只好蹲下选东西作为掩饰。王春华就那么站着，看着叶小帅认真挑选，细细问老板各种材质、耐用度等问题。

新店的筹备她是沾不到边的，她只能守着那个小家忙碌。在王春华的认知里，去插手男人的生意不合适，她能做的就是尽她本分，每天守着老公孩子尽心劳作，守到孩子熄灯后，钻到被窝里沉沉睡一觉，第二天再重复前一天的劳作。就连今天出来逛街，似乎都觉得睽违外面的空气很久了。

于是，她略带感慨与赞赏地说道："还是你细心，将来一定能做出一番大事，建国也是有福气，能有你这么个帮手。"

"嫂子，可别这么说。建龙全凭吴总带着，要不然大家都得去喝西北风哩。"叶小帅蹲在摊子前，手里挑着茶具，嘴里说着话，不由得抬起头来，望了下王春华。

王春华也正望着他，叶小帅不由得脸红了。王春华曾经作为代课老师，整日与孩童们混在一起，倒是"思无邪"的，见此光景，反而不由自主地抿嘴而笑。叶小帅见了这个哑然失笑的神情，更加局促，快40岁的女人，像夏暮的花儿，虽然快要凋谢了，但依然是美艳的，为何偏偏有不知珍惜的人，去白白浪费了这绰约动人的芳华？

他呼吸逐渐沉重，语无伦次地说："嫂子，如果有空，去大龙火锅店尝尝那里的火锅吧。"

"大龙火锅？自己店里什么样子的没有，我去那里做啥？"王春华笑着说，"好啦，不早了，我得去给晓晓买点好吃的补补，不妨碍你做事了。"

"那好，嫂子慢走！"叶小帅毕恭毕敬地站起身，一副恭送的模样，直到王春华走出好远，才把那恋恋不舍的眼神收回来，继续与老板谈生意……

吴建国依旧每天在店里忙着，把生意做大、成为独霸一方的富豪是他的一味春药。王春华没到威城来的那一年，他怕夜里腹空，有吃夜宵的习惯，只是后来看到吴晓晓第二天要早起上学，又怕吵着睡眠不好的王春华，也就戒了。

王春华也不问，只说："你今后回家前，要是想吃点东西，我给你烧好。"吴建国点点头，道："只盼能成功，咱们的日子就不用这么辛苦了！"

每当谈到对未来的打算，夫妻俩还是会互握着双手，只觉曙光隐现，都在盼望着。吴建国一直想让王春华放心，跟她说，一定会让她过上好日子的！这人吧，一旦有了希望，就会心心念念着一个念想，王春华盼望着日子好过了，她可以外出做事，也像男人们一样，干一番事业出来。

家里渐渐地又有了生气，吴建国也不似先前分不开身了，有时候提前回家，就到菜市场买些菜回来，又亲自下厨，打点出一桌丰盛的菜肴来，然后静静地陪她们母女二人吃饭。这个举动，让王春华有了筹划今后日子的打算。

这天吃饭时，王春华见吴建国又是炖鸡又是烧鱼，心里欢喜，就将自己的想法说了："我想到咱们店里去上班，帮忙管理一下服务员、接待客人啥的。一来可以省下一点人力成本，二来我这天天窝在家里也不是个事，脑袋像一团浆糊黏住的感觉，再不做点事人要废掉。"

吴建国并没有一口答应："怪我没考虑周全，让你跟着心累了！你也别太操心，没事就去做个美容，约亲戚朋友逛逛街。"

王春华想了想，说道："我们新店开张，附近好多人都不晓得，是不是应该做些广告、发发传单，我可以帮忙想想这广告写些啥内容，我是语文老师，这点水平是有的。"

吴建国也想在开店之后做得更好一些，只是还没有好的思路，听王春华这么一说，暗地里心想："我这媳妇对经营有一些办法。虽然发传单太老套，但做了总比不做强，给她找点事儿干，免得她在家里待腻了，老缠着我要出去工作。"于是便点头，表示同意。

第二十章

求才纳贤，一派江河万象新

　　王春华又多次向吴建国表达想要到店里去上班的想法。她在那段沉寂的时间里，想通了很多事：夫妻的本质除了闪电般的爱欲之外，其实就是搭伙过日子！相互之间如果没有共同的事业或是建设目标支撑，随着彼此吸引力的减退，随着孩子不断长大，彼此失去谁都不那么重要。

　　她需要与吴建国一起，将事业做起来。只有婚姻中有了相同的利益、目标、责任后，双方才会重新组合起来一致对付外在的困难，将家庭的财富、发展、稳定最大化。

　　其实，王春华怎么可能不恨吴建国的背叛？她对他的性格了如指掌，也十分清楚自己现在的处境，如果控制不住情绪将吴建国赶出家门，马上就会与家中各方势力呈现对立状态，还不如放下姿态选择原谅对方，指不定相互携手，还真能做出一番事业来。

　　一听王春话又说这个，吴建国眼中闪过一丝犹豫。一是震惊于王春华怎么突然对做生意这么感兴趣，而且她作为一名语文老师，有时候跟自己谈起生意经来如此熟稔；二是回想起王春华在上次吃饭时，面对表姐一家时不卑不亢的态度，以及在叶小帅出事后给出的合理意见，他不得不惊讶于王春华在处理人际关系上，见好就收当机立断的高明。

前段时间，李天娇明明已经将她逼到退无可退之地，她却不急不缓，张弛有度，还不忘给自己留脸面。她如此进退自如，比起之前见过的许多女人都要厉害，吴建国不得不重新审视起自己的老婆来。

王春华的聪明之处在于，她善于根据眼前的形势和背后的隐患，合二为一地分析问题。她虽初入威城，却已然清楚生意场上错综复杂的关系，尤其是在与表姐一家吃饭之后，听闻大城市人际关系的复杂，男人们面对各种诱惑，诸多意想不到的事端，都是自己不曾想到的。尤其是她十几年如一日地看妇女频道，对于一些成功女人讲述的"成功学"，耳濡目染已久，虽然都是些大道理，缺少实践的检验，但十几年专注一件事，所获所感所悟，也是水涨船高的事。

所以，她对自己说，不能再纠结于吴建国与李天娇的奸情了，虽然现在一看到眼前的男人就感到有些抵触，却无论如何也不能表露出来，万不可因小失大、节外生枝。

吴建国也能猜出王春华的一部分心思，同时也很佩服她的聪明伶俐和忍辱负重。以前，母亲一人开餐馆补贴家用，王春华嫁进来生孩子后，家中更是拮据，举步维艰。王春华就想了个法子，她利用周末和寒暑假帮厂里的小孩们补习作文，收些补课费。厂里的人虽然收入不高，但对培养孩子不遗余力，花钱并不吝啬，是以王春华此举不但为她带来了生意，也为她赢得了名声。

此事让吴建国母子对王春华的挣钱本领有了认识，那时候他们就觉得，王春华日后若是不当老师去做生意，必定可以有一些作为。这不，一进威城没多久，她见识了大城市无处不在的餐厅、茶馆、酒楼，就想要到自家火锅店来上班了，以他对王春华的了解，她也未必比自己差上多少，二人联手，也许真能成就一番事业。

先不管那么多了，一切等她先干一段时间再说不迟，吴建国收回心思，目光落回到王春华脸上，笑着说道："你决定的事，我哪敢有意见啊！"

过了两天，王春华精神抖擞地来火锅店上班，吴建国让她当副总，在建龙，除了吴建国，大家都得听王春华的。

…………

两家分店终于筹备得差不多了。张军吸取总店的装修经验，跟叶小帅商量后，将传统的中国风元素融入新店的环境中，让人一走进店里就眼前一亮。大堂虽说布置得十分简单，不过是每张餐台配着几张椅子，但可以看出叶小帅眼光的匠心独具：所有的厨具和餐具都是他精心挑选的，沿用四川老灶火锅的锅盆碗筷，虽然稍显朴素，但胜在一眼望去干净整洁。

吴建国给建龙火锅的定位是中档火锅，为了匹配这个目标，需要尽可能地在不太奢华的软饰硬装中，更多地突出川味火锅的主题。所以，叶小帅和张军把巴蜀风格作为整个装潢的背景，让顾客一进店就能体会到巴蜀文化独特的魅力。

随着两家分店开张在即，建龙的规模越来越大，对食材的需求也随之增大，这不再是花果山批发摊能够满足的了。让各个分店的大厨早起去选购食材也不现实，而且每个人在砍价、选材上的能力因人而异，容易造成财务报账方面的混乱与误会。

所以，吴建国把大家聚集在一起开会，研究统一采购和运营问题。

吴建国先说道："三家店铺，需要一套标准来规范管理，大家有什么想法吗？"

林惠先发言道："经过大家共同的努力，建龙的规章制度已经相当完善，我觉得可以直接把现有的制度和规范，直接下发到分店去施行；毕竟，张梦如培训新员工的内容，都是总店的那一套流程，改动的话新员工也不好适应。"

吴建国表示赞许，问道："财务那边有什么想法？"

张海洋听到点了自己的名字，便开口道："吴总，三家店铺位置不同，报税方面对口的税务局也不同，总店这边财务办公室每到报税日去跑三家税务机构也不现实。所以，我建议，每个分店各设一名出纳，负责日常单据的审核与开票，报税前各类表格必须由财务部门审批后，再去对口的税务机关报税，这样才能有条不紊。"

吴建国点头道："确实，每个分店都需要独立核算，才能厘清经营状况。而且，依法纳税是大事，不容有任何负面影响和不良记录。这样，张经理负责招两名出纳，分派到两家分店，行政上属于分店店长考核、管理，业务上与财务部门对接。没问题吧？"

张海洋说："没问题，会后我就约同林经理，着手招人。"

吴建国又说道："王总，厨房和运营的事情交给你一段时间了，分店开业在即，你管的那块儿，有什么建议吗？"

王春华显然还不适应"王总"这个称呼，稍微愣了下，众人眼光都集中在她身上，竖起耳朵等着，想听王春华能提出什么建议来。

王春华回过神来，说道："三家分店，有三个厨房，食材和工艺必须统一，才能体现出建龙的特色，毕竟分店也好，总店也好，头上顶的都是建龙一块牌子，不管是哪家店，出现纰漏，影响的都是整个建龙。另外，厨房早起买食材的采购模式，已经不适应建龙现在的规模。我们既然手握三家店，可以以此寻找固定合作商，让他们配给上门，签订供货合同，把质量、规格、数量等内容写得明明白白。按照合同办事，可以省下后厨不少的精力，同时也能够维持建龙火锅佐料和食材口感的稳定性。"

众人不自觉地点头称是，这个女人来店里后，只是到处转着看，平日很少说话，大家也认为她是吴总的妻子才坐在这个位置上。然而人家表面沉默寡言，但有内秀，早已把管的事情摸得门清了。

吴建国说："说得有道理。寻找固定供货商的事情，请两位店长操心下，有问题吗？"

张军和叶小帅赶紧表态："吴总，没问题。"

会议决定，派张军到全国各地的原产地和香料种植地考察，挑选出符合标准的香料回来，再甄选出质量和价格有优势的厂家，跟对方签订协议。

协议的内容要明确，每月几号发货、每次发货的数量和规格要——记录清楚，保证火锅店的调料能持续、按时供给。

叶小帅负责到威城和邻市的屠宰场去走走，考察内脏处理车间、肉制品加工车间，互相进行对比，认真量化。比如，屠宰场每天是几点前宰杀的牛羊？如果签订了合同，牛羊肉、内脏如何分割？几点能送到三家店？如果临时加量，需要怎样的流程？生产和送货过程中如何保证每日供接不出差错？

张军出差去的地方较远，一时半会儿回不来。而叶小帅花了整整一周的时间考察，经过仔细对比，最后将威城的新义屠宰场作为首选向吴建国汇报。吴建国眯着眼，问道："你为什么看上了这家店？"

叶小帅说道："第一，他们是老屠宰场，口碑信得过；第二，他们的货源充足，处于威城肉类批发市场的上游，对供货、送货有充分的经验；第三，这家屠宰场背后，检疫局和市场监督局的领导都有暗股在里面，这一点很重要，选择它，就等于我们进货的肉类食材全部是合格的，遇上检查，只要看到新义屠宰场是上游供货商，就能省下不少麻烦。"

吴建国点头赞许。若论经商智慧和谋略，吴建国自是比叶小帅高明许多，但若论踏实和警觉，他远不如叶小帅。

那天，与新义屠宰场签合同是吴建国亲自去的。他把检验的标准及相关的注意事项给老板交代了。说着说着，叶小帅赫然发觉会议室茶杯有水，且水温未凉，显然还有人在此。当然，只凭茶杯有水就判断有人在此也稍显武断，连吴建国也一时愕然，不知叶小帅怎么就察觉到会议室还有外人来，并且明确了人就在隔壁办公室。

叶小帅借故上厕所，往隔壁的窗子里望了一眼，竟然看到大龙火锅店的老板。他赶紧返回会议室，在吴建国耳边嘀咕了几句。两人猜想，应该是同行知道建龙选择新义屠宰场作为供货商，想提前赶来提高价格，使一下坏。当然，大龙火锅回避了他们，自然是还给他们三分情面，不愿意撕破脸。

吴建国侧过身，对新义屠宰场的老板直截了当地说："价格我们在电话里已经谈好了的，陈总不能因为其他人在此期间出了高价就把口头承诺推翻了，这有损贵厂的信誉。这样，我也不能让你们吃亏，建龙在每个月1号先付你一个月的订金，只要求你们保证每天的货品新鲜，送货及时。"

陈厂长一看吴建国已经知道大龙火锅店的老板来过，倒也不慌不忙，先说道："我这屠宰场开门做生意，有人来光顾，哪有赶出去的道理啊！吴总您千万不要因此大惊小怪。至于价格多少，也是我们协商好了再签合同，法治社会嘛，不存在强买强卖。"顿了一顿，又说道："口头说好了，就按口头说好的办。我们这个厂承蒙吴总关照，你们就是我们的衣食父母，送货、质量、服务，吴总请放心，一定按照合同办得妥妥的！"

陈厂长不卑不亢、不显山不露水，就把大龙火锅来使坏的事撇得干干净净，也算是老练十足了。

"但愿如此。"吴建国放下手中的白瓷茶杯，搓了搓手心，拿起笔在合同上签下自己的名字。

虽说老店的营业额在稳步增加，可开新店需要大量资金来应对铺租费用、装修费用、宣传广告费用。张海洋来汇报了几次，说店里账上的现金流濒临断裂。吴建国看了张海洋带来的收支报表，也是着急，不得已，又拿起电话催表姐夫。

王思瑞见是吴建国的电话，想到林惠已经到店里上班了，觉得这个忙也应该帮一下了，于是说道："放心吧，我已经向农业银行一位经理打听了，现在用店铺贷款是容易贷到款的。你就耐心地再等几天！"

"妈的，这能有耐心吗？"吴建国挂了电话抱怨了几句，眼下的事让他焦头烂额。

都知道每到年关临近，各行各业的客流都会多起来，建龙火锅店更甚，眼下人手已是不够用，还得大批量招兵买马。那天吴建国让叶小帅统计了一下，建龙的员工已经有116人了，这贷款再不批下来，员工工资这一块就足够吃紧。资金要是不及时到位，进货的钱、每月水电煤气的开销可不是说不交就不交的，晚一天交试试？第二天准没法正常营业。

不得已，吴建国三天两头打电话催王思瑞。这天，王思瑞终于打来电话，让他赶紧去见一个人，银行信贷部的领导，叫宋昌平。吴建国给对方打了电话，确定好见面谈事的时间和地点。

看到宋昌平走进酒店，吴建国赶忙起身相迎，握手致意。宋昌平笑容满面地说："你想贷款的事，思瑞处长已经跟我说了！你选择我们农业银行就对了。我看了你们递上来的资产证明和每天的现金流水，综合这些条件评估了一下，15万的贷款发放没有问题！"

吴建国高兴得连说好："那贷款什么时候能批下来？新店开业等着米下锅呢。"宋昌平笑着说："10个工作日。"吴建国顿了一会儿，从皮包里掏出一个信封，直接揣到宋昌平中山装口袋里，说："请宋部长帮忙想想办法，能提前个三五天也是好的。"对方不遮掩，不阻止，也不拒绝吴建国的行为，果断地说："你回去等着，贷款三天能到位！"

看着宋昌平离去的背影，吴建国在心里狠狠地"呸"了一声。"以前在机械厂当工人，就没活成个人样。现在自己做生意还不是一样，有时候为了让事办成，不得已还要使些下九流的手段。"

宋昌平拿钱办事，果不其然，仅仅两天，15万贷款就一次性到位了。这除了有王思瑞的帮忙，更是自己识时务，拿红包开出的一条路。

这件事，让吴建国再一次认识到了人脉的重要性和金钱的魔力。人脉这词，好似滩边孤生一朵兰，火中血色梅花绽。都知道有了人脉是件好事，但建立起来何其难！

难归难，不得不说宋昌平收下红包后的办事效率还是给了他很大的启示，他悟到了建立人脉关系的捷径，那就是利益输送！

对，只要有了人脉，创业才更容易成功。那些得到利益的人，会在你创业的途中推你一把，让你的事业更快发展起来！做老板的，掌握了这种处事能力，走到哪里都不怕做不成生意。

第二天，吴建国去王思瑞办公室，包了个不大不小的红包意思了一下，王思瑞没有推辞，坦然收下。

第二十一章

高歌猛进，一帆高悬惊风雨

星期六早上，吴建国召集建龙火锅店全体管理人员开会，讨论新店开业时需要注意的焦点问题。吴建国言简意赅地说了几句，希望大家踊跃发言、集思广益。

叶小帅先说道："建龙目前的焦点问题，其实就是如何提高客流量的问题。我认为，新店开张后，刚开始不要计较收入的问题，最好先不计成本打造开门红，然后逐步降低运营成本来保障持续红。也就是先提高我们建龙分店在地域辐射范围内的知名度，再考虑降低成本的问题。"

吴建国很认同，说道："开店做生意，就是为了赚钱，但先抑后扬，也不失为一个好办法。"

"林惠，说说你的想法。"吴建国看着林惠说道。

"我觉得在监管上还是要投入精力！我以前在国企工作过，无论是员工的思想作风还是能力态度，都有对口的部门进行管理。虽然我们只是一家餐馆，但看似很小的问题日积月累都会变成大问题，没有一个专业的团队或是部门去经常性地抽查监督，单靠店长或者运营经理盯着来评定星级，是盯不过来的，而且极易产生评价上的偏差。建龙发展到现在，涉及的问题方方面面，无论哪个地方，一旦出现问题，就是釜底抽薪的大问题，没有任何方法来补救。"

林惠说的话，让吴建国有些意外。上一次选拔领班，她就显露出她的小才干，今天对建龙这个大环境的认知和剖析，竟然也是如此的头头是道。可一个太有能力的人，对一家刚崭露头角的餐馆并不见得是好事，如果这林惠一旦仗着自己的能力，不服从管理，这可是让人十分头疼的。

吴建国不置可否，只是微笑着接话说："我表姐说你做事沉稳，是个有主意的人，她没看错。我们这里各人有各人的性格，各人有各人的想法和打算，所以大家都把心里的想法说说。"

"林经理说得对，如果有条件，我也建议赶紧成立一个监管小组或制定一套监控系统。"张海洋做过国企财务科副科长，对林惠所说的感同身受。他接着又说："我们要让每一家店的每名员工在卫生问题和制度问题上都不敢松懈，每月来一次考核评比，要比原有的星级评价办法更全面、更精细化，对有安全问题和卫生问题的人员进行惩罚，对做得好的店和个人要加大奖励。"

王春华听了，说道："管理严格是好事，但我不赞同把员工束缚得太紧。管理之道，应该'松弛有度'，如果让员工每日在监视下工作，必然导致人人只求无过，这反而是本末倒置。我赞同成立监管小组，但有两点需要补充，一是这个监管小组直接向总经理负责，分店店长和各部门经理都在监管范围内，与普通员工一视同仁；二是监管内容必须有所侧重，如在食品安全、卫生保障、服务态度方面加大考核力度，但对于一些小事情，比如不忙的时候，员工累了，稍微坐一会儿，不要生搬硬套规章制度去约束。"

大家也发表了一些看法，基本上都是附和着三位高管的语气说的，即便有建议，也不过是细枝末节的问题。想来也是，谁敢一下子背着三位高管的意思去乱说话？

其实，吴建国本来想集思广益，但实际上不过就谈了一件事。吴建国觉得建龙火锅也开始陷入了明哲保身、随大流的风气，跟之前机械厂开全体职工会议没什么区别，只不过是几个有分量的人在说话，其余的人只有听的份儿。所以，他想尽快结束这次会议，因为太耽误时间了。

"我认同大家所说的，尽快成立监管小组，具体方案请林惠写一下交给我。今后有了这个监管方案，在管理上，有理有据，也能快速找到问题，尤其在卫生管理上。我刚才也想了一下，食品安全是最大的问题，可不能出现一丝一毫的差错。还有一点请大家注意，这个管理制度在实践过程中，可能会因为高要求，导致员工有所怨言，但绝不允许为了做'老好人'而降低标准，造成不可逆转的局面。"吴建国补充道。

这个议题算是结束了，吴建国问道："除了这件事，还有其他意见吗？"

大家似乎觉得会议结束得太快，还提了一些方案，只要是不影响建龙发展和人员内部和谐的，吴建国都答应了。

威城的冬天寒湿难耐。吴建国来威城许久了，觉得有必要请亲友聚一聚，巩固一下人脉的同时，或许还能寻觅到新的机会呢！

于是，吴建国和王春华商量了一下，邀请表姐一家和很久没有见面的石磊来老店吃饭。两人在门口恭候，寒暄几句，就领着大家进来了。店里20多桌客人，稠密的热气，熏得一室郁香。

大家胃口都不错，待一盘一盘鲜嫩的肉片上来，都涮了起来，乐滋滋地看着鲜红的肉片一点点泛白。吴建国手把手教大家用腐乳和花生油调酱碟，撒些花生碎和芝麻，提醒大家记得放香菜。大伙拿过酱碟，蘸上肉菜，大口地吃着，很是惬意。

"火锅果然是要撑圆了肚子吃，才够痛快！有一本书里记载过吃火锅的逸趣——冰天雪地，大口喝酒，大口吃肉，浪涌晴江雪，风翻晚照霞。这才是人生快事！"王思瑞笑着说。

王春华将汤锅里涮熟的肉片一股脑全部捞出来，盛在李子渝的碗里，瞬间就堆成了小山丘，嘴里还不忘说着："还是要感谢表姐你们一家啊！否则建国早就在威城要饭了。"李子渝和王思瑞谦虚着，气氛也算融洽。

石磊一个晚上都心不在焉，吃了一会儿就凑到王思瑞身边交换电话，吴建国看到了，心里有些反感，却也不好发作，甚至有些后悔无意间充当了牵线搭桥的人。于是，就想办法岔开话题："我爹在世的时候，厂里的工人最喜欢他做的这一手火锅汤底，当年我虽才十来岁，也不知道他是不是预感到了什么，竟然把这汤底秘诀说给我听，让我背下来，让我今天有一口饭吃。"

每个人都停了下来，听吴建国讲故事。

"我是想明白了，人这一辈子就像是在火锅中行走。你们看，这汤已浓，火正旺，是不是就等着菜去赴汤蹈火了？不管是肉是菜，一丢进去，都沾上一汪浑水，身不由己，就这样被煮熟了！"

没有人接话，心里似乎都有了芥蒂，不知道吴建国张罗吃这顿饭的意头是什么，如果单纯是叙旧，又为何说出这些夹枪带棒的话来？王春华见气氛冷了，就拉着李子渝的手，不停拉些家常。

又过了一会儿，众人酒足饭饱，纷纷起身告辞。王春华客气地送大家出门，散了满桌的热气白雾，结束了这顿新店开业前的宴请。王春华问吴建国："好好吃顿饭，你说那些不着四六的话做什么？"吴建国不作声，独自一人踱着步走开了，只留下王春华一个人在原地发愣。

离新店开业又近了一步。吴建国让人去找大丰村的书画雕刻名家，专门制作了门匾。

回老家陪母亲过完年，大年初一吴建国和王春华就连夜返回了威城。大年初三，所有员工都根据年前的死命令，纷纷赶了回来。这一天，两间分别在威城繁华闹市区的建龙火锅店开张了。

门上挂着黑色原木牌匾，上面有烫金大字"建龙"，下面一行小小的红字"横滨分店""莲花分店"。进入店内，里面的装修比较朴实、复古。木桌、木椅、木菜屉多用原木制作；在竹子做的菜牌里面，又分别记录着各种食材的涮煮时间。

分店开张，最大的亮点在于除了保持原来正宗川味火锅的特色之外，还推出微辣、中辣、最麻辣系列锅底。毕竟一家火锅店的火锅是否好吃，精华全在锅底，而更多的辣味选择，可以让食材的口感更加多样化。

吴建国还要求服务员在客人快吃完时，要建议他们放一些豆腐、粉条、土豆等综合一下腻味；每桌客人一上桌，要立刻上香菜、辣椒、蒜泥等小碟。这些小细节虽然看似无关紧要，但绝对不能省略，这关系到店里服务的精细化水准，也让客人觉得店里做得足够用心。

虽然是大年初三，节氛尚未散尽，但开业第一天座无虚席，吴建国乐得嘴都合不拢了。

当然，这里面有王春华带人做的三项工作的功劳：

第一项工作是带领员工走上街头，去做一个街头问卷调查，每个完成问卷调查的人送一沓带有"建龙火锅店"标识的"福"字；回来后，再根据问卷结果细分目标消费人群，归纳出消费特点与饮食偏好。

第二项工作是在两家新店开业期间进行大酬宾活动。每晚不限时为每桌客人免费提供啤酒，并在酒水单显眼的位置，打上啤酒 3.5 元一支的定价。客人一听啤酒免费，纷纷抱着不喝白不喝的心态敞开肚皮喝，但只喝酒怎么行？无形中又带动了肉菜的消费。

第三项工作是在每张餐桌上放一张独具匠心的宣传海报，上面介绍食材的来历，介绍创立建龙火锅的初衷，介绍每一盘菜的卫生标准和新鲜程度。

这次开业，建龙做了充足的准备，味道既满足了顾客各种口味的需求，又将建龙火锅的多元化呈现在消费者面前。这种经营模式在当时消费能力还不强大的年代，可谓抢占先机。

开业当天，优惠力度虽然不算大，但一直到深夜两点还座无虚席。这在威城的餐饮界传为佳话，许多老板都认为，这是不可复制的模式。

吴建国心醉神迷地望着店外还在排队的人群，人山人海的长龙似高山延绵，似江河滔滔，似烈日东升，似星辰大海，他飘了……

这时候，柳诚探头探脑地钻进来，站了半晌，等到吴建国从万千憧憬中回过神来，才赶忙满脸堆笑地迎上去，说道："表哥……不，吴总，那妞儿趁着过年放假，已经回老家订了婚，打听到夏天就要辞职，离开威城了。"

吴建国眉头一皱，最近一直在忙分店的事情，当年的睚眦之仇倒是抛在了脑后。如今想来，两人之间早已不是顾客与服务员的关系了，随着吴建国事业的发展，已彻底变成了两个社会地位悬殊的阶层了。

于是，他问道："跟她订婚的，还是在啤酒城上班的那个小子吗？"

柳诚回答说："对，那小子是那妞儿的同乡，好了三四年。"

"我知道了，你回去休息吧。过几天有件事帮我做一下，办完后去我办公室领一笔钱，回家开个杂货铺什么的。跟着我干，没什么前途，火锅店别的事情你也做不了，总不能一辈子做保安吧！"

"谢谢吴总！"柳诚点头哈腰，眼睛都眯成了一条缝，若是吴建国能扶持他开个铺面，只要勤快点儿，虽不至于大富大贵，但干三两年，娶个媳妇过日子，或许还能有点谱儿。

连着很长一段时间，威城多家报纸都对建龙火锅做了图文报道。宣传力度一到位，生意自然好上加好，几家店一到晚餐饭点，门口都会排起长长的队伍。

有记者对吴建国做了专访，问他建龙提供的都是些简单的食材，为什么能吸引这么多的食客？吴建国面对镜头微笑着说："我们的锅底味道是经过两代人不断改良研制的，经得起食客长期的检验，热烈欢迎威城的市民到店里品尝！"

那段时间，真金白银滚滚而来，吴建国的第一桶金就这样积攒起来了。

有了钱，日子自然过得富足。他们一家在那年深秋时分搬进了新买的180平方米新居，房子的装修和布置都是王春华操办的，除了厨房，铺的全是木地板，家具也全部换过，电视机换成了日本松下牌的家庭影院。据王春华说，总共花了近30万块钱，光地板的材料就去了5万多！如果没有王思瑞打招呼，估计得7万多。

得知王思瑞帮了忙，吴建国慌了，看了看王春华，道："你还不知道他们家？他这次帮了小忙，你看吧，用不了多久，那两口子又会冒出来，安排人来建龙上班，或是安排几餐免费的上档次的宴席。"

王春华哪懂这些时代法则，嚷嚷着说："你啊，就是想得太多！"

她的关注点暂时还没有完全投入到生意上，没有放在如何与人打交道上，自然不会明白人心的复杂。

搬到新家，她想的是如何布置得温馨、整洁、舒适，她对这一天期待太久了！

周末，她想去叫醒女儿吃早餐。看着躺在床上的吴晓晓，王春华伸手抚摸她的额头，小姑娘哼哼唧唧的，逃避似的蜷起了身子。

看来她还没睡够，王春华缩回了手。看着眼前的好生活，她对吴建国没有前段时间那么厌恶了，甚至一度觉得没有比一家人都在家的感觉再好的了。

这天，吴建国本想给自己放个假，在家陪老婆孩子。但一早起来就听到外面呼啸的风声。

"现在几点？"吴建国问。

王春华道："八点不到。"

突然，又是一阵夹雨的疾风呼呼刮过。

吴建国担心地望着窗外。今天台风天，几家店的营业情况会怎么样？会不会有什么突如其来的事情发生？窗外的风雨让他心里没有往日的安全感。吴建国一个激灵，赶紧穿上衣服出门。

第二十二章

时来运至，一枝疏柳竟成荫

"早上好，吴总。"林惠走了过来。

"这台风真不得了。"吴建国揣着手跟林惠寒暄道。

"这么大的台风也不多见，今天早上的报纸都没到。"林惠一边递过来一杯茶，一边说。

"风太大，服务员住得远，没赶上公交车。我现在正和领班联系。"

林惠到前台去打电话了。外面狂风狰狞地嘶吼，街道两旁的老树被连根拔起，高处有玻璃窗哗哗地坠落。

吴建国隐隐感到不安，他给莲花分店的叶小帅和老店的张军打电话，情况都不乐观。莲花分店在百货商场的一、二层，因为新开业不久，对台风的防范意识和措施都没有做到位，整个一楼被大水漫灌，不要说正常营业了，怎么往外排水都是棘手的问题。老店的情况也不妙，大风将广告牌连同灯线全部刮落，电线被刮断，根本无法营业。

这是建龙火锅店自成立以来遇到的最大的突发状况。

"这么大的台风几年也赶不上一回。"林惠解释道。

"嗯，现在说什么也不能解决问题了。"吴建国万般无奈地摇了摇头。

林惠也摆出一副爱莫能助的表情，只能陪着吴建国干着急。

吴建国想了会儿，吩咐林惠道："这样，你打电话给领班，现在外面交通都已中断，让还没来上班的服务员先待在宿舍里。"

"那让他们几点来上班？"

"看台风什么时候停了，弄不好得等到晚上了。"

已经下午四点了，台风一点儿也不见小。

"看来晚上正常营业够呛了。你再打个电话给领班，让在宿舍的服务员一定要注意安全，没事不要瞎跑，别出什么意外。"

林惠尚未来得及打电话，忽然一股寒风裹挟着骤降的温度袭入，两人不约而同朝着门口望去，只见店门口的服务台走进来七八个客人，抬着摄影器材，都穿着冲锋衣，显得有些狼狈。他们略带抱歉地说："雨太大了，我们避避雨，一会儿就走，希望不给您添太多麻烦。"

吴建国说："哪里，各位请坐，先喝杯茶暖暖身子。"林惠听了，赶紧去冲茶，那伙人一人捧着一个热气腾腾的茶杯，不住地道谢。

"老板，今天天气很糟糕，很多店铺都关门了，你们这里还营业吗？"其中一个试探着问道。

马上就到晚餐时间了，就算现在通了车，等服务员赶到店里，也得七八点了。

林惠走过去，低声跟吴建国说："吴总，我们要不要向客人解释一下情况？"

吴建国略微想了想，说道："不用，对外正常营业……"

"没问题吗？"林惠说完自觉口误，马上改口道，"我是想说目前店里所有上班的人就只有您和我了。"

"做大厨，我没问题；搞好服务，你那边有问题吗？"吴建国反问道。

林惠就不说话了，拿起菜单，走到那桌人面前，礼貌地说："请各位先生点餐。"

"不用点了，店里有啥特色菜、招牌菜按照八人份上吧，口味要辣一点，好驱下湿寒。"

林惠点点头，说道："好，各位稍等。"

"哦，对了，不要忘记开发票，"其中一个头头模样的说道，"工作餐嘛，自然是要报销的。"众人一阵附和式的哄笑。

"大家敞开肚皮吃，回去我亲自去财务送单子。天气不好，大家为了工作，也辛苦了。"那头头很大度、很豪爽，惹得众人更觉得饥肠辘辘了。

吴建国本来就是厨子，厨房里的事情那都是手拿把掐的，林惠在旁边帮忙整理着食材，默契配合之下，倒也显得有条不紊。

他打着火，把火锅底料和红油烧热，那独特的麻辣香气就弥漫开来，散到大街上，冒雨奔波的人纷纷驻足，循着香味儿来到店里。

"老板，好买卖！收拾个座位，我们也奢侈一回。"两名上班族，看起来像是同事，相互谦让着进来，占住了一张小桌子。

"吴总，亲自下厨啊？难得一见，难得一见啊！看来我来得正是时候！"这自然是熟客。

店里走进来的客人越来越多，林惠在大堂张罗着，吴建国跑进厨房负责传菜。外面狂风暴雨，屋内温暖如春，客人们友好地吃着饭，不再如平时那般挑剔、难伺候，大家都为能在这个暴雨如注的夜晚，吃上一顿美味温馨的火锅而感慨。

吴建国突然觉得很快乐，那是一种无关金钱和利益的感觉，是一种发自心底的、"予人玫瑰，手留余香"式的获得感与满足感。自建龙开业以来，他只是在控制成本、增加利润中苦苦求索，而今天这个糟糕的天气里，有那么多人因为建龙的存在而面露满足，这些满足感聚集在一起，不知不觉中把自己也感染了。

七点以后，雨似乎小了一些，可是天也黑下来了，窗外越来越模糊不清，唯有这家建龙火锅店里的灯火，闪烁着温馨的光。卢倩在林惠的催促下，已经赶来了，立马投入工作中，吴建国和林惠才感觉压力稍微轻了点，相视一笑，显然是彼此并肩作战后的一种信任与相互赞许。

　　吴建国决定把食客们给予自己内心的这份温馨和宁静回馈给他们。诚然，在这个风雨交加的台风天，能够聚在一起就是一种缘分，即便平日里是顾客与老板，但在同样的灾害天气下、同样面对糟糕天气袭击下苦中作乐的人，彼此更像朋友、更像故人。

　　于是，吴建国洗了把脸，整了整围裙，头上还顶着白白的厨师帽，站在大堂，清了清嗓子，对客人们说："今天因为台风天，我们一起聚在建龙，是天大的缘分。我，吴建国，是建龙火锅店的老板，向在台风天气里还奔波、忙碌、付出的各位表达敬意！所以，我决定，今天晚上在座各位的消费，全部算我账上。希望明天太阳照常升起，我们能够从台风的袭击下振作，迎接、创造美好的生活！"

　　"瞧，人家讲的多好！小朱，带人去拍几张照片，老板说的这几句话，也都记下来，多好的素材，正彰显出台风袭击下威城人同舟共济、共渡难关的决心，明日上头条，一定火。"那个头头说道。

　　于是，第二天的《威城日报》大篇幅地对建龙火锅店做了报道，上面醒目的标题写着："餐饮人的良心与希望"。文章详细介绍了昨日记者在建龙火锅店的所见所闻所感，最后笔锋一转，把这家火锅店塑造成台风灾害下威城人民善良、感恩、热情、坚韧的形象。这一波操作下来，建龙火锅店莫名其妙地火了。

　　是的，百年一遇的台风，对威城的破坏是巨大的，官方也需要正能量的人和事，来凝聚人心。也许，是受了吴建国的感召；也许，是眼红吴建国的这波神操作，许多宾馆、酒店纷纷通过媒体表示，愿意免费提供食宿帮助受灾群众渡过难关，虽然也蹿红了一批宾馆、酒店，但始终不如吴建国的建龙火锅店受益大。

　　民间、商界为赈灾所捐助的一切，后来被《威城日报》总结为"建龙精神"。而主人公吴建国，就以这种无心插柳的方式，一时间风头无两。

　　自电视台播出了对建龙火锅的访问节目，建龙火锅的名气甚至传到省外，有些外省记者也来做访谈。包括吴建国本人，也没想到事情会演变成这个样子，当然不吝于借助媒体镜头，把建龙品牌传得越远越好，因为吴建国的下阶段目标就是：把建龙连锁店开到全国。

慕名而来的客人纷纷涌入，生意比起之前更胜了几分，其中也不乏有人带着现金，来寻求加盟，想借助建龙这块牌子，发一笔横财。

吴建国客客气气地应酬着。"是时候了，"他想，"建龙走向全国的机会来了。"

于是，吴建国召集建龙的管理层开会。他先说道："这两个月，建龙三家店天天满座，还经常排长龙，这是一个好现象，跟大家的努力工作分不开。我先对各位表示感谢！"

下面响起了热烈的掌声。吴建国待掌声平息，又说道："财务部，把我们建龙的财务状况大体说一下。"

张海洋拿起报表，汇报说："目前，我们建龙的负债率为0，也就是说，短短两个月内，我们建龙已经还清了银行贷款。从前期投入和后期产出的比例来看，我们建龙达到了1∶4，说明盈利能力非常好。"众人深受鼓舞，纷纷鼓掌。

张海洋继续说道："负债率为0，从净资产方面来说，是无债一身轻。但是，建龙若想发展得更大，就必须重视融资，稍微有点负债率，也不是坏事。当然，这只是我们财务部门的意见，负债率可以让扩张脚步加快，但也随时面临着撤资等问题导致的现金流断裂的风险，而零负债率，是量入为出、看米下锅，风险控制是最容易的。"

吴建国说："张经理说得非常中肯，关于负债率和扩张的问题，稍后再议。"

林惠说："鉴于建龙如今的规模和发展状况，我建议把办公区域和门店分离，最好有独立的办公地址，为将来开更多的分店打下基础。如今，我们只有三家店，开会的时候就已经显得拥挤不堪，如果未来有了第四家、第十家甚至第一百家，总店的办公区域就显得狭小了。"

吴建国说："这个建议不错，各位也发表下意见。"

叶小帅说："我的意见是，三家店养活不了一个独立的总部。如果吴总要租办公楼，那么必须在建龙扩大规模有谱的时候，再着手施行。如果我们多了一份行政支出，而分店扩张的脚步没有跟上，只会给我们建龙造成不必要的资金压力。"

王春华说："叶经理说得对，如果要搬入办公楼，需要先敲定扩张的事情，甚至可以将开分店与租办公楼一起着手。但以目前的规模，还不宜过早付诸实施。"

吴建国说："建龙扩张，是势在必行之事，尤其是横滨、莲花两家分店的经营状况，已经证明了连锁模式的成功。现在，大家讨论下，新的扩张方式，是如横滨、莲花那种店长聘任式合适，还是如肯德基那种加盟式合适？"

张海洋说："店长聘任式，固定资产是建龙的，固定投入会拖慢扩张的脚步，但风险可控，自己做主。加盟式，可以省下一大笔前期投入，通俗讲就是'借鸡生蛋'，加盟商根据我们的标准经营，挂上我们建龙的牌子，每年除了加盟费，还要根据合同给我们一定比例的利润分成。这种模式扩张迅速，但存在一定的隐患，加盟商素质良莠不齐，如果为了追求利润最大化而人为降低服务标准和质量，那么损失的将是建龙的声誉。"

张海洋一向如此，利用自己的专业储备，把利弊摆上桌面，至于领导如何取舍、怎样决策，自己从来不多发一语。

大家也不说话了，都望向吴建国。

林惠突然说："吴总，我有个建议，虽然不及张经理专业，但能否说一下？"

吴建国说："畅所欲言，自然可以。"

林惠说："店长聘任式太慢，加盟式有风险，我们为何不折中一下？"

"哦？"吴建国顿时来了兴趣，问道，"你继续说，是怎么个折中法？"

林惠说："我们建龙这块牌子，本身就是一种资产，我们拿出少量资金开分店，利用这块牌子来贷款，让每家分店都有一定的负债率。我们聘任店长的时候，减少负债率是硬性指标，若实现不了立马换人。让能者上位，自己想办法经营，也比建龙什么都做好了，店长不思进取、只求无过领薪水要强。"

叶小帅和张军互看了一眼，或许是因为他们是分店店长的缘故吧。

吴建国看到了，但也只能装作没看到，问张海洋："张经理，这种方式可行吗？"

张海洋说："国内有过先例，我觉得这个方法可行。唯一的不足之处，在于各个分店的负债率，最终会汇总到建龙整体品牌身上，比如我们现在三家店，负债率为0，但以这种模式再开几家分店，建龙的负债率就会上升，如果分店店长没有在短时间内扭转负债率过高的局面，那么银行那边就会根据我们的整体负债率进行贷款限制，一旦需要钱救急，银行那边只会隔岸观火，正规的金融机构也不敢出手相助。"

吴建国点了点头，若有所思地说："王总，你有什么想法？"

王春华明白，吴建国这是要赌了，自己要陪他赌吗？赌吧！本来在威城就一无所有，又何来输去更多？

所以，王春华说："建龙的热度正盛，是扩张的最好时机，我觉得林经理的方案可行。"

吴建国点头说："初步就这么决定了，各部门回去准备吧。"

话说，人的成功与失败，欢乐与悲哀，聚与散，离与合，完全可以是指顾之间的事。

会后，几个管理层在一起午餐，张军对吴建国应对营销的做法佩服得不得了。

吴建国笑着说："这个真的是无意的！林惠知道，我们那天是觉得那几个客人被雨淋透了，不忍心关门大吉。我猜他们在饥寒交迫的情况下吃的那顿火锅，就像当年乾隆皇帝饿晕后，在民间老百姓家里吃上的那碗菠菜汤一样，能美味到哪里去？更多的是雪中送炭的满足感罢了。我这是撞了大运，无心插柳柳成荫。"

他笑了笑。

敲定了分店扩张的事情，吴建国回家后与王春华大体上商量了下，王春华笑着说："我整天除了盯着厨房，就是看着店里的人来人往，虽然人人称我一声'王总'，但我有几斤几两我自己还不知道？你看准了，就去办吧。"

借着建龙的名气，吴建国派张海洋去银行探口风。张海洋本来在国企当过财务副科长，办理对公业务时处下了不少熟人，再加上建龙扩张后规模变大，他自己的收入也会水涨船高，财务部门虽然号称是要害部门，但说实话，一个火锅店，破天了能有多少事？相比于林惠和叶小帅他们，他的薪水拿得实在太轻松。

张海洋本身就是八面玲珑的老江湖，以前吴建国都亲自去贷款，为何这次让自己去？要说财务部门搞贷款，从业务来说也属于职责范围内，但吴建国真那么放心自己？他想了想，或许是自己的部门最清闲，所以吴建国想让自己多干点儿；又想了想，或许吴建国想换掉自己，扩张分店这么大的事情，如果自己办砸了，吴建国顶多不开分店了，而自己只有引咎辞职的份儿，这样可以走得好看点。

他心眼多，所以想的也多，而吴建国让他去谈贷款，真实的目的大概只有吴建国自己知道吧！也不怪张海洋多心，看看店里的管理层，叶小帅就不用说了，妥妥的元老级别，当初还是他陪着吴建国面试自己的哩！王副总？人家愿意把建龙搞成夫妻店，一个当下属的就不要多嘴了。林惠，凭着关系进来的，据说后面还有市政府的关系撑腰，就算吃闲饭，吴建国也不能开了她，况且人家表现得还可以。张军，这人背景成谜，话也不多，显得沉默寡言，吴建国对他客客气气的，说不定有什么自己不知道的交集。而自己呢？没根基没关系，如果建龙要清理人，肯定第一个对自己开刀。

越想越忐忑，只能下决心，得把这件事办得漂漂亮亮的，保住自己的饭碗再说。所以，他不惜动用自己当副科长时的人脉，几番迎来送往，总算是不辱使命。

这天，张海洋拎着包从外面回来，显得风尘仆仆又带点疲惫，来到吴建国办公室，拿出一摞单据材料，说道："吴总，贷款谈妥了，您过目。"

吴建国细细地看了一遍，说道："70万？够开六七家分店了，张经理，你是怎么做到的？"

张海洋说："我不是做过几天财务副科长嘛……"

聪明人面前说话说一半就行了，国企的财务副科长，没点本事能爬上去？短短一句话，张海洋已经把自己的身价抬高了一番，吴建国心思不明地笑了笑，说道："这几天你很辛苦，我也知道。回头把你坐车、宴请的发票贴了，我签个字，去核销了吧。"

张海洋说："一丁点钱，能为建龙发展出点力，不算什么，吴总千万别客气。"

吴建国听了，倒也不拒绝，一拍大腿，赞许地说道："那好，今晚我单独请你吃顿饭，聊表谢意。"

张海洋连忙摆手道："哪敢，哪敢，不都是财务部门的分内事嘛！"

晚上，在一家不大不小的饭馆里，两人和光同尘，与那些卖力气的三轮车夫混在一起，随便聊着。张海洋问："喝什么酒？我去点。"

吴建国说："平日聚餐，碍于面子，喝的酒都上档次。这次，我想喝我当兵时最喜欢的酒。"

张海洋说："军中特供？这里可没有，吴总，我想我们来错地方了。"

吴建国说："什么特供？二锅头！我在军营就是一伙夫，除了做菜就是喂猪，没成想，十几年过去了，还是在'做菜'。"

张海洋会意地笑了，说道："吴总果然是个念旧的人。服务员，两瓶二锅头！"

酒很辣，也很呛，喝了几杯后，吴建国问："这酒，你也能喝得下去？"

张海洋："我喝过两毛钱一袋的白干，一袋半斤；像这三块钱一瓶的二锅头，对比下简直是琼浆玉液。"

吴建国："能喝多少？"

张海洋："白干，能喝四袋；二锅头，最多只能喝一斤。"

吴建国："酒量素来是越喝越大，你这怎么退步了？"

张海洋："不是退步，是珍惜，留着下一顿再喝；一顿喝完了，下一顿只能再去喝白干了。"

吴建国笑了，说："今天放开量喝，我请。"

张海洋也笑了，说："喝了这顿，还有下顿不？"

吴建国说："自然还有。"

两人哈哈大笑，惹得饭馆里的人纷纷侧目……

资金到位，其他的事儿就不是事儿了；这年头，只要有钱开道，自然有鬼帮你推磨。半年之内，五家分店陆续开业，算上原来的两家分店和一家老店，建龙已经有八家店了。

一年过去了，几家火锅店生意出乎意料的好，这与林惠的建议是分不开的。她给吴建国建议，为店长们设置高薪，但只有完成负债率减少的指标，才能拿全份儿；否则，年薪就要缩减 60%。负债率清零后，则可以跟叶小帅、张军一样，按照营业额拿提成，再加上底薪，就是一笔不菲的收入。

这对店长们的刺激很大，就拿正阳分店店长赵友发来说吧，他是从中学教师岗位上下海的，竞聘成了店长之后，为了削减负债率，可谓是十八般武艺全部用上了，亲自给自己教过的学生打电话、求关照，那些学生多多少少还给他一点面子，但凡有招待，都尽量带着往建龙火锅去，尤其是赵友发曾经教出的一个学生，在招商局当个不大不小的领导，但凡有客人来，肯定往这边带。

赵友发很早就完成了削减负债率的指标，甚至一年内实现了清零，吴建国跟王春华一商量，给他发了五万块钱的奖金，赵友发感激涕零，不住感慨道："来晚了，跟着吴总跟晚了。"

其他的店，情况大同小异，八家店的营业额汇总到张海洋那里，再被整理成财务报表，递给吴建国，可把吴建国乐坏了。吴建国拿出一部分钱，先置办了一些硬件设施，令门店的安全设施和就餐环境更加完备；又购买了一辆七座车，给订桌的熟客、贵客提供接送服务；后来觉得太小，对很多慕名而来的团队不顶用，干脆又购买了一辆中巴车，还是不够用，干脆与公交公司签了通勤车租赁合同，时不时让通勤车来帮帮忙，按照次数支付费用，倒也很划算。

吴建国尝到了提升门店设施和服务水平的甜头，联系了电信公司，给各家店的前台安装了电脑，通上了网络，保证行政办公室与分店上传下达文件的实效性。

又到了开例会的日子，在新的办公楼会议室里，各店店长精神抖擞，正襟危坐。吴建国清了清嗓子，说道："各位店长很辛苦，公司给大家准备了奖励。"然后林惠搬过来一个大大的纸盒子，上面还系着红绸带。叶小帅笑着说："吴总，你这是卖的什么关子？"

吴建国神秘地笑了笑，亲手把纸盒子打开，里面是八个小盒子，上面也系着红绸带，他说道："去发一下，一人一个。"

各店长满腹狐疑地接过来，打开一看，顿时睁大了眼睛，原来是一部小灵通！

有的店长马上别在腰上，站起来走了两步，乐得合不拢嘴，别提多神气了！丽景分店店长马平川还装模作样地贴在脸上，煞有介事地说："喂，喂，你说什么？大点声！听不清！"

"还没配上号段，你这是打给谁？"林惠说道。

众人哄堂大笑，接下来的会议，就在热烈的氛围中开完了。

散会后，店长们三三两两地聚在一起聊着。林惠抱着一摞各店上交的营业汇报材料，一个不小心，"哗啦"全部掉在了地上，她连忙蹲下去捡。

"你这小姑娘，最近状态不大好。"吴建国走了过来。

林惠赶忙三下五除二把东西捡起来，连连道歉："对不起吴总，我不是故意的，今天的晚餐由我来请大家。"她笑着打趣道。

吴建国听了也笑了起来："你一个月才几个钱，哪能让你破费，晚餐当然由我来请。"

林惠笑了："吴总，你可不能看不起我！灌白酒你未必比我行！"

吴建国说："你小小年纪口气不小，待你找到对象结婚那天，我们大家势必灌你个一醉方休。"

林惠倒也没反驳，叶小帅在旁边叫道："看来小林是得加把劲了，咱们就等着喝喜酒。"

大家说说笑笑，有几个店长也凑过来帮忙，收拾得七七八八。吴建国对大家说："以后每家店都装上了电脑，咱们每位店长都要好好学习怎么使用，巨细靡遗地做好管理工作。"

说着说着，只见王春华拎着纸袋走了过来。

自从去年那次台风后，吴建国就跟林惠熟络了起来，有事没事就待在这家店里，这不太寻常。想到这些，王春华过去那种对婚姻的焦虑感和不安全感又回来了。自从有了监管小组，不用她盯厨房和管理现场了，在这个店里她也没啥紧要的事。办公楼离家近，给吴晓晓做完中午饭，她就来办公楼看看，主要是一个人在家里觉得闷。

她经常会带一些在家里学习烘焙时做的小饼干、小甜品给员工吃，时间久了，大家对她都很熟络了。

"大家都来尝尝吧，今天做的三明治，加了些金华火腿，味道蛮不错的。"

林惠点点头，说："嫂子手艺真不错。"又说，"嫂子最近来办公楼多了，不过，也让我们的生活改善不少呀。"

王春华沉沉地望着她，嘴角一弯，笑得意味深长。

"没事你就在家里休息嘛，或者去看个电影逛逛街啥的。店里的事你就少操心了。"

王春华知道吴建国说这话的意思，他对她开始查岗感到反感。可不出来刷存在感能行吗？吴建国对林惠的热情是越来越有苗头了，越来越管不住了。

她对吴建国的期望在无力改变的现实面前，不过如海市蜃楼般不堪一击。如果说上次吴建国出轨的事情令她绝望，那此刻他的态度让她出奇地愤怒。她曾是如此骄傲、明透之人，难道因为渐渐失去作为女人的优势，就只得大隐，或死隐？

想想这个社会，是何等的不公平。年轻貌美的女人，无论如何作，都会有爱她、为她要死要活的男人，这与内涵修养甚至私德无关，年轻貌美就是她这个年龄阶段的优势。

王春华冷静一下，觉得针锋相对大可不必，只好说："店里生意这么好，大家都折腾得够累的，我也帮不上什么忙，做一些点心过来给大家尝尝，也算是慰劳大伙。"说完，她微笑着与大家告别，离开了。

她不想当着员工的面与吴建国吵，也不想因为婚姻问题导致她精神紧张脾气暴躁。与吴建国在一起多年，是值还是不值呢？这个问题她搞不懂，也不愿意去分辨清楚。爱情与亲情，她都舍不得失去，但为何自己的隐忍和退让却换来吴建国的不屑一顾呢？

曾经，一起蜗居在老家的生活，虽然不及现在富有，但一直幸福稳定，小日子里该有的都有；但现在，除了生活条件日益优越，曾经的欢乐时光却一无所有，只有逐渐增长的年龄和一事无成的事业依旧如影随形地跟随自己……想着想着，她那颗心更加漂泊无依，内心深处更加渴望事业，只是吴建国掌控欲强，只在一些小事上让她发挥，真正的大事，他都要自己一人拿主意。但转念一想，即便交给自己又如何？自己能像林惠那样识大体？能像张海洋那样带来 70 万贷款？能像叶小帅、张军那样独当一面？说白了，现在的自己，干事创业的能力，甚至不如一个分店的店长。

想起吴建国前段时间表现出来对家庭的责任和依赖，本已经让王春华感觉又找到了可寄托的彼岸，可自从吴建国盯上林惠后，他就变得肆无忌惮了，即便有些暧昧的表情和动作落在她的眼里，吴建国也从来不解释，甚至发展到今天当着所有人的面儿敲打自己，那恬不知耻的态度，让本就委屈的情绪呼之欲出，伤心的眼泪再次流了出来。

王春华想，从此以后，更要为今后好好打算了，再不实质上参与到建龙的经营管理，最后下场最惨的一定是自己这个可怜的弃妇。现阶段，为了吴晓晓，为了这个家庭，就算有再多险山恶水的女人出现，她也只能直面现实，一个个地去灭掉。想到这，王春华深深呼吸，再深深呼吸，咬牙切齿道："吴建国，你个陈世美，你给我等着！"

夏天的夜晚本是闷热，但经过身心折磨的王春华，此时只感到寒凉凄切，她的人生怎么会被粉碎得如此猝然和直接？她怒火中烧，不止不休，手紧紧地捏成一个拳头，全身颤抖，目光中也浮起了恶："一个背叛婚姻，婚内还动歪心思的男人相不相信报应呢？你吴建国是如何把我抛弃的，将来我也会用同样的手段来偿还！让我失去尊严，失去爱情和信仰，我一定不会忘记今天受过的这种恐惧、羞辱和悲伤，还有——永无止境的绝望！"

转过头，看见吴晓晓担忧的眼神，她赶紧收拾好情绪，擦掉脸上凝固的泪痕，不想让不再温婉的面孔糊成女人苍老后的悲哀。她勉强侧过身体，用手挽过吴晓晓的头靠到怀里，她想要抚摸自己的孩子。

吴晓晓凑过脸去，母亲温润的掌心抚摸着她的脸庞，小时候母亲生气的时候就会哭，会握着她的小手哭。吴晓晓心疼母亲，她想不明白，母亲的手心怎么承载得起这么多的悲伤？她离不开这双抚养她长大的手。

　　一梦醒来，发现吴建国睡在身边，吴晓晓已经在洗漱，这样的场景让王春华心情复杂。

　　吴建国起来后告诉她，王春华那个爱赌博的继父昨天来找他了。这老头实在难缠，在王春华的母亲离开他的这 10 年里，他多次找他们两口子拿钱，每次都是不一样的借口。

　　去年春节时，吴建国背着王春华悄悄给过他 2000 块改善生活，可能是觉得那笔钱来得太容易，让继父变本加厉，不知从哪里挖出蛛丝马迹，顺藤摸瓜到了威城这边找到吴建国，尽说些陈年往事，勾起那么点些微的记忆，说完又让吴建国拿些钱给他回老家办鱼塘。

　　吴建国还是念及情分的，没与王春华商量，去银行取了一万块钱给老头儿，打发走了。

　　王春华听后没有多说什么。有些事，她一直要自己忘记的，可是忘不了。

李天娇来催收下一年的房租，并要求大幅度增加租金，否则就终止合同，这让吴建国和王春华很懊恼，想走法律程序吧，又顾虑重重，担心最终没得个好结果，双方闹个鱼死网破。刚当生意人没几年，要学会以和为贵、和气生财，盯着的人多了，一旦扯上诉讼，肯定会影响建龙的发展。

王春华觉得可以自买商铺来经营，因为已经有了个林惠，她实在不愿李天娇再掺和进来。她跟吴建国说："我们惹不起，还躲不起吗？干脆趁着有点钱，自己买个商铺得了。"

吴建国脑子转了一会儿，觉得可行，李天娇这个女人不好惹。他说："我们几家店的资金流动性大，不妨先贷款把商铺买了，一来可以用来经营，二来也可以作为长线投资。"

"集拢资金全款买岂不是更划算，最起码省了一大笔利息。况且，贷款也是要冒一定风险的……"王春华提醒说。

"你怎么这么死心眼？"他对她的意见不满意，烦躁之余，尽是对对方的不耐烦。

王春华平静地牵了下嘴角，没有争执。

吴建国接着说："买商铺不是小数目，全资购买，万一发生意外，咱们现在几家店的资金链随时可能断，到那时就麻烦了，所以一定要留下一部分周转资金。"

他可能觉得刚才自己说话的语气有点不合适，调整了下语调，耐心解释道："商场如战场，商场也好，战场也罢，只看你的心大不大！人鬼一念差，现在上了这个战场，不冒风险是不可能的，风险与收益成正比。这事就交给我，你不用操太多心，我有我的考虑。"

王春华还想说什么，吴建国已经踱着步走开了，仿佛在逃避跟她交流。

吴建国立即找张海洋商量贷款买商铺的事情。张海洋并不评价商铺是贷款买还是全款买的问题，既然吴建国已经决定了，自己能做的就是给他建议和对策。

张海洋说："目前，各分店的负债率都很低，个别分店已经实现了零负债率，在银行那边，信誉记录是非常好的。但是，买商铺不是小数目，我们还要进一步增强信誉度和提高银行内部风评给出的贷款额度。"

吴建国说："看来你已经有了想法，说来听听。"

张海洋说："上次贷的70万，还有30万没有还清，我们不妨先将这笔贷款全额还上，这样我们就可以贷到更多的钱。我觉得，凭借建龙八家店的资产和之前积累的信誉，贷个七八百万没问题。"

吴建国赞同了张海洋的建议，就派他去银行把30万贷款还清。过了几天，吴建国给宋昌平打电话，宋昌平接了后低声说了句："开会，回头我给你打回去。"就把电话摁死了。

等了两天，一直到第三天晚上，吴建国心烦意乱，出门转转，顺便视察了下门店。在门店待了一会儿，正想给宋昌平电话，摩托罗拉手机就响了起来，吴建国赶紧按下接听键："您好啊，宋行长。"

宋昌平说："抱歉，吴大老板，我在香格里拉大饭店开了几天会，刚刚结束，没来得及回你电话。你看看我在这里多等你一会儿，还是改天再亲自登门拜访？"

吴建国连忙说："劳您多等会儿，我这就过去。"

宋昌平说："带个司机啊，这里的菜式很不错，比我们的工作简餐强多了，今晚我们一醉方休！"

吴建国说："一定，一定，不醉不归！"

挂了电话，看了看店里，去哪里找司机呢？这么重要的事情，带谁去合适呢？赶紧给叶小帅的小灵通打了个电话，说道："小帅，赶紧打车过来！"

叶小帅很快就赶了过来，略微说了几句话，吴建国已经闻到了酒气，丧气地说："你喝酒了？"

叶小帅说："没事儿，抓一次罚50而已，我开车没问题。"

吴建国说："你没问题，我还担心呢！马来运他老爹不就是喝了酒骑摩托车摔了跤，才进了ICU？你酒量我信得过，但不要用在开车上。"

吴建国看了看手表，时间也不早了，恰好卢倩从身边经过，便喊住问道："卢领班，会开车吗？"

卢倩说："开得不好……"

"别说了，跟我走，出差！"吴建国和叶小帅一左一右裹挟着卢倩进了停在门口的沃尔沃，一脚油门，向着香格里拉大饭店驶去。

宋昌平在贵宾区好整以暇地看着报纸，吴建国带着叶小帅和卢倩过去，打了个招呼，说道："小帅，去点几个好菜，来几瓶五粮液。"叶小帅转身去点菜了。卢倩似乎第一次来这种地方，畏首畏尾的，有点怯生生，加上年轻貌美，反倒让宋昌平心猿意马。

须臾，菜色齐全，都是香格里拉的招牌菜，卢倩作为领班，端茶倒水，伺候得宋昌平非常受用，色眯眯地把卢倩看了个仔仔细细，趁势劝卢倩喝酒。卢倩说："宋行长，吴总让我当司机，开车回去。"

宋昌平郑重地点了点头，说道："开车？那可绝对不能喝酒。那你就喝点果汁吧。"于是亲自去前台要了扎果汁，给卢倩倒上，搞得卢倩受宠若惊。

四个人吃饭喝酒，聊些客套话，酒过三巡，吴建国和叶小帅一唱一和地提到了贷款的事。宋昌平用牙签剔着牙，摇头道："这不，今天刚散会，上级领导让收缩银根，减少坏账，我虽然是个行长，但上面也有人管着我哩。"

　　吴建国喝了一杯酒，说道："我理解宋行长的难处。"略微顿了顿，又说道："叶经理，跟卢倩去看看我们的车，刚才停在消防通道，是不是挡路了？"叶小帅起身，拉着卢倩离开了。

　　包间里只剩下两个人，吴建国轻车熟路地掏出红包，含笑说道："一点点心意，还请宋行长笑纳。"

　　宋昌平猴皮一笑，说："我不能收。"又正色道："我们银行虽说是企业，可那也是国家的企业，该有的铁律必须遵守。我虽只是一个分行的小行长，沧海一粟，可也是知晓纪律和规定的。"

　　吴建国演戏般地劝了又劝，过了一会儿，只见宋昌平伸手拿起红纸包，掂了掂，又推了回来，说道："100万，可不是小数目啊，我这也算顶风作案了，实在不敢收。"然后往椅子后一靠，微闭着眼，似乎喝多了。

　　吴建国心头一凛，这回宋昌平怎么成了无缝的蛋？忽然想起宋昌平看卢倩那色眯眯的眼神，登时明白了，笑着说："宋行长公务繁忙，看起来是累了。跟我过来的那个卢小姐，按摩手法是一流的，要不要让她陪你放松放松？"

　　宋昌平睁开眼，正襟危坐道："吴总，这种事儿如果不是你情我愿，咱们这种身份，可不能霸王硬上弓。"

　　吴建国说："她一直仰慕宋行长仰慕得紧呢！您先回房间洗个澡？"

　　宋昌平叹了口气说："唉，过几年就退了，就犯一回作风错误吧。建国啊，贷款的事儿，我回去想想办法，你先别急。"

　　然后从怀里掏出一张房卡，放在桌子上，自己去前台喊了服务员，只说房间反锁了。服务员连忙拿着备用房卡随着宋昌平开门去了。

　　吴建国极少抽烟，这次却抽出一根放在桌子上的万宝路，狠狠吸了一口，觉得呛人，又掐灭在酒杯里。

拿出手机，打叶小帅的小灵通，说道："跟卢倩回来吧。"

两人便一前一后回来了，卢倩说："吴总，谈妥了？我扶您上车。"

吴建国说："你先坐，我有事跟你谈。"

卢倩就坐下了。吴建国说："宋昌平想让你上去陪陪他，价格你尽管开口。"

叶小帅和卢倩都愣了，想不到吴建国竟然提出这么无耻的要求。

卢倩说："不行，我前年刚结婚，我不能对不起我丈夫……"言毕起身就要走。

吴建国拉住她，说道："你丈夫去年跑业务签错了单，赔了一大笔钱，现在还没还完吧？你们结婚两年了，孩子都不敢要，是不是被债务压的？就你这么挣钱法，什么时候能还完？"

卢倩回头道："叶经理，帮帮我……"

叶小帅说："建国，咱当过兵的，不能这么欺负人。"

吴建国说道："一万，做不做？"

卢倩有点犹豫，但仍然要走。

吴建国说："三万，够了吗？"

卢倩还是要走，泪水已经滑过脸颊，那是一种极度的羞辱感。

叶小帅吼道："吴建国，你再这么混蛋，我这就削了你！"

吴建国见叶小帅发了飙，就松开了手，卢倩赶紧往外跑。

"五万！"吴建国拖长声音说。

卢倩的手已经触到了门把手，但又放下了，含泪回过头来，挣扎着。

"这个红包里面，正好有五万，这张是房卡。"吴建国又吸了一口烟说。

卢倩抓起红包和房卡，含泪红着脸去了，高跟鞋踩在地板上的声音，一直萦绕在耳边……

叶小帅要追出去阻止，但终究是停下了，猛地仰脖喝完瓶子里剩下的五粮液，把瓶子往桌子上重重一摔，吼道："吴建国，你这是逼良为娼！"

吴建国也拍着桌子站起来，吼道："喊什么？建龙还要不要活路了？"

吴建国变了，变得太阴鸷、太功利了，已经不是当年叶小帅认识的那个人了。叶小帅当下也懒得理他，抓起衣服披上，摔门而去。

叶小帅在门口站着，吴建国开着沃尔沃追上来，摇下车窗说："小帅，是我不对，建龙还需要你。上车，我送你回去。"

叶小帅说："你喝了那么多酒，我不敢坐你的车，我等司机出来。"

吴建国叹了口气，说："她今晚不会下来了。上车吧！"

车子开得很慢，吴建国虽然喝了酒，但他并不想死。

吴建国说："还在为卢倩的事儿堵心？"

叶小帅说："你毁了她。"

吴建国说："我帮了她。"

叶小帅说："我不敢相信你会做出这种事。"

吴建国说："再过 10 年，你回过头来看卢倩这件事的时候，再来评价我的是非对错可以吗？"

叶小帅不置可否。车子就这么开回了店里。第二天，叶小帅并没有交上辞呈，吴建国轻轻地舒了口气。

过了一周，100 万贷款顺利到账。吴建国心情大好，打电话回家，说晚上回来吃饭，有事商量。

王春华没有惊喜、没有激动，她平静地做好饭菜让吴晓晓先吃完再做作业。

在张军负责的店里，吴建国在厨房里正和几名员工将熬煮好的火锅底料抬下来，张军赶忙走过去，争道："我们来干，你别来，你要有个什么事弄破点皮，春华嫂子来找我麻烦怎么办。"

"哈哈，真要有事，我会和春华说清楚的。"

望望西边的天空。残阳如血，浮云似萍。

"我该回家吃饭了。"

到了家，王春华早已摆放好一桌丰盛的晚餐。

吴建国难得地从她的背后抱住她，说："货款全部批下来了，等跟李天娇解除合同后，再找人协助买铺面，问题不大。"

王春华被他这么一抱，眼若朗星，光芒而诚挚，说："我也不懂做生意的路数，来威城这么久，看到每天店里人员动荡，有些危机都想不到。我驽钝，还经常在你身边说道，让你烦了。"

"春华啊春华，你真是我的贤妻，我是真的谢谢你。"吴建国将几件麻烦事一解决，嘴巴像抹了蜜一般甜，"此生娶了你，让我能全身心奔事业。今后建龙发展壮大起来，你想买啥就买啥，想去哪就去哪。"

"咱们家能有今天，说明你是一个有勇气和胆略的男人。"王春华有些虚伪地说。俩人继而就下一步买铺面的事情又多聊了几句，王春华见吴建国心情好，觉得是时候告诉对方自己不仅是到火锅店上班，而且要参与到核心管理的想法。

她做过多年老师，驾驭人经验丰富。开口前，先将自己的打算和种种环节一思索，便琢磨出两全的办法。她告诉吴建国晓晓的成绩一向稳定，不用过多操心。另外，建龙发展大了，她是时候实质性加入到管理决策层了。

吴建国没有拒绝的理由。一来，他们俩还是夫妻，财产与债务都是共同的；二来，这女人一没有事情做，就会化身为福尔摩斯，将所有的精力用来调查男人。这不，前几天察觉出自己对林惠产生些好感，马上警惕性就上来了。

他点头答应她的要求，并假意承诺建龙今后的任何事情都会与她商量，征求她的意见。

吴建国小看了王春华，他认为她并不会去实际操作那些管理的具体事务，估计只是图职位好听而已。但王春华却不满足于眼前的现状与苟且，既然债务自己也有份，那么为火锅店带来更多的利润，必然也是自己的一份责任。但她在家里待了那么久，对于火锅店运营的事情所知甚少，即便耳濡目染，但终究也是力不从心。

"不行，这样下去，如果有一天吴建国抛弃我，我又何以自处？"她想去报函授班，学习酒店管理之类的课程，但至少得花上个一年半载，不可能一口吃个胖子。况且，即便学到了知识，到能够得心应手地运用，又不知需要多少时日的实践。

王春华从之前荣誉称号式的"王总"，变成了运营总监，新官上任三把火，她先去布置崭新的办公室，坐了一会儿觉得无聊，便起身去了财务部，想看看建龙的实际经营状况，到底有多少收入和盈余。

张海洋立马迎了上来，说道："王总，您来了！快快请坐！"赶忙给一个财务小职员使眼色，那双马尾的小姑娘便屁颠屁颠地给泡了一杯泛着馨香的龙井，说道："王总，您慢用。"

王春华点了点头，稍微沾了沾唇，放下茶杯，说道："张经理，我想看下上个月建龙的账目。"

张海洋说："好，都存着档，我这就去取。"

而那个双马尾的小职员，赶紧把上个月的档案抱了过来，说道："王总，您过目。"

王春华打开档案，顿时惊呆了，各种报销凭证、税务回执、支出明细、金融财务专用缩写代号等，令她双目如盲，却又不好意思向张海洋请教，装模作样翻阅了一下，说道："难怪吴总这么倚重张经理，为了建龙，张经理确实费心了。"

"哪里，哪里！这是应该做的嘛！"张海洋毕恭毕敬说道。

王春华又随便寒暄了几句，便起身告辞了。

王春华感到一种无力感和挫败感，心情也闷闷不乐。而吴建国已经被林惠勾得心猿意马，得知王春华视察过财务部后，似乎明白了她的顾虑，就关心地说道："春华，不要气馁，慢慢学嘛！这样吧，你去叶小帅那里，他这人实在、灵活，学东西快，早年跟着我一起创业，运营管理那一套已经非常熟练了，分店运营和总店差不多，麻雀虽小，五脏俱全嘛！只不过是规模小点、权限低一点，你去跟他学一阵子，核心管理的位子，我依然给你留着，等你学得差不多，继续回来履职。"

王春华想了想，自己走了，林惠固然有机可乘；可如果自己赖在这里，眼光只盯在吴建国身上，只能一无所成。

"好，等我回来！我化身为一株木棉，以树的形象跟你并立在一起！"《致橡树》的名句，是当年他们恋爱时经常背的，过了许多年，王春华似乎觉得自己背错了，但吴建国应该明白她的意思。

——往事，已经太久远，久远到模糊了山盟海誓。

两人吃饭的时候，王春华给吴建国夹了一块排骨，顺便追问："我发现你现在对表姐一家的态度有些变了，上次请他们吃团年饭的时候我就感觉到了。你是觉得他们俩不会真心帮咱们？"

吴建国道："王思瑞在威城市计委混到如今的位子，这人太会揽自己的功劳了。许多时候他忙没帮上，还直接跑过来告诉我没有他的打点，事情不可能进展得这么顺利，他那一套我早看出来了，这人气度太小。只是有时候我们要办些小事，还不得不求他。"

吴建国顿了一下，又道："张军那个店的收银员小黄，又是他们两口子安插进来的，我照办了。至少，现在表面上需要维系成这样子。"

第二十五章

落地生根，一往无前掷千金

光阴如水，似箭。

王春华知道要时常勉励自己去走好当下的路，让时间的磨洗，提高自己人生的广度与厚度。

叶小帅对她很客气，虽然事事尽心，但谨守着那份上级与下级的礼节。很多时候，分店要搞个酬宾活动、发个奖金、招聘或者解雇员工，都先给她报送，等她签了字后再去总店找各个部门和吴建国批阅。

当然，一开始的时候，王春华也看不懂，但在她的独立办公室内，她并不怕叶小帅笑话，虚心地指着报表上的条目一点点地问他，而叶小帅也非常享受这种相处的感觉，不但事无巨细地给她讲解，下班后还会细心地把涉及的知识原理和运营经验整理成小册子，供她翻阅和学习。

她依然不满足，花钱请了威城大学商学院的著名教授，每个星期来给自己上四个小时的课。那时候私人教师还是很时兴的事物，但她想明白了，好钢应该使在刀刃上，为了自己的未来打算，花再多的钱也值。但她终究是节俭的，便在办公室里支个小桌子，让叶小帅也来旁听，心里才稍微觉得平衡了一些。

她偶尔也想回到吴建国身边，却始终无法释怀吴建国那颗不够忠诚的心，所以每晚下班回家后，不想再对他说一句暖心的话。除了在分店工作，她把所有的爱都给了吴晓晓，在吴晓晓没有考上大学前，她清楚知道，现在必须忍辱负重，与吴建国同心协力照顾好还是少年的女儿。有那么一天，与吴建国摊牌的时候，她一定要以崭新的姿态，创建一家比建龙还要大的火锅连锁店！她不怕吃苦，不怕寂寞，她有这个信心！

过了几天，卢倩来了，找叶小帅。

叶小帅很惊讶，但还是跟王春华请示了下，王春华也很惊讶："她不是已经辞职了吗？来找你做什么？"

叶小帅说："我一个光棍汉，跟她单独出去容易招来风言风语，王总如果方便，能不能拨冗……"

王春华自然明白，说实话，卢倩晚上约叶小帅出去，自己心里竟然有一种酸溜溜的味道，说不上来什么感觉，但她绝对没有往醋意方面去想。听叶小帅这么一说，心里竟然有点舒适，鬼使神差地说道："好。"

路边的大排档，他们见到了卢倩，她还是一样的年轻漂亮，只不过有些憔悴，还有点忧伤。

"王总也来了，请坐。"卢倩客气地说道。

"正好没吃饭，不请自来，别见怪哈。"王春华也客套道。

"没事，我现在与建龙已经没关系了，也不用避着你。王总对我好，我都记在心里呢，临走前正好感谢一番。"卢倩看着菜单，漫不经心地说着。

王春华和叶小帅面面相觑："你要走？离开威城吗？"

卢倩说："是。我帮我老公还完了债，然后离婚了。"她说得轻描淡写，"房子都给他了，我了无牵挂，因为感激叶经理是个直爽人，所以来告个别。"

"离婚？你们才结婚两年啊！还有，你在建龙做得好好的，为什么要离开？即便辞了职，为什么要离开威城？去了别的地方，还要重新开始，你想过没有？"王春华略带惋惜，一连串提出了许多问题。

"看来叶经理和吴总都没跟你说过。我背叛了我老公，因为吴建国给了我五万块钱给老公还债，可他追问我钱哪来的，我不想骗他，就被扫地出门了。如果我那晚能经受住诱惑，跟老公一起攒钱慢慢还，估计会很幸福吧。现在，我只觉得自己很肮脏，但辞职绝对是对的。叶经理，你听我句劝，你也走吧，吴建国这人早晚会摔得很惨，你没必要在这里耗着。"卢倩说得很平静，仿佛没有一点情绪的波澜。

王春华倒是很吃惊，望向叶小帅，叶小帅示意她别多问。

卢倩又说道："叶经理，我知道你人好，也正直，能力不输吴建国，你退出来，去其他地方单干吧，这种人不值得你追随。如果你离开吴建国，无论去哪里发展，我都会陪着你、帮着你，如同那晚你替我主持公道一样……"

王春华忽然觉得，自己成了一个华丽丽的大灯泡。

叶小帅也觉得她可怜，同时也充满了愧疚。他说："那晚，我该拉住你的，但是我没有……当着王总的面儿，我也不怕她说给吴总听，我对他那晚上做的事情也很失望，也不想在建龙待了，但不知道要做什么好。"顿了顿又说道："但是，卢倩，有些事我必须告诉你。我离过婚，有一个10多岁的孩子，你跟着我，会有很多苦要吃的。"

王春华走也不是，留也不是，他们是把自己当空气了吗？

卢倩说："今晚你就辞职吧，我们走，我不后悔。"

叶小帅看着卢倩那张楚楚动人的脸，想起她在领班位置上能说爱笑的性格，又回忆起自己单身多年的煎熬，当下斩钉截铁地说："好，我这就回去打辞职报告，我们明天就离开这里。"

两人站起身来，王春华再也忍不住了，喊道："叶小帅，坐下！"

叶小帅与卢倩对王春华还是尊敬的，说道："好，就陪王总再喝几杯。"

王春华说："酒，我不想喝了，但你必须留下。"

叶小帅说："为啥？你知道吴建国做了些什么事吗？"

王春华脱口而出："为了我，行不行？"

如同一个晴天霹雳打下来，叶小帅面无人色。

卢倩站起来，摇摇头，说道："叶小帅，三天后早上十点，我在汽车站等你，你自己决定吧。"

寒风袭来，纤弱的身影离开了，叶小帅看得鼻子发酸，等回过神来，王春华已经朝着另一个方向走远了，他想去追，也不知道去追哪一个，用什么理由去追，还没迈步就被大排档老板一把扯住，拉进棚子里说："一次泡俩，兄弟你厉害，虽然都气跑了，但你不能跑，还没结账……"

叶小帅结完账，走出棚子，两人早已消失在视线之内……

"妈妈，你把我当猪养了！"吴晓晓看到满桌的菜，开着玩笑。

王春华不笑，她虽不笑，倒是也不哭了。

深夜即将来临，冷凉日渐刺骨。她已经习惯每天逼迫自己去做选择。事业与婚姻，她要如何把握好？没有事业，就没有足够的钱，就意味着没有足够的筹码，吴建国永远不会重视自己的存在，迟早会肆无忌惮地跟林惠或者其他女人搞在一起，把自己当成垃圾般抛弃。

——或者说，现在，吴建国已经把自己当作垃圾了，甚至煞费苦心想让光棍汉叶小帅当接盘侠，最好做下什么伤风化的丑事，名正言顺地扯一张离婚证。

但无论如何，他们之间存在着一个共识，那就是吴晓晓未读完高中之前，必须保持家庭的完整，即便水灵灵的林惠再知性、再令人垂涎三尺，吴建国也只能忍着，一如王春华忍受着他们明里暗里的暧昧与欢笑。

仇恨，是一条茫茫不见头的路。自从吴建国背叛家庭后，她觉得自己也是一脚踏上复仇之路，没有法子回头了。她先要一力地跟着吴建国的想法走，但也不能是"嫁鸡随鸡"的妥协，只因这是她的计划，她就要实施到底。此时的自己，虽然很弱小，但幸好有叶小帅，这个带有军人气魄与品质的男人，总是不厌其烦地迁就着自己的无知和浅白，除了上下级关系外，恐怕还有其他的情愫吧……这样一想，王春华的心中就会多了些暖意。

置办商铺是大事。这天，吴建国拿着地图回家跟王春华商量。他们俩找到了几个商铺所在的位置。难得的意见统一，都看上了市中心一幢五层在放卖的独幢商铺。那是威城的繁华地段，地价还没有暴涨。他们俩没想到几年后，这个地方被炒出了天价，暴涨了十几倍。

20世纪末，那些地方虽然热闹，可商业还未开发，不用投入太多资金，就能顺利买到旺铺甚至好的地皮。

第二天，吴建国指着地图，指了指威城正中心的位置对林惠说道："你替我约一下那房东，就说我想和他谈谈商铺买卖的事情！"

林惠惊道："我们店要买下那个商铺？那可是五层门面啊！"

吴建国说："对，我有我的规划，你去联系就好了。"

"好的！"林惠应道。

和房东约在商铺旁边的一间茶楼里见面。

吴建国和王春华先到，只见一个中年男子夹着公文包，从楼梯小跑上来，木质楼梯发出了"嘎吱嘎吱"的声响。

男人直接找到位置，伸手和吴建国握了握，道："你好，我叫黄昌福！"

"吴建国。"

黄昌福道："我可是特别喜欢吃你们家的火锅啊！味道太棒了！"

王春华有些激动，笑道："想不到黄总知道建龙火锅。"

"那是，毕竟是这么大的买卖，对方的背景怎么样我也得调查一下。"

吴建国突然发现自己有些大意了，对方了解建龙火锅的背景，可是对方的背景自己却不知道。

"能将商铺租给吴总这样的年轻企业家，我和太太很是开心，也很放心。"

吴建国有些紧张，看了看王春华！王春华心领神会地接过话："我们听说您有意出手这幢商铺啊！"

"那是以前的想法，现在么，倒是无所谓了！"

"是吗？那倒是可惜了。"吴建国揣测，黄昌福这样说难道是想掌握交易的主动权，争取卖个高价？

王春华了解吴建国，直接说："黄总，我们是有打算买商铺，如果您不愿意卖的话，那我们委托中介公司再寻找一下。"

黄昌福没有接话，他明白这两口子的意思，如果商铺不卖，那租也就别想了！

"等等！"见两人真的准备走，黄昌福不由得开口阻拦，"吴总，这么大的生意当然不可能这么快就决定下来，现在的问题只是价格而已，这样吧，你们也是大忙人，只要在85万的基础上再加5万，立刻成交，如何？"

"再加5万？"吴建国心中当然不同意。国家刚取消福利分房，这片区域目前住宅的均价差不多在3000元一平方米，商铺则看位置，位置好的能是住宅的两倍，差的无人问津，卖不到1000元一平方米。

他们看上的这幢商铺位于威城的中心地段，但面积太大，一、二、三层可以考虑将老店搬过来扩大经营，四五层就留着待成立集团公司后把办公室和会议室也搬过来。可养楼的风险实在太大，万一资金链断裂，那就是倾家荡产，两人想想有些害怕。

王春华和吴建国借一步说话。王春华觉得85万元不能再高了，她性格谨慎，得益于叶小帅的濡染，以及教授的提点，已经知晓，要找准时机向对方重拳出击，这样才能稳操胜券。她有生意人的眼光，这幢商铺交通便利、四通八达，过几年指不定能翻几番，炒出个天价，照这个分析是值得投资的。

吴建国没吭声，也没再还价，他问黄昌福："先不说价格，你这商铺里面的商户要怎么处理？"

"这点吴总放心，我和他们都有协议，待我出手商铺的时候他们自然会离开！"

吴建国说："好，那再说这价格，86万，我只能给出这么多，同意的话就这样，不同意的话那就祝你以后能卖个更好的价格了！"

三个人又谈了半个多小时，最终以 87.5 万的价格成交。

吴建国心里明了，其实就算贵一点，买下来也绝不会吃亏，房价一直都在涨，钱放在手里只会贬值，只要买楼，貌似就没有亏的道理。

次日一早，王春华开车送吴晓晓去上学，顺道将吴建国放到饭店。看了看时间，一脚油门，朝着长途汽车站风驰电掣而去。

威城汽车站，熙熙攘攘，迎候着无数怀揣梦想的淘金客，也送走了无数伤心失意的人。

在人来人往的客流中，有一个纤弱的人影在入站口徘徊，手里捏着两张即将远行的车票。王春华一眼就认了出来，腾腾地跑了过去。

卢倩看到王春华，叹息道："他，终究没有来。"

王春华说："无论他要不要留下来，知道你今天走，肯定会来的。"

卢倩说："你有老公、有女儿、有事业，有着令我这种普通人一生也无法企及的财富，为什么还要抢叶小帅？"

王春华不去正面回答这个问题，反问道："你很早就对叶小帅有意思？"

卢倩说："我与他只是同事关系，也没想过跟他在一起，但那天晚上，他真的很男人，我当时只是感激。后来，我被老公抛弃了，没处去了，只好去找他，希望能踏实地过完后半辈子。"

王春华说:"那晚发生了什么?"

卢倩说:"叶小帅没跟你说过?"

王春华说:"回去后,我们都当那晚除了跟你一起吃饭什么都没发生,我没问,他也没说。"

卢倩说:"你先告诉我,为什么让叶小帅留下来,我就跟你说那晚发生了什么。"

王春华说:"这儿风大,我们去门口茶餐厅坐一下,慢慢聊。"

两人坐下,卢倩点了杯咖啡,王春华要了一杯橘子汁。

卢倩说:"你有男人,为什么还要让叶小帅为你留下来?"

王春华说:"因为那天晚上,他已经对吴建国失去了信心。"

卢倩说:"那他应该是你的敌人,更不能留在建龙。"

王春华说:"错了,正因为这样,他或许能成为我的战友。"

卢倩疑惑地望着她。

"李天娇,你听说过吗?"王春华问。

"听说过。据说开业的时候,她以老板娘的身份替吴建国招待客人,有的员工还见过她用帕杰罗载着吴建国出双入对。"卢倩说的倒是实话。

"林惠,你肯定认识,她与吴建国关系如何?"王春华又问道。

"整个建龙都知道,林经理是座冰冷的雪山,唯独在吴建国面前温柔得像水一样,充斥着说不出的暧昧。王总难道一点也不知道?"卢倩也是快人快语。

王春华说:"你是不是觉得我比你们都傻?"

卢倩不说话了,怎么看王春华也不像个傻子。

"我需要叶小帅的帮助,就是因为我知道所有事。所以,建龙如果毁在吴建国手里,我需要把它顶起来,那时候就不是吴建国的建龙,而是我王春华的建龙。"王春华只能说这么多了。

卢倩说:"那你提前赶过来,就是为了跟我说这些?"

王春华说:"话说开了,才不会有误会。从年龄上,我比你大十几岁,有些事我也要提点你几句。你刚刚离婚，正处于感情受创的窗口期，对叶小帅的好感不算数的，只有沉淀下来，经过进一步的相处，才会弄明白，你是不是把感恩与爱慕混在一起了。而叶小帅的情况更简单，一个正常的男人，单身了这么久，很难抵挡住年轻漂亮如你的表白，但是，他是因为单身寂寞久了才会想跟你远走高飞，还是真的喜欢你很久了才做出这种决定，你搞清楚了没有？"

卢倩不说话了，显然也在想事情。

王春华说："如果他离开建龙，带你去创业，朝夕相处久了，各自的缺点都凸显出来，对双方来说，都是一种煎熬。我的意思是，你们可以试着跟恋人似的相处，不管在威城还是在其他地方，都不妨碍你们彼此联系，如果时间久了彼此有意，自然水到渠成，也可以证明那晚你们不是一时冲动。"

卢倩低下头，说道："我懂了，谢谢你，王总……不，王姐。"

王春华说："那晚的事情，你不必说，跟那100万的贷款脱不了干系，我大概能猜出来发生了什么。叶小帅不跟我说，大概是顾及你的面子和名声，我也理解。但毕竟是吴建国这个畜生做下了，搞得你婚姻破裂，我也有责任替他消除些罪孽，免得有损阴德，殃及后人。"王春华说的"后人"，自然是吴晓晓了。

说着，她从包里拿出一个信封，说道："这里有两万块钱。当然，我也知道并不是所有事都能靠钱摆平，你既然喊我一声'王姐'，就当作姐姐给妹妹的一点心意。一个女人，独自过日子，以后用钱的地方多。以后不管去了哪里，都告诉我一声，等吴建国倒台了，我亲自带叶小帅去找你。"

卢倩推辞了一会儿，只是推不掉，便说道："王姐，就当我借你的，以后我有钱了，一定来还你，你的手机一定不要换号。"

王春华把信封塞在卢倩的包里，说道："时间不早了，我们快去等叶小帅，他一定会来给你个交代的。"

两人就来到入站口，等了一会儿，果然见叶小帅风风火火地赶来，打招呼道:"王总,你早就过来了。"王春华笑着点了点头。

卢倩说:"叶经理,你是来跟我走的吗?"

叶小帅说:"不是的,我是来送你的。吴建国虽然不是个好东西,但王总还需要帮忙,王总对我们这些员工都挺好,我也不能不管不顾地离开。"

他顿了顿,又说道:"对不起啊,那晚我有点冲动,回去想了想后,觉得自己草率了,怎么说呢……我没有看不起你的意思,但我觉得趁你刚离婚,还没走出悲伤,就去做一些草率的决定,对你太不负责,也太不尊重。再说了,我比你大十几岁,工作上可以像老大哥一样照顾你,但是在生活上怎么相处,我也没好好想过,那晚的事,你别往心里去……"

卢倩勉强笑了笑,说道:"我知道,谢谢你,那晚你表达出肯带我走的意思,我就很感激了。其实,离婚后我很自责,也很痛苦,已经不吃不喝好几天了,最后想到你的好,才厚着脸皮去找你。其实,当时我万念俱灰,觉得自己是天底下最下作的女人,已经想好了,如果你不要我,我就去寻死……至少,你给了我三天的希望。而就在刚才,王姐又跟我聊了许多,让我知道,女人应该学会隐忍、坚强、独立……"

说着,从兜里掏出一张车票,说:"留给你,做个纪念罢。那个小灵通号码,我还可以打给你对吗?"

叶小帅说:"当然可以。"

卢倩使劲儿点了下头,拎着简单的行李,挥手告别,转身走进了候车室。

叶小帅和王春华唏嘘了一会儿,王春华问道:"你怎么来的?"

叶小帅说:"打车过来的。"

王春华说:"我开车来的,正好带你回去。"

叶小帅说:"那麻烦王总了。"

王春华开着车,并没有去店里,而是把车开向郊外,开到一条人迹罕至的断头路的尽头。

叶小帅早就察觉到她开错了方向,但也没有阻止。

王春华熄了火,问副驾驶上的叶小帅:"你怨我吗?如果不是我,你应该跟卢倩一起走了。"

叶小帅说："不怨你，是我自己决定的。我自己创业的时机还不成熟，这时候要是离开建龙，我老家的儿子还有父母，都得跟着我喝西北风。"

王春华说："你不问我，为什么那晚会那么说？"

叶小帅说："你也没问我，卢倩那晚为什么会那么说。"

王春华说："你不说，我就不问。"

叶小帅说："那我也不问。"

王春华眼角湿润了，说道："谢谢你，肯留下来。历经了太多事，我很累，可以借你的肩膀靠一下吗？"

未等叶小帅拒绝，王春华就把脑袋靠过来，叶小帅大气都不敢出，生怕有什么进一步的逾礼。

然而，王春华居然睡着了，难道，她真的只需要一个踏实枕着的肩膀？

或许，她真的很累吧，叶小帅顿感怜惜，悄悄地把手伸过去抚摸她的面颊，但在即将触碰到肌肤的那一刻，手顿在了半空，又默默地缩了回去……

这天下午，王思瑞又打电话来，说介绍一个威城食品厂的人来找吴建国，看看建龙是否可以采购他们厂的饮料。

这种将人员安排和利益交换的渗透式做法，吴建国已经有些反感了，他在电话里跟王春华表达不满。

王春华顺着他的想法，主张与亲戚不要走得太近。她说："咱们可没亏待他们家，从推荐店长，到安排采购经理，再到前台收银他们都插手，我们哪一样没给他们办妥？再这样下去指不定他们家又想出什么幺蛾子来，难不成还想空手套白狼，想来拿个店自己去经营不成？"

吴建国没说话，心里非常不爽！现在这家人安排人进来，都不用掩饰了，后面的功利动机可是一清二楚的。

挂断电话，他按照王思瑞的交代，去了长海路一家叫望乡楼的茶馆。

迎宾小姐殷勤上来招呼，他笑说找一位先到的李先生，并把王思瑞告诉他的年龄特征大致形容了一遍。迎宾小姐很伶俐，领着他上二楼的包厢，在一间包厢门前停下，门上挂着八宝门牌，镌刻"浮生"二字。呵呵，"浮生"之下全是浮云。

吴建国谢了那位漂亮的小姑娘，敲敲门，不待里头人答应便推门而入。对方一见吴建国到来，赶忙起身相迎。

"你好，吴总！我叫李利伟，是威城食品厂的副厂长，负责销售工作。"说完递上一张名片。

两人落座，李利伟向吴建国表明来意，希望能与建龙建立合作，成为建龙火锅店的饮料供应商。

李利伟告诉吴建国，国营食品厂这几年受商品经济的冲击很大，举步维艰，加之威城是港口城市，进口食品的市场份额逐年加大，更加严重地挤占了国产饮料市场。以前威城食品厂生产橙汁和豆奶，由于进口饮料的涌入，导致这两条生产线都停产了。李利伟说自己在威城国营食品厂干了一辈子，不忍心就这样看着食品厂倒闭，希望吴建国能拉一把。

吴建国知道这肯定是王思瑞的主意，救活一个国营食品厂，在王思瑞的官途上又是一记功劳。他此刻心中既忌惮又愤慨，但还是沉住气，朝李利伟抱了个拳，话也顺了出来："王处长交代的事，我能办的一定办。倘若办不了，还请李厂长多担待。"

李利伟望着吴建国，说："我就晓得吴总是豪爽之人。这事不难，咱们互相磨合磨合，把双方的想法都糅一糅，争取能合作上。"接着暗示道："我们食品厂是老字号，王处长对我们食品厂进行过多次调研，对我们的信誉和品牌质量很赞赏，所以才推荐我过来。吴总大可放心，我们不会干那种自砸招牌的事的。"

李利伟将话说到这个份上，吴建国也知道，王思瑞明显是要建龙与食品厂合作的。

"在来之前，听王处长说了您的创业故事，吴总走到今天的确不容易。

不过吴总命好，一路有贵人相助，还有一个当大处长的亲戚。"

吴建国笑了笑，接着从公文包里掏出一个小纸包，叫来服务员。

"这是我们店的八宝茶，我先泡一杯给李厂长尝尝。我们店所有的酒水饮料，都经过严格把关，一些不符合顾客口味的、卫生不过关的，我们是坚决不进货的。顾客到店里来，我们都会推荐这款八宝茶，一是没有添加剂，二是味道好，您先尝尝。"

吴建国饶有兴致地介绍道："在我们老家，八宝茶也叫作三泡茶，以盖碗的方式饮用。里面加有八味材料，茶叶为底，掺入白糖、玫瑰花、枸杞、红枣、核桃仁、桂圆肉、芝麻配制而成，我们建龙火锅店因为人流量大，这八宝茶都是厨房师傅提前两天配置好备用的。这是建龙目前最受欢迎的一款饮品。"

李利伟端起盖碗，呷了一口道："是不错！"接着说："时下人工流动性大，很多饭店里的厨师和服务员三天两头走人，您那厨房人手应该也总是紧张的吧？像这费人手的八宝茶，您有没有想过直接采购做好的半成品？"

吴建国算了一下，道："虽然有时候要加班加点制作，费些加班费，但最后倒是也没亏。店里每天客流量大，这八宝茶自然销得快。"

"您看这样行不行？我们食品厂负责研发八宝茶茶包，再研制几款茶饮料供应建龙。食品安全这点请吴总放心，肯定会达到建龙的标准。"

吴建国听得很上心，心里起了些念头，威城食品厂还是有些老资格的，如果从他们那里进货，多了一个品牌赞助商，相当于做了一次广告。

李利伟看吴建国没有反对，趁热打铁道："在供货价格上我们也会做最大的让步，一定不会让吴总吃亏。我们还可以拿出订单总金额的20%研究新品，随时满足顾客口味的变化。"

李利伟一门心思想把这件事做好，如果能顺利签下长约，食品厂有了长期的合作方，工人工资就有着落，等老厂长一退休，凭着这个业绩他也能顺利接班。

吴建国同意了李利伟的合作意见，他清楚现在还不是与表姐一家闹僵的时候。

那天晚上，李利伟又同吴建国一起在旁边的粤菜馆请了王思瑞吃饭，双方把合作细节敲定。

半个月后，双方顺利签订合作协议。在合同书的附件里，建龙备注了原材料的配比，这样做是为了防止食品厂出于成本考虑而偷工减料。同时在合同书里规定了茶叶的种类、级别，这样一来，既能保证成本，又能保证八宝茶的品质稳定。

合作协议签订后，李利伟提议与吴建国一起到福建武夷山考察茶源，吴建国同意了。

第二十七章

且叙别情，一分媚色沐风尘

此次考察之旅，吴建国将张军、林惠都带上了。

临出发前，王春华为他备置好了早餐，不是清粥小菜的应付，而是做了吴建国最爱吃的牛肉粉，泡了一杯上好的毛尖茶。

她告诉吴建国，他不在的时候，她会将建龙管理好，家里也会打理好，让他放心地去出差。

从现在开始，她一定要在吴建国面前表现出她可以是简单卑微的，也可以是骄傲坚强的，她要让眼前这个男人摸不透她。

王春华又从手袋里掏出一万元现金，统统塞到吴建国手里，说："出差需要用钱的地方多，你拿着，让大伙儿别受累。"

吴建国并不想收。他越来越搞不懂王春华心中打着什么算盘，莫非是对他带着林惠出差不高兴，又想故作姿态来表明自己的大度？

王春华硬是要他收下："路上过得不紧巴，舒坦些。老祖宗说，出门要富！"

吴建国深叹，收下了。

"你为这个家付出太多了，我可怎么还啊？"

王春华温柔地笑："我们是夫妻，我要你还什么？只要你别把心思用到其他女人身上就行了。"

吴建国乍听之下，不免面红。

王春华又往吴建国的衬衣口袋里塞进一个平安符，说："平安符保平安外还防小人。这是我昨天上午去南华寺求的！"又握了握吴建国的手，道，"出差在外，小人多，你要多防着点！"

吴建国似是听出了些意味，推开她的手。

王春华笑着说："最艰难的坎已经过去了，我对你、对这个家有信心，你别多虑了。"

吴建国不作声，只静静看着王春华，她表面是温柔了，细致了。可他也注意到了，王春华现在学会每天都化妆了！精致的妆容，多了一份说不清道不明的危险韵味。

她有点变了，又好像什么都没变。

吴建国吃完早餐，没有多做停留，只是交代王春华店里每天需要注意的事项，就起身准备走了。王春华不免又多叮嘱了一番路上注意休息之类的客套话。

火车在武夷山站台停靠，到达时间是上午十点。

李利伟提前安排了车到车站接大家去茶园。一下车，看到一望无际的茶海，山势起伏多变，植被丰富。大家沿着茶园走了一圈，听着茶农介绍茶叶的知识。好的茶叶，需要看色泽、看外形、闻香气、尝滋味。

李利伟说，八宝茶的茶底最好用乌龙茶。乌龙茶外形条索紧结，色泽绿褐鲜润，冲泡后汤色橙黄明亮，叶片红绿相间，而且耐冲泡，冲泡七八次仍有香味。

林惠觑着吴建国还算满意的神色，吁了口气。她接过一杯乌龙茶，放在鼻子下闻了闻，叫道："好香！"

第二天逛茶园时，林惠俏皮地跑到吴建国身边，说："谢谢吴总带我来了一次品茶之旅，我这两天茶喝得多了，不知不觉提高了对茶的品味。"

"提高了对茶的品味？"

"是的，我唯一的优势就是舌头特别好使，对味道特别敏感，上午我们在前一个茶园喝的那款岩茶是上品。"

林惠任何时候，浑身上下都散发出年轻女孩的自信，那就像是一种光芒，不知不觉能感染周围的人。

"舌头好使不好使，也得用过了才知道。"吴建国被她这股自信逗笑了，不由得讲了个荤段子。众人哄堂大笑，而林惠使劲瞪了他一眼，嗔道："流氓！"

晚上，林惠为大家做了饺子，正端着饺子走进客厅，听到一阵阵笑声，李利伟正跟大家说着她如何勤快，做事情如何麻利的话，就笑道："能为大家做顿饭是我的荣幸，这一路上都辛苦了！用我们老家话说，进门的面条出门的饺子。明天要回威城了，今晚上，大伙好好吃顿饺子，明天好有气力赶路。"

此时已值深春的傍晚，落日带着残存的丝丝寒意，武夷山周边的云，红似血色，久久未散。大家在客厅的屋檐下，悠闲地吃着晚饭，看着夕阳落下。

一轮皎洁的明月升起，林惠走到院子里坐在吴建国旁边，两人被夜色打动，安静地坐着享受这片刻清静，过了一会儿便开始聊半世的坎坷。话题越聊越深入，两人的距离不知不觉地近了！突然，她往他的脸上吻了一下，然后转身跑开，却被吴建国一把揪了回来，一顿唇舌交缠后，吴建国抱起林惠，朝着卧室走去。

吴建国不由分说就压了上来，林惠只是躲避，搞得吴建国欲罢不能，语无伦次道："给我吧，我发誓，等晓晓高考完，一定会跟那黄脸婆离婚，以后建龙就是我们的。"林惠娇嗔道："吴总，你就是会骗人家开心……"然后主动往床上一躺，吴建国立马猴急地啃了上去……

另一边，吴晓晓吃了晚饭，去书房学习去了。王春华望着那轮皎洁的明月，似乎心有所感，心中顿时升起一股寂寞而悲怆的伤感：在这夜晚，吴建国应该很惬意吧？

看看墙上的电子钟，才刚刚七点，离睡觉还早，她拿起电话，给叶小帅打过去，那边很快接通，叶小帅说道："王总，有事吗？"

王春华说："你还没有吃饭吧？"

叶小帅说："店里主水管爆了，马来运一直在抢修，刚忙活完，正要请他吃饭。"

王春华说："你问问小马，如果我一起去，他介意吗？"

叶小帅故意拉高声调说："王总要跟我们一起吃饭，让我问问你介意不？"

马来运受宠若惊地说："王总请吃饭，那是天大的脸面，我怎么会介意？"

叶小帅说道："王总，马来运说很荣幸，请王总挑个地方。"

王春华说："上次在市场，你不是说有空要去大龙火锅吃一顿吗？择日不如撞日，就今晚了，我请。"

叶小帅要再说什么，王春华已经挂了电话。她跟女儿打了声招呼，就开着车，直奔大龙火锅店而去。

叶小帅连忙把店里的事情给领班草草交代了一下，拉着马来运，在店门口招了一辆出租车，火急火燎地赶了过去。

雅间里，王春华看着菜单，点了几样贵价的菜，惊得马来运和叶小帅一愣一愣的，而那边的服务员李美萱，立马认出了这位建龙火锅分店的店长以及新晋的副总，赶忙去找老板汇报，老板皱了皱眉头，说道："要么是来偷师的，要么是来找茬的。好生招待，再送几个进口果盘，告诉他们是我的一点心意。"大家都是开火锅店的，我送你果盘，是敬你一尺，想必即便不会敬我一丈，也不会伤了和气，不管是来黑的还是来白的，谁都不知道背后靠山是谁，所以大家谁都不愿意撕破脸。

李美萱连忙把他们让到贵宾包间，先把果盘送上。叶小帅说："上错了，

198

这贵死人的黄龙果和红宝石，我们消费不起。"

李美萱解释道："这是我们老板送给各位贵客的一点心意，千万请笑纳，不要难为我们。"

王春华笑道："既然如此，你也辛苦了。"从钱包里掏出几张百元大钞，塞给李美萱，说道："我们店里的外国人喜欢给服务员小费，我今天也洋气一回，请收下。"

李美萱脸红红的，嗫嚅道："谢谢王总。"便下去催菜去了。

三人吃着火锅，聊些事情，马来运整日做些水电活儿，见了这些生猛肉菜，早已按捺不住，尽情吃了起来，而王春华与叶小帅，不住地给马来运夹菜。

一个寂寞的女人，想要找一个说话的人排解，又怕人多嘴杂，引起是非和风言风语，马来运的存在，让她打消了这一顾虑，甚至让她心存一丝感激。

而叶小帅，又何尝不是呢？马来运只管大快朵颐，王春华和叶小帅则有一搭没一搭地说着话。

王春华说道："上次，你让我来这里吃火锅，有什么用意吗？"

叶小帅说："只是随口一说，并没有其他的意思。"

王春华觉得他在搪塞，但有马来运在，也不便多问。聊了些工作上的闲话，马来运听了一会儿，感觉自己一个水电工，哪能掺和领导谈工作？况且王总还专门给自己要了一扎进口啤酒，还不够堵上自己的嘴？

王春华突然说："我突然想喝一杯，叶经理，你也来点儿。"

叶小帅说："王总，您开车来的，我们都喝了酒，谁送您回去？让马工陪您喝两杯，过会儿我开车送您回去。"

王春华突然觉得意兴阑珊，抓着啤酒瓶的手也觉得无所适从，突然一阵嗲嗲的声音传来："王姐，小妹陪你喝一杯如何？"

王春华不由得皱起了眉头，叶小帅与马来运也不约而同地回头看去，原来是当时一门心思缠着吴建国的李天娇。叶小帅腾地一下站起身来，说道："你来这里做什么？"

李天娇扭着屁股把身躯贴了上来，一对丰乳顶在最前面，反而把叶小帅逼退了两步，随即冲他抛了个媚眼，回过头来，笑着说道："我是这家店的股东，我为什么不能来自己的店里消遣？你们吃的水果，也有我的一份在里面。"

王春华示意叶小帅坐下，说道："既然消受了惠赐的水果，那么就请坐下，我敬你一杯，聊表谢意。"

李天娇便坐下来，取了一只杯子，潇洒地弹开一瓶啤酒，给自己倒了个满杯，说道："先干为敬！"

马来运早给王春华开了啤酒，倒满一杯，王春华也一口气喝了下去。

李天娇又倒上一杯，笑着说道："王姐现在的事业越来越大，不知家里的男人，是否管得住？"

王春华说："不劳妹子挂心，自古'篱牢狗不入'，我也是知道的。"

李天娇不以为忤，说道："姐姐如果真的这么自信，为何这么晚了，不在家相夫教子，反而独自出来陪下属吃饭？恐怕是寂寞了吧。"

王春华说："这么晚了，你不也是独自在这里喝酒吗？"

李天娇说："我承认出来喝酒是因为寂寞，但王姐敢承认吗？"

叶小帅听不下去了，说道："王总，我吃饱了，我去结账，我们走！"

李天娇说："别急，我有样东西，需要给王姐认一认。"说完，从包里掏出几张照片，照片上一个鬼鬼祟祟的男子，跟在李美萱身后，不同的时间和地点都证明着，那男子在刻意跟踪窥探李美萱。

王春华愣了，叶小帅与马来运对视了一眼，劝道："王总，不早了，我们回店里吧。"

李天娇说道："如果小妹没有看错，这个男人就是你们店里的保安吧？是谁派他来跟踪小李的呢？"

其实这个问题不必回答，柳诚被留下，叶小帅都没劝住，原来吴建国是为了让他做这种事。

王春华忽然想起了什么，定定地望向叶小帅，说道："你早就知道了，对吗？"难怪叶小帅曾经让她来大龙吃饭，明显在暗示她什么，只怪当时自己太蠢，没有往细处想。

叶小帅语塞，马来运一块肉在嘴里，也惊得忘了嚼。王春华说："劳烦你把那位服务员叫来，我跟她聊一聊。"

李天娇说："这里不是你们建龙。我们店里有规矩，工作时间不准谈私事，你若强叫她来谈事情，我这就开除她。"

王春华咬咬嘴唇道："那好，我等她下班。"

李天娇说："正好，小妹多陪王姐喝两杯。"王春华没有反对，李天娇喊道："小李，上酒，都算我账上！"

终于到了下班的时候，店门外忽然传来一阵喧嚷，伴随着喝骂打斗声，叶小帅几乎本能地跑下楼去看，王春华担心他任侠使气，再次被抓进局子，跺跺脚跟了出去，李天娇也扭着水蛇腰跟着去看热闹。

只见门口一辆没有牌照的面包车，正冒着青烟飞速而去，地上躺着一个被打得看不出人形的年轻男人，火锅店的保安搀扶了一下，只是喊疼，叶小帅当过兵，学过野外自救技能，凑过去摸了摸，摇头说道："手脚全被打断了，究竟是什么人，下这么重的手？"

李美萱哭哭啼啼地跑过来，李天娇不无悲悯地说道："这是她未婚夫，特地等着下个月结婚的，每天晚上都来接小李下夜班，却不想出了这种事。"

李天娇去搀扶李美萱，说道："妹子，先救人，别伤心了。"王春华说："用我的车，先送医院。"叶小帅接过钥匙，大龙的保安一齐帮忙，把那可怜的男人抬上车，由李美萱在后座照顾着，一脚油门往医院而去。

李天娇和王春华望着地上的血迹发愣，半响不出声。

李天娇先开口道："王姐，你认为是谁做的？"

王春华说："不可能是他，他去了外地，还没回来。"

李天娇说："恰好去了外地，看来恰好跟他没什么关系了。"

马来运早已叫了一辆出租车，说道："王总，您受惊了，我送您回家。"

王春华说："你自己想办法回去吧，我得去趟医院。"打开车门，做了个"请"的手势，说道："你去不去？"

李天娇说："自然要去，小李哪有那么多钱付医药费？"

王春华恍然间觉得，这个骚里骚气的女人，也有着一种对底层人的怜悯与柔软。

然而，她并不知道，李天娇之所以变成今天这个样子，是因为从小到大穷怕了，只有钱才会让她有安全感；在用自己的身体换取了足够多的财富后，却又心灰意冷，只能靠着不断换男人来获取一种近乎畸形的满足感，到后来终于厌倦了，却被吴建国给抛弃了。

第二天，福建，武夷山。

临出发前，吴建国找到李利伟，跟他说要用林惠介绍的那款岩茶。"今后就统一用这款茶叶！"语气容不得商量。

李利伟是个通透的人，一下就懂了。

一行人回到威城，回到熟悉的工作岗位上，回到各自的世界里，每个人有每个人的职责。

明蓝的天，到了春末。春季是蓬勃的，抽芽发新，万物复苏。《牡丹亭》里有一句"一场春梦了无痕"，那是个有好结局的故事。

吴建国这天在张军负责的那个店里巡查，晚上十点多时，见客人散得差不多了，他说："大家都赶紧把手上的活忙完，准备回家吧！"

有一桌客人没走，一个美丽的妇人带着一个两岁左右的小男孩，还在吃着。妇人递给小男孩一块红糖糍粑。这般小的孩子，怎么可以吃这么难消化的食物？吴建国急忙走上前劝阻。

"哦，我这孩子刚长了牙，喜欢咬食一些坚硬的东西，平时还喜欢啃些排骨。"吴建国觉得自己大惊小怪了，倒不如这妇人想得开，于是说："偶尔喂一口让宝宝磨磨牙也是好的。我们店里的每一样菜吃进肚子里都是安全健康的，这点请您放心。"

妇人微笑着点点头。

回到家里，王春华还在对着镜子护肤。

她不再穿着朴素，衣柜里多了些大红大紫的衣服，高跟鞋都是尖头的，好几双还是路易威登、古驰等国际品牌。抽屉里还有很多珠宝首饰，和威城的摩登女人们一般奢靡。

吴建国没说话，他总觉得王春华变了，他静静地看着，想看出个究竟来。

她的头发留得长了，做了鬈发，一缕一缕，似服帖、似不羁，刚才看她走路的时候还有些风姿绰约。

他不满意这个发型说："这样烫头发俗气了。"

她坚持，笑道："我说过，现在我就喜欢摩登流行的。"

吴建国也不坚持，只是说："其实你以前把头发留长，自己梳那个盘辫子是最好看的。"

很久以前，她第一次与吴建国单独约会，就是梳那样的头。女孩子爱俏，她在出门前，照了很久的镜子，看得自己欢天喜地。

这一切，一去不复返了！

随着时间的流逝，王春华依依不舍地告别了叶小帅，回到建龙办公楼，进入核心决策层，继续当着副总。她对自己说："虽然建龙是吴建国打拼出来的，但我在家帮他照顾老小，免除了他的后顾之忧，难道不该有自己的一份付出在里面？"从此，王春华逐渐实质性地参与到建龙的经营中来，与吴建国的沟通也比以往更多一些。

交流多了，难免会遇到意见有分歧的时候，当有意见不统一时，她都会巧妙地避开正面冲突，不妥协的个性让她想尽一切办法去按照自己的意愿进行下去。吴建国对此懊恼不已。

上班的时候，她向吴建国提起，石磊昨天来找过她，他想让吴建国投资，合伙开一家川菜馆。

"石磊说你太忙，让我来给你说，他认为餐饮业是一个充满生机、利润相当高的行业。他辞职了，想让咱们帮忙投资开家川菜馆。我没答应他，说这事得你来拿主意！"

吴建国没说话，神色不明。

"他最近搬到莲花区去住了。"

"嗯。"吴建国不打算回应，故而把话题带远了，"那里塞车，玫丽百货大楼停车场那么大都没空位。"

"对。他说早上略微有点塞，不碍事。他以前住海边多好啊，非要搬到市区！我就喜欢海景。"

"嗯。"吴建国应着。

"你知道咱们莲花区分店那附近又开了一家火锅店吗？"

"是吗？"

"你担心吗？"

"有一点点。"吴建国说，"现在哪个行业都竞争激烈。石磊还想在那一块开川菜馆，他这不是傻吗！他再给你打电话你劝劝他。"

"我觉得可以开，总不宜畏首畏尾。"王春华轻叹，"能帮他一把，就帮一把，都是老同学。"

"我意思是他大可另起炉灶，没必要非拉上我们。还有，他咋什么事都来给你说，不直接找我？明摆着你跟他关系走得更近一些嘛。"

王春华有点不明所以。

"石磊说原本是打算跟你一起商议的，你不是老没空嘛，就让我先给你说一声，他再来找你谈详细合作计划。"

"哼，这人就是无事不登三宝殿！我就看不惯他那一副利欲熏心的样子。"

王春华听后默不作声。

第二十八章

无妄风波，一缕怒发冲冠起

石磊打电话来邀请吴建国王春华一起共进晚餐，好好说说合作的事。碍于情面，吴建国答应了。

吃饭的时候，石磊开门见山对吴建国说："建国，我找你是打算邀你合伙，开一家大型的川菜饭店。你看这附近是商业区，所有茶楼餐厅都塞满了人，生意是应接不暇啊！"

他看吴建国没说话，继续眉飞色舞地自个儿说道："现在大家手头都宽裕了，出来吃饭的人越来越多，如果我们将川菜馆开在这附近，不愁没生意。建国你开火锅店的，比我清楚，这饭店要是生意好，每月利润率是不是能达到 30% ~ 60%？"

吴建国笑了起来，好整以暇地说："哪像你想的那么简单？你以为早上买菜，晚上就见效益？做餐饮，资金回收是快，可是购买原材料、场地租金、人工费用，这些就占用了大部分资金。而且干餐饮，烦琐的事情太多，遇到刮风下雨生意都会受影响。"

王春华坐在吴建国旁边一听，感觉气氛不太对，赶忙打圆场："我觉得石磊说得有道理，威城的餐饮业没有饱和，利润高是实情。平日我带晓晓去吃早茶，总要提前一个小时到茶楼占位。不只是早茶店和我们的火锅店，很多餐馆都是如此。"

石磊见王春华带倾向性地站在自己这边，接住话说下去。

"我没做过生意，但经商的道理懂一些，餐饮行业说穿了是一通百通，无非是服务、质量、口感。如果咱们能有计划地研发出几款招牌菜，把店整红火了，绝对不愁做不起来。"

吴建国看王春华倾向于撮合成这次合作，脸上闪过一丝不快，他心想："你石磊这么有信心，又自认为有生意头脑，我加盟不加盟有什么关系，你一个人不就可以应付过来吗？"

但有些话不适宜直接说，这是人际关系的大忌。

吴建国说："双方合作，诚意和经验同样重要。咱们是老同学，知根知底，你又这么有诚意，我理应要全力支持。只是我自己要经营几个店，身边这么多张嘴等着吃饭，注资恐怕成问题，而且也不能抽出时间来经营，故此只能精神上支持你。"

吴建国不知道什么时候开始学到开山劈石的说话功夫，拒绝得巧妙，滴水不漏。

他接着说："说到经验嘛，我有一些，如果不嫌弃，我可以给你抖抖。我认为勇气很重要！勇者无惧，你如今辞职，就和我当初一样，可谓是背水一战。你只要坚定在只许成功、不许失败的心态上，一定会赢。"吴建国还不忘给他上一堂成功学的课。

石磊听出了吴建国的拒绝，说："你说得对。如果我这一役输了，就什么也没有了。老爹被免职，老母也受牵连办了内退，我婚也离了，工作也辞了，现在真正是孤家寡人一个。"

吴建国说："我们都要努力。小时候我跟我爹去邻村帮人操办红白喜事，常常在黑夜里翻山过河，一脚踏过去就怕踏空。我爹对我说，要走出一条前人没走出的道，肯定要披荆斩棘，万分辛苦。他的那些话，从小就给了我信心。"

石磊不知道该说啥，只得点头接话："我懂你的意思。"

吴建国想起刚才石磊说他离婚了，顿时涌上了一股酸味儿，面色也变得有些不好看。他心想："你这小子八成是惦记我老婆吧？我就奇怪每次有事你都是直接找王春华，从不会先联系我，你想干吗？"

王春华看见吴建国脸色铁青，识趣地不再多说一句话，她知道吴建国这人，外宽内忌，对他此刻心里的想法也能猜个七七八八。

石磊离婚的事她也是刚知道，吴建国有想法也算正常不过。读中专那会儿，石磊一直在疯狂追求王春华，这事儿全校都知道！这些年就是因为有过这事儿，吴建国对石磊有着很深的偏见，甚至超过了小时候被石磊欺负的怨恨，导致和王春华结婚后，与石磊之间的关系一直不咸不淡。

这顿饭很难再继续下去，石磊对吴建国不留情面的拒绝，有怨气，有不甘，也有无奈，但碍于面子，终于没有表现出来。

末了，吴建国故作风度，轻松说道："我有个经验，人是社会第一生产力，是餐饮业最宝贵的财富。做餐饮需要人，更需要人脉，只要人脉建立起来了，后面的事就顺了。"

三个人，就在彼此虚伪的寒暄中，结束了这顿尴尬的晚餐。

回到家，吴建国与王春华又爆发了一场争吵。

"你吴建国如今也政商亨通了，钱也挣了不少，帮帮老同学又怎样？你今天这么不讲情面，让大家都难堪。"王春华絮叨了几句，没想到成了导火索。

吴建国直勾勾地盯着王春华。

这几年，他用尽气力经营着建龙，懂得了很多在部队、在企业学不来的道理。一个人的光辉、荣誉都是短暂的，转瞬即逝。只有钞票，永不会背弃他，能让他在这样奢华的房子里安稳地睡上一觉，在威城这座城市过得风生水起。

故而，他对广开财路、四通八达愈来愈精通，但同时他最恨最怕的也是身边人的背叛。

"既然这样的话，我就明说了，你和石磊就不要再来往了！这是你一个女人的本分。"吴建国本来就觉得心中有气，逼迫自己将话说到这个份上，他想看看王春华的反应。

王春华只是一双眼睛盯着吴建国，指着吴建国让他继续说下去。

这让吴建国的怒气冲了上来，拿起茶几上的杯子狠命地往地上一摔，怒道："你够了！我不希望你以后和石磊还有一丝半缕的联系！记住我的话。"

吴建国突然间发这么大的火，王春华被吓了一跳。

一个男人的尊严，绝对不允许任何人对自己的女人有半点非分之想。这也可能跟吴建国早年失去父亲有关，他不想让吴晓晓完整的家庭受到一点点威胁。

吴建国的胸膛因为愤怒，在急剧地起伏，双手青筋已经暴起，满脸通红。

王春华缓缓地说："吴建国，中专那会儿的石磊，比你强多少，我都没有选择他；现在，他比你差那么多，我又怎么会去选择他？你给我说清楚！"

吴建国说："正是这样，当时你选择了条件差的我，所以石磊如今混成这样才让我感到愤怒！"

"不可理喻！"王春华甩下一句，索性出了屋子，不再理睬他。

只许州官放火，不许百姓点灯！她是个人，是个活生生的有着七情六欲的人，不是他的私有品、附属物、玩够的玩具！既然从他那里得不到一个女人应该拥有的生活，为何要禁锢她的情欲一辈子？

想到这里，她反而定了心，她要伺机候着。

骏黑的夜色中，几个地痞躲在黑影里，其中一个头目模样的，看了看照片，说道："过会儿，绑了那妞，做得干净点，钱少不了一分。"

其中一个说道："我们偷鸡摸狗就罢了，绑人这事儿，就算了吧，弄不好吃几年牢饭。"

头目说："人家给的钱，够我们潇洒好几年了。拿人钱财、替人消灾，你要不做也可以，把分的钱吐出来。"

那人说："算了，早输得差不多了，还是听刀哥的吧。"

李美萱从医院出来，朝着北边走去，原来她收到了一封信，说有目击者拍下了行凶者的照片，可以 500 块钱卖给她，约她晚上两点见面。她年轻又单纯，轻信了。

刚离开医院的监控范围，七八个地痞围过来，皮笑肉不笑地说道："妹子，这么晚了，去哪里？陪哥哥喝两杯怎么样？"

李美萱见这阵势，拔腿就跑，但那七八个地痞这么一围，怎么可能让她逃了？头目怕夜长梦多，低喝道："抓紧绑了，赶快离开！"地痞一拥而上，捂嘴的捂嘴，扯绳索的扯绳索，眼看就要装进大麻袋，一个骑着自行车的女人路过，身上穿着护工的衣服。

"救命……"李美萱挣扎着努力呜呜出声来。

一般人见这阵势，基本上就跑掉了，然后去个安全的地方打电话报警。但这人却停下自行车，大声喝道："住手！"

那伙地痞听见是个女人声音，反而减轻了几分恐惧，头目笑道："呦，女侠啊！别管闲事，赶快回家！"

那女人把自行车往路边一靠，三两步就走过来，地痞一看，这个女人穿着肥肥的衣服，显然是个胖子，骂道："肥婆，找死是不？"当先一个小弟冲上去一脚踢过去，却被那女人扯住脚腕，用力一抛，就抛了个狗啃泥，跌在水泥地上，听那响声就很疼。

头目见状，喝道："抄家伙！"众人从身上掏出钢管、木棍、弹簧棍，冷哼道："肥婆，你自找的！"

那女人丝毫不惧，抓住一根打来的钢管，往怀里一带，那根钢管就脱手了，格挡了几下，钢管、木棍、弹簧棍纷纷被撂飞，地痞只觉双手生疼。

那女人哈哈一笑，说道："拿着烧火棍，吓唬谁呢？姑奶奶在沙丘里打木桩的时候，玩的可是 80 多斤的铁锤。"

那个头目在小弟面前丢不起这人，就拔出一把开刃的尖刀，咬牙刺了过去，那女人把钢管抡圆了，猛地击了下来，只听见骨头碎裂的声音，以及尖刀坠落的声音，在深夜里十分骇人。

那女人说："你还敢玩命儿？你比沙漠的独狼要厉害？"那头目的肩骨被砸得粉碎，登时就疼晕了。

那些小弟见了这阵仗，哪个还敢逗留？一哄而散，只剩下惊恐的李美萱和晕倒的地痞头目。

女人掏出一个最新款的诺基亚手机，打了个电话，扯着嗓门说："喂，110 吗……"挂了电话，才看见旁边缩成一团的李美萱，把她拉起来，说道："妹子，以后这么晚别自己出门了。你的家人呢？"

李美萱紧紧抓着女人的手，说道："救救我，我不知得罪了谁，对象被打成了重伤，又有人要对我使坏……"

女人说："没事儿，把这小子拎进派出所，就真相大白了。"

警车呼啸着来了，先叫了救护车把肩骨碎掉的头目抬进去急救，又给那女人和李美萱戴上手铐，女人大叫道："我是见义勇为，为何铐我？"警察说："例行公事，我们调查明白了，自不会冤枉好人。"

清晨六点多，吴建国的手机就响了，他迷糊中就给摁死了；然后又响了起来，只好接了。

是张军的电话，他焦急地说："吴总，我那媳妇惹了祸，把人打成了重伤，被派出所抓走了。"

吴建国吃了一惊，但依然平静地问道："在哪个派出所？我这就过去。"

张军说："就是医院附近的那个小岗派出所。我也是刚从医院打听的消息，派出所不让见。"

吴建国说："你先别急，我让跟我们公司合作的协诚律所派律师先过去捞人。"然后就匆匆洗漱，朝着派出所赶去。

协诚那边对客户服务一直很周到，有个姓邱的律师早已赶到，先寻了派出所所长的交情，了解了下情况，出来后说道："是一群地痞调戏妇女，被张家嫂子遇见，故而发生了打斗。根据受害人的供词，以及掉落尖刀上的指纹等物证，张家嫂子这属于见义勇为，不会有事。"

吴建国问道："那调戏妇女的人呢？"邱律师说："受害人的口供中，虽然提及了捂嘴、言语恐吓等内容，甚至用了绳子捆绑，但目前证据尚不能定性为绑架罪或者非法拘禁罪，大概率会被治安处罚，拘留7到15日。"

吴建国仿佛舒了一口气般，说道："张军，嫂子没事就好。那个对她动手的痞子，你想怎么处置？要他一只手还是一条腿？"

邱律师听见这话，装作没听见，知趣地走远了些。

张军说："算了，我那老婆，让她在家好好待着，却还是闲不住，非要去当什么护工。倒是有一身力气，一个能顶俩，身体肥胖的病人家属抢着雇她，可却给吴总惹出这么个麻烦来，我回去一定要教训她。现在，只要把她领出来就行了，我可不愿意惹那些地痞。"

吴建国点点头，喊道："邱律师，人可以领出来了吗？"

邱律师说："自然可以，就算看在协诚的面子上，派出所也会让领出来，况且张家嫂子被放出来，完全是合法合规的，张先生随时可以把她领出来。"

邱律师和张军进去了一会儿，把素梅和李美萱带了出来。吴建国煞有介事地打了个招呼："好巧，是你啊！"

李美萱说："谢谢吴总，让律师把我带出来，我对象还等着我回去照顾，可急死我了。"

吴建国问道："怎么，你对象生病了？张军，我们一起去看看吧，顺便跟那个向嫂子动手的混蛋聊聊，免得以后拘留所放出来了，再寻嫂子麻烦。"

于是，一行人去了医院，先看了下小章，吴建国叹息道："什么仇下这么重的手？他在啤酒城得罪人了？"

李美萱流出泪来，说："我不知道……"

吴建国掏出600块钱，说道："这是一点心意，祝小章早日康复。"然后转身离开。李美萱拿起钱要追出去，邱律师挡住说："李小姐，留步。"

一行人来到骨科，两名警察在监视，邱律师去打了个招呼，然后他们竟然把张军和吴建国放进了病房。邱律师嘱咐说："别闹出人命。"

那痞子早就醒了，见了吴建国和张军，心知来者不善，吓得直哆嗦，还没开口，吴建国就把他的伤口使劲按了一把，顿时疼得他像杀猪般叫了出来，脸都青了。吴建国不依不饶，抢起肘子，把刚接好的断骨一顿捶，顿时又给打散了，惨叫声令人毛骨悚然。张军看不下去，拉着吴建国说："算了，让他长长记性就行了。"

"此事到此为止，若再节外生枝，你会死得神不知鬼不觉的。"吴建国狠狠地盯着他，说道。

"我一定不乱说话，饶命啊！"混混哆嗦着说。

"啪"的一声，痞子脸上吃了个大嘴巴子，吴建国说："你说什么？"

"我一定不节外生枝，饶了我吧。"

吴建国说："算你识相。"回头问道："张军，朝嫂子动手这口气，你出了吗？"

张军说："你不必这样的，只要他保证不再找素梅报复就行了。"

吴建国说："你放心，从拘留所出来后，若在威城再看到他，我叫他死。"尤其最后那个"死"字，仿佛从牙缝里钻出来，张军也不由得打了个寒战。

"从局子出去，我不再出现在威城，老板放心。"那痞子哼哼着说。

出了门，吴建国对邱律师说："找个大夫重新给他治治，医药费算我的。拘留完后，给他点路费，让他离开威城。还有，东西带了吗，替我谢谢两位兄弟。"

邱律师说："吴总放心，您慢走。"从包里掏出两个红包，说道："权当一杯茶，别嫌少。"

两名警察也不推辞。

在那个年代，钱可通神！

甚至，可以胡作非为！

张军感到很恐怖，原来吴建国还有如此暴戾的一面！

第二十九章

财重情淡，一阕心事谁与诉

　　医院里，浑身是伤的年轻男人，身上插着各种管子，一个同样年轻的女孩在旁边啜泣，那无助的身影，令人悲悯。

　　王春华来到医院，李天娇在门外抱胸站着，说道："你来了？"

　　王春华说："我进去看看……"

　　轻轻地推了推门，见了里面的场景，反而退了回去。

　　李天娇说："究竟多大的仇，把人打成这样？"

　　王春华沉默。那天晚上她们赶到的时候，男人已经被抬了进去，医生在催促缴费，女孩跪在地上乞求，叶小帅已经开车回店里取银行卡去了，还没有回来，李天娇二话不说，给垫上了两万块钱，才保住了他的性命。

　　"伤筋动骨一百天哩，"李天娇幽幽地说，"看来，这婚礼是没法如期举行了。"

　　叶小帅提着一堆礼品赶了过来，见两人都在外面站着，便打了个招呼。

　　王春华说："既然你也来了，我们一起进去吧。"于是轻轻地敲了下门，推门而入。

李美萱已经止住哭泣，但脸上依然挂着泪痕，显得楚楚可怜。

李天娇掏出手绢，给她擦去泪水，说道："妹子，别伤心，我们一定把凶手揪出来，给小章一个公道。"

叶小帅问道："报警了吗？"

李美萱说道："报警了，警察做了笔录，说会尽快破案。"

李天娇摇头说道："指望他们破案，不知猴年马月哩。我这里有个人，你认一认，是不是跟他有过过节。"

于是掏出一张照片。李美萱看照片说道："威城谁不认识他？但我跟他没什么仇。"

李天娇说："我知道，他那日甩出钱来要你陪酒，是我给你解的围。除此之外，难道没有其他事情了？"

李美萱说："从那之后，再无任何交集。对了，前天晚上，有人给我捎了一封信，说有线索，结果遇到几个流氓，幸好被一个叫作肖素梅的护工救了，被带去派出所录口供，多亏了他把我领出来。"

李天娇说："倒是很有善心。我问你，他有没有再次骚扰你？"

李美萱说："没有。"

李天娇说："可能是我多想了吧。妹子，先不要想太多，等小章身体好些了，我给你些路费，你们一起回老家去吧，不要在威城待了。"

李美萱流着泪说道："李姐，你已经帮我垫了两万块钱，也不知道什么时候才能还你。我不走，等小章身体好了，我继续留在威城打工，让我做什么都行，先把你的钱还上再走。"

李天娇想了想，说道："好，等小章伤好了再说吧。"

王春华和叶小帅默默听了一会儿，说道："我们走吧，耽搁久了，恐怕吵着病人。"

叶小帅说："那晚被你请了一顿，今天我请，万望赏脸。"

李天娇说："恭敬不如从命。"

三人就在附近找了个馆子，叶小帅去前台点菜。

王春华说："你也是善良人，为何去做勾人老公的事情？"

李天娇叹了口气，说道："我家里很穷，上高中的时候父亲病死，母亲受不了逼债的恐吓，改嫁走了，也不知去了哪里。我不甘心辍学，勾引了班主任，要挟要告他强奸，吓得他拿出钱来私了，才勉强读完了高中。等上了大学，凑不齐学费，心想反正已经不是完璧，就破罐子破摔，傍了个有钱人，让他包了四年，好歹毕了业，从此再也没法回头了。"

王春华摇摇头，说道："你本心善良，还有机会的，不要自暴自弃了，寻个实诚人嫁了，好好过后半生吧。"

李天娇说："你以为我不想？好不容易遇到了吴建国，他是外乡人，我见他实诚，恨不得倒贴嫁给他，谁成想他白白玩弄了我的身子，提起裤子就翻脸不认人了，反而跟我说家里有妻子女儿，拿出一万块钱赶我走。王姐，就凭我租给他那个商铺，我是缺那一万块钱的人吗？"

王春华想，即便没有那间沿街店铺，单凭大龙火锅的股份，她绝对不会是缺钱的。古人说：晚妓从良，一世烟花无碍。吴建国那个混蛋，自以为是逢场作戏，却负了一颗真正想踏实过日子的女人心。

王春华叹气说："他素来喜新厌旧，我在家里操持老老小小，他却寻你作乐；如今驱你出去，却又跟店里一个年轻经理眉来眼去的。要不是我觉得我为这个家付出了太多，成就了他在外面风花雪月，咽不下去这口气，我早就跟他离婚了。"

李天娇说："你不怪我勾引你老公？"

王春华说："虽然我也是被抛弃的，但你比我可怜，听你跟我推心置腹说了这么多，实在让我恨不起来。"

李天娇说："如果你信我，我劝你一句：钱比男人要靠得住。如果你有意争建龙的资产，我可以帮你。以后你如果有了主导权，我免费帮你，不要一点股份，我大学学的就是这个。"

她的求学之路，殊为不易，其中的艰辛，已超出了那个年代的认知与想象，所以她很珍惜，成绩也不错，又经过在大龙的历练，所以才能在谈笑间给吴建国以提点。

她那时是真心想帮他，但吴建国却认为她骚魅，只是图个新鲜，甚至连店里的服务员和门卫，也觉得她不过是个狐媚子。

王春华说："我信你！"两双手便紧紧地握在了一起。叶小帅正好点菜回来，看得一头雾水，但终究忍住没有多问。

王春华与吴建国的生活依然在继续，仿佛从未发生过什么似的。经过半年的装修，新买的商铺楼已经全部装修好了，建龙的老店也从李天娇的铺面搬离，正式入驻一、二、三层，成为威城最大的火锅城。这可比吴建国刚来时，去过的那家大龙火锅店大出许多。

几家店的锅底、食材都要统一标准，那么成立一个中央统筹的厨房势在必行。这个中央大厨房负责锅底的炒制、分装，再分发到各店去，除了能节约成本、稳定味道，还能方便管理。

吴建国觉得上次两家新店开业时，因为宣传到位，引起一段时间的轰动，对建龙扩大影响力和辐射面起到很大的作用。考虑到这一次买下了整栋商铺来扩大经营，投入成本太大，应该借鉴上两家店开业时的宣传模式，再来一波广告将建龙宣传出去。

他到几家主流媒体的广告部去谈，一次性承包了每家报纸的一个整版来宣传。第二天早晨，几份主流报纸印刷出来，到市民手中时已经是上午八点了，显眼的位置刊登出了"建龙火锅店开业盛大酬宾"的整版广告，开业当天凭报纸下方的打折券，除了在当天过生日的顾客免费外，其余顾客一律六折。

开业的前一天，几家报社先将第二天要印刷的大样给吴建国看了，他惊喜不已，这种惊喜除了对广告词和排版的满意，更多的是对那种"有钱能使鬼推磨"的自鸣得意。看完报纸，他默默地收好并揣在自己的衣袋里。

第二天，是建龙火锅城开业的当天。

整个威城哗然一片。在威城的亲戚朋友、新老顾客前来祝贺。

"建国，祝新店开业大吉、生意兴隆！我和你表姐买了个大花篮给你放

217

在门口了。"王思瑞带着几个朋友进来，他擅作主张直接带着人走进最大的一号包间。

"没想到你们今天第一天开业生意这么好，比之前几家店开业都要好不少！你瞧瞧，这都还没到饭点呢，就有人在排队了！不得不说是威城独一份，我就没听过哪家餐馆还没开张就有人排队的。"王思瑞对包间里的人说道。

张军负责接待他们，赶忙附和王思瑞，说："今天这个情况应该与咱们火锅城的宣传到位有关。这些天，除了固定派人发传单外，吴总还安排人在几家报社弄了几个专版进行宣传。我猜应该是这一块起的作用比较大。"

饭点到了，开业请的客人，看到广告来的食客都聚在建龙火锅城，场面十分壮大。

吴建国带着王春华一桌桌地敬酒，为大家夹上满满的肉片。林惠正吃着，忽然抬头，说："我叔叔来了。"

她赶紧起身去叫吴建国，然后一头撞在林主任的怀里，软软地叫："叔叔，没想到您会来。"

王思瑞赶忙从一号包间里走出来，招呼林主任："呀，没想到领导您会亲临啊，建龙这是走了大运！"他用左手护着林主任，在前面引路走向一号包间。

林主任脸上有着风尘仆仆，却显得平静，想热情，可一扫店里这么多人，欲言又止。他扶了扶眼镜，跟吴建国握了握手，就坐到了他们之中。王春华赶忙添了一副碗筷，递到林主任面前，然后在吴建国身边坐下。

这些机敏的应客之道，她是到威城后才慢慢地、一点一滴地学到的。林惠来建龙后的表现让她很不舒服，尤其是今天。那种故意向所有人显摆、炫耀她有一个在大城市当官的叔叔的做派，让她极其反感。

"哼，幼稚！正经做生意的谁会吃她那一套？今天是我家的店开业，你也不照照镜子自己算老几！"王春华看着林惠，内心谩骂着。

夜色沉沉，灯火辉煌，刺眼的灯光下，他是谁，谁是他，都不重要，也不会有人去弄清楚，大家除了图个热闹喜庆，都各怀心事。

接下来的一段时间里，吴建国就每天在自己的独立办公室里想事情，经营、管理、财务都暂时交给王春华来负责了。

她开始崭露出生意头脑和管理天赋。

中央厨房供应中心是王春华提出来建造的，在那年月，一家餐饮企业自建中央厨房算是一件新鲜事。王春华觉得在市场经济发展的当下，很有必要先做成这件事！先集中运用资源，大量采购和集中烹调处理，能使成本大幅度降低。

这项工程运作得出乎意料地顺利，非但没有影响食物的品质，反而提高了供应服务的效率，应付三家火锅店的生意绰绰有余。

说白了，中央厨房其实就是配餐配送中心，主要任务是将原料制作加工成半成品，配送到各连锁店进行二次加工或者组合后销售给顾客。

不要小看这个链条的作用，它可以在单一用餐时间里，同时给不同地点的餐饮场所供应半成品，半成品到了餐馆厨房，仅需简易加热食材即可。

采用中央厨房配送，要比传统的配送方式节约30%左右的成本。

王春华已经完全将自己从一名家庭主妇中抽离出来，把自己完完全全当成一名管理者。那么，作为管理者，就需要学会走一步想三步，需要学会控制风险，需要学会评估未来。

那天在家，两人谈了公司的一些事，吴建国再一次对王春华刮目相看。她谈了中央厨房还需要加强的地方，既然建龙还要不断扩大，那么在质量和卫生标准方面一定要与国际接轨，如果软硬件设施达不到国际标准，谈什么立足国内、走向国际？谈什么要将建龙火锅店开到世界各地？

"中央厨房的国际标准有什么要求吗？"吴建国问。

"那可多了！首先得需要符合食品加工相关设计规范，比如符合HACCP管理体系的要求，符合产品QS相关要求，加工车间洁净度保障体系的建立！要设入货区、原料储存区、成品包装区，将这些区域严格区分开。还有就是严控卫生标准，人员进入车间，要进行一次、二次更衣，风淋、洗手、消毒；要避免清洁区与污染区人员动线相互交叉等。"王春华如数家珍。

她接着说："你很久没到各个店里走走了，有时间还得去看看，咱们不能将这么重大的工程全部转包给相关技术公司，只有自己心里有谱，才能忙而不乱。"

吴建国点了点头。

他们俩越来越不像夫妻，更像是合伙人了！

………………

那个年代，下岗分流，南下北上，捞金致富，寻找新生活、新项目的人大有人在。只要有一个可行的生意概念兴起，就要开始担心会不会一下子被人偷去了。吴建国没有将继续扩大建龙火锅店连锁经营的这个打算说出来，他要默不作声地在别人学习建龙的模式之前，先打好基础，扩大版图。

在王春华走向前台，负责建龙经营管理的那些天里，吴建国每天就挖空心思想着筹谋成立集团公司的事。

这天清晨，吴建国先醒来了，他推开窗户，让阳光洒进来。

威城似乎还在睡，似乎已经醒了。

这是一个懵懵懂懂的早晨，一道霞光划破层层云朵，漏着晨曦的晨雾，浓得散不开。他赶到火锅城，与各店长和管理人员集中在一起吃早餐。

吴建国边吃早餐，边跟大家说他的想法：先成立建龙餐饮集团，集团总部就设在火锅城楼上的四五层，暂定五个部门：办公室、人力资源部、财务部、食品安全检查部、通联部，其他的等日后再逐步扩充。

张海洋建议招多几个财务人员，尤其是会计和出纳，吴建国要求一定是专职的、有过从业经验的。会计负责每个月的记账与报税，出纳则负责财务支出。一个企业必须要有专业的财务人员，无论公司大小，会计和出纳本来就应该分开。

林惠在前段时间已经被吴建国调配到行政主管的岗位，成立集团公司后，她顺理成章就是集团的行政总监了，主要工作就是负责办公室和人事，看到张海洋提出增加财务人员配备，她也想多招些新人来充实行政部门的力量。

"办公室和人力资源部的作用，不只是招人培训和接接电话！平时员工的绩效、福利，乃至劳动关系，都是需要办公室和人事部来完成的。所以在这两个部门也得多增加人手。"

吴建国没有过多干预，他说："我们成立的这几个部门都很重要。食品安全部更不用说了，建龙经营的就是吃到肚子里的东西，这是重中之重。至于通联部，原本我觉得暂时不需要，但餐饮企业想要发展，最离不开的就是公关宣传，与其他企业的联系合作。就拿咱们餐饮集团成立来说，这不是律师一人就可以代劳，或是我自己出面签个字就行的。仅是前期筹备就得耗上将近四个月的时间，这其中没有公关人员，我们大家得累成什么样？"

是啊，要想成功地开创餐饮企业，不能单靠一人智慧，除了培养团队精神、企业文化，还要积极延揽人才。

第三十章

衣锦还乡，一如隔世叹浮尘

周末，吃过午饭，卫生间又响起洗刷马桶的声音。唉，王春华闲不住。

寂静的客厅里，吴建国独自坐在沙发的一角，听着自己沉重的呼吸，这呼吸的声音盖过了世间的一切杂音，他的世界变得訇然。

成立集团公司，消耗掉他太多的精力和心血，此刻他只想颓然地坐下来，不去管下一步该怎么做。因为太累，他眼前的一切似乎都是白的，连地面，也一点点白了出来。

楼下挑着扁担的零食摊贩在叫卖着："卖老婆饼喽！"

吴晓晓走到他身旁拍了拍他的肩膀，说："爸爸，给我钱，我想吃老婆饼。"他回过神来，翻着口袋，掏出10块钱递过去，怜爱地说道："晓晓，老婆饼太干了，记得买牛奶搭配着吃。"

看到吴晓晓离开的身影，他不免惆怅，他的背后承载着千山万水，正如这世间的憔悴浮生。

吴建国来到建龙火锅城，林惠给他送来一摞求职简历。建龙招聘一名中层管理人员的信息在各大报纸上刊发后，收到了很多求职简历，其中不乏高学历人才和工作经验丰富的求职者。

他在办公室细阅各人的履历，发现有一个名叫巩明森的求职者，看相片十分面熟。他仔细读巩明森的履历，哟，这人还曾在威城市政府接待办工作过！

吴建国又看了看照片，猛然想了起来，这人不就是他刚到威城时去找王思瑞，在市城府一楼大堂遇到的那个"狗眼看人低"的年轻男子嘛。

吴建国让林惠约他第二天来面试。

巩明森分明是知道吴建国的，一见面就认出来了，但他表现得很自然。吴建国问，他答，一句是一句，完全没有尴尬的气氛。

吴建国对他的心理素质和面试时的应答情况很满意。

"这几个问题你回答得很好。过去我们可能有些误会，但那无关紧要，我们都是男人！我们在这个年龄都应该要有一个成熟男人的胸怀。"

巩明森会意地微笑着点了点头。

"很开心能有你加入建龙餐饮集团，我知道你有相当稳健的行政经验，且又有一定的人际关系网，这是很难得的。我相信你加入建龙，一定是我们双赢的开始。

"你先跟着我，做一段时间助理。之后根据你的表现，再决定你去的部门。"吴建国说道。

自此，巩明森成了吴建国身边的助手，开车、订宴会、传达命令，甚至帮忙处理一些私事，巩明森也打理得井井有条。

私下，巩明森感恩吴建国的不计前嫌，给他提供优越的工资待遇，还期待着能获取适合他发展的工作岗位，所谓"使功不如使过"，所以他工作得非常卖力。

巩明森来建龙，虽然做的是助理的工作，但定下的岗位却是通联部部长。他有多年政府办公室科员的工作经验，在协调关系方面的确比吴建国高明。

这天巩明森送来一份报告，吴建国看了赫然动容，家乡商会即将成立，邀请他回去参加第一届商会成立大会，做主题演讲嘉宾。

"不回去！"吴建国告诉巩明森。

"吴总应该去。您这又不是炫耀，这是衣锦还乡。为何不去？"

"我回去了，对建龙的发展有用吗？除了加强形象外，即便对开分店有帮助，老家那个小城，市场也不大。"

"还是有一定作用的，建龙越做越大，今后还要走向世界，这是一次很好的宣传建龙品牌的机会。"

吴建国笑了，不能说巩明森之言没有道理，只是圈子兜得太大，有点牵强。那个小城，几乎家家户户都会熬火锅锅底，烟囱里飘出来的香味儿，才是正宗的四川火锅香味，自己开分店都要绕开那座小城。但是，巩明森是个很出色的公关人才，吴建国信任他对各方关系的拿捏，也接纳过他的不少计划建议，虽然有些是出于迁就，但这不过是为了表明对他信任的一种态度而已。

"只是……"吴建国略为犹豫，"我们建龙餐饮集团挂牌的日期是哪一天，我看是否可以抽空走一趟！"

巩明森说："挂牌的问题，可以先缓一缓，但您家乡的商会，聚集了很多当地的精英人物，吴总最好去见一见。"吴建国想了想，建龙集团成立挂牌只差一个手续了，这期间可以先回老家参加商会活动。

吴建国让叶小帅和巩明森陪着他走一趟，王春华则留守建龙大本营。

没叫林惠的原因显而易见，王春华已经察觉出他对林惠的关注已经超越了上下级的关系，他可不想在集团成立前后院失火，惹得家里家外鸡犬不宁。

…… ……

家乡的小城，李明辉站在厨房里操弄着午餐，家里有乡下的亲戚要来。

老房子的灶台边，还开着白炽灯，院子里摘来的青菜绿得新鲜。灶台上，崭新的砂锅里炖着东西，"咕嘟"冒着热气，热气里有鲜香，把屋子都熏暖了。案板上的面团揉了一半，软塌塌地堆在那，等一会儿，她要将这切得细碎的小白菜和肉馅拌在一起，给来的客人们做一顿热乎乎的包子。

老太太戴好老花眼镜仔细地择着菜，过了一会儿似有些不放心地走出厨房。邻居家上城头赶集去了，让她帮忙照看小孙子。

一个十二三岁的少年窝坐在矮几上专心致志做功课，头伏得低。老太太眼睛一瞥，看不过去，敲了他的桌头一记，说："抬高点，别净学这些坏习惯。"

少年听话，抬高了头。

李明辉怜爱地看着少年，想起自己的孙女，然后又走进厨房拿几个做好的寿桃出来给少年吃。少年接过，自言自语："听我爷爷说，你家的东西就是好吃，你们一家人都是大厨师。"

少年扭过头，问："奶奶，晓晓什么时候回来，我很想她。"

老太太眼圈有些红，想起了往事。儿子一家搬到威城后，再没能吃上她做的寿桃和其他各种点心了。当初他爹活着的时候，每年别人家里办大寿，都是请他们两口子去做流水席、做寿糕寿桃，她负责打下手做点心，他爹那边炒完菜，就负责在寿桃上刻字。她点心做得一流，他爹除了会做菜还会篆书，做出来的寿糕寿桃漂亮挺括，往主人家客堂一摆，气派十足。

少年的话打断了她的思绪："奶奶，今天又没人过生日，也没人结婚，干吗一定要刻一个'喜'字？"

"不是这样说的，今天家里有亲戚要来，还有晓晓的爸爸也要回来了，奶奶要讨个好口彩。晓晓的爸爸是个粗心的人，整天又忙，奶奶想让他回家来好好地吃几天我做的饭菜，他在外面苦吃惯了，奶奶想让他尝些甜。"

少年说："听我奶奶说，晓晓爸爸是干大事的。"

李明辉一抬老花眼镜，说："呵，成，倒真是干大事的料。你吴叔叔在家连个被子都叠不好，你瞧瞧你爸爸，家里能做，家外也是一把好手。"

"我爸爸是大学生。"少年骄傲地说。

"你爸爸那可是我们这条街道走出去的第一个大学生，比你吴叔叔强多了，我以前就给你奶奶说过，你爸爸是才子，将来会有大出息。"

"奶奶，我妈妈说爸爸百无一用是书生。"少年笑呵呵地说。

李明辉乐开了。

"你吴叔叔是大忙人一个，三天两头不着家！你们家生活由你爸操持得多好呀。你爸做事手脚麻利，把你爷爷奶奶和你都照顾得很好，那才叫享福。"

说完，老太太叹了口气，风霜侵染的面容，温雅不变。满头的银丝，一丝不苟扎成了发髻，利落地梳在脑后。

越经年，越硬朗。她一生磊落地度过了如烟的岁月。

想起往事，从四十几岁守到现在，她受了苦，但好在支撑起了这个家，不然，内心的寂寥此生都不会消散。

少年看老太太没再说话，他收拾了课本，决定研究字帖去。

飞机飞抵家乡机场，一行数人，步至出口，吴建国呆住了。曾几何时，他有过这样的待遇？父亲葬礼的清冷，让自尊心极强的他每每想起，大脑仿佛就会瘫痪。如今，迎上来的除了市领导、媒体记者，还有多少年没有往来的亲戚朋友。

所有人礼貌地微笑着跟他们打招呼。一位带队迎接的副市长握着吴建国的手，说："建国董事长，欢迎你回家乡来，你是家乡人的骄傲啊！"

"多谢！我就是运气好，做出了一点点成绩！"

商会的准会长看着吴建国，礼貌地说："功名看气度！吴总真人比报纸上的照片更加意气风发、气质非凡！"

吴建国含笑称谢。

得意与失意，判若两人。不用久候，一群人很快步出机场。

眼前闪耀。记者迫不及待地抓拍镜头，对吴建国提各种问题。

吴建国拿起话筒，说："这些年在异地发展，做出了一些小成绩，以后我会不遗余力地支持家乡的发展。"

接下来的几天，一连串的会议和应酬，让吴建国有点吃不消，他将一些不是非得需要他出席的活动都让叶小帅替他去了。

威城，一家鲁菜馆，小小的包间里，李天娇和王春华正在吃饭，鲁菜特有的醇厚与浓郁，细细品来，就连风味多变的川味儿也要逊色不少。

　　她们吃得很考究，比如那一道看似不起眼的奶汤蒲菜，就需要用掉一大桶新鲜牛奶，还要专门搭配岩石上的特殊苔藓、河滩处的原生蒲菜，制作过程中要用十几味佐料，有十几道工序，任何一个环节，只要时间、火候稍微差了一点儿，就会导致整道菜功亏一篑。

　　所以，要说中国最有名的菜式是哪一种，很多人会说川菜，因为川菜馆到处都是。但是，之所以普通人不会想到鲁菜，是因为正宗的鲁菜，很多人一生都没有见过。

　　但是，国宴之上，鲁菜却是重头戏，鲁菜独特的烹饪手法，无论是天南海北的人，还是外国宾客，味蕾都会很快被征服，仿佛鲁菜就是为了人类舌尖上的触觉而诞生的，或者说，其他的菜式满足的是胃，而鲁菜触摸的是人类对于食物渴求的灵魂。

　　王春华夹了一块黄管，饶有兴趣地嚼着，软嫩醇香在口中经久不散，不由得一脸陶醉。

　　"怎么样，我挑的地方还可以吧？"李天娇夹了一根蒲菜，先用鼻子闻了闻，再把它送进嘴里。

　　王春华说："鲁菜，真是下了功夫的好菜。"

　　李天娇说："可不是，我提前预约了半个月，才排到这几样菜式，这店里'孔家菜'的菜谱上，一道菜就要上千块，可是排不上。威城，有钱人太多了。"

　　王春华说道："你请我来，应该不只是为了吃饭吧。"

　　李天娇说："主要是吃饭，顺便谈点事情。"

　　王春华拿了餐巾擦了下嘴，放下筷子，说道："什么事情，请讲。"

　　李天娇说："各大报纸都刊登了，建龙要成立集团；还有媒体跟踪采访，吴建国回老家竞选商会副会长去了，你有什么想法？"

　　王春华说："我觉得单从商业角度，他是成功的，建龙这么发展，我也觉得很高兴。"

李天娇喝完杯子里的红酒，站起来说："今天就这样了，我先走了。柜台上留了我的贵宾卡，结账的事儿王姐不用操心了。"

王春华赶紧站起来挽留，说道："天娇，天娇，快坐下，听我说完。"

李天娇就坐了下来，王春华也喝光了杯子里的酒，说道："建龙发展成这样，风头全是吴建国的，我除了身家涨了，好像也没什么值得高兴的。"

李天娇说："建龙如何，我不在乎，再怎么发展，也不关我那大龙什么事。我在意的，只有吴建国。"

王春华说："虽然你与他情感上有纠扯，也不至于非得让他身败名裂……"

李天娇说："王姐还是不信任我，以为我在试探对吧。多年前，我拿着钱入股大龙做投资，大龙是我看着成长起来的，什么牛鬼蛇神没见过？我跟你打开天窗说亮话，那天跟你吃饭的叶小帅，你的心早已在他身上了，就你看他那眼神，我一搭眼就明白了。"

王春华不反对，也不争辩，更不承认，只是用调羹舀了一勺奶汤，小口地品尝着。

李天娇说："建龙也算是我手把手扶上正轨的，叶小帅是当之无愧的元老，比任何人资历都老，你不妨想想，建龙成立集团公司，势必要重建部门，但各个重要部门都用了些什么人？叶小帅自从被发配到横滨那里憋屈着，倒不如他招来的张海洋、林惠混得风生水起，就连近两年新招的店长，都跟他平级，他干得舒心不？"

王春华说："感同身受。如果是我，我不服气。"

李天娇说："凭他帮吴建国发展建龙的资历，他也不像是那种没本事、没能力的男人，吴建国既然做出鸟尽弓藏的事，他为何还要死死吊在建龙这棵树上不走？"

王春华依然喝着奶汤，慢条斯理地说："为了我。他本来要走，是我挽留下来的。"

李天娇说："既然王姐这么坦诚，我觉得我们可以进一步谈谈了。"

两人聊了很多，筹划了很多。两个存在共同敌人的人，会很容易成为朋友。

而这个共同的敌人，就是吴建国。

第三十一章

百尺竿头，一步冲天展宏图

回威城的前一天，在商会庆祝成立的晚宴上，吴建国作为演讲嘉宾，跟大家介绍了他在威城创办建龙的经历后，就准备回家，跟母亲叙家常。晚宴设在市委招待所酒店，吃饭的时间还早，市招商局局长听了他的想法，就专门安排了汽车送他回家。

吴建国坐在黑色红旗车里，对司机说："请你开到市机械厂附近绕走一圈。"

熟悉的厂房，熟悉的工作地尽入眼帘，他让司机放慢车速，思绪又回到了当年。他从车上下来，独自走到操场上的长凳边，坐下。在机械厂上班那些年，等工人们都吃完了他做的菜上班去后，他就喜欢一个人冷清清地躺在这张长凳上，最好不要有人走近过问。

回家的途中四周寂静，连一个影子都没有。

宿舍楼下，吴建国看见了母亲略显佝偻的身影，站在风中对他温柔地笑着，他上前牵起母亲的双手，继而抱紧母亲的肩膀。

"妈，你一个人在家受苦了。"泪水已经流了下来。

"别哭，回来就好。"母亲话很少，但很有力。

母亲带着他进了家门，司机就去宽阔处停了车，放下驾驶座躺着闭目养神。

母子二人就着房里晕黄的光线聊着天。母亲坐在沙发上，还开了台灯，在灯下织毛线，说是给他织的手套。打小时候起，吴建国的手就特别不经冻，一到冬天就会生起大大小小的冻疮。

小时候，吴建国的手在冬天千疮百孔，肿得不行，有人说用蛤蟆油能治好，李明辉就去乡下水库等着。冬修的时候会挖出很多淤泥，运气好的话就会有蛤蟆被挖出来。终于被她等到了，回来后赶紧炼了蛤蟆油给涂上，可效果并不明显。后来上医院看，配了药膏，医生嘱咐冬天里需要注意保暖，要不然还会复发，于是每个冬日，李明辉都会给他织手套，一针一线都包含着对吴建国的慈爱。她从不怕辛苦，也从不吝啬。

想着想着，吴建国的眼角，又湿了。

"妈，您这个年纪天天弄这个，伤眼睛。这次回来，我就想让您搬到威城去住，那儿天气好，冬天也不算太冷，对您的风湿有好处。我和春华也能照顾你。"

"我习惯这里了，哪里也不想去，你爹还埋在这里呢。你把自己的日子过好我就放心了，你爸的牌位我搬到客厅来了，有他陪着我，听我唠叨挺好的！"

吴建国抬头打量了下，果然见到父亲的檀木牌位，端正地摆在客厅靠墙一张高高的桌子上，前面还摆放了水果和一个香炉。于是就起身取了三炷香，认认真真地插在香炉里，跪下磕了三个头，嘴里念念有词："爸，儿子回来看您了。"

李明辉在后面看着，略带赞许地点了下头，说道："虽然你爹一辈子没什么出息，但没有他哪来的你？以后多回来看看你爸，给他上炷香，也不枉他生养你一回了。"

吴建国轻轻地点了点头，回头说道："妈，您年纪大了，一个人在老家，我总是提心吊胆，您也得让我安心。如果舍不得爸，住不惯高层，我可以给您就近买个平房，专门布置一间静室，让爸也住进去。"

"不去，你在外面讨生活已经不容易了，我年纪大了，不给你添累赘。"母亲说。

吴建国说："妈，我在外面打拼，不就是为了好好孝敬您吗？您怎么可以说自己是累赘呢？"

"你现在事业做大了，家里生活条件都很好，我正好闲下来跟老邻居们打打牌。"母亲的话是彻骨的辛酸，语气是坦白的淡然。吴建国紧紧握住她的手，好像又回到了相依为命时的互相鼓励……

外面司机探头探脑的，轻轻敲了下门，礼貌地说道："吴总，领导刚才打电话来，让我问一下，是否可以回程了，那边准备得差不多了，都在等着……"

吴建国点了点头，司机轻轻关上门，退了出去。

吴建国说："妈，我得走了。"

李明辉摆摆手说："走吧，回去好好干。跟春华说声，得空回来看看，我想她了。"

吴建国说："好，我一定把话带到。妈，您多保重，有事就给我打电话。"

李明辉不再言语，躺在藤椅上闭上眼睛，吴建国找个毯子给她盖上，就拉开门出去了。

一夜觥筹交错，一夜虚与委蛇，微醉的吴建国回到招待所的套房，躺在沙发上，总也睡不着。悄然起身，叫了辆出租车，他要回家睡一晚……

回到威城，林惠兴高采烈地迎上来，特地向吴建国报告，成立集团的最后两个手续已经批下来了，向银行贷款的 1200 万资金也已经到位。

建龙前程锦绣，事在必成。

从筹备成立集团开始，吴建国夫妻俩和建龙的每一位员工都倾尽了全力。

吴建国轻轻地舒一口气，把办公桌上的两盒点心拎起来，递给林惠。

"你拿回去吃吧，从老家带回来的，你应该喜欢。"

林惠有些受宠若惊，有些羞涩，笑着点点头拎着点心走了。

她回到办公室没有立即拆开。30 岁的女人多情不再，但心仪的那个人，稍对她有些温情，这种心脏的紧实感顿时遍布全身。

王春华与好友钟梅总有煲不完的电话粥，这天在电话里聊起，王春华感叹道："我真羡慕你的安稳日子，体面又稳定！你都不知道我这一天天的有多累，刚来威城时，只有一家店，就是吴建国在那小打小闹，我倒没有插过手。店里的大事小事，吴建国一个人就顶用了。现在，变成集团公司了，再去接手这些杂乱的事情，整个人头都大了好多。"

钟梅当司法局领导有几年，见过的世面多，对各种婚姻案件、经济案件都有经验，也看透了社会的一些坏的风气和现象。她觉得有些事情，有必要提醒好友。

"春华，你带晓晓去威城不久，吴建国这事业就风生水起，生意越做越大，足见你旺夫啊！现在，你除了挂个职务头衔，还要参与管理才行，还有啊，你和晓晓的股份占比也要事先与建国谈好，这很重要。"

"真难为咱们女人，家里家外都要担着。这些男人就会把家庭重担撂给女人。以前我爱他，不觉得累，现在却不一样了。"王春华坦诚道。

"你该想尽一切办法绑住他，实在绑不住，也要把建龙的利益绑在自己身上。"钟梅的话让王春华心生涟漪，滋生出一股烦躁和凶狠的劲儿。

她突然想起一件事，对钟梅说道："钟梅，我这里认识两个可怜的外乡人，一男一女，是情侣，因为意外错失了婚期。女的很勤快，男的有点瘸，需要持续康复治疗，而且还有仇家在威城，随时都会找他们麻烦，你那边要是方便的话，就给他们一条活路。一个瘸腿的汉子若是回老家种地，八成是要饿死的。"

钟梅很诧异，毕竟这个闺蜜很少开口求自己，当下慨然允诺道："这好办，女的来这里做个打字员，等有机会给她弄个编制；男的嘛，让他暂时在传达室，也算是今年我们司法局为残障人士提供关爱的案例，年底还能写进述职报告呢！"

王春华感激不已，说道："抽空我送他们过去。"

钟梅说："放心，局里有宿舍，即便真在威城得罪了什么有头脸的人，谁敢进司法局寻麻烦？"

放下电话，王春华想了很久。她曾经那么多年，都是用一整颗心去爱吴建国一人，日子幸福又安稳。她也想像钟梅那样学着知足，可这男人的心变得快，靠她拼死拼活维护婚姻是不行的。她来威城才多久？好像老天爷给她的好日子就是一出折子戏，先是一个李天娇，现在又来一个林惠，不落幕这家就要没了。她现在是想明白了，抱怨没有用，她也不能让他溺死在别人的爱里。为了她的孩子和她的将来，她要慢慢地筹谋，等她有了足够退路的资本，必定要让这个男人尝到背叛女人的苦。

而她，几乎已经断定，李美萱的遭遇，与吴建国脱不了干系，但究竟是什么原因，却又厘不清。她也曾想过是柳诚做的，专门去张海洋那里查了财务报表，但在这件事发生前几个月，柳诚已经结算完工资走人了；真正有没有关系，还需要找到柳诚这个人。

人云：刚而不韧者，难成大事；韧而不刚者，大事难成。是对王春华这般难得一见的奇女人的评述。她真的是刚韧兼顾、善恶分明的。

2000 年 3 月，经威城市工商部门批准，建龙餐饮股份有限公司正式成立，注册资本 2300 万元，较大的股东有威城城投和威城远洋集团，前者几乎是干股，拿 15% 的股份，虽然这韭菜被割得肉疼，但在集团与政府部门对接方面以及政策保障上几乎完全没有了后顾之忧，毕竟 1200 万元的贷款，即便有人情和招呼在里面，城投公司不出面做担保人，还真没有人敢发放；后者财大气粗，拿出来 400 万元真金白银，签了股权书，干脆利落地拿走了 10% 的股份，并不怎么参与实际经营，只是年年拿分红而已；还有大大小小的风投公司，觑准风口，出资认购，分摊了 5% 的股份。

到了此时，众人拾柴火焰高，建龙已经拥有员工 300 余人，年销售额达 1000 多万元，成为威城规模最大的股份制餐饮企业。

建龙火锅迅猛发展，极大地繁荣了当时威城的餐饮业，成为"川派火锅"产业向外扩张的领军企业。

集团化的公司成立，队伍突然间变得庞大，这对建龙的管理者们提出了更高的要求和期望。生意场上，良好的管理队伍除了是成为优秀企业的保证外，更是企业能赚钱的关键所在。

吴建国开始着手员工激励制度的制定。他清楚集团才刚刚发展，如果不先制定激励制度，激发员工的积极性，后续扩张市场的道路就会停滞不前，那些员工出来打工，大部分人只是为了吃建龙的老本、熬天混日子而已。

于是，吴建国找到王春华商议这件事。

"那你是怎么想的？"王春华问道。

"我的想法是先将这个激励制度制定出来，让每一个员工都知道这个制度，让他们知道在集团工作，无论是店长还是服务员，都能获得与他们劳动付出相对应的回报，可以提升他们对咱们集团的认同感。"

王春华作为集团的副董事长，她在管理上不像吴建国那般霸道、莽撞，她擅长以柔克刚，在员工群体里印象极好，而且还具有灵魂人物的号召力，很多员工都觉得她亲切、细心，没架子。她还能够用自身的口才和平时的影响力去促进员工和管理者之间上下同心，保持高昂的斗志去完成工作任务，具有管理和解决困难的能力，能全方位应对员工和企业遇到的各种问题。

集团公司成立不久，王春华就做了几件大事。

首先是向董事会提出增设法务部。因为餐饮管理牵涉面广，人员复杂，如果不懂法、不守法，在法治社会的环境下是无法生存的。只有界定好各方的权利和义务，才可以有效减少纠纷。

其次，她对建龙火锅的餐饮文化进行提炼、升华、宣传推广，培养消费者对吃火锅的观念、情趣、礼仪，形成建龙特有的火锅文化，把建龙品牌变成名牌根植在消费者潜意识中，从而完成对市场的培养。

她还主张加强形象文化建设，按照层级定制员工的工作服，规范员工的装束打扮。这一件事王春华办得非常漂亮，任何一个企业，都必须有自己凝聚人心斗志的企业文化。王春华以副董事长的身份亲自督促林惠紧抓落实这件事，很快就建立了一套完备的企业文化，将建龙的整个形象提高了一个层级，将建龙与其他餐饮企业区分开来，提高了辨识度。

吴建国默认她大刀阔斧地去做，仅从这几个方面，就让火锅的饮食文化品位得到升华，提高了建龙火锅的知名度，同时也提升了建龙产品和服务的附加值，为刚成立的建龙餐饮集团开了一个好头。

现在，吴建国夫妇握有建龙集团70%的股份，也算是威城小有名气的富豪了。

"人情似水分高下"，即便是同窗同乡，也不过如此。自从三年前石磊找吴建国投资川菜馆没谈拢后，他们就彼此断了联系，在偌大的威城内，三人再也没有见过面。

吴建国依然在表面上跟李子渝和王思瑞搞好关系，经常在一起聚聚餐、通通电话，据他们夫妇无意间提起，石磊独自一人在莲花区开了家川菜馆，叫"川岩饭店"，经过三年的发展，还真让他给做起来了，据说他还建了个农业种植基地，开办养殖场，搞得风风火火。

虽然建龙餐饮集团的发展也在稳步向前，但听到曾经被自己藐视过的人一夜暴富、风生水起，吴建国心里很不舒服。他真的很难想象石磊这样的人可以在一夜之间如此暴富，却又合理合法。

他了解石磊，猜想石磊发迹的背后肯定跟自己一样，有着层层的黑幕，而且是合法的找不到把柄的黑幕。想想两人，曾是同乡，也是老家人眼里多少混得还可以的人物，算得上中学同学眼中的标杆。好笑的是，二人从小到大常常为一件事、一个人争论不休，每次到最后，石磊就会极有耐心地先看吴建国怎么办，有一个结果后再亦步亦趋地追赶过来。

吴建国还好，人到富时意气平，他对石磊原来并无不太好的看法，只是觉得石磊这个人太精，一直防备着。石磊因投资一事，对吴建国那般高高在上、不屑一顾的态度非常介意，他自知吴建国春风得意，自己一无所有，就抱着一种对身份差距的自知之明，不再与吴建国论同乡、攀同窗。

好在，前几年吃饭时，他厚着脸皮要了王思瑞的电话号码，苦心经营之下，终于盘活了这一条人脉。所以，开饭店的事情，有没有吴建国这层关系，已经不再重要了。两人莫名其妙凑在一起后，王思瑞从川岩饭店自然得了不少好处，石磊做生意的哲学是：挣一块钱，花八毛钱出去打点，自己永远有两毛钱。这个哲学看似简单，但其实很微妙，因为得了利益的人，会想办法让你去挣更多，好让自己也得到更多，于是不知不觉间已经把自己和对方捆绑在了一起。王思瑞本来就对吴建国攀上林主任颇有微词，也不知道跟石磊暗地里说了吴建国多少闲话。不知从什么时候起，王思瑞在电话里对吴建国多说几句话的兴趣都没有了。

在吴建国看来，这两人扑腾不起什么大浪，一来石磊的眼光和思维有局限性，二来王思瑞也比不上林主任管用，那城投集团的干股，实际上合同上写的是 9.2%，多出来的 0.8% 是林主任的摇钱树，不管怎么闹腾，石磊目前的状况，几乎已经是天花板了。因此，吴建国对这两个人是不屑一顾的，若非自己和王思瑞相识在前，算是介绍两人认识的中间人，让石磊误以为建龙有今天，是他这位高官权贵的表姐夫全力帮的忙，以石磊对宦海沉浮的体悟，又怎会抱着王思瑞的大腿？石磊从来最擅长结交权贵之人。

吴建国认为石磊这样的性格，早晚要出事，他的发展规模已经超出了王思瑞能罩住的能力范围。他今天的出人头地看似辉煌，实则隐忧暗伏。作为新晋的餐饮业精英，吴建国在看穿一切后并不打算给石磊以提醒，因为他拉不下脸来去主动联络石磊。有时候，吴建国对自己在处理与石磊的关系上颇有悔意，他们本可以是在异地的知己，偶然相逢，彼此投契，合作无间。

人与人，大多从 40 岁开始分岔。这一年，吴建国和石磊都同时站在了 40 岁十字路口的位置。

吴建国靠着下海经商的浪潮和上世纪 90 年代中期城镇化步伐开始加快的大好时机，享尽天时地利人和，从小做起，稳扎稳打，加上"贵人"帮扶，才能不断发展壮大，成为今天威城餐饮业的领头人。

石磊的川岩饭店，正赶上餐饮业井喷式发展的重要时刻，他虽然不熟悉客源市场的构成，但其背后的管理团队不容小觑。吴建国着意看了一些关于川岩饭店的广告和采访，这种商业理念的确有其独创的模式，能将采购链、供应链、经营链结合起来，吸引不同类型的顾客。从电视上看到，用料和摆盘等都是华丽精美的，说明他在硬件设施上舍得投入，而且能确保菜品质量上的推陈出新。有几道新菜还被飞机上的杂志采写报道过，也不知他花了多大的手笔，才把广告做到天空上的商务舱。但是，不容否认的是，这种经营模式的开启，在那个年代不仅领先，而且符合中国人追逐新事物的猎奇心理。

李子渝给吴建国说了一些八卦。她说川岩饭店今年来了个漂亮姑娘，搞得还是钻石王老五的石磊很馋，没把太多心思放在饭店的经营管理上。

石磊还给王思瑞说起，目前除了想赶紧将这个漂亮姑娘追到手再成个家之外，还想用川岩饭店的招牌，把养殖场和农业种植基地发展起来，解决川岩饭店菜品的采购问题，把自己从生意中解放出来的同时，将利益最大化，赚更多的钱。

在情感的问题上，石磊一直恨着吴建国，当初要不是吴建国横插一脚，他就能够顺利追到王春华。这男人要不是对心里那个人念念不忘，怎么会弄到婚姻失败的下场。

吴建国一想，如果石磊身边带着个年轻姑娘整天出来招摇过市，岂不是抢了自己的风头？于是一个电话打到林惠那里："林总监，通知人力资源部门，集团需要招聘两名专职秘书，明天让人力资源经理把招聘简章送我办公室审批。"

林惠低声说："你这色鬼，又要打小姑娘的主意了？"

吴建国说："哪能？这不都是集团业务需要嘛！"

林惠说："我可会盯着你，小心被我捉到。"

刚挂了电话，手机又响了起来，原来是李子渝，又是旁敲侧击地要塞人进集团，吴建国心想："建龙什么时候成了你家的后花园了？"但还是客气地说："表姐放心，先等等，我回去查查哪个岗位适合，再给你回复。"李子渝心情大好，聊了会儿家常，无意间说到，石磊前几天上家里去找过王思瑞了。

吴建国的神经跳了一下，装作漫不经心地聊着，试探着问起这石磊找王思瑞的事情，李子渝闪烁其词。挂了电话后，吴建国脑海中已经勾勒出了那天石磊与王思瑞会面的场景——

石磊拎着两瓶茅台、两条中华烟到李子渝家里，找刚升任威城市计委副主任的王思瑞，恳求地说："王大哥，兄弟现在有一件事想请你帮帮忙。"

"石总，你看你，客气什么，有什么事就直说。"

"是这样的，莲花区工商联马上要换届了，听说要改选出一个副主席，我吧，不想放弃这个机会，想去试试。有了区工商联副主席这个身份，以后发展生意容易多了。"石磊把他的想法说了出来。

"你就别跟我见外了，你的事我可以帮忙过问，提些建议。你现在是大老板了，以后我还免不了找你帮忙呢。"王思瑞说。

石磊掏出个信封轻轻地放在茶几上，说："嫂子，这是我这当叔叔的给我大侄子的零花钱，请收下。"石磊真切地说。

李子渝在一边，不由得露出了笑意。

"好吧，那我就替孩子把钱存起来。等他大了，让他好好孝敬你这个叔叔。"

"好，那我们就这么说定了。"石磊高兴地说。

送石磊出门时，李子渝说："你刚才说的事，我会提醒我们家老王，嫂子答应你，会想办法把这事办好。"

不能不说，吴建国有时也算个天才，脑补的场景与当日发生的差不太远，当下愤愤地想："要是石磊做了区工商联副主席，岂不是在威城商界里处处压我一头？王思瑞啊，你个吃里扒外的东西！"

其实，石磊去找王思瑞也是有所顾虑的，他忌惮吴建国与李子渝的表亲关系。但对于王思瑞来说，讨好老婆是一回事，往家里抓钱则是另一回事了。掂量着石磊现在的饭店上了一定规模，虽然他知道对方与吴建国水火不容，可人都到家里来了，不方便驳面子，更没有理由驳走送上门的钱。

两个人都心知肚明对方对自己的看法，但这种微妙的相处状态，是那个时代人际关系的常态。

石磊也有自己的打算：要是能通过王思瑞这条线，谋到区工商联副主席一职，就等同于有了政治资本，川岩饭店这块招牌的含金量自然提高不少；如果今后再利用这招牌扩大饭店规模，指不定还能挣到更多的钱。

他才不怕吴建国有看法呢，只要想方设法与王思瑞搞好关系，最好能通过王思瑞搭上更大的领导，为生意保驾护航，就不愁混不出个大名堂来。任何时代，都要与当大官的打交道，其间可利用之处太多了。只要认识了、维系好，过不了多久，就能压上他吴建国一头、两头，直到压扁，而王思瑞，只不过是他攀上更高靠山的一个台阶而已。

吴建国发迹后，连李美萱的睚眦之怒都不放过，更何况自己曾经的情敌石磊？如果石磊一直落魄，他反而会可怜他，放他一马；但如果石磊稍微过得好一点，吴建国是绝对不能忍的。

静下心来想了想，吴建国认为还不是时候去对石磊下套子，他想看看表姐一家如何表演。如今看来，这两口子只要有利益，从来不讲立场。

有了王思瑞的帮助，石磊果然顺利当选上了区工商联副主席，他明显感受到有了政治加持后的春风得意。他不愿把这种感觉与任何一个人分享，反而还想通过王思瑞的关系，把手伸向整个威城的餐饮企业，利用自己建立起的农牧场，成为威城餐馆的供应商。

好一个石磊，真有一套！吴建国本以为区工商联副主席这个位置非自己莫属，现在王思瑞突然反水，竟然落到了石磊头上，吴建国恨得咬牙切齿。

石磊突然约吴建国吃饭，吴建国爽快地答应了，他倒是想看看石磊葫芦里卖的什么药。

斜阳的红染尽西边的云，云下有林落的伞，遮着阳，也遮着一张张三四人的散座。能爬到威城最高处的植物也显赫，在秋风下丝毫不显枯色，还葱郁着。

"这威城也就这里还能吃上正宗的西餐了。"石磊很惬意地用银勺将一口鹅肝送入口中。

"几年前跟你提到我要开川菜馆的事，你还有印象没有？"石磊问。

"当然记得了，我建议你只要充满信心一定能赢嘛。"吴建国意味深长地说。

"我在区工商联开会的时候，提出要成立莲花区餐饮协会，大家资源共享。大部分人都支持我的提议，你有什么好主意吗？"石磊问。

"你算问对人了，我早就想过这个事。你就说我们开饭店的吧，就想有个组织靠靠，把它做大。你看现在很多酒楼的采购都被你承包下来了。我不如你，我只能是先想想，因为我没那个资本，只能一步一步来啊！餐饮协会能成立当然好，我去挂个名，明年再给建龙扩大经营范围，搞搞养殖场。"吴建国不紧不慢地说着。

石磊笑笑端起酒杯，说："建龙都是集团公司了，买卖大了，以后估计越来越忙，咱们在一起喝酒的机会也就少了。来吧，先干一杯！每次跟你在一起我就舒心。"两人各自端杯一饮而尽。

"我听说，你投产的那个养殖场办得不错，有空我去参观学习一下。"

"必须赶紧来参观指导啊，以后我们合作的机会不少啊。"石磊催促地说。

"你说得对，明天我就安排这个事。"

两人的酒不知不觉喝了很多，这次是有意无意地醉。

吴建国那天看到石磊当上区工商联副主席的得意劲儿，一股柠檬味涌上心头，酸得不行。

手机响了起来，是钟梅打来的，王春华立马按下了接听键。

钟梅说："春华，你托我找的那个柳诚有下落了。"

王春华笑着说："就知道没有你这司法局领导做不成的事儿。"

钟梅说："别笑话我了，我哪有那么神？茫茫人海，本来没处找寻，只好借了公安局的内网调查他的信息，发现他在一个叫作青云镇的地方申请了个执照。公安局经侦部门正好在调查一起合同欺诈案，就借着工商局给的权限试着查了下，所以才发现他的踪迹。"

王春华说："你可帮了我大忙了！"

王春华去找李天娇，李天娇来了精神，说："我亲自去一趟。"

王春华想了想，说："好，等我回信，我们一起去。"

王春华向董事会提交了年假申请，按照制度，自然可以批。吴建国很诧异，问道："你要去做什么？"

王春华说："钟梅想跟我聚聚，还有几个初中时的同学。"

吴建国点头道："集团成立以来，你确实很辛苦，这次你就跟同学们好好聚聚，放松放松。"

王春华第二天一早就走了。下午，吴建国给巩明森打了个电话。巩明森亲自去石磊的川菜馆看了一回，发现石磊在店里正跟那个小姑娘打情骂俏，就立马汇报给了吴建国。

李天娇和王春华用了整整一天才到达青云镇，那是在王春华老家邻县的一个小镇，到处充斥着落后与贫瘠的面貌。

"原来躲在这里，怪不得老家的人都不知道他的去向。"王春华说，"他故意躲在这个穷地方，肯定是有原因的。"

青云镇不大，只有几条水泥路，很容易就找到那家小超市，就在派出所的隔壁。见天色已黑，两人商量了一下，先找了个干净点儿的旅馆住了下来，待天亮再去找柳诚。

第二天，天蒙蒙亮，柳诚刚一开门，两人就径直堵了上去。柳诚一边往门口搬着招揽小孩子的玩具汽车，一边热情地招呼道："两位美女，这么早啊，要买点什么？"

"不买东西，打听个事儿。"李天娇说。

柳诚低头收拾着铺面，听着声音有点耳熟，抬起头来，仔细打量了一下，瞠目结舌道："王总，李……李姐，你们咋来了？"

王春华说："我今天没带人来，是为了给你个机会，看你说不说实话。"

柳诚自然知道，眼前这个女人已经是大名鼎鼎的建龙集团的副董事长了，要捏死自己这种升斗小民，简直不费吹灰之力。于是赶紧搬了两张凳子，用袖子擦了又擦，说道："两位快请坐，问什么，我一定说实话。"

李天娇并没有坐下，慢条斯理地说道："柳老板，竟然把生意做到派出所门口了，真是厉害。"

柳诚赔笑道："咱不是跟混混干过架，蹲了几年嘛，派出所附近，一般混混不敢来，房租贵是贵了点，安心过日子才是正经。"

王春华说："你既然洗心革面做正经营生，我也不为难你。我就问你一件事，你说了实话，我这就走。"接着从包里掏出一张照片，说道："你只有一次解释的机会。"

柳诚冷汗直流，无奈地摇了摇头，说道："王总，你还是给我个痛快吧。我不能说，落到吴建国手里，我会更惨。"

王春华说："我从来不仗势欺人，但我会报警抓你。你听说过钟梅吗？就是这个市的司法局局长，她只要给公安局打个招呼，派出所有的是办法撬开你的嘴。"

柳诚眼里透出一丝恐惧。

李天娇说："我们走吧，隔壁就是派出所，先胡乱报个案把他抓进去，再给钟局长打电话。"

这时，路对面过来一个女人，手里还牵着一个三四岁的小男孩，显然认为王春华和李天娇是顾客，就自顾自地打招呼道："柳大哥，又来麻烦你了，娃还得请你再看一看。"

柳诚说："不麻烦，不麻烦，你去忙就是。"

女人就离开了。那个小男孩也不怕生，说道："阿姨好！"

李天娇突然想起了自己的女儿，离开自己的时候也是这么大吧。她摸了摸小男孩的脸蛋，说："真乖，你妈妈有事，把你放在这里，你爸爸呢？"

小男孩说："妈妈说，爸爸出远门了，得很久很久才会回来。"

柳诚赶紧拿出一个小玩具汽车，打岔道："小秋，去那边玩玩具去，叔叔跟阿姨有事情说。"

小男孩点了点头说："我想要柳叔叔陪我玩。"

柳诚就把他抱到腿上。李天娇皱了皱眉头，王春华示意她别出声。那小男孩玩累了，说道："柳叔叔，我要看电视。"

柳诚说："好，我给你调信号。"那是一台 17 吋的二手西湖牌黑白电视机，后面拖着长长的天线，打开后全是雪花点。柳诚旋转着按钮，好歹调出个模糊的人影，赶紧去门外扯天线，一边问道："清楚了吗？"

小男孩在里面盯着屏幕，柳诚在外面调方向，荧光屏终于逐渐清晰了，小男孩拍手道："柳叔叔，好了！"

柳诚就进了门，头上还带着蜘蛛网，说道："好好看电视，我跟阿姨谈事情。"

王春华很聪明，说道："看来，快要喝柳老板的喜酒了。"

"别，别开这种玩笑，"柳诚说，"只是街坊，小孩他爸爸前年刚病死，留下孤儿寡母，为了治病，债台高筑，还借了我1000多块。他妈妈去棉纺厂做工，孩子没人带，我只是觉得她可怜，没有别的意思。"

"那小孩好像很喜欢你。"王春华说。

"小孩嘛，跟谁待久了就跟谁亲近些，正常。"柳诚还下意识地看了眼男孩。

李天娇怕王春华心生怜悯，说道："你若被派出所抓走了，这种日子恐怕就没有了吧。"

柳诚说："但我要是说了，一样会不得安生。"

王春华说："你说了，我们不告诉任何人。就凭你说的，也扳不倒吴建国。我不是要你出面指证，我只是要个真相，我是他的妻子，不会告发他。"

柳诚心里不信："你若这么看重夫妻情分，又怎会和李天娇一起来这里？"但也只能选择相信，因为他没有更好的办法。于是就说："嫂子肯定不会对表哥不利，这个我信，我跟你说了后，你千万别跟表哥说我大舌头。我躲在这里，就怕他有一天反悔，来寻我麻烦。"

王春华没有回答他，只是和李天娇坐了下来。

柳诚说："表哥让我去查那小姑娘，盯紧她。我是他手下，只能听命从事。就连那小姑娘回老家，我也买了火车票跟着，生怕误了表哥的嘱咐。"

王春华说："吴建国有没有说为什么要你跟着她？"

柳诚说："估计是对她有点意思吧，他先是跟李……"忽然意识到李天娇就在身边，狠狠抽了自己个嘴巴，继续说道："表哥让我去啤酒城找她对象麻烦，我不敢去，我是有前科的，一旦出了事儿，容易牵扯到表哥。到了年关，我又跟着那姑娘去了安徽，探得她订婚了，回来汇报，表哥就让我离开威城。我心知他要做什么见不得人的事，正好把自己撇清，就连忙溜了，躲得远远的。那牢饭，我是吃够了，若真出了事儿，表哥肯定把自己择干净，说不定还要我顶罪。"

王春华说："你也是蛮聪明的。"

柳诚说："坐牢坐怕了，那不是人待的地方……"

王春华说："我告诉你吧，那小姑娘的对象已经出事了，双手双脚被人打断了；她自己也差点被绑架，幸好被路人给救了。你觉得这事儿跟吴建国有关系吗？"

柳诚说："你跟表哥这么多年夫妻，他的性格怎样你还不知道？他决定要做的事，一定不会罢休。虽然我不去做，但他也一定会找别人做。"

是啊，当年吴建国决定来威城的时候，女儿都留不住他，甚至要以离婚来要挟，根本阻止不了。

日影逐渐小了，不觉已到了中午。那女人急匆匆地回来了，还拎着一些便宜的菜，说道："柳大哥，谢谢你了，我去做饭。"看见王春华和李天娇还没走，反而坐下了，就问道："柳大哥，你的客人？一起留下来吃吧。"

王春华说："好啊。正好饿了。"

老旧的煤气灶上，传来饭菜的香气，柳诚还去对面买了些卤味，顺便拎回来一袋馒头，说道："这地方没什么吃的，将就下。"

大家坐下，王春华直接问道："我这表弟说你欠了好多钱，究竟有多少？"

那女人很不好意思，嗫嚅道："好多，有8000多……但你放心，欠他那1200块钱，我会还的。"

王春华从包里拿出一沓钞票，数出一万，说道："你们先去还了钱，然后好好过日子吧，这娃很喜欢我这表弟。"那女人没有推辞，也没有道谢，端的是吓愣了：这个女人竟然随随便便就能拿出一万块钱？

"我吃饱了。"王春华站起身来道，"天娇，我们走吧。"

等柳诚和那女人追出来，只看见帕杰罗留下的一缕青烟……

李天娇原本想把照片拿出来，让公安局把柳诚带去审讯，但吴建国风头正盛，单凭几张照片也扳不倒他，反而会令他心生警惕，甚至会殃及柳诚。她也曾在失足中挣扎，所以比谁都理解柳诚那种期待新生活的渴望。

李天娇跟王春华商量后，决定暂且按兵不动；王春华则动用闺蜜的关系，将李美萱他们安置在安全的地方。李天娇本身就乖觉，知道王春华在替吴建国赎罪，毕竟夫妻一场。

不久，"非典"来了，餐饮业在一夕之间步入了寒冬。

连锁餐饮首当其冲，尤其是建龙这么大的体量，在全国已经有了七八十家连锁店。

一时间，街道冷清，营运车辆稀疏，人流稀少，令建龙陷入了莫大的困境。

吴建国尽量保持着镇定，亲自守在办公室的电话机旁，忙碌地接着电话。

大多数店长已经响应政府号召，遣散了员工，挂上了"歇业"的牌子，但收物业费和水电费的人，依然雷打不动地出现在店里。

"吴总，进的货，卖不出去，没人来，眼看就要全部扔了。"

"吴总，我们分店所处的街道出了一例确诊病例，现在整个街道都被封锁了，根本出不去。"

"吴总，上游供货商催缴这个月的货款了，店里现金不足，怎么办？"

"吴总……"

吴建国听着各家分店店长的抱怨，眉头拧成一个疙瘩，快速地把各店的情况记录了下来，亲自打电话召集各高管来开会。高管们心里清楚，如果建龙这棵大树倒了，自己只能另谋生路，因此在接到开会通知后，纷纷克服疫情带来的不便，心怀鬼胎地聚在了一起。

有的人是真的为公司着急，而有的人却是希望打探下口风，早点为自己谋条后路。

但无论是什么原因，大家都到齐了。

吴建国满意地点了下头："现在开始开会。各部门先把目前的情况汇报一下。”

行政总监林惠说：“吴总，目前急需处理的是，接到几十起工伤补助申请，都是在工作时被确诊的，治疗费用是个天文数字；按照现有治疗痊愈的案例看，多数存在预后不善的症状，后期支出也是个无底洞。还有救治不及死亡的，家属已经打电话来询问了，声称是工作期间感染，要求赔付工伤死亡赔偿金。我个人意见，倾向于走法律程序，先拖着，看看国家对于非典型肺炎治疗产生的费用如何处理，以及劳动仲裁委员会对感染非典型肺炎是否属于工伤进行界定再做定夺。”

吴建国说：“你的建议部分可行。发个通知，让各店长回去统计一下，因非典入院治疗的先给转两千，死亡的先给一万。注意，电话里要说清楚是慰问金，不是赔付金，先稳住患者家属情绪，不要让他们闹大。后续等国家下来文件后再说。”

财务总监张海洋说：“集团的经营状况非常不妙，各股东对建龙集团产生了悲观的情绪。集团股价正在下跌，城投还好，远洋集团已经在甩卖股份了，而且具体的股份输出去向不明。好几家风投公司已经申请破产，在法律意义上已经进入了清算程序，所持的小份额股权也被冻结，正等待司法拍卖。这一系列震荡引发的直接后果，从小的方面来说，市值缩水，银行对我们的负债率将会进行关注和重新评估，甚至启动财产司法保全；从大的方面来说，建龙集团的股票面临被国际炒家狙击的风险非常大。”

这件事很无解，吴建国很头大。他心烦意乱地说道：“下个部门。”

通联部部长巩明森说：“媒体报道，普遍对今年的餐饮行业、旅游行业看衰，通联部已经与媒体进行积极沟通，目前来看，建龙的舆论环境还算不错，最起码在一些投资者眼里，建龙资金充足、财力雄厚，撑过这场灾难绝对没有问题。”

总算有个好消息了，只要还有新的资金进来，建龙就能挺过去。

安全技术保障部部长胡立行汇报说：“疫情期间，我部门加大了各大门店的安全教育，引导员工积极采取正确的防疫方式……”并非胡立行不想说点干货，但各分店几乎停摆，什么食品安全、卫生安全、消防安全、上下班交通安全……全部变成了扯淡，只好说了些虚的。

果然，吴建国一听，全是废话，打断道："下一个。"

市场拓展部部长李琮，习惯性地挽了下耳边的长发，说道："市场拓展部这边，一直在努力寻找新的投资方。目前，有一家北方的宇阳公司有初步意向。经过调查，这家公司是家皮包公司，专门做低价买进、高价卖出的风投公司，法人叫李莉莉，但背景履历一直不清楚，显然不过是个代理人，真正的隐藏股东无从查起。"

吴建国说："这跟国际炒家搞抄底、狙击有什么区别。"

未等李琮回话，张海洋先说道："从原理上看，没有什么不同；但在实际操作上，却有差异。国外炒家，主要以盈利为目的，买进抛出，等于建龙挣了钱给他们高回报，也就是割韭菜；而国内投资者，冒风险低价买入的行为，大多数是为了给涉足的新业务领域寻找一个跳板，比如一家建筑公司要搞餐饮，通常会买一家濒临破产的餐饮企业，重振品牌影响力的同时，借壳生蛋。也就是说，国内炒家在乎的是公司控制权，而非单纯的薅羊毛。"

吴建国说："控制权没了，这比薅羊毛、割韭菜更恶劣吧。"

张海洋说："国外炒家通常利用手中巨额的资金，故意做跌，把股价压到很低，然后再不择手段人为拉高，造出某只股票大涨的假象，从而获取最大的利润空间，在高位甩卖抽身离去，等同于把所有持股人都打劫了一遍；国内炒家不希望股价跌得太严重，因为后续拉升股价需要更多的资金投入，当投入太大时，他们就不会买入了。所以，国内资金注入，我们可以以相对较高的股价来出售部分股份，只要控股权还在建龙手里，只要挺过了这次疫情，回过神来再慢慢协商回购，或者换股，都是可行的。而且，这也是许多经营不善的公司避免被国际炒家狙击而采用的办法，称之为'焦土政策'。"

李琮说："我觉得有必要补充一下，焦土政策目前主要针对的是恶意收购，如果宇阳公司是恶意收购者下的一个套，在防止国外炒家狙击的同时，也要警惕宇阳公司。"

吴建国想了想，说道："我与王副总持有建龙 70% 的股份，只要不低于 50%，即便是恶意收购，也夺不了主动权。我觉得，价格不是太离谱的话，出售部分股份，引入资金挺过难关，可行。"

良久不说话的王春华突然开口了，说道："吴总考虑得非常对，我赞同。各分店都需要钱来支撑，物业、水电、员工保底工资和社保都在伸手要钱，如果这时候再引起经济诉讼，对建龙的影响是非常大的。而且，我建议，为了防止竞争对手趁火打劫，我们可以与威城另一家连锁品牌大龙换股，来形成一荣俱荣、一损俱损的关系，一起渡过这次难关。"

吴建国沉吟，问李琮道："李部长，大龙现在的状况调查清楚了吗？"在威城，除了建龙，就属大龙火锅资格老。大龙的客户群体稳定，面对建龙的急剧扩张，一直采取积极防御的态度，管好自己的一亩三分地，与世无争般保住现有市场份额。虽然建龙挤掉了许多火锅品牌，但这个大龙依然热热闹闹、屹立不倒。但卧榻之侧，岂容他人鼾睡？所以吴建国令李琮时刻关注大龙的动态，以便寻找时机将其扳倒……

妄心有意，一恨今生相逢晚

第三十四章

李琮说道："搞清楚了，大龙那边也损失严重，但他们没向外省扩张，规模较小，加上所有的连锁店几乎都是 20 年前全资购买的固定资产，负债率非常低，所以即便全部停业，对他们来说也不是伤筋动骨的大事情。"

吴建国说："他们似乎正等着看建龙的热闹，他们的持股人调查清楚了吗？"

李琮说："这家店非常传统，只有三个股东，虽然也上市，但只有不到 3% 的股票对外出售，既不急于引入资金扩张规模，也不介意市值增长，或许上市只是出于宣传的考虑。这家公司，负债率非常低，股权集中度非常高，董事长握有 60% 左右的股份，其余的两大股东握有 37% 的股份，是无记名股票，因此无从查探。"

吴建国说："真是一家奇怪的公司，眼睁睁看着建龙做大而无动于衷。"又说道："王副总，这件事你跟进一下，李部长、张总监，你们要全力配合。跟宇阳谈合作的事情，我亲自去落实；林总监、胡部长，你们多帮巩部长，注意外面的消息和舆论。"

众人纷纷点头，吴建国说："林惠，做个记录，形成会议文件，以集团的名义传真给各分店店长。强调一下，非常时期，需要大家团结一致，共渡难关，谁要是出了岔子，直接开除走人。"

林惠拿出纸笔，毕恭毕敬地点了下头。吴建国清了清嗓子，说道：

"第一，各店长要配合政府的防疫工作，以大局为重。

"第二，各店长要热心公益慈善，那些快过期的食材，可以制作成便携火锅外卖，送给环卫工、警察、志愿者，不准收一分钱。

"第三，做好员工安抚工作，保底工资、社保正常缴纳，不准拖欠一分钱。如果有感染非典入院、身故的员工，凭借病历传真，向林总监和张总监报备，领取慰问金。"

三条命令，对于稳定军心有着极大的帮助，而巩明森也联络了记者，买下版面，发了诸多"建龙火锅慰问一线抗疫英雄"的头条。

虽然表面上搞得热热闹闹，但都少不了流动资金，跟宇阳谈合作，势在必行。

通过电话联系，双方进行了多轮谈判，最后达成一致：宇阳集团出资800万元，认购建龙10%的股份。虽然有点贱卖，但对钱的需求早已迫在眉睫，这800万元到账后，即便疫情再持续一个月，全国70多家分店也能撑过去。

王春华来汇报，大龙愿意用8%的股份，置换建龙5%的股份，这明摆着是趁火打劫！但无论如何，建龙经不起任何意外了，只能先撑过这段时间再说，于是吴建国爽快地答应了，心里却在想："只要你不趁我虚，给我使绊子，等我翻过点儿来，我一定弄死你。"

一场来势汹汹的非典疫情，终于扑灭了，生活也逐渐回归了正常。

威城市餐饮协会成立，吴建国和石磊同时任副理事长。石磊通过区工商联副主席和餐饮协会副理事长两个身份，向银行贷了1000万元的款，在威城的五个区陆续开了连锁店。

吴建国在到威城不到十年的时间里，经历了餐饮行业的大起大落，建龙虽说发展不错，但人与事已然几番新！

这天上午，吴建国在重新装修好的会议室里，召集所有管理人员开会，重新讨论几年前的一个构想，就是创办建龙自己的农牧生产基地。

王春华没有参加，吴晓晓即将高考，她放下手上的工作，留在家里照顾吴晓晓。

张军已经从莲花分店店长的位置高升了，负责建龙的采购和食品安全工作，他先说了自己的意见："我赞成创办建龙农牧生产基地。这个工程非常浩大，我们在前期得先解决三个大问题，第一个是选址，第二个是种养殖业人才的引进，第三个是农牧场的管理问题。"

吴建国示意他继续说下去。

"这些年建龙对于货源都是严格把关的，不好的食材我们坚决不进货，就怕砸了建龙的招牌。如果我们能自己办农牧基地，原材料自给自足，产品源头就可控，这对建龙而言，具有里程碑意义！"

"张总说的我十分赞成。"林惠酸溜溜地直视着吴建国说。

自从与吴建国发生了肉体关系后，她以为对方会让她当上集团副总经理，没想到吴建国没有任何表示，继续让她管理办公室和人力资源部。那分明就是没有一丝油水的清水衙门，平时没少被下属抱怨部门的福利不如那些搞采购的，这让一向虚荣要强的林惠心里窝着火。

她心里的气积压得越来越深，自己已经 30 多岁了，陪着建龙和吴建国走过多少风雨，怎么说也算是元老级人物，但这些年好处没捞着多少，现如今换来的却是一无所有、形单影只。

更可气的是，吴建国把自己当什么了？一个泄欲的工具？一个尝鲜的果子？甚至只是炫耀自己男人魅力的白嫖？

这些年，仗着自己的家庭背景和吴建国见不得光的婚外情，她在建龙，除了吴建国夫妇，谁的账也不甩，这些做派，也让下面的员工对她是横竖看不顺眼。

林惠起身去给自己倒杯茶水，她像是刚忙完似的，有些累，扶着腰扭了扭。吴建国看了看她，笑着说："你好像很累，总这样拼命工作不好啊。"

林惠看了一眼吴建国，意味深长地答道："我又没有个家，不忙工作忙啥。现在就办公室那一摊子事，都忙不过来，什么都得亲力亲为。唉，谁叫我没有一个要考试的孩子去照顾呢。"

吴建国赶紧止住话题："你们女人，生来就是操心的命。实在不行，你们部门多请几个员工。"

"正有这打算，不然可真忙不过来。每天办公室电话都快被打爆了，办公室那几个年轻人有时出去办业务，一去就是大半天，人手顶紧张。"

吴建国赶忙把话题拉回到正轨上来，说："来，说说你的想法。"

林惠说："开源节流，是每个企业发展最需要注意的。我们只有农牧生产基地赶紧办起来，才能够完全杜绝收回扣的问题！"

张军听她这么一说，有些生气："听林惠你的意思，我们采购有猫腻，有问题？"

停顿了几秒钟，会议室顿时变得鸦雀无声。张军提高嗓门又道："采购这是责任到人的事，你现在就可以查，我们每个环节都有人签字，你查到哪个环节有问题，我立马让人滚蛋，我这个位置让贤。"他觉得林惠意有所指，话里有话，直接与她怼开了。

一边是自己的情人，一边是自己的兄弟，吴建国面露难色。过了一会儿，他说："各个部门接下来各司其职，我们争取在一年内将这个项目落地，将农牧基地办起来。"

王春华没在，吴建国望向叶小帅。而叶小帅依然是横滨店的店长，只是作为元老，吴建国偶尔打电话让他过来参加会议。听了这话，他自是无意见，他的心思和眼睛在这一年内已经开始放在王春华身上了。这个女人在办公室里向他请教时的一点一滴，都深深地刻在了他心里。诚然，王春华并不漂亮，也已经过了含苞待放的年龄，甚至有着永远甩不掉的烟火气，但他却把对前妻的亏欠，化作了无尽的遗憾，而这个女人，似乎正是抚平那道伤痕的良药，只要跟她在一起，哪怕远远地望一眼，他都会感到无比舒畅。这到底是一种代偿行为，还是发自心底的爱慕呢？他也说不清，只是尽可能地与她近一点，多感受下家庭破碎后心里那份极其难得的宁静。

此刻，作为男人，他就想在吴建国面前表现一番，于是提议："我们建龙现在是几十家店，个人感觉容纳能力还是小了点，遇到大的客流时应付不过来。我建议是不是再租两个大些的门面扩大经营？"

吴建国听后没表示同意，也没反对。他面无表情地让巩明森也说说自己的想法。

巩明森来建龙时间虽然相对较短，但他人聪明，触类旁通，说："我看现在的几十家店经营得都挺好的，我们是不是先把现有的经营好，再想扩张的事？现在新时代了，一到夏天，好多人买菜都习惯买好多天的量放在冰箱，不喜欢出门。我们可以让李利伟他们食品厂开发些能存放的火锅底料和蘸酱出来，应该会比较受欢迎。"

大家又细细商议了一阵。吴建国对胡立行说："食品安全这事要抓得更紧更细致。"胡立行赶紧表决心。

吴建国又说："张军，你负责去找李利伟商量开发火锅底料的事。"

张军看到吴建国对自己的信任，拍着胸脯道："我不管其他人说什么，我上对得起建龙，下对得起自己的良心。"

林惠看到张军针对自己刚才说的话还在怒火中，无奈地望着吴建国，希望他能帮忙打下圆场。吴建国没有理会她，林惠见场面难以挽回，只得闭嘴不再说话。

她在建龙的时间长了，不知什么时候起，吴建国成了她眼中崇拜的英雄，估计是看他多次在面对困境时屹立不倒，所以心生爱慕，主动献身，做了他的情人。

他几乎成了林惠在威城这座城市里，在风雨飘摇、形单影只的生活中，唯一的精神支柱。每每看到吴建国，再多的烦心事也会消散，心里的希望就会一点一滴积聚。

吴建国对林惠还是好的。他会在王春华没在办公室的时候，带着林惠出席一些公务活动。

许多个夜里，吴建国回到自己的家中，新买的公寓里只有她孤身一人躲在被子里，她会想很多。

"我是女人，所求不多，粗茶淡饭，能有一天和爱的他胼手胝足共建一个家庭，这辈子也就够了。"想着想着，王春华那张有些凌厉的脸突然出现在她的脑海里，让她不得不回到现实。以吴建国对利益的看重，让他跟王春华离婚，让对方拿走一半家财，他打死也不会同意。她的这一切幻想，都是奢求，恐怕只能在梦里才能实现了。

而吴建国，并非每次离开她都是回家陪王春华，而是去找新来的小秘书寻欢。他换了好几个秘书，理由都是"不满意"，殊不知他面试秘书的标准只有一个，那就是：能不能满足"特殊要求"。这年头，拜金的女人多得是，她们本来也不奢望这份工作能干得长久，更不是为了恋爱，只不过是想等吴建国玩够了讨一份分手费，再傍下一个老板罢了。

可怜的林惠一直认为，吴建国频繁换掉女秘书的原因是合不来、对她们不感兴趣，而一直对自己的肉体感兴趣，是因为：

他是在意我的！

这天，送吴晓晓去学校后，王春华开着车去火车站接来威城开会的钟梅。

王春华带钟梅参观了建龙集团的大楼，一层一层地介绍，一间房一间房地参观。钟梅连连感叹打趣道："短短几年时间，你们家就把生意做得这么大了！哈哈，这吴家是祖坟冒青烟啊！"

吴建国带着张军去郊区考察建农牧基地的地皮了，没在公司。她们参观到王春华的办公室时，正好遇到叶小帅来公司送材料，钟梅与叶小帅早年间就认识，王春华笑道："冤大头来了，中午就去他的横滨分店吃了。"

钟梅说："二楼就是火锅店，何必舍近求远？"

王春华说："就怕这冤大头，在这里吃了赖账。"

叶小帅赶紧赔笑，道："今天中午这顿，谁跟我抢，我跟他急！"

叶小帅早早地到二楼把菜安排好了，这些年跟着吴建国和王春华干，不仅财富增长，还将老家的侄儿侄女都带来建龙打工，解决了一大家人的就业问题！除此之外，多年来，王春华在几件事情上也承他帮助不少，每天下班不见上班见的，日子一长，使他在不知不觉中对王春华有了爱慕情愫。

王春华说的话，在他心里就是圣旨。

他为了王春华留下来，不是一句空话。

王春华喜欢去附近的分店视察，但无论什么时候出发，一定会在饭点儿的时候，恰好赶到横滨分店，叫上马来运一起吃饭。

所谓饱暖思淫欲，这几年，吴建国的心思都在林惠和不停更换的女秘书身上，对王春华的事根本不在意，更何况马来运在叶小帅那里，每次都是三人一起吃饭，即便店里员工看见了，也只道是同乡聚餐，而马来运也神气了许多——咱是王总和叶店长的老乡，牛不牛？

钟梅刚一坐下，就说："刚才那个叫林惠的行政总监有点怪怪的，看我时神态也很不自然，走时还冲我似有意味地笑了一笑。"

王春华不置可否，吴建国与林惠私下里的奸情她了如指掌，还有那些女秘书，一个比一个狐媚，一个比一个滥俗。可现在没有抓到现场，不能贸然地随意指出来，使自己陷入被动。

调整了一下情绪，王春华赶忙解释："她是大龄未婚女，性格多多少少有点古怪。你别太在意。"

吃了一会儿，叶小帅对她们俩说："这个林惠要是我的妹妹，我非得狠狠地骂骂她！听别人说，她爱上了有妇之夫，那男的有 40 多岁了，据说是一个大集团的董事长。你说这么一个能干优秀的大姑娘图啥？图钱？你有手有脚非要去找个爹，她这要吃一个大亏才会醒的。"

王春华突然觉得有点刺耳，仿佛叶小帅是故意提醒她似的。但总算有个宣泄口，发泄一下自己的情绪，她说："我就觉得她最近突然爱美得这么厉害，刚才瞧见还把头发也染了！40 多岁可比她大多了，她还以为捡的是个宝，以为天下男人都是以貌取人的。现在这种女人真是难以捉摸，虽说能干泼辣，说到底也要挑个好男人来疼啊，怎么如此吊儿郎当将感情当儿戏呢？我还真好奇那个人是谁。"

叶小帅很尴尬，钟梅倒是听出了点门道，女人总是喜欢往上找，建龙的行政总监最起码要找个身份不输给她的，而 40 多岁的有妇之夫，不正是吴建国吗？于是连忙圆场道："这种人的思想跟我们不是一个世界的，爱怎的怎的吧，跟我们一点儿关系都没有。"

王春华依然愤愤不平的模样：都跟自己的老公勾搭上了，我能喜欢她吗？不过，反正吴建国也不是什么好东西，卢倩、小章，一个个被他害得那么惨，要不是因为吴晓晓，自己早跟他划清界限了。但是，从建龙的大局来看，王春华一直觉得林惠心机过重，接近吴建国有不可告人的目的。

另外，碍于王思瑞和李子渝的面子，自己尽量做到不与对方正面接触就好，而且，自己不还有叶小帅留下来陪自己吃饭、聊天吗？下意识地看了眼叶小帅，叶小帅正好望过来，眼神一个接触，又急忙闪开了。

钟梅嗅到了一股不可言状的味道，和稀泥地说："唉，现在的女孩子就喜欢走捷径，都想着找个有钱的老男人嫁了，自己不用那么辛苦，觉得没有爱，有钱就行了。那是还没吃过亏，将来会有她好果子吃的，到那天哭都哭不出来。"

"咱们不提她了。对了，我们建龙要建自己的农牧基地，我跟建国说了给我来管理，我对种菜养鸡养猪兴趣大得很，你那边有认识这方面的专业人才吗？"王春华问。

"有啊，大学里这样的人才很多，只要待遇比当老师好就可以。现在当老师的工资少得可怜，快跟不上时代了。"

"要得，那你帮我挖一些人啊。我的原则是人品好，技术过硬。"

"可以，我认识的一个农牧系的老师正好想辞职，四十一二岁，正是身强力壮的时候。"钟梅马上想到上次去成都开会认识的一位叫马国栋的老师。

"那你把他的联系方式给我，我亲自给他打电话。我这边还需要组建农牧基地团队和屠宰场团队。这方面的专业人才你也帮我留心，推荐一下。"

"好的！"钟梅爽快地答应了。

"对了，"叶小帅若有所思地说，"农牧场都是些体力活，需要个熟人去镇场子，也好监督考察下马国栋。"

钟梅抬头看了叶小帅一眼，叶小帅马上察觉到自己说的话不妥，连忙解释道:"不是信不过钟局长,马国栋一直在四川,初来乍到,不也需要有个人带他熟悉熟悉环境嘛。"

王春华见他这副模样,忍不住笑了出来,问道:"钟梅哪是那么小气的人,她的意思是,威城你还有懂农牧的熟人?"

叶小帅说:"那个肖素梅,我觉得挺厉害的,她一定懂。"

"对!"王春华两眼放光,说道。

叶小帅说:"而且,她去了,绝对能镇住场子。想想马国栋一个文化人,怎么镇得住那些光着膀子干活的粗老爷们?那可真是秀才遇上兵了!"

王春华使劲儿点头,不久就跟吴建国汇报去了。吴建国也觉得这个主意很好,立马就拍板了。

那天早上,张军带着吴建国来到威城市的郊区。此前,他打听到华丽村头老秦家有片开荒地,大概170亩,他家的儿子媳妇都出去打工了,他一个人侍弄不过来,打算将地租出去。

"这地卖的话多少钱一亩?"吴建国问道。

对于土地的情况张军也不了解。

"我先去看看周边的地有多大,看是租划算还是直接买了划算。"

吴建国坐在小汽车上,司机将车开到地头。

"这一片就是老秦家的地,大概170亩。"张军指着眼前的地说道。

"咱们就挨家拜访下,看能不能把周边的都租下来,农牧场和屠宰场开在一起便于管理。"

吴建国给的租金价格很高,320块钱一亩,几家的地算起来将近500亩。

当天他们就把协议签了,吴建国做事雷厉风行,还慷慨大气,哪怕不足一亩的,都按一亩算,乡亲们都很高兴。

"接下来的事情让王春华来负责。她不是喜欢侍弄这些事吗?"吴建国打趣地给张军说道。

"你这边也要多到外地走走,看看合适的铺面!"

"吴总是准备在其他城市再开分店？"

"当然！不仅要在国内继续开分店，我还要把建龙推向全世界。到了那时，无论去到哪个城市，都有咱们的店。开分店赚钱只是目的之一，我考虑先在国外把分店开起来，然后以建龙品牌为依托，购买土地发展房地产。"

张军讶然。

王春华正在忙着，忽然接到钟梅的电话，说小章出事了。

王春华挂了电话，马上和李天娇赶回老家。

司法局门口，钟梅已经在等着她们了。王春华抓住她的手问："怎么回事？李美萱还好吗？"

钟梅说："春华，你先别急，到我办公室坐下来，我慢慢跟你说。"

三人坐下，钟梅说："小章是自杀，门口监控清清楚楚，他突然一瘸一拐地从门口冲出来，钻到一辆绿化车的车轮下，还连累了人家司机……"

王春华愕然，又问道："李美萱呢？她去了哪里？"

钟梅说："小章需要康复治疗，她的钱花光了，我借给她几次钱，后来她不好意思开口了，不得已去给市里一位领导做二奶，小章不愿意拖累她，就选择了自杀。今天中午，她通知小章的家人来认尸体，托我转交3000块钱给他们，就不知去向了。"

王春华忍不住流下泪来，说道："如果我不管闲事，他们回老家去，说不定可以过得好好的。来到司法局大院，反而拆散了他们，我这是做的什么孽啊！"

李天娇似乎理解李美萱的选择，安慰道："即便结了婚，受不了穷，她也会离开小章的，你也不要太自责了。"

钟梅说："那位领导调走前，要带她走，她为了小章留下来，但一直联系着。如今，她无处可去，应该是找那位领导去了。"

王春华说："有没有她的联系方式？"

钟梅说："她没有手机，如果她不打给我，我很难知道她去了哪里。那位领导那里，这种事更不好打听。"

钟梅又安慰说："她临走时，说会回来还我钱的。如果她真能惦记着这笔钱，到时候，我一定会通知你们。"

王春华恨恨地说："造孽啊，吴建国！"

第三十六章

商海行船，一念之间倾与覆

40 岁以后，王春华开始对衰老这件事有了焦虑。加上手里余钱够多，出席的各种场合又多，她变得特别注重打扮自己，化妆品买了一大堆，而且都是高档的，一天到晚对着镜子把各种早霜晚霜往脸上抹，对着镜子揉眼角。

吴建国说："你就是把镜子照穿了，也回不到 18 岁去。"王春华假装有些生气，说："知道你们男人总惦记着 18 岁，我打扮是给自己看的，不是给别人看的，你别自作多情。"

"你也别幼稚好不好，人家年轻漂亮姑娘一脸嫩肉，你再打扮能充撑到什么地步去？你好歹也是董事长夫人、集团总经理，你要比的是谈吐风度！没事别去跟小姑娘较劲，所谓人比人，气死人，多余之至！"

王春华想起林惠的事，意有所指道："吴建国你太没眼色了！你手下那个林惠，一大姑娘家的，据说竟然勾搭上一个 40 多岁、结了婚的老男人！唉，你们这些男人，就喜欢到处山花烂漫莺歌燕舞春光无限。"

吴建国惊了一下，心想王春华不会知道自己跟林惠的事情吧？这林惠总是不听劝，在工作时间，总是有意无意地招惹自己。

他借故打岔，问王春华："农牧基地那边的招聘安排得怎样了？马上到年底了，我打算明年一次性在全国再开 50 家店。"

非典过后，生意回暖后现金流变得充足。

吴建国在之前将农业银行的贷款全部还清，这其中有一个重要原因，就是解决掉一块心病！他已经非常不满王思瑞两口子插手建龙大小事情的做法，提前偿还农业银行的贷款，就是不准备再和宋昌平合作，不想因为资金的事再被那两口子拿捏。

他这样做，是有意要将表姐一家踢出建龙。

另外一个原因是关于建龙股份回购的问题，尤其是大龙持有的 5% 的股份。大龙在威城耕耘日久，根扎得深，省内不过才二十几家分店，其中相当一部分还是在三、四线城市，竟然只用了 8% 的股份换了建龙 5% 的股份，要知道建龙已经有 76 家连锁店了，明年再开 50 家，股价一涨，那大龙简直就是空手套白狼啊！吴建国当然不能忍。

于是，吴建国召集集团高管开会，又把叶小帅叫了过去。

吴建国说："现在，我们要研究建龙股份回购的事了。非典期间，为了渡过难关，贱卖了一些股份，包括跟大龙换股。我和王总手里只有 55% 的股份，心里觉得不踏实。万一非典卷土重来，需要资金对冲风险时，我们手头的股份不可能再变现一次。"

张海洋先说道："目前，我们集团的股权，集中度已经有所下降，对于一个打算长远发展的公司来说，这不是什么坏事情，吴总没必要急于回购。"

吴建国说："这个我自然明白，但建龙的情况不同，并非原始投资人合作后分配股权的持股方式，投资人彼此之间利益互换、达到最优解的决策方式并不存在，这些股权大多是半路杀进来的资金，虽然帮助建龙渡过了难关，但现在必须把来路不明的资金踢出去，为建龙扫除后顾之忧。"

张海洋说："如果吴总已经有了决定，那么财务部门一定会全力支持。从目前看，远洋集团同样受到非典影响，为了渡过难关，他们抛售了 7.3%

的建龙股份变现，他们现在手中只有不到3%的股份。如今建龙发展越来越好，股价也越来越高，想把他们手中的股份回购，估计需要巨大的投入。"

吴建国说："远洋集团的背景是市港务局，他们的股份，尽量不要再削减了，利益捆绑在一起，也是蛮好的。"

张海洋说："城投公司既没有投入资金，也没有投入设备，更没有技术支持，当时吃15%的干股，在合同中是跟公司负债率挂钩的。他们以提供资产担保的形式，吃了建龙这么多年，已经吃饱了。现在建龙负债率降低，可以启动合同条款，收回部分股份。"

吴建国说："这个可行。林总监，你去跟市政府那边沟通下，初步达成一个意向，看看能收回多少股份。"

其实就是跟她的叔叔林副市长沟通，林惠自然当仁不让，回答说："是，吴总。"

张海洋继续说："宇阳集团的股份，占10%，如果城投那边股份回收顺利，那么它就是建龙的第二大股东。这家公司既没有在建龙成立时出力，也没有参与到实际经营，股东大会也只派个代理人过来，李莉莉究竟是何方神圣，到现在也没有搞清楚，如果要削减股份的话，这种来路不明的资金，是削减的重点。"

吴建国说："你有什么建议吗？"

张海洋说："一是谈判，当初宇阳以真金白银买得股份，确实出了钱、帮了忙，我们可以去跟他们谈，高价赎回一部分，虽然暂时亏了点，但从建龙长远发展来看，实际上是赚了。"

吴建国说："如果从长远看，宇阳估计也看到了这点，不一定能谈拢。"

张海洋说："二是摊薄，通过股东大会，提出增发，形成决议，让更多的资金介入。虽然会触动原有股东的利益，造成不可知的影响，但吴总和王总手中的股份，处于绝对优势，也由不得他们。"

吴建国想了想，说道："如果是这样，我与王总手中的股份也会被摊薄，看似削弱了宇阳的股份，实际上是驱虎吞狼。以现在建龙的股价，能吃进增发的第三方资金，恐怕也不是等闲之辈。"

张海洋点点头，说道："这都是比较通用的操作方法，法律风险低。如果吴总要在不摊薄自己股份的前提下回购宇阳的股份，那么最好让他们也面对必须低价卖股份来换取生存空间的局面，他们如何买进的，我们再如何买回来……"

吴建国不置可否，问道："李部长，宇阳的底细摸清楚了没有？"

李琼说道："作为建龙的第二大股东，宇阳是我们市场拓展部跟进的重点。根据工商注册信息，我专程带人到他们的所在地拜访过，那是一家经营小额贷款的公司，注册资金100万元，有三间办公室，在职员工16人，规模不算大，基本上处于收支平衡、略有盈余的状态。公司由李莉莉全资拥有，信用记录良好，业务也小打小闹，在当地不算突出的金融公司。但奇怪的是，去了几次，负责接待的都说李总人在新加坡，我从未见过这人的真容。"

吴建国说："事出反常必有妖。先把李莉莉这个人调查清楚。"

王春华说："我可以托人去打听，一定查个水落石出。"

吴建国一想：对啊！钟梅不是在司法局吗？李莉莉不管在哪里，司法局查个档案履历，岂不是近水楼台？当下点头道："好，王总跟进一下，务必查清楚。"

王春华点头答应。

吴建国又说道："巩部长，找媒体宣传一下我们集团的农牧基地建设，再透出消息，说集团要增开连锁店。"

巩明森认真记录着，说道："是，吴总。"

吴建国突然想起了什么，问道："肖素梅在那边干得怎么样？"

王春华主抓这一块儿，汇报道："肖素梅在场长职务上，对马副非常尊敬，跟员工也能打成一片，但是在农牧场未来发展的眼光和思路上，还是欠缺了点。"

吴建国说："踏踏实实给集团种好地、放好牧就行了，决策方面的事情，有董事会，本就不要他们管。"

这句话，仿佛是说给在座的高管听的，令人有一丝丝的不自在。吴建国不着痕迹地，就把在座的高管敲打了一遍。

这些年，在威城，吴建国做了一些公益事业，通过公益这个平台，又结识了不少领导，人脉资源已经超过了王思瑞。他再一次想起石磊上次去找王思瑞帮忙，那两口子只认钱的做法，就像吃了一只苍蝇那样恶心。

吴建国查了下财务报表，目前建龙集团账上的现金流非常充足。以建龙现在的规模和行业地位，从银行贷款已不是什么难事，资金链不是问题，因此吴建国除了要建农牧基地、开发自主农业产品，还想尽快带着建龙的连锁经营模式走出国门，赚外国人的钞票，打造出响当当的中国火锅品牌。

晚上，一家人假装温情脉脉地吃着饭。饭后，王春华坐到吴建国身边，给他讲了农牧基地的最新进展。

目前，在肖素梅的帮助下，马国栋已经建起了一支 19 人的技术团队。基础设施也已经建好了，几百亩的土地分四个区域，一个是果蔬种植区，一个是禽类养殖区，一个是畜牧养殖区，还有一个是屠宰场。王春华打算从贵州引进黄牛养殖，据一些顾客朋友说，贵州本地的土黄牛肉特别香，她打算带队去考察，引进这个黄牛品种，今后直接供应建龙所有的门店。

"还有一件事迫在眉睫，就是赶紧找一个职业经理人。表姐今天打电话给我问起这件事，他们俩估计又在打什么算盘了。"吴建国说。

"好。明天正好要面试几个人。"王春华显然也反感李子渝一家。

"你那表姐真是个见钱眼开的主，我还听说她给老家的亲戚说咱们建龙有今天都是亏得他们家帮忙！这两口子脸皮真够厚的，他们也不想想，这些年咱们吃了多少苦？没有老爹的手艺传承，没有优良的管理团队，没有特色的菜品味道，咱们能发展成今天这个规模吗？就算建龙今天只是一间小店，勉强维持，我也不希望他们在那指手画脚。"

吴建国顿了顿，又道："李子渝想拿 100 万投资到咱们农牧基地，又想不按等比例占股份，竟然想直接占 30% 的股份，我直接拒绝了。"

这些年，时时处处受王思瑞牵制，一直没有撕破脸，主要还是念着建龙刚起步时，他们一家给过的帮助，在当时没有背景没有资金的情况下，有王思瑞处长头衔保驾护航，确实避免了很多麻烦。

当然，还有个潜意识中的原因：顾及亲戚颜面，在老家不留下话柄。

自从王思瑞升了副主任，一家人搬进市政府的集资房后，李子渝开始变得趾高气扬了。人说女人心如海底针，其实又何止女人。在大城市的生活圈子里，在生意场上，差不多人人都是如此。

石磊与王思瑞一家的关系貌似比跟吴建国更近一些，这一点，石磊做得足够好，绝不在任何场合流露出分毫。石磊靠着所经营的川岩饭店，神奇地衍生出多个产业，生意遍布威城多个领域。他通过王思瑞，结识了很多权力机构的领导。

吴建国还是拒绝与石磊走得太近，虽说借上次吃饭恢复来往，后面石磊也邀约了他几次，但吴建国都借故没去。他太了解石磊了，闷声发大财的商人之道，他处理起来看似游刃有余，实则暗藏危机，吴建国不想去蹚这浑水。

对石磊，吴建国并不那么嫉妒，物极必反这是客观规律。生意做到今天，吴建国早已看透炎凉世态，冷暖人情。

王春华说："我发现表姐的穿戴明显比以前奢侈好多，这不应该是她作为一个国家干部的妻子能消费得起的。我还听说他们入股了石磊在亚新区投资开发的楼盘，年中盈利加上花红够他们在市区买好几套豪宅了。前几天，我请表姐喝早茶，后来她让我陪她去福鑫商场买首饰，结账的数目可是六万多！才不过一条项链和一只戒指！"

吴建国听后，心里有点烦躁。

"你又不缺钱，何必死争这种可有可无的面子？人家老公当官，大把人对她关照，不像我只是个小老板，你犯不着心理不平衡去嫉妒她。"

王春华不悦，说："我给你说这些只是让你防范着他们。今天新闻你看了吗？市里的纳税大户，做进出口生意的茂盛集团出事了！电视上报道是因为走私，工商局联合税务局上门查检，算是人赃并获。我猜啊，这一定是有什么人妒忌人家生意好，去告的密。"

时代发展到这个年头，眼前的这个女人已经不是从前那个只晓得生儿育女、一日三餐的王老师了，她不仅中用，而且脑子变得越发灵光。

吴建国有些哭笑不得。

王春华说："你这个表情什么意思？李子渝一家过于招摇，王思瑞出事是迟早的！我们得赶紧跟他们撇清关系，要不然可是会连累建龙的。"

吴建国突然严肃起来……

第二天，吴建国去找王思瑞，他想当威城市餐饮协会会长。

趁着王思瑞风头正盛，如果能办好，那就是意外之喜；如果被拒绝，那正好跟他断了关系。反正，吴建国并不吃亏。

虽然一开始就没指望王思瑞能帮助，但对方毕竟混迹官场多年，赔着笑哄他开心，取取经也是可以的。

吴建国还有一个念头，想看看王思瑞和石磊的关系究竟牢固到什么程度？石磊在短短几年间，两重天地，他的人脉究竟有多大威力？

吴建国先把冬虫夏草礼盒和两条硬中华放在桌子上，寒暄几句后，开口说道："不知道这餐饮协会会长的任期有个限度没有？上一届的林福茂都在这个位置上待好多年了，也没见对威城的餐饮行业发展有啥帮助呀！"

王思瑞一听，口气和立场就明显改变了。前几日，他想安排市税务局一位处长的儿子到建龙集团当财务部副部长，吴建国给硬生生拒绝了，他心里正暗骂吴建国是个不知好歹的东西。

"照我看，餐饮协会会长换谁都一样，对行业的发展都帮助不大。"

吴建国一听王思瑞这口气，心有不满，口里说："那不见得，那不见得，总有人是不一样的。"

　　王思瑞察觉到了什么，说："不见得？你等着瞧就是了。我看了几十年还能没看懂？人总是人，是个人都一样。"

　　一遇到事情，就会去揣摩着如何掌握发展规律的人难道真的会看明白？吴建国笑着说："凡事总有难处，免费的午餐永远没有。要不您帮我打听一下？"

　　王思瑞停顿了好一会儿，他应该在想如何拒绝吴建国吧。石磊盯着这个位置好久了，对方比吴建国会做人太多，三天两头就来家里拜访，上个月川岩饭店四周年庆典，一次就给他和市工商局马局长一人一张川岩饭店的现金消费卡，晚上还到家里来递了20万元港币。人家做人做事可比你吴建国讲究多了！

　　吴建国从王思瑞的语气中听出了个中意味，马上明白了情势，这太浅显不过了。看来与石磊的竞争早晚会到不是你死、便是我亡的地步。本是两个普普通通的外地人，在这座城市想改变阶层命运，在命运的驱使下，不得不剑拔弩张、针锋相对，虽然是无奈，但也是商海弱肉强食的生存法则使然。

　　王思瑞接着说："风水轮流转，你来找我，我明白你的意思。不是我不给你面子，但生意是生意，我们亲戚的情谊是情谊。我建议你还是先将你的企业切切实实地管好，别整天想着那些虚头巴脑的头衔。你就是当上餐饮协会会长又怎样？你以为那是馅饼？指不定是陷阱呢。"

　　人海江湖，吴建国一招招地领教，一招招地学习。他来找王思瑞之前，早已将关系打通，这个餐饮协会会长他志在必得。但他不甘心，他就是想看看这些年从建龙捞了那么多人情好处的表姐一家是何等势利。他知道石磊背地里跟几家银行领导吃饭，收买对方，即便在非典那么特殊的时期，也能源源不断地获得现金流，却让建龙贷不到款，只好贱卖股份求生存。

　　他来到这座城市时，本来就一无所有，这些到手的财富和地位，他怎可能拱手相让？与石磊终会有撕破脸的时候，而且箭已上弦，只待择日射出。

吴建国神情黯然得有些夸张，说道："姐夫，我明白了，不打扰您休息了。"

王思瑞虚应道："你要走啊！快到饭点儿了，不留下吃顿便饭？"

吴建国说："谢谢盛情，改日吧。"人已经出了门。

李子渝说："你这是把这人得罪透了……"

"呸！"王思瑞露出一个鄙夷的表情，"从此以后，亲戚间走动归走动，不要再跟他有所攀扯。见利忘义的小人！"

李子渝把弄着手里的名贵首饰，轻轻地点了点头。

又到了集团开例会的时间，吴建国让高层人员都到他办公室开会。会议不算冗长，吴建国一直作风稳健而又讲求效率。他先点了李琮的名，让她汇报近期的市场拓展业务。

李琮打开文件夹，言简意赅地汇报道："进驻东北地区的选址已经完成，正在做各项策划书、审批文件的最后定稿，待当地政府有关部门批准后，就可以落地筹备了，预计一年后就可实现东北三省开八家分店的计划。"

吴建国说："李部长，你一个女同志，亲自跑到冰天雪地的东北去操持这件事，斩获颇丰，实在是辛苦了。"

集团扩张是大事，吴建国点名让李琮先汇报，是为了表示重视。

但林惠有点不高兴了，那李琮，长发披肩、精细干练，举手投足间气质优雅，任何一个谈判对手坐在对面，都会被她以柔克刚的独特魅力激出三分怜惜之意，连谈判桌上的无形杀气都会收敛几分。

李琮在市场拓展这个部门，不仅勤奋，而且业绩瞩目。

林惠想："吴建国，你不会要勾搭她吧。"

其实，吴建国不是不想，而是不敢，生怕自己有半分逾礼，李琮就会优雅地转身离开。万一投入石磊或者大龙的旗下，估计石磊会一夕腾龙，大龙也会立马抛掉多年来谨守省内版图的一贯路线，迅速翻身。

林惠那种女人，有能力也有企图，所以容易泡。

李琮这种女人，有能力却也有着自己鲜明的处世准则，即便对她垂涎三尺，也不敢触碰她的底线。

但林惠却以为，吴建国和李琮之间，一定不会那么清白。毕竟，以前每次都是她这个行政总监先汇报工作，今天吴建国竟然先让李琮汇报。

这大概就是人们常说的"小人之心"吧！

所以，临到林惠汇报的时候，她只是简单地说："城投那边的股份回收，已经初步有了意向，具体接洽事宜，我部门会继续跟进。"然后就把资料夹一夹，说道："汇报完毕。"

吴建国有些意外，林惠最爱发言、最喜欢博存在感的，今日为何……但还是说道："好，这件事干系重大，会后到我办公室详细汇报。"

张海洋开口说："财务这边，除了日常工作外，正值公司扩张之际，还组织人手专门对集团财务进行了盘点。"故意卖了个关子，顿了顿，走到吴建国跟前，笑眯眯地将一沓报表递过去，"董事长，这是本季度的财务报表。"他继续汇报，"建龙目前账面上有 8000 多万，我建议先把账封起来，下月再把它放到出口账上，这样可以增加 100 多万的退税。"

吴建国一听，这明显就是偷税，这是生意场上惯用的手法，打擦边球。如果建龙刚起步，为节约成本，不得不这样做，但现在建龙已经是上市公司，这种违法行为不可再做。于是说道："张总监，我们建龙集团，不需要这张报表，还有没有其他的报表？"

张海洋说："我一起带来了，还请董事长定夺。"又递过一张报表，吴建国看了，说道："张总监有心了，我个人很感激，但为了建龙的发展，还是谨慎点好。"对于张海洋的建议，他不想采纳的另一个原因，就是他要参选市餐饮协会会长，此时万不可有丝毫差池。

吴建国对比着两张报表，沉吟片刻后说："咱们来分析一下，"他拿起那张假报表，继续说，"你的出发点是好的，希望能为建龙节约资金成本，但是骗取退税是非法的，这钱进了公司的账，如果我不加以制止，就成故意做假账了。"

于是把第一张报表撕了，扔进垃圾桶。

众人面面相觑，仿佛撕掉的是 700 多万元人民币。但是，大家心里也对吴建国的行为表示赞许，更加坚信：跟着吴建国，建龙一定会走得更远。

轮到巩明森发言，他说道："通联部继续与媒体沟通，为集团拓展东北市场造势。李部长去东北之前，各大媒体已经派记者在机场等候，为李部长在当地开展业务提供了不少舆论帮助。而且，李部长抵达东北后，通联部专门与东北大学经济学教授杨教授进行了沟通，赞助某电视台访谈节目，专访了杨教授，对建龙投资东北的事情进行了'有助于带动东北地区第三产业振兴'的访谈。此事对东北各级领导部门，尤其是市、区、县在决策上的影响很大，取得了预期的效果。"

吴建国点头道："非常好。"

吴建国要巩明森当通联部部长，尊重他的做事方法，他果然不负期望。而且，吴建国自己有什么想法，巩明森也会经常提供建议，指出某些地方的不足，好未雨绸缪。

汇报完毕后，巩明森对建龙目前向全国进军的形势，还做了一些建议和补充，都是非常实际的。

安全技术保障部的胡立行，则对农牧基地建设的施工安全进行了重点汇报，虽然很努力地想说明白，但话在他嘴里一过，就带着点请功的意思，颇犯职场上的大忌。

但吴建国还是耐心听他说完，赞许道："事无巨细，胡部长辛苦了，这几年建龙发展迅速，胡部长是第一功臣。"底下人似乎有些不服气，吴建国顿了顿，补充道："安全，是建龙立身之本，没有安全，就没有一切。胡部长每次开会，似乎没有什么耀眼的成绩，但建龙这几年来在安全卫生方面几乎没有发生过恶性事件和负面新闻，这就是安全技术保障工作到位的证明。"

这个逻辑一通百通，安全，是任何企业的根基，一旦出了问题就是伤筋动骨、万劫不复的后果。安全技术保障部门做的就是得罪人的活儿，胡立行嘴笨，但确实踏实，吴建国还是了解他的。于是，继续宣布说："从今天起，胡立行免去安全技术保障部部长职务，先回家休息几天。"故意顿了顿，吓得胡立行出了一身汗：这明显是解雇了。

"三天后结束休假，转任安全总监。"此话一出，下面响起一阵掌声，尤其是巩明森，既然有了部长升为总监的先例，那么自己这个通联部部长，如果继续表现好，也可以升为总监，顿时觉得眼前一片明朗。

"谢谢大家，谢谢吴总！"胡立行果然是个嘴笨的，一般人到了这个时候，肯定会说"谢谢吴总，谢谢王总，谢谢大家"，胡立行不但把王春华无视了，还把顺序搞反了，众人更是哭笑不得。

"晋升之喜，理当庆贺。"王春华提示道，"今晚下班后我做东，大家都务必赏光，给胡总监祝贺祝贺。"

胡立行终于转过弯来，说道："哪敢让王总破费，我请，我请！"

李琮说："胡总监一直勤俭，请客难得一见，今晚我也要去打打秋风。"

李琮从来不参加公司的聚餐，如果没有工作上的加班需要，她宁愿回家睡觉。她表态肯参加这次聚餐，众人都纷纷叫好："难得啊，李部长，你可要拿出谈判桌上的酒量来，今晚一醉方休！"

李琮倒也豪爽："酒桌上见真章！"

其实李琮的眼睛是雪亮的，像胡立行这种真正有能力又经常在会议中被无视的人，才是真正的人才——不对，是比张海洋、林惠这些总监更踏实做事的大才。"吴总的眼也不瞎呀"，她这么想着，就离开了会议室。

吴建国的董事长办公室是个单间。开完会，所有人走后，他坐在只属于自己的办公室兼休息室里。咖啡色的书柜里摆着《王阳明心学》《曾国藩》等线装书。他学着热播剧《黑冰》里郭小鹏那样，在柜橱正上方挂了一块长方形匾额，上书"与人斗其乐无穷"，字形苍劲有力，可见书者有着深厚的功夫。吴建国看着这幅字凝神沉思。

野心，是个好东西，它能将不敢想、不敢做的事情变得那么顺理成章。

突然，电话铃声惊醒了他。他抓起听筒"嗯"了一声，然后道："请他过来吧。"

第三十八章

权谋诡诈，一支暗箭岂存仁

两辆警车呼啸长鸣，停在了川岩饭店门口。

七八个人闯入大堂，大堂经理迎了上来，满脸堆笑地问："各位这是……"

一位执法人员出示搜查证："接到群众举报，川岩饭店涉嫌偷税漏税，请配合我们的调查，不要妨碍我们执行公务。"

石磊从办公室走出来，依然保持着淡定，迎着搜查的人群说道："我这里不是藏污纳垢的地下歌厅、地下桑拿浴。这里是正规的餐饮企业，欢迎各位深入调查。"

领头的执法人员倒是也很客气，说道："例行公事，石总莫怪。"

石磊说："请坐下等，喝杯茶。"

执法人员说："公务在身，早点查完，也好不耽误石老板营业。"然后整了整衣冠，礼貌地说道："请石老板配合。"

员工们和大堂的顾客面面相觑，议论纷纷，没有惊恐地四散离去，而是靠近想看看怎么回事。

石磊面带微笑，说道："政府工作，自然配合。"便十分从容地打开保险箱，财务那边把档案和报表全部搬出来，调查取证工作立即开始了。

石磊躲到洗手间，赶紧掏出手机。

王思瑞办公室电话铃响了起来，他一把抓起，"喂"了一声。话筒里的声音情绪不那么稳定："王主任，您好！"

"听说川岩饭店涉嫌偷税漏税？"话筒里，王思瑞平稳的声音里透着严肃。

石磊无法回避这开门见山的问题，只好简单地回答："是的。但目前他们没有证据，只是来调查。"

王思瑞说："没有证据他们会随便调查你？连我这坐办公室的都知道了，你觉得他们不是有备而来？"

石磊说："王主任，您既然知道，怎么不提前跟我说一声？"

王思瑞说："这次行动是秘密筹划、突击检查的，我作为国家公职人员，怎么能做泄密的事？"

石磊心中一凉：这孙子开始把自己择干净了。

王思瑞说："事到如今，只有好好配合政府把事情搞清楚。不是我说你啊，石总的生意在威城也是排得上号的，为啥搞这些小动作？"

石磊苦笑，说道："本来是小打小闹，许多公司不都这样吗？不知被谁举报了。不过，这事肯定是冲着我参选市餐饮协会会长来的。我怀疑是建龙那边搞的鬼。"

王思瑞忽然话锋一转："如果石总只是叙叙旧、聊聊天，我现在是工作时间，不大方便；如果是想从我嘴里套出来是谁举报的，这是让我犯原则性错误嘛，我只好挂电话了。"

"王书记，您千万别挂！川岩如今有难，请您一定要想办法帮我啊！"石磊的声音已变得有些焦虑。

王思瑞老奸巨猾，说道："你若是被诬陷的，法律一定会给你公平公正的结果！你要是触犯了法律，成了偷税漏税的罪人，那就要接受法律的制裁。"石磊在电话那头气得说不上话来。

"川岩饭店除了税务问题，还有其他问题吗？"王思瑞的话不再是简单的质问。石磊大约觉得有点谱，立即否认道："绝对没有其他问题！"

王思瑞一听，用一副纯粹公事公办的口吻道："此次执法部门对川岩饭店调查一事，给威城的餐饮行业敲响了警钟，任何个人和企业都不得偷税漏税。虽说目前还无真凭实据证明川岩饭店税务上有问题，但这是一次教训，也是一次彻查自纠的机会。"

石磊意识到问题的严重性，着急地说："请您再想想办法……"

"我是国家干部，你觉得我出面合适吗？小石，不是我说你，偷税漏税，那是在动摇国家的根基，就凭你在威城认识个领导、有点钱，就敢做这种事儿？"

石磊刚想说话，就听见话筒里传来"咔"的一声脆响，接着是"嘀、嘀"的忙音。

石磊慌了，连忙打通分管金融和工商工作的陈副市长的电话。接电话的是他的秘书，秘书礼貌地告诉石磊，副市长在外地开会，不方便接电话。

"麻烦您等市长开完会，务必转告，就说川岩饭店董事长石磊有急事找他。"

吴建国接到李子渝的电话，听说石磊饭店被查之事，心里虽然如同三伏天吃凉西瓜般又甜又爽，但表面上不动声色。

李子渝问："是不是你下的套？"

吴建国一听就知道王思瑞托李子渝探口风来了，连忙否认道："我怎么敢？我还怕别人找我们建龙的麻烦，正是提心吊胆呢，哪还有心思去害别人？"

李子渝说："可能是我想多了吧。"

吴建国说："他开的是饭店，我搞的是火锅，虽然同属餐饮行业，但彼此经营方向不一样。建龙倒了，喜欢吃火锅的自然会去大龙；一样的道理，川岩倒了，喜欢吃川菜的也不会来建龙不是？我要有那个本事，何不把大龙搞了，自己独霸威城的火锅市场？"

李子渝似乎觉得吴建国说的有道理："估计是同样开饭店的同行看他的川味饭店发展势头很猛，故意搞他的吧。好了建国，今天先这样，改天一起吃饭。"

挂了电话，吴建国喜形于色，往家里的沙发上一坐，跷着二郎腿，甚是惬意。

王春华说："是你找人做的？"

吴建国不否认，只是说："苍蝇不叮无缝的蛋，他若是遵纪守法，谁能扳倒他？"

王春华说："我奉劝你一句，要走正道，即便与道上的人有涉，也不要用在害人上。"

吴建国说："黑白通吃，才是成功人士的标配嘛。"

王春华说："花了不少钱吧？"

吴建国说："那些私家侦探，实际上就是无孔不入的流氓，你觉得川岩的财务档案，那么容易搞到手吗？"

王春华说："你搞了川岩，受益的是巴蜀人饭店，咱们建龙得不到好处。这叫害人不利己。"

吴建国说："我高兴。我现在有钱了，自然要让我曾经看着不爽的人倒霉。"

王春华感到了一丝寒意：如果有一天吴建国要对付自己，自己的下场会是怎样的呢？

所以，她决定，一定要赶快想办法。

其实，那天打进他办公室的神秘电话，就是通知他去邮局签收一个光碟。

吴建国看了光碟里记录的内容，很满意，把尾款打到了那个神秘账号，毕竟，如果信誉没了，有再多的钱也不会有人替你办事不是？那张光碟里，记录着川岩饭店几年的税务报表，每一笔都十分详细，甚至还有一笔走"夫人路线"行贿某领导的转账回执。

也难怪王思瑞急于撇清关系，市委已经有人被石磊牵连"接受调查"去了，还专门开了党员会进行了通报，他不赶紧跟石磊划清界限行吗？

吴建国是商人，很清楚，凭借手中的光碟，足以让石磊把牢底坐穿。光碟里的内容若是曝光，或者送到纪检部门的话，威城政商界将会地震！

他不能那么鲁莽，他的目的很简单，只是让石磊退出餐饮协会会长的竞选而已。所以，那位领导，只不过是比较倒霉，吴建国把他的那部分证据抖搂出去，是为了震慑住石磊的靠山，让他们感到芒刺在背的焦虑，从而不敢再插手石磊的事，更不敢再与石磊暗通款曲。

如同王思瑞，就不敢给石磊疏通，而且还拼命地择干净自己。

吴建国掏出手机，约石磊见面。

考究的饭店包厢中，两人相对而坐。

"你什么意思？"石磊看着吴建国从信封里倒出的光碟，一脸迷惘。

吴建国将光碟收好，面无表情地说："明着说了吧！你不要再跟我争那个餐饮协会会长，咱们都是生意人，利益面前哪能敬酒不饮，饮罚酒？建龙要走向海外市场，我需要这个身份。这些年你明里暗里对建龙使的坏别以为我不知道。"

石磊心中一动，抬头看了看吴建国，说："你够阴啊，吴建国！我大难临头，还把你当兄弟，听说你有事立马赶过来。没想到竟然是你给我设套子？"

"设套子？非典的时候，你去巴结银行，现金流哗哗的，为何我贷不出来？论规模和资产抵押估值，贷不出款的应该是你吧！"

石磊说："非典时期，餐饮业哪个不是负债咬牙苦撑？那时我就那么几家店，全在威城，就算倒闭了固定资产也跑不了；你的店大多在威城外，若是破产清算，肯定被国有大银行先占了优质资产，本地的商业银行哪个敢贷给你？这么简单的道理，你竟然也算在我头上？"

吴建国说："你那几家店，跟建龙一比，就跟过家家似的，我还真没当回事。我就问问你，你那种规模，即便关门也损失有限，非典前你也赚了不少，用得着巴结银行领导？今天你就认了吧，贷款只是幌子，给我使绊子才是真。"

石磊终于按捺不住了，瞪大了眼说道："吴建国，你真是小人之心！自从我来威城，混不出个人样，同学、同乡来找我，我从来都避而不见。只有你吴建国，来到威城后，我不顾脸面地去请你吃饭。你发现了火锅的商机，我要入股，你不带我，我也理解你，不就看我 10 多年在威城没出息吗？后来，我发现了川味饭店的商机，想拉着你一起挣钱，你却给我一顿冷嘲热讽。好吧，不管你做不做，商机不等人，我自己硬着头皮去干，刚干出点模样来你就阴我。吴建国，我问问你，自你来了威城，我哪里对不住你？你又何曾把我当成过朋友、同学、老乡？"

吴建国说："你不是有什么事都专门找王春华吗？背着我联系王春华，请她吃饭，你考虑过我的感受？"

石磊怒气更盛："不准你侮辱王春华！要不是她，你的建龙早完了！"

吴建国说："哦，你还真是个情种。我在威城打拼的时候，王春华在老家操持，建龙没有她也一样。"

石磊不怒反笑，说道："好，吴建国，你有种！从此我们大路朝天，各走一边，你给我等着！"

"好，我等着你。但是眼前这会儿，光碟不还在我手上吗？如果我真把这个交给警察，那些大领导还会让你活？"

直到这时，石磊和吴建国都相信一句话：任何人、任何关系一旦进入商场，陷进利益追逐，就会变成你死我活的对手。

石磊不以为意，说道："川岩栽在税务上，按照最新法律，只要认缴罚款就结了。我告诉你，川岩的事没那么复杂，当场就查清了，罚单我也认了，威城的店铺、房产我卖一部分这事儿就过去了。但是，你想用这光碟把我彻底拍死，只会引火烧身；你若真交给警察，我还真敬你是条汉子。明人不说暗话，你前手把光碟给了公安局，后手就会出现在市委领导的办公桌上，你还真不用吓唬我！"

沉默，是彼此在暗中较劲蓄力。

良久，吴建国把那张光碟折断，又不放心地用烟灰缸细细地砸个粉碎。

"想通了？没事的话我走了。"石磊说。

"这就走？我还等着你兴师问罪呢！"

"以你吴总的手段，我再问罪，不是找死吗？"

"哪能呢？咱们是发小，你再怎么以牙还牙报复我，我也认的。"

"就凭我？"石磊面无表情地说，"我想知道，咱们这友谊，你念及过没有？"

"当然念及。"

"那你这么做，图个什么呢？我想不单单只是想当餐饮协会会长吧？"石磊也不遮掩了。

"那，你就别管了。"吴建国不想再说这件事，"买卖人，总是将本求利，未雨绸缪。我做生意的原则是，赚多赚少，势必要先将竞争对手打倒，这是商场规矩，也是我认为的能耐！"

石磊说道："依我看，你打倒我后，在威城餐饮业内已经没有竞争对手跟你抢风头了。"

"你怎么知道？"吴建国丝毫没有回避躲闪的意思。

"你唱的这一出，哪还有人上我那小饭店去吃饭？你表面是打掉川岩饭店，实则是打我的脸，让我失去诚信，让川岩背上臭名。小朱提醒过我，让我防着你，但我没信她，因为我在威城就你这么一个同学，但我真没想到，你还真会这么做。"

吴建国半天没说话，末了，平静地吁了一口气，说："小朱？你竟然不如一个追不到手的女人有眼光，你输得不冤。我们跟人家王思瑞不能比，人家是政府机关的人，动口不动手；我们是生意人，许多时候需要动手不动口，不是你死就是我活。"

"你那是眼红！三百六十行，各占一行，咱们也不是真正意义上的竞争对手，你是眼红我生意做得好，看我一口吃成个胖子，发了大财，你呢？好不容易积累下些家业，要是流年不顺，兴许一阵风就给吹倒了爬不起来，砸了饭碗，连个糊口的本事都没有。"

吴建国脸色有些难看，说："我的父母都是弱者，我算是一个不幸的人，但我不相信自己是个没用的人。正因为这样，在命运的考验面前，我才敢和你比，相信属于我的一切，我都应该得到，也能够得到。你没受过苦，还处处与我争锋，这是我不能接受的。我要保住我今天得到的一切，结果你又想把我好不容易上来的势头打下去，那你就别怪我出手。"

石磊听完吴建国的话，并没有流露出一丝伤感与幽怨。他明显地感到吴建国在抱怨命运的不公平，所以把自己当成了一个必须打倒的参照物，只有自己倒了，才能让他心理平衡，甚至获得一种变态的快感。

他选择起身离开，临走时意味深长地说了句："你好自为之，建龙的未来，今日已经被你断送了。"

石磊摇摇头，反而释然了，消失在秋风里，吴建国这种人，小时候是可怜，长大后就变成了可悲。

第三十九章

气吞天地，一荡山河满江红

解决完石磊的事，吴建国变得意气风发。

有了农牧基地的配套，建龙集团在全国成立了多个配送中心。

天时，地利，人和，这些兵者争胜必不可少之势，建龙都具备了。

但是，吴建国不希望建龙将来的发展，让那些趁非典时期贱买股票的人获得利益，所以，他心心念念地想着股权回购的事。

他先找了大龙的董事长，也就是那个给王春华送进口果盘的店长。

"隋总啊，不请自来，万望海涵！"吴建国礼貌地说道。

"原来是吴总，请坐请坐。"隋总一边泡着功夫茶，一边说道，"吴总厉害啊，川岩都被你打倒了，工商联主席的位置也拿到了，应该是日理万机才对，怎么有空来我这小地方？"

"哦？隋总这么肯定是我打倒的川岩？"吴建国故意拉长声音，似乎在威胁，又似乎很好奇。

"明人不说暗话。这件事就是攀瘸子给你调查的嘛，那小子得了100万，已经去澳门赌博了。"

"唉！这道上的人也太不讲信用了，怎么这么容易就出卖雇主。"吴建国故意叹气道。

"是啊！道上太多不讲信用的人，所以我很早就金盆洗手了，好不容易洗白入了'白道'，想不到'白道'上的人更黑。"功夫茶端过来，冒着热气。

"啊？失敬！不知隋总当年拜的哪个码头？"吴建国接过茶盏，假装轻描淡写地问道。

"哪有什么码头？只不过做了几年大哥，挣够了钱，就洗手不干了。至于大龙，怎么说呢，我曾经顺手救过一个大哥，听说他在这里发财，所以赏了我这口饭。"隋总似乎在讲着往事，语调波澜不惊，接着似乎回过神来，说，"扯远了，忘了问问吴总来我这里有何贵干？"

吴建国说："我们互为股东，这不是来拜访您吗？"他算是明白了，跟大龙搞明争，隋总不缺钱；跟他玩阴的，人家是他老祖宗。

这5%的股票，不提也罢。

商人，最怕黑吃黑。

好在，城投公司的股权回收还算顺利。之所以这么顺利，是因为那15%的股权，除了支付赎回费用外，吴建国还以奖励的名义给了林惠5%，实际上大部分是给林副市长的，林惠哪有那个能耐独吞了去？

唯一的隐忧，就是那个李莉莉，还是寻不到真人。

这还真见鬼了！吴建国去找隋总，希望他帮忙查一下宇阳的底细。

隋总说："大龙有规矩，我已经不再做违法乱纪的事情，你去找攀瘌子吧。"

可是攀瘌子拿了定金，回来后又退了，说道："我查清楚了，但这号人物我惹不起。你把钱拿回去，我还得在道上混。"

吴建国惊呆了，说道："有这么恐怖？我给你双倍的钱，你透点口风就行。"

攀瘌子到底不舍得真金白银，低声道："这个李莉莉，只不过是个农村人，是表面上的法人，实际上控制宇阳的人，跟大龙有很深的渊源。查到这里，我就不敢再查了，再查就得死。"

作为私人侦探，攀瘌子对各种势力门儿清，吴建国转了钱，交易就算结束了。

吴建国想："好你个老狐狸！大龙现在等于有我20%的股份了。怪不得那天讲那些事吓唬我！"

吴建国咬牙切齿，他要扳倒大龙、扳倒隋向东！

2005年的夏天，又是玫瑰盛开、红榴似火的时候，吴建国一家在欢快的气氛中庆祝吴晓晓赴日本早稻田大学留学。没有邀请任何客人，也没有举行任何仪式，只让王春华做了一碗老家的鸡蛋面，一家人默默地吃，祝愿这个跟随他们一路辛苦打拼的孩子健康成长，学有所成。这些年打造出的餐饮帝国，像一个美好的梦，吴建国希望这个梦能一直持续下去，那是他辛辛苦苦创下来的家业，他希望能够完好无损地传给吴晓晓。

送吴晓晓到日本后，夫妻俩赶回威城召开股东大会。

会上，吴建国又提出了快速扩张火锅店的计划，得到了张军、叶小帅、林惠等人的一致认可，然而作为第二大股东的王春华却投了反对票，她认为建龙发展到现在，应该以求稳为主，不应该贸然扩张，增加不必要的风险。

吴建国恼火极了，王春华除了管着建龙上上下下的事情，还处处插手他的经营方向，和他唱反调。

吴建国是个雷厉风行的人，目标确定后就立刻制订了具体的行动计划。张海洋这位财务大总管，负责与多家银行信贷部门交涉，落实火锅店扩张的资金问题。叶小帅则负责市场调研及开店选址工作。张军紧跟叶小帅的步伐，负责相应的配送中心的搭建工作。

吴建国则坐镇威城，他准备筹办一场盛大的火锅节，为建龙造势，并宣布中国建龙火锅版图建造计划！

吴建国知道，要想让火锅节引起轰动，就必须做好媒体宣传，要和地方广播电视中心打好关系。

此时的吴建国已是威城首屈一指的富豪人物，早已不是初来乍到的穷小子了。他一到威城市广播电视中心，便受到了台长刘坤的亲自接待。两人来到台长办公室，刘坤还想再寒暄几句，吴建国却有些厌倦了这种虚假的拉扯，直接点明来意说道："我这次来找刘台长，主要是想给建龙火锅节宣传造势，具体细节我已经写在文件上了，请刘台长过目，至于费用方面，您不用担心。"

"吴总这是说的哪里话，火锅节这种拉动城市消费的活动，我们广播电视中心也是大力支持的。"像刘坤这种毫无风骨、趋炎附势的人，吴建国是半分都看不上的，但他也早就学会了见什么人说什么话，笑着回应道："那就多谢刘台长了，以后但有所需，吴某定当义不容辞。"

"那我就记着吴总的这个承诺了。"话说到这，刘坤的目的达到了，也就不再多言语，两人就细节做了一番商讨，定下了最终宣传方案。

火锅节开幕当天，在建龙集团的邻近街、市区主干道、商业集中区，以及各大交通枢纽都挂满了第一届（威城）建龙火锅美食节盛大开幕的巨大展幅，还在各个路口放置了美食节指路牌。建龙集团外，临时搭建了5万平方米的展区，门前设置升空气球，楼体悬挂巨型彩色竖标。此次火锅节由建龙集团牵头，集结了威城及国内50余个火锅品牌、400余家火锅供应链企业，吸引了来自全国各地火锅行业大咖、美食专家、文化学者及火锅行业从业人员参与。

现场还集中摆放了100余张火锅桌，邀游客同吃火锅。

作为东道主的建龙火锅不仅占据了位置最佳的展区，还在展区外设了迎宾小姐；专设促销活动区域及业务宣传台，摆设活动宣传品、礼品及纪念品，配备专业的接待员。吴建国为了能够在此次火锅节中一举奠定建龙火锅在威城乃至全国的霸主地位，更是制定了优惠幅度非常大的活动，慷慨回馈顾客。

"吴总，这次火锅节，咱们建龙火锅的地位算是彻底稳了！"建龙集团顶层，董事长办公室内，林惠收到部门员工报上来的实时消费数据，兴高采烈地来找吴建国汇报。

吴建国也是喜上眉梢，喜于好事成双。

就在这一年，这个曾经小小的火锅店，神奇般地在全国又开了46家风格统一、口味相同、规模不等的分店，而且还在以15天一家新店的速度迅速扩张着。建龙集团也一跃成为拥有十几亿资产规模的大型餐饮集团，这在本土餐饮业中还不多见。

第四十章

过河拆桥，一骑绝尘忘旧恩

与吴建国的扩张相形见绌的，是大龙越来越守不住了，已经关掉了两家连锁店。

吴建国不敢再让攀瘸子去打探情况，只是让李琮和巩明森一明一暗，前者光明正大地调查市场走向，后者专门四处留意大龙的小道消息。两边的材料一综合，吴建国发现了一件怪事：大龙市值在缩水、客流在减少，但隋向东还是一副老神在在的模样，丝毫不以为意，而那两名不记名股东，也一直没有浮出水面。

开会的时候，吴建国说："各部门注意，以店庆的名义，威城所有分店打到二折，持续半年。"

张海洋私下找吴建国，提醒说："这半年会吃掉威城 12 家分店一年的全部利润，这样做不大妥当。"

吴建国说："价格战，是最原始、最有效的商业武器。对了，你们专业人士应该将之叫作'倾销'。"

张海洋会意了，吴建国磨刀霍霍，想以商业手段打压大龙，最好把它打死，独霸威城火锅市场。

王春华私下对吴建国说："大龙不争不抢，不必赶尽杀绝吧。"吴建国说："你知道大龙占了我们多少股份吗？如果不使劲儿给他压力，什么时候才能收回股权？"

王春华说："不过5%，不至于杀敌一千、自损八百。"

吴建国甩了个黑脸："女人见识！"

叶小帅也赶来，说道："吴总，这样不好。威城的店打二折，其他分店不打折，让外地的分店怎么想？那些店长会不会产生'嫡系''杂牌'的想法？况且，大龙也不是傻的，怎么会不知道建龙在向他们动手？撕破脸真的好吗？他们手里建龙的股票在涨，我们手里大龙的股票在跌，吃亏的是我们啊。"

吴建国说："那点股份，现在跌得快成废纸了，就当没有吧，建龙不差这点儿。"又说道："建龙发展到现在，有些没有能力、不忠诚的人也占了连锁店店长的位子，趁这个机会，让他们认清自己，对集团决策不满意，可以走人。"

叶小帅听了，心里一片悲凉，他一直窝在横滨店店长的位子上，吴建国这话说得句句扎心哪！

隋向东那边，通过网络正在跟两位大股东开会，对面的两个画面是黑的，只有声音传来。隋向东先说道："建龙铁了心要搞垮大龙。你们说说，要怎么办？"

一个男的说："弄死他吧，死得神不知鬼不觉。"

隋向东说："兄弟，你怎么还是想着打打杀杀？十几亿资产的董事长要是不明不白地死了，你觉得这事能善了？"

一个女的说："我没兴趣，没事不要联系我开会，我不想再听到他的声音。隋总是绝对控股的，你说啥我听着就行。"然后果然不再发一语。

男的说："大龙不是还有他5%的股份吗？我不缺钱，这分红也够你们二位在大陆衣食无忧了。"

隋向东说："他就是冲着这 5% 的股份来的。"

男的说："我引港资来狙击他们的股票，跟他明面上真刀真枪地干！"

"异想天开！威城会放弃这张名片？单威城这一个地方，你有多少钱对耗？"

男的咬了咬牙："去日本，绑架他女儿，看他还敢不敢横！"

女的突然出声，厉声责骂道："王八蛋，你敢？！"

隋向东说道："大龙到现在这个局面，我有很大责任，我把股份都给你们，虽然不值钱，但也能值个几千万，算是补偿，我去云南养老了。"

男的说："我不要。入股那些钱，折光了也不及当年你的救命之恩，这时候让我抽身而退，我做不出来。"

女的说："你居然还有点良心啊。"

隋向东说："你这么决定，我理解，也不跟你客套。但是……"

女的说："放心，我饿不死。"

隋向东说："那就好，我跟那些小股东沟通，高价赎回他们手中的股份，然后关了大龙。建龙 5% 的股份，年年有红利，给弟妹做个保障。我是大股东，就这么定了。"

一声叹息，隋向东不由得摇了摇头，自己倒不留恋大龙这点资产，他的想法是，把外面小股东的股权收回，然后歇业整顿，避避建龙的锋芒，择机东山再起。

小股东生怕砸在手里，回购非常顺利。但是，建龙手里 8% 的股份，要回购谈何容易？

吴建国在电话里说了："除非申请破产，进入清算程序，要不然这 8% 的股份就算一文不值，我也舍不得抛。我作为晚辈，一直相信隋总能够东山再起。"

如果大龙清算，那么手里 5% 的建龙股份，作为有价证券，就会被冻结，进入司法拍卖程序，换取现金来弥补其他股东的损失。

在威城拍卖，谁争得过吴建国？其他股东的损失，顶多拍卖所得按照比例领钱回去，有多少拿多少，拿完为止，但这股份，吴建国势在必得。

隋向东愕然，明显低估了这个外乡人。

如果是上世纪八九十年代，他有的是机会把这个人拍死，但现在是法治社会了，吴建国身价越来越高，对威城税收贡献越来越大，身上还有人大代表等数十个身份和头衔，对他动手谈何容易。

但是，他毕竟是老江湖，于是说："那就耗着吧。你这8%的大龙股份，在大龙决策层也说不上什么话。我亏本运营，什么时候钱耗完了，再把建龙的股份转让了，拿这笔钱去养老。反正建龙的股份有的是人想买。"

吴建国说："您作为前辈，何必呢？这样，您只要把建龙20%的股权给我，我保证以大量资金入股大龙，让大龙再次辉煌。"

隋向东说："我只有5%的股份，哪来的20%？"

吴建国说："明人不说暗话。我们建龙每年挣的利润，有1/5流入了大龙，我舍不得。您想，如果只是5%的利润，我又何必如此兴师动众？就当孝敬您老人家了。"

隋向东说："我只有5%，没有20%。你不信我，就没必要谈了。"

于是挂断了电话。

吴建国也觉得他不像是在说谎，但依然疑惑："那15%的股份，究竟去了哪里呢？"

清晨，钟声照样敲响，王春华照样往餐桌上端来鸡蛋和牛肉面。自从吴晓晓出国上学后，他们俩几乎不在家开伙，除了早餐在家里吃。现在，餐桌旁只有她和吴建国两个人。吴建国近来应酬多，一点儿胃口也没有，只对着摊开在面前的《威城日报》发愣。这是他多年来每天早晨急于做的第一件事，几乎要把报纸上的每个字都读遍，从中寻找来自建龙的消息。

"你怎么不吃东西？"王春华象征性地问，那张保养得精致柔润的脸上总是挂着平静，"你不觉得自己气色越来越差了吗？这让我很不安，被你妈妈看到，会认为是我照顾不周。"

她耐心地敲碎水煮鸡蛋的外壳，慢条斯理地说："谋事在人，成事在天。在我看来，建龙的发展我们都已经尽力了，你看现在大大小小的城市都有我们建龙的连锁店，这可以说是一个极大的安慰了。至于今后还能走到哪一步，这是你我都无法左右的。我多么希望日子变得平静下来，能够每天安安静静地在家坐着吃早餐。"

吴建国默然。对于生活，他懂得太少了，还远远不如在政府机关工作的王思瑞。但对于赚钱，他已经到了魔怔的地步。在多年的奋斗历程中，他将建龙火锅店开至如今遍及全国，他吴建国也随之被形象化了，他那颗漂浮不定的心感觉快飘上天，找不到边了。他喜欢一切争权夺利的游戏，让曾经看不起自己的人趴伏在自己脚下，如同蚂蚁一样一踩就死。

吴建国白了她一眼，他向来不喜欢王春华说这些不置可否的事情，今后的事情谁能说得准？

王春华从纸巾盒里抽出一张纸巾来，递给吴建国。"对了，李子渝前几天来办公室找我，说是想拿300万入股，想在建龙占到5%的股份。"

吴建国接过纸巾，问道："你怎么说？"

"当然是给她解释了，"王春华说，"我说现在咱们在全国已经开了100多家店了，都是直营店，每一家店的落地都是建龙自己掏钱开起来的，员工都是月薪制，店长按等级拿薪。做得好的，客流量大、收益高的，年终奖金按比例来。不让员工入股的原因是因为前期的风险已经由建龙承担，所以收益自然也完全属于建龙。"

王春华接着道："她是看我们生意越做越大，想来分成。我跟她没把话说得太明白，出门做生意还是要靠关系，免不了有时候有些场合需要王思瑞来贴补面子，他们家咱们暂时还得罪不起！"

吴建国听下来，反复琢磨。如果总是被这两口子牵制着为所欲为，建龙的股份早晚有一部得归到李子渝的户头上。不拿出些手段，照这形势会被盘剥得更厉害。

吴建国感叹："这世道处处有老虎，如果没有更好的选择，我可能要跟他们家撕破脸面，将那 1% 的股份也收回，往后再走一步看一步。"

王春华也赞同踢开李子渝，说："重新进行股权分配固然好，将这 1% 的股份分放给员工，能调动员工的积极性。不过这王思瑞倒真神通广大，东海市新店开业那天，他带了不少大人物和新闻记者来。"

吴建国似笑非笑，眼睛是惺忪的，但人已醒透了。

他嘴巴一撇，说："王思瑞那人其实厉得很，脖子一缩，屁事不管！他只愁自己升官发财的事。上次我们在雁荡山的那家店不知道被谁举报，说是后厨出现过期食品，我打电话给他，让他赶紧想办法给雁荡山电视台打电话，别报道了，影响不好。他一听有麻烦，直接说在开会，后面直接关机。"

"那只能快刀斩乱麻，赶快跟他们一家摊牌。再这样受制于对方，咱们如何跟这么多员工交代？"

"你今后谨记，咱们尽量不领情，也不施惠。任何人际关系，半斤八两，两不拖欠最好！这些年这两口子得寸进尺，一次比一次狮子大开口，一次比一次贪婪。"

王春华点了点头。

春节过后，威城市第二届餐饮协会会长换届，作为上一届的主席，吴建国想继续连任。

他与石磊无论是店铺规模还是人脉地位都势均力敌，两人呼声颇高，皆有望登顶。

石磊近年来又开始春风得意，自从知道吴建国和王思瑞一家闹掰后，他往王思瑞那跑得更勤了，一口一个姐夫叫着，不知道的还以为这两人才是实在亲戚呢！

这不，年节才过不久，石磊就拎着大包小包的礼品进了王思瑞的家门。

"石大老板，你这大忙人，今天怎么有空到我这儿来了？"王思瑞被踢出建龙，整个年都没过好，连带着看石磊也不顺眼，才一开门就不轻不重地嘲讽了一句。

石磊只当没听懂，脸上堆笑，巴结说："这不是想到姐夫过年忙，过来也是给你添乱，年节刚过，就过来看您和嫂子来了。"

王思瑞坐在副主任这个位子上这么些年，自然不是傻子，他知道石磊是商人，商人嘛，一向以利益为先，这次过来肯定是有求于他，于是直接说道："你也不用跟我来虚的，说吧，什么事？"

石磊看他面色不佳，便知道这个王主任是丢了建龙集团这棵摇钱树，正心里烦呢。他眼神一转，说道："姐夫这是说的哪里话，我这个人没别的优点，只知道知恩图报，您帮了我，我现在也算小有成绩，特意登门来感谢您。"

石磊从口袋里拿出一张银行卡，塞到王思瑞手里："姐夫，您怎么说也是个大主任，还住在这么个三居室的普通房子里，我看了心里都替您委屈。这是我的一点心意，给您和嫂子换个四居。"

王思瑞自是故作推辞了一番，便将卡笑纳了。两人接着又互相吹捧了一番，石磊终于把话题拐到此行的目的上，那就是威城市餐饮协会会长换届问题。这届主席，他一定要当选，然后狠狠地将吴建国踩在脚下，以解自己多年来堆积的怨气。

建龙集团顶楼，吴建国办公室大门被人一下子推开，正是林惠风风火火地闯了进来。"吴总，这个石磊简直可恶，专门背后下黑手！"吴建国从文件报表里抬起头，说："有什么事坐下说，慌慌张张成什么样子。"

"我听说，那个石磊搭上王思瑞后，现在两人正合谋想在建龙屠宰场上动手脚，给建龙扣上卫生不合格的帽子，就为了让你在威城市餐饮协会会长竞选中落败。"林惠生气地说，"一个是你的发小，一个是你的表姐夫，这两人真是为了利益完全不要良心！"

以林惠的性格，这样气急败坏的样子实在少见。正所谓关心则乱，她这般生气在意的样子，倒像是一股暖流滋润了吴建国干涸疲惫的心田，见惯大风大浪的吴建国柔情蜜意地看着她。商场如战场，他早已练就了临危不惧的本领，随即安慰道："不用担心，建龙一直严守卫生标准，市场监督局每天一抽查，他们不会蠢到真当公家是吃干饭的吧？另外，这些人就算想给建龙扣帽子也不是一件容易的事，我有的是办法对付。"

吴建国拿起电话，正准备先安排法务部的人去解决这件事，林惠伸出手将电话按断了。

"这件事你不用担心了，我来办。"主将不慌，林惠也冷静了下来，说道，"你大概是忘了我叔叔如今已经是副市长了？"

吴建国怎么可能忘，他深知外乡人在本地做生意，没有一两个靠山寸步难行。早在多年前他就悄悄搭上了多个环节的重要人物和权力部门的关键角色，所以生意才能做得如此顺利，事业发展得越来越大。对林惠的叔叔，他也是瞒着所有人，早就开始走动拉拢，现在已经与林惠的叔叔是同一条线上的利益盟友了，这层关系，正应了王思瑞上次的揣测。

林惠说完就走，走到门口处又停了下来，顿了顿说："我知道集团里风言风语的，说我喜欢上了有妇之夫，你放心，我们之间的关系我不会透露出去。我喜欢、愿意跟你在一起是情不自禁，但我不会逼你离婚娶我，我就当一个卑微的小三好了，别让我的这份感情给你和你的家庭带来困扰。"

林惠说完便走。出了吴建国办公室大门，她拿出手机拨通电话："婶子，我是小惠！好久没去家里看您了。您天天为家里的事忙前忙后日夜操劳，正好天茗广场最近新开了一家养生会所，明天周末，我带您去好好保养放松一下。"

她在建龙负责人事和办公室工作有些年头了，与人打交道越发老道，知晓叔叔以前跟王思瑞是上下级关系，现在贸然找过去让他帮助吴建国打王思瑞的脸，不仅办不成事，搞不好还会被对方抓到话柄，将事情推向更糟糕的局面。还不如先去找这位爱听奉承话的婶婶梁秀娟，让她去吹吹枕边风，指不定这事就成了。

第二天，林惠把婶婶接到养生会所，直接办了钻石 VIP 卡，两人进了钻石套间，享受高级养生专家的保健按摩服务。一个半小时过去，林惠确实感觉浑身的疲劳都舒缓了很多，再看婶婶也是容光焕发，满脸喜色。

"小惠啊，本来养生美容什么的我是不信的，觉得纯粹是浪费钱，只是你的一片孝心我不好拒绝，这才和你来的，没想到还真管用，这一套下来，我感觉整个人都年轻放松了呢！"

林惠知晓婶婶向来谨慎小心、勤俭持家，外人想要通过做通她的工作在叔叔面前说两句好话，她是绝对不会应允的。她自知身份特殊，为了丈夫的威望，对自己的言行约束非常严格，这种在常人看来很高档的按摩服务她的确从来没有感受过，自然觉得浑身舒爽，效果良好。

　　林惠看到婶婶对她的安排放心而满意，便顺着说："那是自然！您要常来做保养才行，这个保健按摩不仅对身体好，还能让皮肤和骨骼都得到放松，说延年益寿也不为过。您看您都显得年轻了好几岁呢。"

　　哪有女人不爱美？尤其还是被比自己年轻的后辈夸赞。梁秀娟喜笑颜开，越发觉得林惠这个侄女懂事，便主动关心起她的工作来，问道："我听你叔叔说你在建龙集团上班很多年了，怎么样？工作还算顺心吗？"林惠闻言，心中窃喜，但却表现出心事重重、欲言又止的样子。

　　梁秀娟一看，笑着问道："有什么难处，就和婶子说，我可是知道当初这个工作是你叔叔给安排的，要是受了委屈，就让他再给你换个合适的。"

　　"那倒没有，公司里的人都对我很好，尤其是几位领导对我十分信任，这些年都在提拔栽培我，我对他们很是感激。"接着又说道，"只是最近公司遇到了点麻烦，有人想栽赃我们的屠宰场卫生不合格，阻止董事长竞选威城市餐饮协会会长。"

　　"哦，有这样的麻烦事？你今天带我出来主要是想说这件事吧？"梁秀娟意味深长、面带微笑地看着林惠问道，"那个想栽赃的人我认识吗？是谁？"

　　"就是那个介绍我到建龙的王思瑞，叔叔以前的部下。"林惠刻意压低声音说道，"我可是听说他这个人作风不好呢，前两年还带过叔叔和市里的一些干部出入夜总会呢。有一次我在夜市上吃夜宵亲眼见过。"

　　这句话可谓是触了梁秀娟的逆鳞，她没读过什么书，对自己的外在和内在本就不自信，这些年梦幻般地成了人人羡慕的领导夫人，自卑心和嫉妒心变得更强了，没事总爱猜疑，对丈夫工作外的去向管控极严。现在经林惠这么轻描淡写一挑拨，对王思瑞这个人半分好感都无，甚至有些厌恶。

　　那天晚上回去，梁秀娟对林市长发难了，质问是不是和王思瑞去过夜总会，是不是做过什么见不得人的事情，是不是背着她在外面乱来。在狂风暴雨和哭喊撒泼中，建龙集团的问题迎刃而解了。

吴建国心情很好，嘴角掠起一抹奸笑，想着这林惠既漂亮又年轻，心甘情愿给自己做情人，还有这么个叔叔，如果娶了她……但又想到离婚将被分去的一半财产，登时笑容凝固了。

于是，他找到协诚律师事务所的邱律师。随着建龙集团业务的扩大，协诚作为集团法务顾问，也是赚得盆钵皆满。邱律师自然不敢怠慢，说："吴总，您要有事，打个电话，我去集团找您就行了，您不必亲自跑一趟。"

吴建国说："老邱，合作这么多年，我把你当兄弟，希望你也别跟我见外。"

邱律师道："哪里，哪里，吴总客气了。"

吴建国说："之所以来找你，是因为这次不是集团的事情，是我个人的私事。"

邱律师说："请讲。"

吴建国说："我现在如果跟王春华离婚，她会分走我多少财产？"

邱律师顿了一下，说："吴总开玩笑吧，为什么要离婚？婚后财产，大概率是一人一半为基线，虽然有所倾斜，但不会差太多。"

吴建国说："那么，有什么办法能让她分走的财产少一点，最好一点都分不到？"

邱律师意识到吴建国不是开玩笑，变得凝重起来，说道："吴总，您三思，离婚前转移财产，是有道德风险和法律责任的，如果数额巨大，很有可能会被认定为恶意转移、隐藏财产。"

吴建国说："很严重吗？"

邱律师说："如果在离婚诉讼中发现对方有隐藏、转移、变卖、毁损夫妻共同财产或伪造债务的行为，一经认定，在分割财产时可以少分或者不分。这对您的财产分割显然不利，而且，这个权利的诉讼时效为两年。"

吴建国说："真的没有办法了？"

邱律师说："办法是有的，但不到万不得已，不要那么做……"

吴建国说："说来听一听。"

邱律师说："不知吴总要转移的是资金还是不动产？"

吴建国说："钱，我不缺，她随便拿；不动产，也好分割。但是，股权，是必须要搞清楚的。"

建龙是他的命，他的摇钱树，他作为男人一切的骄傲和寄托！

邱律师说："吴总可以拿股权抵押，进行借贷或者担保，通过信贷违规的方式进行冻结，然后折算成钱支付给对方，自己承担信贷风险，离婚后再逐步赎回来；或者将自己的股权以奖励、福利的形式，分摊给员工，然后建立一整套的劳务合同，在离婚后触发劳务合同的违约条款，以考核的方式把股权收回来，等等，不一而足。总之，就是想办法在婚姻存续期内，让夫妻双方持有的股份尽量减少，离婚后一方持有少量股份，而另一方可以有途径回收离婚前减持的股份，算入个人离婚后经营所得。"

吴建国听得很认真，问道："这样做保险吗？"

邱律师说："从本质上来说，这是违法的；但凡违法的事情，都是有风险的。比如，以借贷、担保方式故意冻结股权，如果对方坚持不以财物、不动产来抵冲被冻结的财产而放弃股权，那么一系列操作就得不偿失了，如果建龙的股权被银行冻结，这引发的商业震荡是不可估量的。如果以福利、奖励的形式来发放股权，离婚后再回收，那么更得小心，股票是有价证券，这个东西移交给个人，他们规避违约条款的手法往往会超乎想象，很容易把这些股权据为己有、白吃白拿。"

吴建国说："这么说，几乎是没有办法了。"

邱律师说："你若执意离婚，那么就想办法联合其他股东，离婚时以一人一半为基准，按照法律分割；离婚后，只要支持你的股东股权超过 50%，你不还一样是董事长吗？只要你掌握了董事会大权，再联合其他股东一起吃掉对方的股权，反而更安全、更容易操作。"

吴建国说："容我再想想，我来找你的事情，不要跟别人说。"

邱律师点头道："吴总，您放心，我明白。"

第四十二章

借刀杀人，一言诛心报私仇

月初的集团例会上，吴建国清了清嗓子，发言道："近期，有竞争对手恶意投诉我们的食品安全问题，甚至想以此大做文章。胡总监，此事你要打起十二分精神，不要出现任何差错。"

"是，吴总。"胡立行恭恭敬敬地回答道。

"这件事有惊无险地解决，主要是林总监的功劳。虽然建龙的食品安全不归林总监管，但她以高度的责任心，使集团避免了一场危机，对此，我代表董事会向林总监表示感谢！希望在座的各位，能够学习林总监的敬业奉献精神，积极为建龙的发展贡献力量。"吴建国专门表扬了林惠，还赞许地看了看她。

"吴总，这是我作为建龙人应该做的，不算什么。"林惠谦虚道，但眼光却掠过众人，一副颇为受用的模样。

习惯沉默的王春华脸色不太好看，但还是说道："林总监工作认真，又年轻漂亮，本来就是建龙不可多得的人才，这次又立了大功、为建龙出了力，我建议奖励 30 万，来激励大家向林总监学习。"

吴建国立马接话道："王总的提议非常合适，该奖，该奖！张总监，这事你来办。"

　　张海洋认真做着记录："吴总放心。"

　　巩明森说："哇，好事啊，林总监一定要请客！"

　　林惠说："没问题，今晚海月楼吃海鲜，大家赏脸！"

　　"哇，林总监真是大气！"张军说道，"比上次聚餐的海鲜饺子楼要高一个档次。"

　　"是啊，我觊觎那里的澳洲龙虾好久了，今晚可以一饱口福了。"巩明森说道。

　　"自然没问题，只要大家肯赏脸。李部长，要不要一起喝两杯？胡总监升职那天，我正赶上感冒，没能与李部长碰上一杯，实在是遗憾。"林惠说。

　　"不了，我有事，改天我单独请林总监吧。"李琮挽了挽耳后的长发，字正腔圆地说道。

　　"不给面子啊李部长，还是说胡总监的酒席好吃？"吴建国插了一句，"大家好不容易聚聚，不要扫兴嘛。"

　　李琮说："吴总，如果是工作上的事，我不会推辞的。"

　　吴建国顿时有点下不来台，说道："除了工作，还得享受下生活嘛。李部长为建龙扩张劳苦功高，我正想找机会敬你一杯酒呢。正好林总监做东，我可以借花献佛了。"

　　李琮说："我虽然比不上林总监会享受生活，但我会在工作上向她学习。"

　　忽然，热烈的气氛尴尬了下来，在座的人下意识地望向林惠。林惠的私生活，集团高管有谁不知？李琮素来庄重，不在乎也不参与别人的桃色新闻，说的话也是中规中矩的，但在林惠听来，却是那么地刺耳，甚至嘲讽。

　　当下一股无名邪火冲上来，林惠说："李部长，开会是谈工作，不必扯上生活的事。吴总，我申请辞去行政总监一职，让能者上位，免得有人看不惯，含沙射影地公然进行人身攻击。"

吴建国了解李琮这个人，要说大庭广众之下揭人隐私，她倒是做不出来的。但林惠不依不饶，自己也该表个态，于是说道："林总监，你作为公司高管，怎么能因为一点小事就闹辞职？李部长，林总监得了奖金，请大家吃饭，也是一番好意，你这么执意推辞，同事情分面儿上，也是说不过去的嘛。"

李琮说："既然如此，今晚海月楼，我亲自为林总监斟酒赔罪。"并不是李琮能屈能伸，而是她觉得吴建国既然开口了，再讨论这件事情，是比晚上参加聚餐更浪费时间和精力的事。

"这就对了，和谐社会嘛！"吴建国松了一口气。

林惠见李琮让了她三分面子，也说道："抱歉，李部长，是我失态了。"

"哪里，先谈工作吧！"

会议继续进行，一切似乎都没有发生过。吴建国提了海外市场拓展的初步设想，让各位高管回去后认真思考，下次例会再集思广益。

晚上，海月楼，觥筹交错，一派热烈。

吴建国举起酒杯，先发言道："第一杯，先感谢林总监给我们提供了这么一个难得的放松机会。"众人兴高采烈，纷纷附和，举杯道："谢谢林总监。"林惠应和着："客气，客气……"

酒过三巡，众人酒兴未尽，李琮起身道："林总监，这杯酒我给你赔罪，今天会上，是我不对，你莫往心里去。"

林惠说："哪里，也是我失态，喝过这杯酒，咱们不要再提这件事了。"一个碰杯，倒也很正常。

李琮又倒上酒说："吴总、王总，建龙有今天，离不开您二位的掌舵，这一杯，我代表我们市场拓展部敬您二位。"

吴建国起身说："建龙在全国150多家分店，一大半都是李部长拓展出来的，李部长功不可没，这杯应该我们敬你才对。"

王春华也起身说："李部长整日在外面劳苦奔波，经常一两个月也回不了威城一日，比我们这些坐在办公室的人辛苦多了。我觉得，论真才实干、踏实吃苦，李部长在建龙就是榜样。这杯我与吴总敬你。"

李琮说："哪里，建龙有今天这样的成就，大家都很辛苦，只是岗位分工不同，如果别人在我这个位置上，出差、加班肯定也是常态。我先干了，二位领导随意。"然后一个满杯，把酒杯倒过来，一滴不剩。

吴建国、王春华自然也喝了满杯。王春华赞叹道："若是别人到了李部长这个位置，也没有这样的酒量，真是令人佩服。"

林惠一直觉得王春华夸奖李琮是在敲打自己，听王春华这么一说，就倒上酒，说道："李部长，说好了一醉方休，我们多亲近亲近。"

吴建国觉得林惠有点赌气，说道："林总监，不能再喝了，明天还有工作。"

林惠仿佛听不见，说道："李部长，给个面子？"

李琮说："林总监赏脸，自然却之不恭。"

众人互相敬酒，倒也没太在意这两个女人之间的事。直到一连喝了三杯，也都觉得有些不大对劲了，胡立行先说："两位，意思到了就行。李部长，先让我敬林总监一杯。"

林惠说："李部长素来千杯不醉，大家一起够够她的底儿，先敬李部长。"

李琮听了，皱眉道："林总监，非要这样？"

林惠说："王总一直赏识李部长的酒量，我只是好奇，李部长到底能喝多少。"

李琮觉得林惠是项庄舞剑，意在沛公，就说道："平常喝酒，不过是为了工作。今天，我到量了，甘拜下风。"

王春华也劝道："林总监，别看工作上你与李部长各有千秋，但喝酒，我还没见李部长醉过。李部长今天不想喝了，就改日再喝吧。"

吴建国知道，林惠今天请客，王春华越夸李琮，就越是在折林惠的面子；此刻，看似在当和事佬，其实是在拱火。

林惠果然心中不爽，拉着李琮说："李部长，再给个面子，多喝几杯，我先干为敬。"

众人目瞪口呆，看着林惠把那二两杯的白酒仰头喝尽。

李琮叹息一声，似乎很无奈，倒上酒，随了一杯，再倒上，说："回敬。"

林惠自然不拒绝，喝完了，又倒上，说道："还能喝吗？"

李琮说："奉陪。"

张海洋鬼精，看出来林惠是把李琮当成了王春华的化身，一定要把李琮喝倒，好证明不论是才干还是酒量，王春华都不该拿李琮压她。

虽然她确实有能力，但高傲，是她的软肋，这一点被王春华拿捏得死死的。

聚餐，演变成了斗酒，众人劝也劝不住，都希望这两人看在吴建国的面子上能够偃旗息鼓，于是纷纷看着吴建国，轻声道："吴总，说句话……"

王春华却说："老吴，我们建龙离不开大家的帮助，我们应该多敬各位高管几杯。"

吴建国说："这是应该的，但……"

王春华打断说："先干为敬。"众人无奈，纷纷起身，说道："王总，客气了……"

忽然"扑通"一声，桌子都差点被压倒了，两个女人斗酒分出了胜负。

不出所料，林惠败了。

她酒量不错，对一个女人来说，能喝二斤酒已经很厉害了。

但是，李琮在市场拓展部部长位置上经历的事情，她不知道。比如，有人会特意找几个能喝的去陪酒，想在酒桌上把这个来谈判的女人灌倒；比如，小地方招商局的领导，必须是一等一地会喝酒，一定会努力把李琮陪好，争取把建龙的投资拿到手。

但是，想灌醉李琮的，没有人成功过；公务接待李琮的，总是在对方酒量见顶的时候，李琮会恰如其分地说："我酒量到了，可否上饭？"客人如果要吃饭，等同于放了苦苦支撑的领导一马。

头阵必赢，领导不醉，这是李琮在这个位置上总结出的经验。

吴建国去拖了一把，却是拖不动，王春华说："快叫救护车。"

众人七手八脚地把林惠抬上救护车，吴建国让自己的司机和秘书陪着去医院，众人看着救护车扬尘而去，才舒了口气。吴建国突然暴怒道："王春华，你这是故意的！这是你一个集团总经理该有的行为吗？你做人做事能不能考虑清楚？"

空气凝固了，吴建国觉得还没有说到位，又接着说："林惠刚为公司解决了一个大难题，我们感谢她还来不及，你就故意怂恿她跟李部长拼酒？"

李琮说："吴总不要苛责王总了。我对王总和林总监的私人恩怨没兴趣，也无意灌醉林总监，但她实在咄咄逼人。"顿了顿，又说道："林总监这个情况，我有责任，明天我会递交辞呈。但是，吴总，我奉劝您一句，董事长和高管闹绯闻，是大忌，您好自为之。"说完，她披上风衣，优雅地转身，拦住一辆计程车。

众人面面相觑，张军赶紧跑过去说："李部长，留步……"

李琮使劲儿挥了挥手，关上车门，出租车绝尘而去。

第二天，林惠没来，司机带回来病历的复印件，胃出血。

行政部分管人力资源的毛经理敲门进来，说道："吴总，李琮的辞呈，您过目。"

吴建国阴沉着脸，说道："放这里吧。把通联部巩部长和财务部张总监叫来。"

两人放下手中的工作，来到董事长办公室，在门外遇着，相互换了个眼色，心照不宣地点了点头，就敲开了门。

吴建国说："这是李琮的辞呈，你们说说自己的看法。"

张海洋是总监，巩明森不过是个经理，张海洋不说话，巩明森就不说话。

沉默了一会儿，张海洋只好说："集团正在筹划海外扩张事宜，这时候李琮如果走了，市场拓展部的工作，恐怕会受到严重的影响。"

巩明森也附和道:"市场拓展,目前集团里没有比李琮更合适的人。如果从集团内部选人,不一定能挑起来;如果招聘专业人才,以建龙的体量,一时半会儿恐怕也适应不了。"

吴建国说:"她公然污蔑我和林总监,我难道不要面子的?"

张海洋说:"吴总,面子和建龙的海外拓展,哪个重要?"

巩明森说:"其实,酒桌上喝斗气酒很常见,也没啥大不了的,大多酒醒了也就没事了。李琮这人,素来独来独往,不欠别人的也不惯着别人,她在酒桌上没有吃亏,这事儿就算过去了。她之所以那么说、那么做,是因为看不惯吴总因为林总监喝醉的事迁怒王总,所以……"

"我那是迁怒吗?"吴建国说,"王总如果不煽风点火,林总监会去找李琮拼酒?"

"如果是我,不管王总怎么说,我都不会去拼酒。"张海洋见巩明森被训斥,赶紧给他解围,"林总监心气高,本身性格有缺陷,李琮又不惯着她,所以这事她自己有很大责任。再说了,王总看不惯林总监,在集团里已经不是什么秘密了,林总监为何非要往套里钻?"

"我让你们来不是讨论昨晚谁对谁错的。"吴建国生气地说,"李琮昨天那么说,让林总监怎么回来工作?"

巩明森见张海洋被训斥,也赶紧帮忙解围,说道:"李琮说那话,只不过是觉得吴总对王总态度有点不大好,随口一说而已。其实,集团的管理层都知道,建龙的辉煌少不了林副市长的功劳,林总监当初也是靠着他进来的,吴总对她表现得关切些,也不过是看在林副市长的面子上而已。"

吴建国显然对他的回答很满意,表情也缓和了,说道:"唉,董事长的位子,难坐啊!好在有你们这些人帮衬着。罢了,我去给李琮道个歉,亲自把她请回来。"

"别,"张海洋说,"李琮素来说一不二,昨晚辞职的事既然当众说了,你去做工作,她肯定不会回来。李琮是那种外柔内刚的人,这种人一般对自我要求很高,她既然觉得林总监的状况自己有责任,那让林总监去请,再三道歉，她反而不好拒绝。"

"但是，林总监心高气傲，会去说服软的话吗？"吴建国疑虑道。

"那就需要吴总去做林总监的工作了。"张海洋一本正经地说。

"张海洋，你个老狐狸！"吴建国心里暗骂。

李琼对于建龙的重要性，不言而喻。

不说她为建龙全国布局打头阵立下的汗马功劳，就说眼前集团拓展海外市场的事，换一个人来负责这件事，拓展计划起码拖慢两年。

私人会所的包间里，女秘书裹着浴袍，正在梳弄整理着长发，地上散落的衣物和一床的狼藉，显示着刚才发生的一切。吴建国起身，忽然感觉膝盖一酸，不由得感慨道："时间不等人啊。"

确实，人过四十天过午，如果计划再拖慢两年，建龙拖得起，可自己的体力和精神，还能拖得起吗？

所以，他知道，李琼必须回来。

他也知道，林惠病着，不能伺候自己，所以先找了女秘书来解决下。于是，笑着捏了捏女秘书的脸蛋，随即穿得衣冠楚楚，去了林惠的别墅。

漂亮的别墅里，林惠一个人来到楼顶，风吹过，吹得她眼眶生疼。背后传来脚步声，她知道，一定是吴建国来了！

心里的委屈一层一层涌上来，想起这些年，她为建龙和吴建国付出了太多。王春华的故意设计，她除了去找李琮拼酒，竟然一点其他反击的方法都没有。只因她喜欢的那个人是王春华的合法丈夫，自己无论多么衣着光鲜、挥金如土，说到底也不过是一个小三角色。

确定吴建国在身后，她哭了起来。眼泪，许多时候是委屈，是悲伤，是高兴，是激动，但也有可能是配合某个场景的道具。

吴建国上到楼顶有一会儿了，看到林惠一个人在默默流泪，不禁心生爱怜，也想起与眼前情人的种种过往，想到那个台风天，林惠与他在火锅店忙碌，想起这些年与他一路扶持，为他排解身心上的孤独和寂寞，走到现在。在他看来，林惠始终是在默默付出的……

女人总是仰慕成功的男人，吴建国要钱有钱，要男人味有男人味，不只吸引了李天娇、林惠这样的单身女人，同时也令很多年轻女人心动。对于吴建国身边那些逢场作戏、走马灯式随便换掉的女人，林惠极力装得大度，甚至帮他遮掩。她似乎只想证明，自己不会像王春华那样对丈夫进行束缚，吴建国娶了自己才会得到成功男人所想得到的一切，比如，事业、名声，以及各种投怀送抱的女人。

但是，时间久了，她隐约发现，无论自己怎么努力，吴建国似乎只对征服人心、征服欲望，甚至征服世界感兴趣。她已经分不清，吴建国跟自己长期保持关系，是因为喜欢自己，还是因为自己叔叔的关系。

看到林惠还在抽泣，面对这个在多少个夜晚给予自己心灵与肉体满足的女人，吴建国突然间无法抗拒，变得感性而心疼，他忍不住大力地将林惠搂到怀里，说："给我点时间，等我把建龙做大做响，走出国门，我就离婚，跟你光明正大地在一起。"

林惠收住眼泪，顺势用满足的、温情的、理解的眼神看着吴建国，然后忘情地往对方怀里靠近……

吴建国对林惠的情愫是复杂的，他除了享受着这个女人带给他身心的快乐，还有最重要的一点，她不仅懂他，还能够帮他。

他用一双深情的眼睛紧盯着倒在怀里的林惠，看着那张因为伤心、激动、满足而涨红的脸颊。吴建国突然情不自禁地将她搂得更紧，低头狂吻起来。"今后就叫我建国吧！"他既深情又愧疚地说道，"现在离我的理想又近了一步，等开辟了海外市场，建龙火锅走出国门，我便给你个交代……"

"嗯！"林惠说，"你可不能负了我……"

"不会的，"吴建国说，"等你病好了，我们一起想办法，先把王春华的股份给削减，等我们结婚了再拿回来，以后建龙才是我们两人的。"

"我信你，"林惠说，"这几天歇病假，我也会多想想办法。"

吴建国就把她拦腰抱起，温柔地说道："你先躺下休息，我有话跟你说。"然后沿着台阶，一步步走下楼顶，把林惠放在床上，细心地盖上被子。

"李琼交了辞呈，你知道吗？"吴建国握着林惠的手说道。

"你舍不得？"林惠一语双关。

"若是平时，自然舍得。但是建龙走出国门，还需要她，现在还不是卸磨杀驴的时候。"吴建国缓缓地说道。

林惠自然冰雪聪明，说道："建国，你专门跟我谈这件事，到底想让我怎么做？"

吴建国说："我想让你把她请回来，我知道，这对你来说很难……"

"别说了，"林惠捂住他的嘴，说道，"为了你，为了建龙，什么面子、尊严，我都可以不要，过两天我就去请她。"

吴建国轻轻地吻着她美丽的面颊，说道："林惠，谢谢你，我欠你太多了。"

林惠说："不用谢我，我是自愿的。可以抱着我睡吗？"

吴建国就脱了鞋袜，让林惠躺在臂弯里，心里柔肠百结。

过了两天，林惠亲自上李琼家拜访。

李琼倒是清闲，也很会享受生活，辞呈上交后，并没有急着找下家，而是彻底放飞自我，调整状态。

所以，当林惠给她打电话，说自己来拜访，人已经在小区外面的时候，李琮给门卫打了个电话，把她放了进来。

林惠第一次到李琮的家，不过 80 平方米的两居室，一间是卧房，一间则被打通，跟阳台连成一体，装了大大的玻璃窗。

李琮穿着居家服，惬意地躺在躺椅上，喝着红酒，晒着太阳，听着音乐。她说："要不要喝一杯？"

林惠说："已经见识了李部长的酒量，虽然不自量力，但也要品一品李部长的酒。"

李琮给她斟了一杯，说道："我已经交了辞呈，叫我李琮就行。"

林惠说："我就是为了这事来的，那天是我不好，今天我特地登门道歉，希望你能回建龙。"

李琮说："吴建国让你来的？"

林惠与她的目光一对视，就发现她那仿佛看穿一切的眼神，也就不遮掩，轻轻点了下头。

李琮说："那公司的风言风语，也是真的？"

林惠说："是真的。"

李琮说："难怪，我这几天一直反思，那天开会你为何反应那么大。我从没信过那些流言，所以问心无愧，结果被你误解了，才有了那天晚上吃饭时你对我的不依不饶吧。"

林惠说："我来请你回去，建龙正在筹备海外扩张，吴建国需要你。"

李琮说："你搭上自己的青春，到底图什么？女人，不应该学会独立吗？凭你的能力，总监的职务也做得很称职，换到其他公司一样能拿高薪，何必在建龙那里，非要跟吴建国在一起？"

林惠说："我不知道……但是，李琮，我想请你回去。我知道，你去别的地方，不会比在建龙挣得少；可是，你若不回去，吴建国肯定会怪我不懂事，把你气走了，说不定会离开我……"

李琮很奇怪，说道："他离开你，对你来说反而是一种解脱吧。你心高气傲，值得为一个男人卑微到尘埃里吗？"

林惠流下泪来，说道："我知道，我是婚姻家庭中人人痛恨的第三者，但是，我控制不住，我只想在年轻的时候，真真正正跟自己喜欢的人谈一场恋爱。"

李琼说："虽然我很不理解你的爱情观，但也没有权利指手画脚。痴情成这样，倒也令人动容。"

"你答应我了吗？"林惠闪着泪光，用乞求的眼神望着她。

李琼摇了摇高脚杯，说道："我只做我的分内事，拿我合同上的薪水。如果我回去，你跟王春华再怎么演宫斗戏，不要再把我扯进去。"

林惠说："我以后一定会尊重你，也请你原谅我之前的所作所为。"

李琼说："那好，碰一个！"

小区门外，林惠给吴建国打电话，笑吟吟地说道："搞定！"

自从有了林惠那个担任副市长的叔叔在暗中施压，威城市餐饮协会会长的职位最终落到了吴建国身上。

这次换届，林惠对吴建国说："叔叔说了，你肯定连任，已经内定了。"他高兴得把林惠抱起来转了好几圈，立马备了厚礼准备拜访致谢一番。由林惠牵线，吴建国在威城最奢华的海鲜餐厅定了包厢，宴请林副市长一家。

其间觥筹交错、宾主尽欢，倒像是普通家宴一般。但吴建国心里清楚，林市长此次相助，可不仅仅只是因为老婆回去施压这么简单，也跟自己平时的走动疏通有关。

还有就是，建龙集团规模越发庞大，林副市长表面要做足功夫，试图给别人一种感觉，他是通过林惠这条线才认识吴建国的，这样才不会予人把柄或是口实。实际上，他早与吴建国暗度陈仓，来往密切，也通过多种渠道在多个项目审批上给予吴建国便利，这样做，无非就是想吊着这棵摇钱树罢了。

说到底，他即将退休，得多为自己想想。性格上，他和王思瑞是一类人，重利益轻情义。

有了威城市餐饮协会会长的名头，再加上林副市长暗中扶持，建龙集团发展到了最辉煌的时期。

吴建国的野心如同蒸腾的火焰在他心中熊熊燃烧，唯一的想法就是扩张。建龙集团运作顺利，产业链齐全，他认为是时候向全世界彰显巴蜀餐饮文化魅力了。扩张！扩张！他要让建龙火锅店遍布全世界，让建龙品牌印在不同肤色的人心里！

有人欢喜有人愁，建龙这边锣鼓喧天、欢声笑语好不热闹，石磊那边最近的日子可不好过。

川岩饭店在不久前被多名顾客爆料说饭菜中有昆虫尸体，这本不是大事，想办法压压媒体口风就行，但不知怎么回事，这件事持续不断地发酵，引来了工商部门和食品监督部门的调查，对川岩饭店的形象造成了极大影响。一传十、十传百，渐渐地，川岩饭店门可罗雀，光景又变得惨淡无比了。

雪上加霜的是，他自己也因此事丢了区工商联副主席和餐饮协会副会长的头衔。

做餐饮，资金链是大问题，一旦资金链断裂，经营就成问题。店里三天两头有人来查，哪个顾客敢拿健康开玩笑？生意显而易见受影响，一天也没有一两桌客人，现金流成问题，一时间竟是连员工工资都发不出了。

人生的悲剧不过如此，员工纷纷提请劳动仲裁，要求发工资。石磊情急之下，卖了几家分店，把劳动仲裁的官司先结了，然后索性挂出"停业装修，敬请期待"的牌子，暂时关门。

晚上，石磊在街边的小酒馆借酒浇愁，迎面过来一个女人，说道："我可以坐下吗？"

石磊说："自然可以。你是来看我笑话的吧，我追了你好几年，有钱时你都不肯跟我好，现在我落魄了，你还来做什么？"

那女人正是朱丽萍，一个来自农村的女人。她轻轻坐到石磊身边，说："你有钱时，我觉得你不够踏实，怕你是个登徒子，只是骗我。这么多年了，你也没有去找过其他女人，我觉得你是真心的。"

石磊说："你不用可怜我，员工都走了，川岩只剩我自己了。"

朱丽萍说："你是真心的，我就愿意跟你好，哪怕你没钱了。"

石磊说："我后悔没有听你的，防着吴建国。上次明明说明白了，彼此各走各的路，为什么他非要斩尽杀绝？"

朱丽萍说："吴建国不倒台，你不会有出头之日的。我劝你很多次，你还是不肯动手吗？"

石磊说："我还是念及与他的同窗、同乡情谊。"

朱丽萍说："你看看你自己，如同热锅上的蚂蚁，被吴建国烤着，眼看就快一命呜呼了。你被他连着阴了两次，还不清醒吗？我这时候来找你，是希望你明白，我虽然是农村出来的，但不是为了钱跟你在一起。"

石磊流出泪来，想了又想，说道："最后的那些资产，我本是要留给你的，如果拿来对付吴建国，操作不好，我连给你一点保障的能力也没了。"

朱丽萍也哭了，扑在石磊的怀里说："你还不明白？我看中的是你这个人，就算一无所有，我们也应该绝地反击。我爱你，我不愿意看你受欺负，不愿意看你一次次被吴建国逼得无路可走！"

石磊说："我再去求求王主任，但凡有一点办法，我也会给你留下保障。"

朱丽萍说："好，但你答应我，无论如何，不要再对吴建国心软了。"

而此时王思瑞一家，已经换了新房。新房在一个高端小区里，是五居室。这天，正好在家的王思瑞听见门铃响起，一开门，见是石磊，先是一愣，然后脸色一惊，脱口问道："你找我有事？有什么事？"王思瑞明显把他当成不速之客了。

石磊见王思瑞想翻脸不认人，顿时有些慌了："姐夫，您可得帮帮我啊！"王思瑞挡住门，说："我帮你？我怎么帮你，你饭店卫生不过关，这事都捅到上面去了，我前天还被通报批评了。我现在帮你，怕是连我自己都得栽跟头！"

石磊一看王思瑞赤裸裸地表现出想过河拆桥，也就不卖惨了，开门见山带着恐吓的意味说道："王思瑞，银行逼我还债，我现在是走投无路了，你要是不帮我，我哪怕不拉你下水，你脱得了干系吗？你儿子的留学费，逢年过节的礼金，你家这套房子的钱是谁给的？我可是问过了，上述任何一条，都可以定你贪污受贿！"

王思瑞如遭雷劈，他半瘫着倚在门框上，使劲用手拍着自己的额头，"啪、啪啪、啪啪啪……"

这个社会，有什么关系是绝对可靠的呢？尤其是以利益作为纽带的关系，更是如同破纸糊的一样，一碰就破，徒留下一堆不堪入目的垃圾。

石磊看到王思瑞此举，气得七窍生烟，只得在心中暗骂："好一个缩头乌龟，真是个窝囊废。想必此时吴建国正在暗中得意，一边庆祝他棋高一着，一边嘲笑我石磊无能，斗不过他，成了手下败将吧。"

石磊已经肯定今时被调查导致餐馆即将倒闭一事，吴建国是幕后黑手，却也奇怪吴建国如此沉得住气，仿佛像是不知道他的境况一样，没有一点要来打探消息的样子。唉，已经无关紧要了。

他想，等揭下川岩饭店的招牌，就到市政府门前去静坐，首先要告王思瑞一状，他还想仕途步步得意？怕是连自由都要丢了。如果上级部门不管这件事，他就去张贴黑榜，势必要将受贿这个罪名压在王思瑞身上，这种拿钱不办事的人岂有不死之理？

但是，又想到朱丽萍，他忽然觉得一切都不那么重要了。于是，他摇了摇头，说道："你帮过我，我给了你钱；我不欠你的，你也不欠我的。"然后轻轻带上门，离开了。

黄昏的风吹过脸庞，石磊有些释然，也有些悲怆。良久，他掏出手机，拨通号码："喂，春华，老地方聚一聚吧。"

这一边，吴建国早已经收到石磊出事的消息。

石磊呀石磊，别怪老同学我刻意打压你，实在是你的所作所为太不让我放心了，而且林副市长此次特意要查办你，怪只怪你充当了王思瑞的马仔，怨只怨你处处与我作对、不识时务，我上次有心放你一马，你非但不向我有过投诚的心，后面还暗中和我作对。为了生存，为了建龙的发展，我只让你破财，没把你送进局子，已经是大度了。

石磊确实头脑聪明，思维锦绣，奈何缺乏真诚，心慈手软，就只能怪他自己做人不济了。吴建国本想心硬如铁，但仔细想了又想，如今建龙拓展海外市场的局势未定，不能因为同行之争，引来一场血雨腥风，真对石磊痛打落水狗，逼到没路可走，建龙不一定有好果子吃。石磊现在已经是手下败将了，还想翻天？休想！

晚上回家的时候，王春华跟他提起石磊的事，刚说一两句，他就换了个话题岔开。

"晦气！"他心里暗骂了一句。

第四十四章

鹣鲽成梦，一痕风月映江寒

办公室里，茶烟缭绕。

邱律师来访，说："吴总，查到了。"

吴建国说："辛苦了。查到什么了？"

邱律师说："那 15% 的股份在一个叫施维泽的香港人手里，这人曾在上世纪 80 年代来威城开过厂子，后来卖了厂房，回到香港，具体原因不明。"

吴建国说："辛苦了。这点谢意，还望笑纳。"从抽屉里掏出一个信封，这是邱律师来之前就准备好的。

邱律师把信封装进皮包，说道："吴总破费了。吴总事务繁忙，改日再来拜访。"

"小枚，替我送一送。"

那骚媚的女秘书抛了个媚眼，说道："邱律师，您请——"

邱律师起身道："留步。"然后就离开了。

吴建国当然要会会施维泽这个香港人，看看那 15% 的股份，他握着究竟是什么意思！

很快，他借助考察的机会，赶赴香港，层层托请，约到了施维泽。

对方是一个 60 岁左右的长者，但丝毫看不出老态，说话谈吐中气十足，颇有长寿之兆。

一番客套后，吴建国开门见山，说道："非典时期，建龙蒙难，感谢施老板仗义出手，帮助建龙渡过难关。"

施维泽说："哪里，我是个商人，敏锐的嗅觉告诉我，建龙的股票会涨，所以就在内地找了个代理人，买了贵集团的股票。"

吴建国说："施老板目光如炬，晚辈佩服。但此次冒昧约请，实在是有事相求。"

施维泽说："吴总的建龙集团市值已达数十亿，还有什么难事？"

吴建国说："不怕施老板笑话，我与妻子感情不和，正在闹离婚。股权分割后，我这董事长的位子不知道还能不能保住，所以恳请施老板高抬贵手，把股权转让给我一位信得过的朋友。将来股东大会，我争取到多数股东的支持后，再去对付我妻子手里的股权。"

施维泽显然对这种操作见怪不怪，但只是哈哈一笑，反问道："不知你与妻子股权分割后，承接我这 15% 股份的朋友，靠不靠得住？这 15% 的股份，抛出去就是几个亿，你就那么肯定你朋友会在你离婚后转让给你？"

吴建国说："不敢瞒施老板，这位朋友，即将是我的妻子。"

施维泽"哦"了一声，说道："你这个情人，拿到股权后，不与你登记结婚，你又如何逼她就范？再者，如果你这情人是你妻子故意安插在你身边，想趁着离婚，两人联手把你踢出局，你又能怎么办？"

吴建国说："这个，晚辈也想过。但这个情人，绝对不会这么做。"

施维泽说："吴老板，听我一句，为了争权夺利，什么妻子儿女朋友，彼此争斗得不死不休，我看得多了。你这情人，若是一开始就为了建龙的控制权而跟着你，你让我把股权卖给她，等同于自寻死路。"

吴建国心里开始打鼓，想来也是，林惠不问自己要钱，白白贴了身子，还心甘情愿地让叔叔帮自己的建龙坐大。虽然她口口声声说喜欢的是自己这个人，但人心隔肚皮，如果她觊觎建龙，跟王春华联手，自己真的就死无葬身之地了。

吴建国连忙说："请施老板指教。"

施维泽说："我有个提议，这些股份，不如躺在我手里，股东大会时，我自然会去支持吴总，也比你那情人要安全。"

吴建国忧虑道："但是……"

施维泽说："当然，吴总可能信不过我，怕我把这15%的股权拿去支持你的妻子。但是，我从来不做没把握的事情，也不做亏本的事情。吴总，你自认你的才干，比你的妻子如何？"

吴建国说："她成长迅速，但并非我自夸，绝对不如我。"

施维泽说："所以，我支持你的妻子，把你踢出去，就面临着股票贬值的风险，我何必如此折损钱财？"

吴建国心思莫名，举杯道："谢前辈指点迷津，等晚辈离婚后，第一次召开股东大会，烦请一定到场！"

施维泽说："一定。"

夜里，施维泽打着电话，说道："夫人，他果然顺着宇阳查到我这里了。"

另一边的神秘女人说："施管家辛苦了。现在手头紧，没法谢你，等大事落定，一定重重酬谢。"

施维泽说："我只是露个面，一分钱没出，夫人不必客气。"

……　……

吴建国回到威城，立马见了邱律师。

"邱律师，有什么办法稀释股权吗？"吴建国显然对施维泽不信任。

邱律师推了推眼镜，说道："简单地说，可以以董事长的身份，决议引入外来资金，增发股票，摊薄对方的股份。以建龙目前的状况，如果引入资金，只要资金来源可靠，大龙、宇阳，甚至您与王总的股份，都会摊薄。

您可在离婚后从可靠资金源那里回购股权，而大龙、宇阳的股份不会增加，离婚时王总分的股份也不会增加。"邱律师对吴建国的筹划心知肚明，也就毫不掩饰地剖析了利弊。

吴建国说："那好，麻烦邱律师了。"

吴建国不知道还能信任谁，施维泽必然不敢相信，而从香港回来后，他反而觉得林惠是图建龙的控制权才跟自己好的。所以，自己一定要想办法，把自己建立的建龙紧紧握在手里。

当建龙的门店在全国各地以势不可当之势迅速扩张起来时，时间已经到了2009年的8月了。夏日繁花朵朵开，每一家店的生意好得没话说，各地频频送来捷报。建龙火锅商业模式的成功，引来了许多人的效仿，一时间建龙的招牌以及吴建国的名字，都成了那个时代响亮的名字。

人怕出名猪怕壮！许多人都开始窥伺着他。

薄情冷血的社会最不缺的，就是爱占便宜的小人，见别人过得好就想凑上去拿点好处，把自己的无能堕落当作借口，站在道德制高点上胡搅蛮缠，一副我穷我有理的无耻模样。

为了工作，吴建国忙得脚不沾地，却偏偏开始陆续接到一些久未联系的亲戚的电话，有些甚至是陌生号码，上来就自报家门，说自己是姑姑家的表妹的男朋友家的表弟，想来建龙集团工作，让他安排安排。类似的电话实在太多，一个接一个连续不断，吴建国实在不胜其扰，把工作跟负责人事的林惠——交代好后，直接关机求清静。

结果没想到前有政策，后有对策，这些人找不到他便把主意打到王春华头上，尤其是濒临绝境走投无路的石磊。

吴建国在公司实在待得烦躁，决定给自己放假休息一下，久违地没有加班，回家吃个晚饭。结果他刚准备掏钥匙开门，就看见王春华打扮得体面光鲜从里面打开门。两人立在原地，面面相觑，说不出的尴尬。

"你去哪？"吴建国疑惑地问道。他本是随意一问，却没想到王春华支支吾吾地说不出口。"到底干什么去？！"吴建国加重了语气。"石磊约我在海鲜居吃饭，说是有事跟我说。"王春华小声说道。

这句话简直就是点燃炸药包的引线，让吴建国烦躁了一天的心情直接跌到谷底。他堵住门直接吼道："我记得我跟你说过，不希望你以后和石磊还有一丝半缕的联系！你是把我的话当耳旁风吗！"

"他最近遇到难处了，实在没办法才求到我这，都是老同学，我也不能见死不救啊。"王春华解释道。

"你救他？"吴建国眼神狠厉，说道，"都是搞餐饮的，你救他就等于害我，你别忘了自己的身份，想清楚你到底是谁的女人！"吴建国越说越气，怒气上涌口不择言道："想拿我的钱去养小白脸？何况石磊已经不是小白脸了，我劝你想都不要想！"

王春华看到怒气冲天的吴建国，又想到自己的志向没有完成，心中的那根刺一直没有机会拔掉，此刻虽然心有怨气，但也没有争辩，只说了一句："那我不去了。"

"你想过你这一去的后果吗？看来你这些年是做了不少打算啊！不过，对石磊那样的男人，别做出丢了魂的样子，不仅可笑，还显得掉价。这些年，你表面上帮助我打理生意，背地里斤斤计较、两两称重，你当我不知道吗？我一直不说是顾及夫妻情分，你就收起你那狐狸尾巴，别被我看出来。"

王春华依然没有争辩。

"若是被狗仔拍到你私会老同学，指不定给公司带来多少负面影响！我告诉你，如果你有那门子心思，早点协议离婚，不要牵连到建龙。如果下次再让我撞见你这样，民政局门口见。"

夫妻间的感情就像一个水桶，日常的矛盾、争吵和猜疑就像在水桶上打洞，起初漏洞很小，让人察觉不到，然后漏洞逐渐变大，虽然凑合凑合还能用，但谁也不知道离最后的分崩离析还有多远……

有一天，王春华正在上班，突然接到舅舅刘德全的电话。

故事讲到这里，要先说一下王春华娘家的情况。她家里一共三个孩子，王春华排行第二，上有一个姐姐，下有一个相差许多岁的弟弟，她在家里属于最不受宠的那一个。父母离婚多年，她和姐姐跟着改嫁的母亲生活，亲生父亲多年没有来往。母亲后来又离婚了，没有再嫁，时常会把婚姻失败的怨气全部撒在她身上，可以说王春华的童年是在辱骂和抽打中度过的。直到她参加工作，在家中的处境才有所好转。但在她最重要的成长阶段，这个家给她带来的无尽寒冷和屈辱，已经在她脑海中形成深刻的印记。

早些年，在吴建国家备受婆婆欺压，为何从未想过离婚，甚至委曲求全不敢发脾气？很大一部分原因是她在娘家无依无靠。

值得一提的是，这个比她母亲大两岁的舅舅，是整个娘家亲戚中为数不多的对她保留一丝关爱的长辈。王春华始终记得在自己16岁生日的时候，在所有人都遗忘的日子里，舅舅给她3毛钱，让她上街去吃一碗长寿面。3毛钱，虽然只能吃一碗没有鸡蛋的白水煮面，但依然让王春华觉得异常美味，温暖了她整个青春世界。

舅舅后来老来得子，生了个儿子叫刘友成。那个年龄还能传宗接代，自然是他一生最荣光最重要的事情了。可以说，他对这个儿子是有求必应，无限溺爱。

这种畸形的教育方式，导致刘友成不学无术，没有学历文化，也没有一技之长，在家乡那个小城市难以立足，每天就待在家里，当一个啃老族，一点羞耻心都没有。刘德全一想，自己已经70多岁了，要是自己死了，这儿子可如何是好？他想了好久，正好听见别人说起外甥女家生意做得大，心想要是能让外甥女给儿子安排工作，谋个轻松的闲人职位，这今后的生活是不愁的。

面对舅舅的嘱托，王春华实在说不出拒绝的话来，只好先应下了。刘德全可能是生怕她反悔，挂断电话的第二天下午，便带着儿子来建龙集团找王春华。

王春华本想在农牧场里给刘友成安排一个管理员的职位，每天就负责观察管理农作物，掌握牲畜的生长和饲养情况等，工作要求不是很高，有老师傅带，很快就能上手，正好符合舅舅要求的清闲岗位。没想到刘友成是个眼高手低的主，说什么也不想天天和泥巴、牲口打交道，非让她安排个管人的官来当当。

很多感情在利益面前都会逐渐瓦解崩溃，很多朋友都是可以共患难却不能同富贵的。在面对诱惑和选择的时候，总有人会忘记曾经的理想追求，在人情中迷失自我，许多错误的种子也是在人情往来时种下了。

王春华看在舅舅的面子上不好说表弟的不是，于是就让他到集团配送中心工作，负责员工的配送培训工作，手底下还有几名熟练工给他管，每天动动嘴让那几个人做具体工作就行了。他基本上每天只需要过去转一转，露露面就可以了。

多一个人到建龙工作不是什么大事，王春华没有将这件事告诉吴建国。她想吧，以建龙目前的实力和财力，哪怕就是养几个闲人也就是九牛一毛不痛不痒的事情，她就当还了舅舅的人情。

不到一个月，配送中心的员工天天来王春华办公室投诉刘友成，说他每天迟到早退，经常与同事发生冲突，其间还将配送到一家分店的牛肉给偷了出去，低价卖给别的饭店。短短的时间，已经将整个配送中心搅和得一团糟。

王春华想到损失也不大，做了大家的工作就没将此事往心里去。可这事突然传到吴建国耳朵里了！

这天，在建龙集团的会议室里，吴建国看着手里的员工投诉表，眉头紧皱。这月月初开始，威城范围内的各分店店长就一直在反映问题，主要是配送中心配货慢且多次出现纰漏差错，导致出现菜品不全或者不新鲜的情况。

吴建国一拍桌子，吼道："这个月的客户投诉率直线上升，口碑下滑严重，你们自己好好看看！"

林惠早就看过报表，知道配送中心是王春华一手打造起来的，也是她一直在负责，现在出了问题，她自然要落井下石几句。

"配送中心一直都是王总在管理，最近投诉的人都打爆办公室电话了！我今天还接了一个电话，说是我们一家门店又有100斤牛肉没有收到，当场验货时已经与配送中心说过，配送员没给出交代就走了。"林惠继续说道，"我可听说月初王总安排了一个亲戚进了配送中心，还当了运输主管。听说这个人最近可是和火锅城那家门店的服务员在上班时间打情骂俏，昨天还调戏了一名服务员，被人扇了耳光呢。"

吴建国暗自看了一眼王春华，没作声，倒是张军接过了话说道："这个人叫刘友成，我有印象，确实有问题。这个月中旬我在核对配送报表的时候发现配送中心的许多物资与实际到门店的数量对不上，往下查才发现是这个刘友成私自将贵价的肉食品偷运出去卖了。"

吴建国的脸色沉了下来，瞥到张军欲言又止，直接说道："你接着说！"张军又才说道："配送中心的员工还反映，这个人脾气暴躁，工作懈怠，经常和几个配送工人在上班时间赌博……"

"你们到底是怎么回事？"吴建国爆发了，声音穿透整个会议室。他的目光缓缓扫过所有人，沉声道："就因为配送中心有一位大领导罩着，你们就不敢过问不敢管？自家各扫门前雪，不管他人瓦上霜了是吗？我告诉你们，谁都别想撇清关系！"

吴建国真的动了怒，整个会议室里鸦雀无声。林惠来劲了，说："不是我们不说，实在是因为王总是总经理，又是董事长夫人，我们于公于私都不便开口。"

林惠说的是实话，但此刻说出却存着挑拨的心思，会议室众人听了这话神态各异、心思各异。

会议停顿了一会儿，王春华没有说什么，任何解释或借口在此时都不如痛快地承担所有后果。

过了一会儿，吴建国对王春华说道："我们大家都是因为信任你，才将配送中心全权交给你打理，没想到竟然出了这样的事。你这次将这个人安排进来，也没有和我打招呼，这算是以权谋私吧？你记住，这是公司，不是我们家。你要还人情，自己去想办法还。今天的事我不追究他，请你赶紧打发他离开。"

几句话刺在心里，绕几圈。吴建国的意思明明白白。

王春华是通透的，是审时度势的，片刻间便有了主意，说道："这件事确实是我没安排好，我会妥善处理的。"

她眼睛盯着吴建国，又落到林惠身上，语气拔高："至于你说我以权谋私，在座的各位谁没在部门里安插几个自己人，就说林惠，她主管人力资源，这些年往集团里招了多少亲戚朋友，是她心里没数，还是你心里没数！"

"我是招了很多亲戚朋友进来，但都是凭真才实学应聘进来的，真不是那种只会闯祸不会办事的蠢货！"林惠小声说道。

"够了！"吴建国假装发怒，"这是集团会议室，不是菜市场，不是你们女人撒泼扯皮的地方。这件事到此为止，下周一之前，各部门整理出一份详细的人员履历表给我，我亲自筛选一遍，只要是对集团没有价值的人，无论什么身份，都要通通刷掉！"

这个时候的吴建国是精明的，他比王春华懂得对时势的把握，也知道，辉煌的背后往往对应着毁灭。裁员势在必行，那些靠着裙带关系进来的闲人，往往有可能变成压倒骆驼的最后一根稻草。

建龙虽然是个大企业，但光鲜的外表下就像一个粪坑，老总与下属偷情，副总只想着吞并整个集团的资产；元老们都玲珑剔透，能不说的就不说，保住目前的位置要紧；还有一些蝇营狗苟的小人，借着各种关系进来。

为了钱，大家都相安无事，粪坑也毫无波澜。

然而王春华安排进来的这个表亲，无疑就是个搅屎棍，把粪坑搅得臭气熏天。

第四十五章

蚁穴聚堤，一溃千里露端倪

林惠让办公室的人将人员履历表给吴建国送去了。

吴建国坐在沙发上一页页地翻看着。看着看着，经商多年的他嗅到一丝不对劲，建龙集团发展至今，已变成一个庞大繁冗的机构，就像一个开始渐渐发福的中年男人，身材走形、精神匮乏，内里有力的肌肉还在，但更多的是堆积着油腻的脂肪和有害的病菌。

他越看越发现问题：员工的层次不均，工作经验不等，有很多无相关工作经验的人竟然身居管理岗位，拿着丰厚的福利待遇，却没有为集团做出过相应的贡献。

办公室和人事部门一直由林惠负责，集团的员工招聘与培训工作也都是她在安排。吴建国盯着人员表上一个叫魏长利的名字认真看了看，似乎想到了什么。

这个叫魏长利的男人，是林惠的高中同学，一个月前经过林惠的关系进入人力资源部担任招聘主管一职。

吴建国又让人调来魏长利的简历。嗯，工作经验是有，而且在很多大型餐饮公司的人事部门工作过，只是一来就担任主管，有些不合常理。

事出反常必有妖。吴建国打电话给巩明森，说："你去查一下人力资源部的魏长利是什么来头，尽快报给我。"

处理完这件事，吴建国拿起手机想直接给张军打电话，顿了顿，最后拨到办公室，对电话里的接线员说道："通知采购部的张军到我办公室。"

这样一个举动，是有意把好友之间的关系拉远些。

咚咚，敲门声响起，张军推门而入，问道："建国，你找我啊，咋不直接打电话呢，还特意让人过去叫，多麻烦啊。"

吴建国眉头一皱，说："下次我让你进来再进来。"这话一说，张军纵然为人直爽，也感觉到不对劲了，闷闷说道："我知道了，叫我来有什么事吗，吴总？"

听到这句淡淡的"吴总"，纵使是吴建国也觉得不太好受，但他还是强行逼自己冷酷，说道："将采购及安全部门交给你管理，是因为我信任你。你看看这份报表，出现这样的情况，你真是辜负了我的信任，太让我失望了。"

他从办公桌上抽出一份报表，扔给张军，继续说道："其他部门都说你们采购部福利好油水大，我以前看在你的面子上睁一只眼闭一只眼不去过问，但现在你看看这些数字，每一笔对不上的账是不是你们部门有人中饱私囊？这么大的财务窟窿，总金额竟高达几百万之巨，你怎么说？"

张军看着报表上的数字，紧张得满头大汗，不知道如何解释，道："我不知道。"他的确不知道这个情况。看到正在发怒的吴建国，他急得如热锅上的蚂蚁，自我辩解道："建国，你相信我，我是真不知道，我从来没有贪过集团一分钱，这么多年，我这个人你还不了解吗？"

"你主管的部门出现了几百万的财务漏洞，你一句不知道就能撇干净吗？在其位谋其事，我将这么重要的部门托付给你打理，你回报给我的就是一问三不知？"

吴建国又从桌子上抽出几份员工履历表甩到张军面前，吼道："我查过了，问题就出在这两个人身上，而这两个人，有一个是你同乡，有一个是你远方表亲。现在这两个人出了问题，你告诉我，你不知道？！"

听到这里，张军整个人的精气神一下子垮了下来，这个同吴建国相识于微末，对他帮助极大的好兄弟哆嗦着开口："建国，我真不知道他们两个私下里做出这些坏事，竟然敢挪用几百万的款！你说怎么处理就怎么处理，你现在报案我也没意见。"

想到惹出这么大的事，张军半跪在地上，盯着散落的文件，继续说道："我遇到的问题和王总是一样的，老家的许多亲戚知道我是建龙集团的元老，与你私交又好，所以很多人都来巴结我、讨好我，托我给找份工作。他们求到我，再一吹捧，我一时冲动就答应了，真的没想到会变成现在这个样子。"

吴建国静静地看着张军，走过去把他扶起来，说："人无完人，金无足赤，是人就有七情六欲，都会被现实的诱惑迷花了眼。作为兄弟，我理解你，但作为集团董事长，我不能原谅你，因为必须有人对这件事负责，你懂吗？"

"我懂，你怎么处置我都可以。"张军说道。

吴建国没有说话，但在心里已经想好了对张军的处置结果，马上解除职务在所难免，工资待遇降30%。

他在此刻突然觉得自己是个无情的人，初来威城时，无权无势，张军是第一个对他伸出援手的人，不计得失，不求回报。然而现在，这个人犯错误了，自己不得不为了大局，严惩不贷。

张军离开后，巩明森走进来说："按吴总您的吩咐，我们刚才调查了魏长利这个人。他确实工作经验丰富，在许多大型餐饮集团中担任过高级管理人员，但他离开上一家公司是被解雇的，原因是利用职务之便向应聘者收取介绍费，费用越高安排的职位就越高。"

吴建国听完后，说："行，我知道了，你出去吧。"吴建国感觉头痛欲裂，工作和生活仿佛都被一只看不见的手操控着。现在建龙集团的管理必须要重新整顿，快刀斩乱麻，将毒瘤与寄生虫一刀切尽。

吴建国临时召开会议，宣布重要决定。

建龙集团的管理层到齐，吴建国坐在主位上宣布："今天会议有两项重要内容宣布：其一，鉴于最近集团出现的各种问题，我作为董事长再次提议改组董事会，撤销张军采购部总经理职务，削减林惠0.5%的股份；其二，解雇以下高管和员工，这个月底交接完工作，立即执行！"

吴建国的这份提议事先没有和任何人商量，此举一出，整个会议室先是鸦雀无声，随后爆发激烈的争论。

"凭什么削减我的股份？"林惠第一个跳出来大声质问。

吴建国知道以林惠的性子肯定是要上演这一出的，于是轻飘飘地说："功不抵过，你给魏长利开了后门，让这样的人进人力资源部，做出有损集团利益的事。至于你们之间的关系，我听到一些不好的传闻，在会上我就不说出来了，念及你对集团的贡献，给你留这个情面。"

张军对这个提议没有反驳，只是站起身说："我无话可说，这段时间，给大家添麻烦了。"

吴建国说："我们都要接受教训，每个人都好自为之。没有金刚钻，别逞强去揽瓷器活。这一年出的事太多，能发现问题已经是不幸中的万幸。"

会议在凝固的氛围下结束，众人各怀心思离开。吴建国一个人立在原地许久，他想这或许就是人生。最初，谁都是单纯善良地向前行走，在各种诱惑的关口徘徊选择，背负了太多、舍弃了太多，当走出很远再回头看，已看不清来时的道路。

但是，既然已经走到了这个地步，成了掌握大量财富的成功人士，就只能继续被财富无情地裹挟，甚至吞噬。

他打了个电话，问道："林总监，去香港的事安排好了吗？"

香港，高级会所里，灯光幽暗，烟雾缭绕。

"洪老板，注资建龙的事情，考虑得如何了？"吴建国把手伸进一个小姑娘的内衣里，嘴里吐着烟圈问道。

洪尔森道："我可以引 30 亿人民币入资，但回报是 10%，限期一个月。也就是说，吴老板事成后，回购股权的费用，必须是 33 亿人民币。"

吴建国说："这么多股权在你手里，是不是该给我个保障？"

洪尔森说："这是当然。我们是专业的国际操盘手，只是图利润，从来不把庄家拍死。一个月内，我们挣 3 亿，这是行价；我们也会按照行规，表示我们的诚意。"

吴建国说："请洪老板明示。"

洪尔森说："澳门，有五家赌场和两艘豪华游艇，为这次交易提供担保。吴总可以去考察下，它们的价值不低于 50 亿港币。吴老板可以请专业的律师团队来签合同，这份合同的受益人，只要不填吴老板的名字，自然万事大吉。"

吴建国说："那就先谢谢洪老板，我会再打电话联系。洪老板自便。"

洪老板说："不送。"就拥着一个女人，腻歪去了。

回到威城，吴建国找邱律师，把大体计划说了一遍，问道："这个计划可行吗？有什么风险？"

邱律师认真问了问细节，回答道："离婚前引入资金，摊薄股份，离婚后再赎买，自然算作合法收入。至于回收股份的价格，纯属商业行为，应该无虞。即便对方毁约，自有担保方来赔付，这方面不会有问题。至于受益人是谁，并不重要，只有在对方占了股份后不愿意按照合同卖回给您，才会触发违约条款，引发巨额违约金赔偿，这样的话注资方得不偿失，相当于您和对方同时损失，白白便宜了受益人，相信两方都会避免这种情况出现。"

吴建国说："那么，只要我肯付出 3 亿，这个计划就天衣无缝了？"

邱律师说："唯一的担心，在于这 30 亿资本注入后，摊薄股份的同时，这笔钱也会相应地分摊到各股东身上。如果王总和宇阳立马抛售股票套现，您哪来 33 亿去赎回被买走的股份？"

吴建国咬牙说："高利贷！"

邱律师说："自从您提出这个计划后，我们找合作的会计师事务所估算过，您如果这样操作，资金缺口将达17亿。除非建龙的股票暴涨，收割一轮'韭菜'，这么大的缺口，高利贷也凑不齐。"

吴建国说："那就收割罢，建龙的股权，不能丢。"

邱律师说："那好，既然您决定了，我这就回去着手办。"

邱律师走出建龙集团，摇头道："吴建国，这是疯了！"

夜里，吴建国陷入了噩梦——建龙股价大跌，小股东和散户纷纷从高楼上一跃而下，留下一摊摊鲜血，那一张张模糊的面孔，从血迹中飞舞出来，朝着自己追啊追……

他大叫一声，惊醒过来。林惠连忙打开床头的台灯，轻轻抚摸着他，问道："建国，你怎么了？"

吴建国畏缩在林惠怀里，说道："我们的建龙，我不想失去它……"

林惠说："相信我，建国，我爱你这个人，即便你不是董事长，即便王春华拿走了你一半的股份，我也跟着你。"

吴建国看着林惠那真诚的神情，使劲儿点了点头，他对自己说：不到万不得已，不要走那条路吧。

第四十六章

漂洋过海，一苇渡江觅尘缘

公司例会，出差很久的李琮出现在会议室。吴建国非常高兴，得知李琮回来，他特意叫来叶小帅，这么重要的时刻，这个元老中的元老必须在场见证，但也不过是见证而已。

吴建国问道："李部长，说说海外拓展的情况。"

李琮说："目前，巴黎的三家分店、纽约的两家分店，已经有了初步意向，后续资金到位，就可以继续推进。我建议，为规避法律风险，最好与当地的律师事务所合作。"

李琮的发言一如既往地简短，但足以令人振奋。海外扩张，迈出去第一步是最难的，以至于李琮整整忙碌了两年多，才艰难地开拓出五家分店。只要这五家分店顺利落地，那么接下来的扩张，依样画葫芦，就简单多了。

会后，张海洋来找吴建国，详细说了集团目前的财务状况。

"目前建龙在全国范围内共有 176 家分店，但并不是所有分店都处于盈利状态，一些二、三线城市或部分县城里的门店，因为人流量不大、城市消费能力低，很长一段时间都处于亏损状态。"

吴建国想了想，说："我们现在的目标是将建龙火锅品牌推向世界，强化品牌形象，小部分门店的亏损是可以接受的。"

"确实如此，集团目前整体来说还是属于持续盈利的状态。我想说的是进军海外市场，前期投入必然十分巨大，我们需要充足的启动资金，我查了一下账，现金不足。"

吴建国眉一挑，冷笑说道："哦？你是想劝我放弃海外项目吗？"

张海洋知道吴建国最近遇到的烦心事太多，集团又连连出现问题，情绪不稳，也不和他争辩，只是说道："我只是告诉您，要想进军海外市场，我们必须解决资金问题，这样才能有备无患。"

"好，资金的事情我来想办法，你尽快做好财务预算交给我。"吴建国说道。

叶小帅告诉吴建国，他下午约了银行信贷部门的经理马蒙，主要就商业贷款一事进行协商。他明知故问："您去还是王总去？"

吴建国没作声，片刻之后，说道："我去吧！"

马蒙是信贷部门新晋升上来的年轻经理，事业心强、野心大，对于吴建国二人的到来十分欢迎。"吴总、叶经理，您二位的到来简直是让我这里蓬荜生辉啊！"马蒙将二人请到办公室，吩咐助理说，"去给吴总、叶经理泡杯茶来，要今年新出的碧螺春。"

吴建国手一挥，说道："不用麻烦了，还是直接说正事吧。"

马蒙顿了一下，随即说："也好也好，吴总是大忙人，不喜欢这些虚物。"说完，瞥了助理一眼，"你出去吧，把门带上，有人找我，就说我在忙。"

吴建国见此人如此八面玲珑，顿时好感全无。但此刻，毕竟是有求于人而来，万不可表现出厌恶之色，只示意叶小帅将已经做好的财务预算表拿出来。

"我们准备进军海外市场，在巴黎和纽约先开五家分店，目前各项准备工作都已经接近尾声，只是资金这一块还有所欠缺，想了解一下贵行有没有什么贷款扶持政策，我们双方可以互利互惠达成共赢。"叶小帅说道。

马蒙快速浏览了财务预算表，表情严肃，说道："叶经理，5000万可不是一笔小数目，可以说是我们支行设立以来最大的单笔贷款金额了！"

吴建国疑心重，看人也一向很准，他发现这个马蒙虽然表情凝重严肃，但眼睛里却有抑制不住的狂喜激动之色，显然是想促成这次合作，并以此得到好处。

这是个有野心的人，而有野心就有弱点，有弱点，那这件事就好办了。吴建国说道："马经理说得对，我们也没想就凭两张嘴、一份报表就从贵行拿走5000万巨资，那简直是痴人说梦、天方夜谭了。吴某在商场打拼这么多年，一路从微末崛起，自然不会如此天真。"

"那吴总的意思是？"马蒙问道。

吴建国示意叶小帅拿出名片放在桌子上，说道："马经理你主管信贷，要如何才能顺利贷到5000万，你自然比我们懂得要多，也应该知道如何去运作。等你确定下来需要哪些材料、资质、流程和手续，通知我就行。"

吴建国虽是有求于人，但却时刻掌握着主动权，他知道这种时候强势一些反而更能快刀斩乱麻。

马蒙见吴建国毫无巴结他的意思，不禁有些急了，说道："吴总，5000万可不是一个小数目，我帮你促成此事，可得下不少功夫。你……"

他还想要说什么，就直接被吴建国打断了："不是帮我，是帮你自己，都是聪明人，我们就明人不说暗话，这项合作若是成了，你在银行的地位必然是水涨船高更进一步，而且建龙集团还欠你一个人情，对你来说，这是一笔稳赚不赔的买卖。"

马蒙自知不是吴建国的对手，想从他这里要到什么好处也是不可能的事了，还有可能弄巧成拙，于是笑着说："那是那是，还是吴总看得明白，马某自认不及吴总眼界万分之一。那吴总就回去等我的好消息吧，此事我必然尽快办成。"

一周后，马蒙果然说话算话，将需要提交哪些材料告知吴建国，让他带着材料办理手续，直接是一路绿灯，不到一个下午就全部落实好了。

在一家高级餐厅里，王春华正与叶小帅、马来运吃饭。马来运兢兢业业管了几年后勤维修工作，从没出过什么差错，加上马大志曾经有恩于吴建国，马来运如今已被提拔为后勤保障部经理了。

本来是三个人在吃饭，马来运忽然接到李天娇的电话，说家里的空调坏了。这个妖娆多金的女人，马来运见过几面后早已心猿意马，如今正好利用这个机会去套近乎。

于是，马来运连忙自罚三杯，说有事先走，王春华似笑非笑地说道："今天这顿，可是到你结账了！"

"一定！最多一个小时，我回来结账，不回来是龟孙！""孙"字还在耳边缭绕，马来运早已跑得无影无踪。

叶小帅说："你老让李天娇勾他出去，早晚得出事。"

王春华说："他搞了几年维修，干活从来勤勤恳恳，也是个踏实人，如果真被李天娇勾走了，也是喜事一桩。就怕李天娇拴不住他。"

叶小帅说："整天被吊得半死不活，还用怎么拴？今天你叫我出来，又支开马来运，有事要跟我商量吧。"

王春华说："没有什么要紧事，只是想和你说说话。"

叶小帅显得很局促，说道："想说什么，说吧，我在这里听着呢。"

王春华说："吴建国跟林惠明铺暗盖，几乎整个公司都知道，只是没人说破。其实我也知道，背地里他们都嘲笑我，笑我人老珠黄，惹吴建国讨厌。如果你是我，你会怎么做？"

叶小帅沉默，良久才说道："我会离婚，没有必要因为有名无实的婚姻，让自己一直痛苦下去。"

王春华说："可是，如果离婚了，我能去哪里呢？每天回到家里，偌大的房子像个冰冷的棺材，我好害怕……而吴建国回家，除了发脾气，就是数落我的不是，后来几乎连家都不回了，整日跑到林惠那里逍遥快活。我知道，他故意这么对我，是想让我先提出离婚，好让他自己在舆论上占据制高点，把离婚的过错推在我头上……"

叶小帅说："你现在还被婚姻束缚，自然无处可去；如果你离了婚，想去哪里就去哪里，谁都管不住你的。"

王春华说："那我要是去你那里，你愿意接受我吗？"

叶小帅默然，两人相对无语，不知何时，两双手轻轻地握在了一起。

叶小帅说："王总，你放心，我会。"

王春华说："可以喊我春华吗？"

叶小帅说："春华，我会帮你，如果你离婚，我会帮你争取更多建龙的股份和财产！"

别墅里，吴建国接了个电话，面露欣喜。林惠问道："什么事让你高兴成这样？"

吴建国说："叶小帅终于按捺不住了。我防了王春华这么久，今天终于有收获了，他们在一起的照片，全被拍下来了。"

林惠说："那我们在一起，更没法说清楚了。"

吴建国说："放心，他们没证据。这处别墅，在你叔叔名下，他们敢牵扯到你叔叔吗？"

林惠也转过弯来，说道："怪不得当时你不肯写我的名字。"然后不无悲悯地说："叶小帅也算是你的战友和同乡了，资格比任何人都老，你为何要把他踢出管理层？"

吴建国说："他一直在收买人心，资格越老，越容易抢走我们的建龙。所以，他只能在横滨店待着，就在我眼皮下，我才放心。"

林惠说："他做了什么事，让你这么防着他？"

吴建国说："那时候，我也是把他当作左膀右臂的，张海洋和你，都是我和他一起面试的。但是，那年回老家过年，他去拜访我母亲，我喊马来运一起招待他，马来运说，员工们都说他好。公司就我和他资格最老，员工说他好，不就等于说我不好吗？再说，他在军营里，学什么都快，又肯下功夫，如果这股劲用在觊觎建龙上，我怎么能放心。所以，他只能被踢出管理层。"

天哪！叶小帅被吴建国踢走的原因，竟然是十几年前马来运在饭桌上的一句无心之言。

林惠觉得眼前这个男人似乎有点睚眦必报，甚至已经到了一种病态的程度了。

但是，只要他对自己是真心的，他是什么样子的人，她都能接受，因为她是真心爱着他。

吴建国却给邱律师打了个电话，说道："邱律师，能不能给这对狗男女加点料，让他们也干柴烈火一次？"

邱律师说："这事容易。吴总安排在叶小帅身边多年的那个出纳，是时候可以用了。"

吴建国心情大好，如果这样就能够不割"韭菜"、不与境外操盘手对赌而拿走大部分夫妻共有的股份，那真是太好了。

"林惠，建龙很快就是我们的了！"吴建国高兴地说。

林惠说："真的？"

吴建国说："对，这事没跑了！是不是该庆祝一下？"

林惠说："好，你想吃什么？我来定位子。"

吴建国说："我想吃你！"

一声惊呼，林惠已经被吴建国抱起来，缓缓地走向浴室……

第四十七章

干柴烈火，一度春宵总无情

自从上次吐露心迹后，叶小帅对王春华的感情已经发展到了不能自拔的地步。王春华的智慧、隐忍、识大体都让他深深着迷。他在内心也挣扎过，王春华毕竟是好兄弟和老板的老婆，自己的想法太要不得，兔子还不吃窝边草呢。但一想到吴建国背地里与林惠勾搭，让王春华受了太多委屈，他就莫名地心疼，除了一门心思地想要好好去保护她之外，他也一直想离开建龙这个是非之地。

吴建国已经两个月没回家了。下午，夜色昏暗，王春华洗了个热水澡，打扮得漂漂亮亮的。她已经不关心他究竟在哪里睡的觉，身边躺的是哪个女人了。

梳妆好，王春华给叶小帅打电话，说道："小帅，我想见一见你。"

叶小帅说："好啊，来横滨店，我正好有话跟你说。"

横滨店，三个老乡坐在包间里吃饭，舒适的沙发，悠扬的音乐，三人漫不经心地聊着天。王春华抽空给李天娇发了条短信。很快，马来运急匆匆地冲了出去，包间里只剩下王春华和叶小帅两个人。

一时沉默。

王春华先开口说："小帅，你有什么事情要跟我说？"

叶小帅转了转手里空空的玻璃杯，对王春华说："这些天我想了很多，关于建龙的发展，关于你和建国，关于已经发生的事和可以预见的事……突然有很多话想跟你说，有很多问题想跟你讨论。"

王春华心里紧了一下。

"我现在其实跟建龙的发展格格不入，我想离开建龙，自己单干，找个合适的地方，也开餐厅，从小做起。"

王春华说："你想去找卢倩？"

叶小帅说："很久没联系了，估计她已经有了自己的新生活了吧。"

离开前，他想跟她再次好好聊聊。马来运已经告诉他，不久就要跟李天娇去一个没人认识的地方过日子，免得周围的人都以异样的眼光对李天娇指手画脚。

在王春华没有离婚前，他们这种单独相处的机会估计不会再有了。叶小帅突然喊道："来一瓶红酒。"王春华自然明白叶小帅此举的意义，她没有拒绝叶小帅往她的酒杯里倒酒，他们之间要谈的事情也绝不仅仅是工作上的事情。

王春华喝了一口酒，说："你想自己做老板，你想清楚了吗？现在做餐饮要生存、要活下来，已经不像当初的环境了。"

叶小帅长长叹息了一声，压抑地说："其实这些年，我过得很压抑！你与建国的这些年，我都看在眼里，我甚至对没能帮助你，没能阻止建国犯错误而有罪恶感。我们朝夕相处的那段时间，我对你的感情与日俱增，这让我更有了一种感情的犯罪感。"

王春华岔开话题，说："你如果要自己当老板，我觉得你应该注册一个家政公司，你当过兵，也擅长交际应酬，你应该好好整合你的社会关系资源，一定可以做出成绩的。"

叶小帅并不放过她，说："我对你的感情并非冲动，请你相信我。不管我是不是不自量力，为这个原因，我也要自己单干，争取有一天我能以我的方式告诉你，我对你的感情是真真切切的。"

王春华怔住了，被叶小帅真挚的感情打动了。

…… ……

几巡酒过后，月已很高，客人都走光了。出纳算完账，进包厢里说道："王总、叶店长，马上打烊了，你们看是不是……"

王春华说："你们都下班吧，过会儿我与叶店长锁门。"

服务员们累了一天，纷纷告辞，回家去了。

忽然，叶小帅脸上挂满了红晕，一阵晕眩感夹杂着奇妙的躁动，勾动着全身的血液，某个部位如同要爆炸了一般难受。

叶小帅极力控制着，说道："春华，我喝多了，你先回去吧。"

王春华说："我，我热得难受。"说着就扒拉着身上的衣衫，仿佛想让自己凉快一点儿。

叶小帅说："春华，出去吹吹风，或许好受点儿。"

王春华挣扎着起身，但一个踉跄，又跌回沙发。

叶小帅下意识地去扶她，但两双炽热的手一触碰，就再也分不开了。

沙发上，一丝不挂的肉体，很快就扭动在一起。

畅快，是压抑许久的释放，更是没来由突破理智的雨后甘霖。

喘息声中，两人紧紧贴合在一起。

唯有两颗炽热的心，在有力地跳动着。

直到半夜，两个人醒来。叶小帅连忙找衣服穿上，说道："对不起，春华，我喝多了。"

王春华也不好意思地看了看撕碎的裙衫，说道："我也喝多了，你别在意。"

叶小帅的眼神无处躲藏，因为这个女人，就一丝不挂的在自己面前。

王春华以极快的速度套上衣服，逃也似的跑了出去。

叶小帅望着沙发上的狼藉，狠狠抽了自己两个嘴巴。

两天后，邱律师约王春华见面，王春华很诧异，但还是去了咖啡厅。

邱律师说："王总，我找你是想让你看样东西。"

打开笔记本电脑，自己与叶小帅那夜的疯狂，尽收眼底。

"你算计我？给我们下了药？"王春华举起笔记本，摔到地上。

邱律师说："我的当事人要求协议离婚，这是离婚协议。同时还有一份保密协议，在您签了离婚协议后，任何地方出现刚才的视频或者画面，我的当事人即触犯违约条款。当然，您如果不签，我的当事人会起诉离婚，刚才的视频将会作为法庭证据。"

王春华说："我想跟吴建国面谈。"

邱律师说："抱歉，我的当事人有权利拒绝与你见面。"

王春华依然镇定："给我三天时间考虑。"

邱律师说："我的当事人交代了，可以给你一周时间考虑。"

第四十八章

还君明珠，一枕鸳梦化凄凉

王春华极力保持清醒，但总是越发觉得混乱。

自己到了这个岁数，被人拍到赤身裸体的画面，倒也早过了羞愤难当的年龄，她只是在思考，吴建国这么绝情无义设计自己，眼看要把自己从建龙扫地出门了，自己要如何绝地反击。

自己谋划了许久，运筹了许久，却被吴建国先出一拳，还没来得及还手就被击倒在地。

她摇头苦笑，即便叶小帅被发配到了横滨店，吴建国依然没有放过他，依然在死死地盯着他、防着他。

但是，问题还是要解决的，她只好又去找叶小帅，光明正大地约他到了鲁菜馆。

叶小帅说："你约我出来，恐怕会招致风言风语，对你在建龙的处境不利。"

王春华说："我不想再偷偷摸摸跟你一起吃饭了，建龙今后与我也没多大关系了。"

叶小帅显然理解错了，说道："你要离开建龙、离开吴建国？其实，那晚我们是酒后冲动，你不必因此感觉对不起吴建国。"

王春华说："无论如何，我们已经突破了那道防线，就再也回不去了。我只想问问你，如果我离开建龙、离开吴建国，变得一无所有，你还会不会要我？"

叶小帅抓起一瓶酒，喝了一大口，脸皮涨得通红，认真地说："无论你变得怎样，我对你的感情都不会变。"

王春华注意到，叶小帅刚喝的那一口酒差不多有半瓶子，喝这么急，很容易醉的。

叶小帅在酒劲的渗透下漫无边际地说："吴建国那样对你，这不公平，也不是你应该过的生活……"

他说到这里有些激动，下意识地又要端酒杯，发现杯子里空了，看看王春华，见王春华并没有给他倒酒的意思，就想自己倒酒，却被阻止了。

王春华说："你不能再喝了，再喝就醉了。"

叶小帅说道："我听你的，你不让我喝，我就不喝了。"

王春华说："我先让你看样东西。"

叶小帅就屏住呼吸，等待迎接着王春华给的惊喜。

王春华拿出一份文件，说道："你打开看看。"

叶小帅打开文件一看，是一份离婚协议书，财产协议上明确写着："乙方取得夫妻共同财产的 10%。"也就是说，包括存款、固定资产的 10% 以外，王春华只有建龙 5.5% 的股份。

叶小帅说："这是一份带有侮辱性的协议，春华，听我的，你不要签。"

王春华说："那晚，我们发生的事情，被吴建国拍到了，他用这个来要挟我。我问过律师了，起诉离婚的话，我胜诉的概率也不大。"

叶小帅神情暗淡，懊恼地说："是我连累了你。"

王春华说："你的横滨店里有内鬼，那天的最后一瓶酒里，被下了药。"

叶小帅说："现在说这些都没有意义了。我们筹划了那么久，难道就此功亏一篑了吗？"

王春华说："不会的。这或许不是一件坏事，遂了他的意，我更有机会趁他不备，一击致命。小帅，你还会帮我对吗？"

叶小帅说："如果不是你，我可能早就离开了吧。现在我更不会放弃你。"

王春华说："你作为建龙的元老，被吴建国排挤得几乎无立足之地，受尽冷落、白眼，却为我隐忍了这么多年，我欠你太多了。"

叶小帅说："别这么说。等你离婚了，我们就在一起吧，再也不怕别人说三道四了。"

王春华说："我会用余生，好好补偿你这么多年受的苦。"说着从包里掏出笔，麻利地签了字，然后甩了个响指，叫来服务员，说："麻烦送到协诚律师事务所，讨个回执。"同时在服务员手里放了五张百元大钞。

协诚距离这个鲁菜馆只有两个路口，那服务员找了个礼品袋装了文件，拿起钞票，说了声"谢谢"，就去跟领班简单汇报了下，急匆匆出去了。

两人还未吃完饭，服务员就回来了，抱着一个文件袋，里面是一份签好的协议，以及签收文件的回执，还有一盘录像带的原带。

王春华说："如今，我跟建龙、跟吴建国没什么关系了。我们走吧。"

叶小帅说："去哪里？"

王春华说："去你家，以后我跟你住一起。"

邱律师急忙给吴建国打电话请功："吴总，办妥了，王总签字了。那盘录影带，我也还给她了。"

吴建国说："很好。如果建龙的副总婚内出轨、和分店店长搞在一起的事传出去，对建龙的负面影响不可估量。你做得非常好。"

邱律师说："股权和财产分割的事情，还需要时间来处理。从协议离婚的法律效力来说，相当于合同，只有按照协议履行了，才算完成了最后一步。"

吴建国说："这些事，你们协诚去办吧，半个月之内，我要彻底解除与王春华的婚姻关系。"

邱律师连忙说："谢谢吴总照顾生意，只需要一周，我一定办妥！"

邱律师立马联系王春华跟进处理，王春华懒得见他，找了一个律师跟他接洽。两名专业人士拿着代理授权书，按部就班地开始各项工作。邱律师不但寻了协诚在政府里的关系，还自己出了3万元，塞给那位汪律师，说道："兄弟，加加班，算我请你吃饭。"

这么多年来，他在吴建国身上赚了不少钱，现在吐出点儿来，把事办漂亮，他并不吝啬。

一连好几天，王春华就住在叶小帅的家里。叶小帅上班，她就把家里收拾得整整齐齐、漂漂亮亮的，一如自己当初收拾与吴建国的家那般。

这天晚上，王春华与叶小帅吃过晚饭，就在温暖的家里坐着，相互对视着，彼此靠近着……

忽然，手机响起，打破了这逐渐渲染和升华的暧昧氛围。王春华说道："抱歉，是李天娇，我得接一下。"

叶小帅笑笑说："她这时候找你，肯定有事。"

电话那边传来李天娇焦急的声音："王姐，你怎么搞的？股权变更都已经公示了，你放弃吴建国也就罢了，怎么才拿了5.5%？"

王春华笑着说："原来，你跟马来运逍遥快活得还不够，还有时间盯着建龙看。"

李天娇说："别废话！多少国内外风投公司和操盘手都在盯着建龙这个盘子。"

王春华说："那你就抓紧回来吧，我需要你。"

挂断电话，王春华说："李天娇和马来运要回来了。"

叶小帅说："我们一起约石磊，好好聚一聚吧。"

王春华说："行，我给他打电话。他和朱丽萍离开威城，回了老家发展，我们就去那里吧，顺便把钟梅也叫上。"

第二天，邱律师通过王春华的代理律师约她见面，王春华就去了咖啡厅，见了两个人。

汪律师说："王女士，根据您的授权，相关财产分割已经按照协议办好了。今天，我与对方的代理律师一起跟您交接明白。"

邱律师就拿出一堆材料，说道："建龙集团的债权，按照权利与义务相匹配的原则，您承担10%，这部分可以与股权捆绑交接，这是股权变更文件，您签字确认一下。"

王春华就签了字，从此她就只有5.5%的股份了。

邱律师拿出一本离婚证，说道："这是离婚证，我委托了人，特事特办，代理申领，您签收下。"

王春华就签了字，从此她与吴建国再也没有关系了。

邱律师说："您的女儿吴晓晓已经成年，协议里已经注明，如果吴晓晓继续求学、深造，由我的当事人承担所有费用，这是无抚养权争议确认书，麻烦您签下字。"

王春华拿起笔的手颤抖了几下，晓晓啊，你长大了，妈妈终于可以放心地离婚了！于是就签了字。

邱律师说："这是我的当事人让我转交的召开股东大会的公函，您签收下。"

王春华说："不去行不行？"

邱律师说："不去自然可以，也不会对您的股权和收益产生影响。我只是受当事人委托，您签了回执后，我就把它移交给您。"

王春华就签了字。

邱律师说："这是你们名下所有的房屋、车辆，以及其他不动产的估值凭证，约为一亿三千万人民币，由我市著名的恒正司法评估事务所出具，您可以选择支付估值金额的90%，获得不动产的产权，也可以拿走估值的10%，然后这些产权归我的当事人所有。"

王春华说："我签10%的那张。"

邱律师就利索地从皮包里拿出一张签好的支票，是威城一家著名的借贷公司出具的，明显是吴建国拆借的，说道："麻烦王女士签字。"

王春华就签了字。邱律师把另一张协议收起来，说："这张我带回去粉碎处理，您没签字，不会生效。"

邱律师说："你们名下的现金存款为1865万人民币，这部分资金与建龙集团无关，属于婚姻存续期间的个人合法收入，这是会计师事务所出具的审计报告以及银行流水，您过目。"

王春华说："不必了，早点把我的银行卡解封就行了。汪律师，你协助邱律师去办。"

邱律师说："汪律师获得了您的全权委托书，已经配合我的代理人办好了。您现在持有的12张银行卡中，各有100万人民币存款，多余的部分，按照法理来说，属于完全民事责任人之间的馈赠行为，将来我的当事人在任何情况下都没有追索的权利。"

王春华说："原来他也觉得理亏，想多给我1000万？"

邱律师说："抱歉，王女士，我没法回答您的这个问题，这不在我的代理权限范围之内。"

王春华就在那一摞银行业务变更确认书上签了字，手腕累得不行。代理人即便办理了手续，本人不确认银行也不会轻易解封、生效。

几乎都是一式两份甚至一式多份的文件，一连串操作下来，邱律师说："您还需要在所有您签过的名字上盖指印。"

王春华就一个个指印按下去，红红的指印，就像一滴滴血。

邱律师说："王女士，您的银行卡今天下午就可以全部解封。您的股权变更会在三个工作日内生效，您与我当事人的婚姻关系，已经解除。"

王春华心情复杂地点了点头。

邱律师说："王女士，我还要与汪律师去与我的当事人进行确认，先行一步。"

王春华说："麻烦邱律师和汪律师了。"

两人就一前一后地离开了。

在门口的叶小帅走了进来，问道："办妥了？"

王春华说："他终究还念点情分，多留给我 1000 万。"

叶小帅说："虽然是九牛一毛，但也算给你留了足够的保障。"

王春华说："我该不该念他这点好？"

叶小帅说："应该念，将来，我们也要给他留条活路。"

王春华点了点头，叶小帅把那摞签过的文件收起来，说道："我们回家吧。从今以后，有我的地方，就是你的家。"

王春华眼圈通红，使劲地点了点头。

第四十九章

风雨欲来，一斩硕鼠乾坤朗

2010 年初，吴建国飞赴纽约，意气风发，神采奕奕。随着建龙集团的现金流和 5000 万贷款的流入，纽约和巴黎的火锅店已经开始试营业。他亲自去看了一遍，对李琮的工作很是满意，赞不绝口。

林惠一直逼着结婚，吴建国说："我才刚离婚，就立即跟女下属结婚，影响不好。等过两年，我们申请了绿卡，去美国居住，再跟你结婚。"

林惠不高兴了，自己好不容易熬走了王春华，吴建国竟然还在给自己画饼充饥，心想："叔叔过两年就退了，到那时吴建国肯定不把我当回事了。"又想到，"在中国都不肯娶我，到了美国，他又怎么会记得这件事？"心中不痛快，跟吴建国吵了几次，吴建国碍于林副市长的面子，只得哄着，实在逼得紧，只好以视察工作的名义，飞赴国外躲清静。

酒足饭饱，踌躇满志，男人的雄心与征服欲又借着酒劲爬上了心头。今天，他决定征服李琮这个冰山似的女人！

吴建国给李琮打了个电话，说道："李部长，明天我就回国了，你过来，我们谈谈工作。"

李琮就带着助手们赶赴吴建国下榻的酒店。吴建国看着这么多人，皱眉道："你带这么多人来？"

李琮说："海外市场拓展，千头万绪，离不开团队的支撑。吴总要安排工作，我索性把他们都带来，一起听吴总的工作安排。"

吴建国说："你们先出去，有些集团机密，我需要跟李部长单独谈。"

李琮抚了抚耳后的长发，说道："你们先出去等候，我随后会把吴总的指示传达给你们。"

助手们便出去了。

吴建国说："小李啊，别这么拘束，来，坐坐坐。"

李琮说："吴总不必客气，我习惯站着。"

吴建国说："小李啊，海外市场发展得如此顺利，你功不可没啊。我准备拿出 10% 的股份奖励你，你可要好好表现。"

李琮说："多谢吴总关照。"

吴建国说："公司得力的人，我最信得过你。我在想，如果我们共同拥有建龙，那么建龙的前途不可估量啊。"

李琮说："抱歉，吴总，我拿不出钱来购买公司太多的股份。我觉得您应该寻找更有财力的投资商注资。"

吴建国说："如果，我的建龙就是你的建龙呢？"

李琮说："吴总，这话您该跟林总监说。或许，您已经对她说过了吧。但抱歉，我与林总监的价值观不同。如果没有别的事情，我先回去了。"

吴建国说："小李啊，你再怎么拼命，一年 200 万的年薪，也太不值了。趁着还年轻，明明可以躺着数钱，何必这么拼命？不如……"

李琮根本不听他废话，打开门离去了。

吴建国恨恨地说："妈的，不识抬举！"给毛经理打了个电话，说道："明天，你们人力资源部通知市场拓展部的李部长，给她发三个月工资，让她走人。"

刚放下电话，酒店的服务生敲响房门，送过来一张便笺。

一行娟秀的钢笔字，还是用英文写的，吴建国不认识，给了服务生50美元小费，说道："麻烦翻译下。"

那名服务生专门接待中国的客人，中文也懂得一些，虽然缺乏文化熏陶，但这点小事，应该没问题，就收了小费，看了一遍，觉得非常不通顺，勉强翻译道："坚果五，你跟家禽与野兽，是差不多的样子，你年长的妈妈不愿意继续做事。"

服务生念出来，忽然恍然大悟，露出一个会意的笑容。

吴建国明白了，李琼故意用中式英文写句子，写的是："吴建国，你个禽兽，老娘不干了！"

为了专门嘲讽他英文不行，还摆了一道，让他在服务生面前出丑。

吴建国大怒道："滚出去！"那服务生就不说话了，退了出去。

他早就想把这个冰山似的漂亮女人搞到手了，只是碍于她对于海外市场开拓的重要性，迟迟没下手。现在万事俱备，这时候自然不怕她走了，如果能得手，最好不过；如果得不了手，何妨兔死狗烹？

第二天，吴建国飞回威城，先去找了林惠。

林惠凑过来勾住他脖子，吴建国赶紧说："林惠，我要倒时差，很疲惫。"

林惠说："那你就好好睡一觉。"但又忍不住说，"毛经理今天找我签字，说李琼被解雇了，她在海外不是做得很好吗？"

吴建国说："谁让她上次把你灌醉成那样？现在，海外市场都理顺了，有她没她都不那么重要了，正好给你报仇。"

林惠说："建国，你这是过河拆桥。"

吴建国说："我早就看不惯她那副装模作样的样子，要不是觉得她对建龙还有用，我早把她扫地出门了。"

林惠不说话了，只是觉得一阵阵心寒：如果哪天我对他也没用了，是不是也会被扫地出门？如同叶小帅、王春华、李琼那样？

这种预感，似乎是一语成谶。

第二天早上，两人吃着早饭，开着电视，一则新闻吸引了两人的注意力，新闻说："《中国共产党党员领导干部廉洁从政若干准则》正式发布实施。各级党委、政府和纪检监察机关要以贯彻落实这一准则为重点，切实强化对领导干部的教育和监督，认真治理和解决群众反映强烈的突出问题，尤其是建设领域的腐败、'小金库'、公款出国（境）旅游等违纪问题，要从重查处。"

就这样，反腐大幕徐徐拉开了。

吴建国敏锐地感觉到：威城作为国家重点城市，必然坚决贯彻中央决策，不好，威城官场要地震！

出来混，早晚要还的！看到办公室里不等秘书报告就闯进来的几名陌生人，林副市长叹了口气，缓缓抬起双手，被一副锃亮的手铐"咔嚓"锁上了。

林副市长被带走调查，首先慌的是梁秀娟，她疯了似的到处托关系捞人，但反腐重拳雷霆劈下之时，谁敢去接这烫手的山芋？无论是老同学、老领导、老朋友，纷纷求了个遍，大多都是声称在外地开会，后来干脆不接电话。

她走投无路了，赶紧跑去林副市长郊外的别墅找林惠，吴建国嗅到了风向，早带着林惠搬了出去。无奈之下，她给吴建国打电话，吴建国说："我在纽约忙分店的事情，一时半会儿回不去。这次我带林惠一起出来的，我们会尽快赶回去。"然后就挂断了。

梁秀娟不甘心，打林惠的电话，却老是提示关机。她心一横："吴建国，你吃了老林多少政策上的帮扶，如今落难，你们这对狗男女，竟然不管不顾，我也不能让你们好过！"于是，雇了一帮人，亲自带着去建龙集团大吵大闹，把一、二层的门都给堵了。大家都知道她是林惠的婶婶，林副市长虽然被调查了，但还没移交起诉，万一被捞出来了呢？

巩明森无奈，偷偷给吴建国打了个电话："吴总，你快露面吧。闹了一上午了，要是再闹下去，肯定得上《威城日报》的头条。"

吴建国一想，也对啊，这女人在店里闹腾，岂不是告诉大家，建龙曾经被林副市长"关照"过？自己再怎么有钱，要是查到建龙身上，不死也得扒层皮。

于是，赶紧带着林惠，装作风尘仆仆的样子，赶到建龙大楼，装作吃惊地说："林夫人，您这是做什么？林总监，快去把你婶婶扶起来。"

林惠就去把梁秀娟扶进了董事长办公室，那些雇来的人还在闹腾，巩明森见市长夫人被稳住了，就不再留情面，立即叫了物业保安，全部叉了出去。

吴建国亲自泡了杯茶，双手递给梁秀娟，说："林夫人，接到您的电话，我十分着急，立马跟林惠买了最快的航班飞了回来。您先喝杯茶，消消气。"

梁秀娟把茶放在桌子上，开门见山地说："老林出事了，吴建国你能不能帮帮忙，找找关系，把他捞出来。即便被没收财产、撤职，我跟他回老家种地去，我也感激不尽。老林这么多年，有高血压，心脏也不大好，那局子里他怎么受得住？"

是啊，呼风唤雨的时候，只想着声色犬马；等到了被制裁的时候，却连只求做一个普通的升斗小民都不可得，这难道不是大多数贪腐分子的写照吗？

吴建国说："林夫人，现在风头紧，您找人帮忙，谁都不敢触这个霉头。不妨以退为进，等风声稍微过去一点，我建龙必全力以赴，给林市长争取保外就医。林夫人觉得如何？"

梁秀娟好歹是市长夫人，难道不明白吗？现在吴建国不肯帮忙，更别指望在林副市长被判了实刑后，他会以身试法去操作什么假释、保外就医了。于是，看向林惠，恳求道："林惠，婶婶求你，帮着劝两句。"

林惠到底心软，说道："建国，看在之前我叔叔扶持建龙的分儿上，你就帮一把吧。"

"林总监，注意你的身份和措辞，叫我吴总！与政府接洽的事情，你作为行政总监，自然是你去对接的，你为集团发展动用了私人关系，建龙董事会非常感激。但是，我作为董事长，明确地告诉你，建龙的今天，离不开你林惠的功劳，我认；可是林副市长，我从来没请他帮建龙做过什么事情，也没有给他行贿过。现在是法治社会，说话要讲证据的。"

林惠懂了。林副市长给吴建国工商联主席的职位，是自己去求梁秀娟的；搞垮川岩饭店，是自己给叔叔送的钱；甚至林副市长帮忙把城投集团的股份收回，吴建国给自己奖励了 5% 的股份，却没有给林副市长一毫一厘，只是自己把股权收益拿出一大部分来上供给林副市长。

"一开始，你就想好把自己择出来了？你早就防着我叔叔出事，怕连累了你，所以你让我当马前卒？吴建国，你真是个人才，我今天算是看清你了。婶婶，我们走，这人我们指望不上。"林惠拉着梁秀娟就走，吴建国也不挽留，好整以暇地喝了口茶。

张海洋来吴建国办公室汇报工作，听见吴建国发怒，也没敢进去，倒是听了个明白。听得林惠要走，躲避不及，只好装作刚过来的模样，举手敲门，才敲了一下，林惠扶着哭哭啼啼的梁秀娟出来，只好装作不解地问："林夫人、林总监，你们这是……"

林惠并不多说话，扶着梁秀娟走了。

"张海洋吗？进来。"吴建国道。

"纽约分店的招牌违反了当地法律，被罚了 10 万美金，您看这笔钱……"

"什么？一块招牌罚 10 万？"吴建国难以置信。

"据那边的负责人刘克民说，是尺寸超标，存在坠落隐患，威胁整条街路人的安全。美国佬对这些细枝末节一直罚得重。"张海洋小心地解释道。

吴建国说："是李琮捣的鬼？她在美国那么久，肯定知道的。让邱律师来见我，我要起诉她，追索损失。"

"这……不大妥。那个招牌，是刘克民新官上任三把火，烧错了地方……"张海洋解释说，"换招牌的费用，是从我们财务部走的，我过来前特地查了。”

吴建国感到很头痛。

“要不，把那个刘克民给撤了？”张海洋问道。

“别了。让通联部巩部长发个内部通报，这事儿就算过去了。那 10 万美金罚款，就从这个月销售收入里扣。”吴建国无力地摆了摆手，说道，“你先回去吧，我有点累。”

他有点后悔了，为什么要赶走李琮？

他更有点后怕：林惠知道建龙很多事，要是抖出去怎么办？

看来，自己还要把握时间，好好把林惠安抚住，又想起梁秀娟那哭哭啼啼的模样，顿时眉头皱成了疙瘩。

第五十章

天道轮回，机关算尽陌路人

　　吴建国给林惠打了好多个电话，都不接，只好硬着头皮到林副市长家。梁秀娟打开门，看到吴建国，语气不甚友好地说："你来做什么？"吴建国说："刚才在公司您也看到了，张海洋就在外面偷听，我察觉到了才那么说的，您让我见见林惠，我们要一起想办法。"

　　其实，吴建国是胡诌的，但梁秀娟信以为真，说道："建国，疾风知劲草啊！老林没看错你。快进来吧，我叫林惠出来说话。"

　　林惠舍不得吴建国，她只是赌气不接电话。吴建国找来的时候，她那颗心又融化了，只是装作生气，佯装极不情愿地出来。

　　林惠说："你不肯救叔叔，还来找我做什么？"

　　吴建国说："刚才已经和婶婶解释了，张海洋在外面偷听呢。我这不来找你了吗？"

　　梁秀娟说："是啊，这不来了吗？建国啊，你说说，有什么办法？"

　　吴建国说："协诚律师事务所，你们听说过吗？早些年'严打'的时候，他们不仅救了一批人的命，还捞出了不少官员。他们耕耘已久，一定会有办法的，尤其是邱律师，我找他帮忙，一定能行。"

梁秀娟眼里放光，说道："真的？我们老林如果能出来，让我们怎么谢你都行。"

"其实，我早就视林惠为妻子了。"吴建国深情地说，"林惠的亲人就是我的亲人，林叔叔我一定会想办法的。"林惠破涕为笑，吴建国赶紧说："林惠，搬回我那里去住吧。"

林惠娇嗔了几句，就挽着吴建国的胳膊告辞了。

安抚好林惠，吴建国已经是箭在弦上，不得不发了，只好约邱律师见面。

寒暄几句，吴建国说："最近反腐，邱律师很忙啊。"

邱律师说："哪里，都是小打小闹。吴总特意约见，必是有事，但请开口。"

吴建国说："捞人。"

邱律师问："捞谁？"

吴建国说："林正鹏。"

"这……"邱律师搓着手说，"这是威城反腐第一案，我已经留心打听过了，上面的意思是一查到底，这事棘手了。"

吴建国说："棘手的意思，就是能办。"

"也就是在吴总面前，我敢这么说。林夫人托人找协诚打听过，我让事务所的律师给推了。"邱律师说，"吴总，这事非同小可。容我多嘴，林正鹏进去了，所有人躲都躲不及，你何必蹚这趟浑水？"

吴建国说："很多事，是他给办的。要是不捞他，他走投无路，为了立功减刑，说不定会牵扯到建龙。建龙正在海外扩张，前期投入巨大，还没正式开张，现金流吃紧，经不起任何风险了。"

邱律师说："自古以来，钱可通神。你若真想捞他，只要出足够的价钱，或许可以冒险一试。"

吴建国说："你身后的关系是谁，靠得住吗？"

邱律师说："我身后的关系，是我协诚立足的根基，实在不便奉告。但吴总肯不计成本去捞人吗？"

吴建国说："保林正鹏，就是保建龙。为了建龙，我不计成本。"

邱律师说："好，我回去问问，回头给您回话。"

邱律师专程去了省城，三天后回来，约吴建国见面，说道："有点门路，人家妻子女儿都办了移民，他自己是'裸官'，想捞一票大的，找个机会出国不回来了，开口要 2 亿。"

吴建国面露难色，说道："2 亿，哪有这么多钱？算了，如果真被牵扯进去，建龙不过被处罚，股票跌一跌，也就过去了。"

吴建国心里在盘算："有这 2 亿，还不如把林惠送出国，买个别墅藏起来。"

邱律师说："我再问问。"

过了几天，邱律师又来了，说道："3000 万，捞一个副市长，算是行价了。吴总若还是嫌多，这事我也不好办了。"

"拿 3000 万稳住林惠，倒也值。"吴建国这么想着，就说道："那就麻烦邱律师了。"

果然，林副市长的案子，被省城挂牌督办，全副武装的武警，把他提调到省城去了。

邱律师来找吴建国，说道："第一步已经完成了。吴总您看……"

吴建国说："3000 万，不是小数目，一周内吧。"

邱律师说："好，专待吴总佳音。"

吴建国回去筹钱，发现为了海外扩张，追加了几次投资后，自己的不动产都抵押出去了。找张海洋，张海洋面露难色，说道："集团的现金流吃紧，负债率已经接近风险线，再动用的话，恐怕会被银行盯上。"

吴建国没有预料到，海外五家分店，竟然把自己拖累成这样！

但他还是坚信，海外投资成功了，那么钱会源源不断地回来。

现在，他有股权，却没有现金；建龙的市值高，只能套现。

他找到邱律师，说："割韭菜。"

邱律师说："我跟您多年交情，必须奉劝您一句，这是条不归路。"

吴建国说："为了建龙的根基，尤其是在海外市场拓展的关键时刻，我必须尽所有能力来保持内部的稳定。"

最后那句话，邱律师没听懂，但他不问，只是说道："那么，我去安排了。"吴建国狠狠地点了下头。

平静的夜，阴暗的天。神秘操盘手入场，里应外合之下，建龙股票毫无征兆地一泻千里。

破产的、跳楼的、拉横幅维权的……胼手胝足积攒的财富，被股市无情地吸走了。

吴建国的腰包鼓了，等他看到有人跳楼的时候，嘴角已经泛不起同情。

"你们是弱者，就该被强者吞噬！"他甚至有点鄙夷，"蝼蚁，果然一拈就死。"

但是，不知为何，吴建国跟洪尔森合作的内容、时间节点、交易内幕、操盘收割过程，丝毫不差，被匿名发到了网络论坛上，一时掀起了舆论风暴。吴建国给洪尔森打电话，对方关机，想来也是，国际炒家打一枪换一个地方，甚至换一个身份，一击得手，立刻消失得无影无踪，仿佛不曾存在过。

"洪尔森出卖我！"吴建国找到邱律师说，"如果不是他，肯定不会知道这么多事，知道得这么详细。现在，巩明森花钱寻门路删帖也不顶用，还有什么办法？"

邱律师想了半天，说："唯一的办法，就是引新的资金注入，把股价拉起来，再发公告说，是被境外操盘手恶意狙击。这样也许可以保住建龙，挽回声誉。"

"可是，股票大跌，哪有资金注入？"

"我想办法筹措一笔资金。凭借协诚的信誉，这点事情还是能办到的。还有，林正鹏已经办理了保外就医，手续合法，已经从看守所出来了。以后，官是当不成了，但起码不用坐牢。"

吴建国说："谢谢你。"

邱律师说："吴总如此念旧恩，我也是佩服。建龙的事，我一定给办好。"

林惠很高兴，专门去探望了林正鹏，一起吃了顿饭，梁秀娟自然是千恩万谢的。吴建国心急如焚，但还是说道："我为了捞你叔叔出来，差点把建龙丢了，林惠，你信我对你是真心的了吗？"

林惠说："我信。我会和你一起渡过难关的。"

只要林惠那边不出状况，建龙就不会一夕崩塌。以前很多见不得人的事情，都是林惠跟她叔叔去做的，如果抖出去，建龙必死无疑。

虽然建龙股票跌了，信誉受损，但毕竟还在自己手里，只要邱律师把资金注入，自然可以起死回生。

"出来混，早晚要还的。"吴建国心中苦楚，但转念一想，"从今以后，建龙彻底没有后顾之忧了。"

邱律师果然有门路。"有 4000 万人民币注入，可以拉升股价 1.2%，看似很少，但可以重振投资者信心，让建龙渡过这个难关；等海外市场运营步入正轨后，影响力进一步加大，建龙回归正常没问题。"

吴建国问："那这位金主，要求多少回报？"

邱律师说："他只要 3% 的回报率，为期一年。但是，为了慎重，需要集团 15% 的股权进行担保。如果你信不过他，可以把股权移交给我，召开股东大会的时候，我站在你这边，这样你还是董事长。等建龙发展好了，原价赎回，吴总只需要支付 3% 的回报金。"

吴建国很高兴，说道："邱律师，你去办吧。"

邱律师说："好，我这就去联络。"

建龙的股票果然翻红了，巩明森立马买了版面，声明这次股价大跌是"境外操盘手恶意狙击，已被建龙击退"。然后，装模作样地起诉了几家转发帖子的小网站，那些小网站收了建龙的钱财，纷纷改口，一时舆论风向大变。

这么一阻，海外分店营业被耽搁了，海外开餐饮费用奇高，吴建国心疼啊，于是，决定召开股东大会，宣布改组董事会的同时，正式发布建龙的海外扩张计划。

开会那天，好不热闹。邱律师来了，隋向东来了，辞职的叶小帅也来了，他拿出王春华的代理委托书，保安只好放他进去。李琮也来了，在门口遇到吴建国，吴建国嘲讽道："怎么，想通了？又想要那10%的股份了？"

李琮并不理睬他，拿出一份0.2%股权的股权书，说道："不记名股东，可以查一下编号。"吴建国吃了一惊，说："你哪来的股份？"李琮说："我看好建龙，自己存钱买了远洋集团的。"吴建国不屑道："你这点股权，会议上也说不上话，还来做什么？"

李琮仿佛看穿一切，缓缓说道："或许，我只对你的结局感兴趣。"就抛下吴建国进去了。吴建国看着她的背影，皱了皱眉头。

吴建国作为上一任董事长，开始述职。他先汇报了自己对建龙的经营：市值从十几亿涨到近百亿，虽然发生了境外操盘手恶意狙击事件，使市值又缩水了几十亿，但海外市场进一步扩张后，未来产生的收益，将会远远超过预期百亿规模。

众人鼓掌。吴建国又对集团公司的股权状况进行了宣读：主要股东有，吴建国，30.7%；邱利民，15%；李莉莉，10%；王春华，5.5%；林惠，5%；大龙集团，5%；远洋集团，5%。另有金融机构、不记名股东及广大散户等，共同占有23.8%。根据当初的协议，金融机构及未到股东大会现场声明股权的不记名股东，不参与集团决策，只享受红利。

众人鼓掌。主持人清了清嗓子，说道："接下来，进行下一届董事长的选举工作。有意参选者，可现场参与竞选。"

李琮先说："我参加，我持有建龙0.2%的股份，应该有资格参与竞选。"会场的大小股东一阵窃窃私语。李琮继续说："连吴建国这种人都能当董事长，为什么我不行？完毕。"

这哪是竞选？分明是来让吴建国下不来台的。吴建国想："有仇必报，果然还是那个性格。"

吴建国说："我也参加董事长的竞选，投自己一票。"他自己有30.7%的股份，只要有邱律师那15%的支持，那么自己就连任了。

叶小帅说："我是股东王春华的代理人，我代表王春华参加竞选，投自己一票。"众人窃窃私语，建龙集团的老总与副总争夺控制权，这是股东大会还是宫斗戏？

吴建国示意主持人，主持人说道："还有要参加竞选的吗？"

下面鸦雀无声。

主持人说："目前，有三位股东参与竞选董事长一职，分别是吴建国先生、王春华女士、李琼女士。请各位股东投票。"

李莉莉说："我的10%投给王春华。"吴建国大吃一惊，脱口而出："为啥？"

"为了石磊。"简短的一句话，李莉莉就坐下了。吴建国定睛一看，这个李莉莉似乎在哪见过，猛地惊醒："这就是那个朱丽萍。石磊一开始说自己喜欢的人是朱丽萍，其实就是李莉莉，这是什么情况？"

林惠说："我的5%投给吴建国。"林惠充满爱恋地看了吴建国一眼。

"大龙投给王春华。"隋向东吐出一口烟圈。

远洋集团的代表说："弃权。"

吴建国倒舒了一口气，邱律师只要不反水，自己一样能够连任。

邱律师果然会做人，不得罪股东，说道："弃权。"

吴建国故意望向李琼："李女士，你投给谁？"

李琼说："我投给我自己。"

虽然有点滑稽，惹得会场发出笑声，但负责会议记录的人还是记了下来。

"现在，请统计各竞选人的得票结果。"主持人说道。

吴建国35.7%，王春华20.5%，口算也能算出来，只不过走走样子，装个模样。

但是，会场外传来一个声音："东威集团，投给王春华。"娇滴滴的声音，吴建国一听就是李天娇，不由得皱了皱眉头，说道："请出示股权证书。"

李天娇不慌不忙地拿出来股权证书，大大小小的，还有一摞授权书，算了算，竟然有 15.8% 的股份。

"你从哪里搞到这么多授权书？还有，明明风投机构已经没有了参与决策权，你的这些授权书，应该剔除风投机构。"

"我偷的、抢的、骗的，你去告我啊！"李天娇抛了个媚眼。

吴建国真的慌了，说道："股东们都在这，建议董事会对这些授权书的资质以及准确性进行甄别。"

"我来吧。"邱律师说，"我建议现场请威鹏司法中心来核查。伪造有价证券是违法行为，如果这里面有伪造的，我将以股东身份对李天娇女士发起诉讼。"

主持人看了眼吴建国，点头道："现在暂时中止会议，请司法中心鉴定后继续会议流程。"

吴建国对林惠咬耳朵："东威集团是哪里的公司？"

林惠打开笔记本电脑，说："我正在查。"果然查到了注册信息，是一家服装外贸公司，注册资本是 10 万元人民币，注册法人是：卢倩。

吴建国顿时浑身冒汗。"完了，全完了。她哪来的钱吃进那么多散户？又是如何吃掉的？很多都是不记名股东。"

林惠说："只有一种可能，那些散户，本来就是他们那些人偷偷不记名买入的，或者远洋集团卖掉的股票、其他风投机构的股票，都被他们给暗地收了。然后赶在股东大会开始前，抓紧成立个皮包公司，把所有股权集中在一起，为的是夺了建龙控制权。"

吴建国说："风投机构的股票？"

林惠想了想，说道："可能与你'割韭菜'有关系，风投机构被套牢，如果有人接盘，只要价格差不多，就会赶紧出手。之前那场揭'割韭菜'内幕的舆论风波，八成是他们做的，加速了风投机构出手。而且，不参与决策属于特别条款，对风投机构有约束力，但变更后就没有这方面的限制，法理上会被认为是一般股东享有的权利。"

"这显然是个漏洞，合同公章都是你在管，当时怎么没有发现？"

"我自然不会犯这种低级错误。但是，有一阵子王春华老插手行政部门的事情，几乎把我架空了。我跟你说过，你让我忍着点……这一定是她插手时在合同上动了手脚，留下了这个要命的漏洞。"

吴建国不甘心，来到那几位股东身边，说道："我败得无话可说。但是，你们哪来的钱吃进去这么多股份？"

叶小帅说："找个咖啡厅，我与你叙叙旧吧。"

第五十一章

家业双兴，一叙旧梦乐天伦

　　吴建国跟叶小帅走出会场，找了个茶座。

　　吴建国说："石磊在威城的资产都卖了还贷款，灰溜溜地回了老家，他哪来的 800 万吃进去 10% 的股份？"

　　叶小帅说："你误会了。非典的时候，石磊去求人贷款，是因为王春华找了他，求他救救建龙。实际上，他在威城的几家店，规模小、损失小，根本不需要贷款。他贷了 800 万的款，又怕你误会王春华和他的关系，只好让朱丽萍，也就是李莉莉成立宇阳公司，专门来救建龙。结果，你却误解了他，把他赶尽杀绝。"

　　吴建国说："后来，建龙的股价很高，他为什么不卖了东山再起？"

　　叶小帅说："因为，如果他起不来，就会一无所有。他们回到老家，以石磊的本事，在那种小地方，白手起家也饿不着。所以，他卖了所有的固定资产，确实是为了还贷款，还的是银行的 800 万，也就是为救建龙贷的那 800 万。"

　　吴建国沉默了一会儿，又问道："那施维泽……"

叶小帅说："李天娇曾经的管家，他本身就是香港人，李天娇的前夫以他的名字开设工厂。李天娇知道你一定会查宇阳，所以故意让你查到了施维泽。其实他一分钱也没出，只是吃了你一盏茶，反而让我们提前知道了你要离婚、转移财产的计划。"

吴建国说："洪尔森呢？他也是你们的人？"

叶小帅说："他是个合格且专业的操盘手，你不要冤枉了他。其实是邱律师，他一直想吃掉你的股份，你终于把股份贱卖了去，却以为他那4000万是救场的。如果他有心帮你，东威的一切，根本瞒不住他。他有丰富的资源和人脉，为了实现对建龙股份的持有，关于建龙所有股权的走向和去路，即便不记名购买，他也掌握得清清楚楚，所以他知道只要自己弃权，你一定会倒台。故而，他跟我们达成了协议，一起扳倒你，等王总执掌建龙后，不动他那15%股权。为了实现这个目的，他甚至还帮我们找关系，找到不记名购买的股东，所以李天娇才能有的放矢，在你'割韭菜'的时候，精准吃进大量股份，而且从购买到转入东威的一系列行为，都神不知鬼不觉，似乎有违规操作在里面，但那是人家邱律师的本事。"

吴建国说："吃里扒外！他那4000万，是如何在短时间内筹集的？"

叶小帅说："他的公司账上可挪用资金只有1000万，你给了他3000万。你也别想着要回来，以他的手段，早已洗得干干净净了。"

"啊？"吴建国难以置信，说道，"林正鹏的保外就医……"

叶小帅说："你想多了，这个案子是反腐第一案，上面极其关注，根本不可能疏通。"

"也就是说，保外就医不过是个意外？"吴建国问道。

叶小帅说："不是意外，是有人刻意为之。这个案子，采用的是异地调查的方式，这属于机密，你肯定不知道。负责这个案子的工作组，带队的是已经进入省厅司法部副厅长考察期的钟梅，林正鹏本来就有心脏病、高血压，她批准林正鹏保外就医，也是很顺理成章的。"

吴建国说："那李天娇吃进股份的钱哪里来的？"

叶小帅说："王春华离婚的 2000 万、卖大龙的股份，以及卖掉商铺和市中心豪宅的。"

吴建国说："她是大龙的股东？"

叶小帅说："我们刚开业的时候，她来建龙一个月，就理顺了火锅店的所有事，你不觉得奇怪吗？"

吴建国说："她这么恨我？"

叶小帅说："她已经不恨你了，只觉得你龌龊，所以以曾经与你在一起为耻辱，把与你有关的商铺、豪宅都卖了，甚至憎恶有你的城市，已经搬出威城住了有些时日了。"

吴建国低下了头，自己败了，败得很彻底。他又问了一句："你出的主意？"

叶小帅说："不是。王春华筹划的，她算定了会被你抛弃，所以很久之前就布局这件事。因为李美萱的事，你睚眦必报的本性，把她跟李天娇推在了一起；因为卢倩的事，让她吐露了心迹，所以我才会心甘情愿在你羞辱式的排挤中窝在横滨分店那么久。你对石磊屡次三番的斩尽杀绝，让他下决心听朱丽萍的意见，对你这个同乡、同学、同袍下手；同样的道理，大龙在你坐大时并没有对你进行打压，你为何仗着财大气粗去断人家的活路？这样，李天娇就把他拉进来，参与王春华的计划。"顿了顿，又说道，"其实，你的始乱终弃、见利忘义、偏激敏感、心狠手辣才是你失败的主因，才会让王春华有机会把被你伤害过、背弃过的人聚集在一起，让你彻底失败。"

吴建国不甘心，说道："如果不是姓邱的反水，你们赢不了！"

叶小帅说："他的反水，是你造成的。他目睹了曾经为建龙或者为你真心付出过的人，一个个下场凄惨，难道不会为自己谋条后路？所谓兔死狐悲，跟着你，他也不会有什么好下场。"

王春华、叶小帅、李天娇、隋向东，甚至卢倩，都是自己曾经负过的人，而将这些人聚在一起、带领他们发起绝地反击的人，竟然是王春华！

叶小帅说："还有一件事要告诉你。导致王春华几乎净身出户的那场意外，她早就知道了，只是瞒着我，故意引我喝下那下了春药的酒，用把自己交给我的方式来换取你计谋的得逞。你不再提防她，让她有足够的时间来布局。"

"但是，你还算是良心未泯，给了王春华下半生衣食无忧的保障。所以，王春华接管建龙后，会联合其他股东把你的股份缩水到10%，作为你下半生的保障。"叶小帅说完，就走了。

手机响起了，是主持人让吴建国回会场。吴建国回去了，不见了邱律师，他借着司法鉴定的时机，偷偷溜了。吴建国忽然收到一条短信，是邱律师发来的："吴总，中国很大，世界很大，不要找我。"再打过去，是关机。

主持人说："东威的股权都是真实的。所以，按照董事会纲领和选举流程，王春华为建龙集团新任董事长。"

掌声响起，门口缓缓走进来一位穿着职业套裙的女人，股东们立马打招呼："王总好！"

"对吧！主角都是最后登场的嘛！"李天娇笑着说。

吴建国和林惠，互相看了一眼。吴建国说："我放弃这次大会的参与表决与建议的权利，先告辞了。"

王春华说："吴董事慢走。"转而望向角落，欣喜地说，"李琮，你也来了。"

李琮说："我只是来看戏，看完了，也该走了。"

王春华说："你留下来吧，建龙需要你。"

李琮说："看我心情，此刻我就想去喝杯酒庆祝庆祝。"

李天娇说："我陪你喝，挑战你一下，听说你挺能喝。"

李琮说："看你脸上的酒窝，就知道你也是个能喝的，奉陪。"

两个女人就说说笑笑出去了。

王春华接手的建龙，是个烂摊子。

控股权少，债台高筑，已经逼近征信红线；"割韭菜"的阴影还没有散去，而海外市场已经因为缺乏资金注入，濒临歇业。

众人望着这个女人，有怀疑，也有期待……

2010 年 10 月 31 日，是建龙火锅店成立十四周年的日子。

吴建国在那一天突然感受到了从未有过的寒冷，是由内而外，透彻心扉的刺骨凉。

他一个人来到公寓的楼顶，天空灰乌乌的，雨点飘洒而下，落在他的手心。都说秋雨润如雪，吴建国在心中默念，明年一定是个好年啊，可惜他看不到了。

在所有人都沉浸在迎新的喜悦中时，他闭上眼睛从高空跃起，随后是无尽的坠落，过往种种如电影般在他的脑海里快速放映，他想到年迈而强势的母亲，想到善良却唠叨的前妻，想到富有心机的李天娇，想到倔强要强的林惠，这些在他生命中扮演着不同角色的女人，最终却无一人伴在他身旁。说到底，他竟不知他这一生到底为什么活着，权、名、利，现在想来也不过是过眼云烟罢了。

算了吧，他太累了，再见吧，这个让人眷恋又让人想逃离的凡尘俗世。

警察来到现场，在他的衣服口袋里发现了一封举报信和遗嘱，举报信上记录了一个银行保险柜的号码，信封内有一把钥匙。警察打开一看，是邱律师所有违法乱纪的证据，而此时的邱律师，正利用自己的专业能力，在看守所里狡辩……

那天，他刚跑出会场，就被钟梅带人给抓获了，罪名是"妨碍司法公正"。这些证据，是吴建国对他最后的反击。毕竟，吴建国从来没有真正相信过别人。

另一封遗嘱，他把自己 30.7% 的股权全部给了王春华和吴晓晓；名下的别墅、存款、车辆、不动产，全部给了林惠。

当天晚上，威城各大媒体争相报道一则劲爆消息：建龙集团原董事长吴建国跳楼自杀！都说死者为大，然而对于吴建国这种曾经的商界风云人物，纵使死了，人们也不忘从他身上挖出炸点，榨干他最后一点价值。

"建龙集团债台高筑,董事长被逼自杀!"

"资金链断裂,建龙集团大裁员!"

"火锅大亨轻生究竟为何,且看建龙何去何从?"

诸如此类的新闻络绎不绝,吴建国的死亡让建龙集团陷入更加风雨飘摇的境地,一时间各种负面消息层出不穷,银行信贷部门也越发紧逼,整个集团里人心惶惶,裁员工作只进行到一半,就有大批员工主动辞职,另谋出路了。

所谓树倒猢狲散,墙倒众人推,不过如此。曾经热闹一时的建龙集团顶层会议室里,此时就只剩王春华、叶小帅、张海洋、林惠、巩明森几人。

林惠说:"我要走了,建龙集团里一直有我最骄傲的回忆,也有我最深爱的男人。但是,我不想在这里待下去了。"

王春华说:"你留下来吧,这里有你的舞台。"

"不可能的,原配和小三共处,建龙受不了这种流言蜚语。王总,保重!"林惠跟王春华握了握手,就离开了。

张海洋这个曾经颇受吴建国信任的财务大总管,也准备另谋高就了。他说:"时至今日,建龙已经被拖进深渊,再无重见天日的可能,与其做无谓的挣扎,不如申请破产。"

王春华说:"人各有志,你要走,我绝不阻拦,但建龙是我前夫、我孩子的父亲吴建国一生的心血,无论如何,我都要坚守下去。"

张海洋和林惠两人都走了,王春华将目光落在巩明森身上,问他:"明森,你有何打算?"

巩明森感恩吴建国的知遇之恩,对王春华也是打心底里尊敬。他说:"我哪也不去,就留下来陪王总和建龙一起渡过难关,我相信,建龙会越来越好的。"

王春华听着感动,这些年虽混迹商场,从巩明森的职业素养看得出他一直没有疏于学习,说话办事总是那么靠谱。

王春华没有问叶小帅的去留,她懂他,也依赖他。

第五十二章

相濡以沫，一续弦歌锦被新

一夜之间，建龙集团变成一个里外透风的大房子，看着辉煌气派，实际上内里已经腐坏衰败，一碰就塌，再也经受不住一点风雨了。

俗话说攘外必先安内，王春华要做的第一件事，就是对建龙集团的人事结构进行调整，精简员工，重新分配。

林惠在建龙一直主管人事，她走得匆忙，也没有做好工作交接，导致现在各部门的人员情况一团混乱，王春华只好从头开始一点点整理。

首先是将人力资源部与办公室整合，合而为一，减少人员配备，缩减不必要的薪资支出。

人力资源是集团的地基，只有拥有优秀的人才资源，才能挽救濒临破产的建龙。所以这个部门由叶小帅亲自管理。

至于财务部在张海洋离开之后，也处于群龙无首的状态，王春华对于财务是门外汉，叶小帅也只是懂个皮毛，招人又招不到，非常棘手。

通联部主要负责与外界沟通，对于眼下的建龙集团是最重要却也最不重要的组成部分。说它重要，是因为建龙急需扭转舆论风向，消除市面上对建龙有负面影响的报道和评论；说它不重要，却是因为建龙目前最紧要的是扭亏为盈，填补资金链断裂的空洞，让建龙这个臃肿的老旧机器重新正常运转起来。

王春华思维清晰，只要集团恢复正常运作，火锅店恢复盈利，到时候社会风评自然也随之变化。所以她决定暂时撤销通联部。至于食品安全检查部，王春华决定将张军重新聘请回来，毕竟他有经验，人又信得过，之前是因为识人不清、一时冲动才犯了些错误，现在如果能将他请回来，实在是帮助建龙走出危局的一大助力。

叶小帅给张军打电话，说："建国的事你也知道了，春华想请你无论如何给个面子，出来一起聊聊。"

张军在电话那头急忙说："言重了，言重了。有事你们说，只要能帮上忙，我一定尽力。"

叶小帅说："春华早就想请你一块儿坐坐了，我今天打电话来，让你帮忙不是最主要的，就是想请你今晚赏光吃顿饭。你面子大，春华说她要亲自带酒参加。"

张军说："该我带酒才是，晚上这顿饭我做东了。"

叶小帅放下电话，对王春华说："行了，他一会儿就过来。"两人在集团办公室聊了一会儿，然后一起下楼，在大门口等张军。很快张军就到了。

张军收起湿淋淋的雨伞，走过来笑呵呵地说："一回来就高兴，对这幢楼是真的有感情啊！"

王春华笑着说："之前的事情有处理不当的地方，见谅，见谅。今天晚上我做东，这顿饭权当赔礼了。"

张军说："一听说是你找我，闹不清啥事，电话里也不好问小帅呀……小帅，你现在是建龙名副其实的大总管。见到你们俩，惭愧，惭愧啊！"

叶小帅在旁边一直没有搭话的机会，只是赔着笑，此时想为王春华解围，就故意看了看手表，提醒道："王总，到饭点儿了，再晚就没车位了。"

王春华爽快地笑道："啥都不说了，上车。"

国贸餐厅是威城最老牌的粤菜馆，以前吴建国最喜欢请王思瑞一家到这里吃饭。

步入店门，王春华问迎面过来的服务员："有包间吗？"

服务员答道："有。"

三人在服务员的引领下到一间包房落座。

王春华把菜单递给张军，说："你是老大哥，你来点菜。"

张军推辞道："谁都不是常来，简单点。"

王春华只得将菜单交给叶小帅。叶小帅看了看菜单，也没看出个名堂，干脆对服务员说："你帮我们安排六个热菜，两个凉菜，荤素给搭配一下，要一瓶奔富389……"

张军赶忙插话道："不要红酒，来瓶老北京二锅头。热菜太多吃不完，去掉两个。你开车不能喝酒，来一听饮料。"

叶小帅笑着说："军哥，你做事就是太较真，老是为别人着想。一顿饭嘛，吃痛快点。"

酒水先上来了，三人礼让着开始喝酒，都是朋友，并没有个人矛盾，所以都不谈实际的内容，更多的是聊一些边缘话题。

席间，刚刚碰完一轮酒，王春华放下酒杯，说："军哥，回来建龙帮帮我吧。"

这句话看似不经意，然而如果漫无边际地沿着这个话题聊下去，会让王春华尴尬，张军一秒都没有犹豫，不假思索地说："明天就上班。"

叶小帅笑着朝张军一抱拳，说："军哥，救我们于危难之中。"

王春华说："还有素梅姐，农牧场需要她。"

张军说："这个我不敢做主！"

"妻管严！"大家哈哈一笑，皆大欢喜的一顿饭。

张军上班了。他接手人力资源部，遇到了不小的阻力。

之前林惠在时，已经开始着手进行裁员工作。张军查阅员工档案后却发现，林惠怕是早就藏有私心，她裁掉的员工竟然都是有经验、态度积极的优质人才，这些人后来又在她的介绍下，加入了她现在的公司。张军仔细过了几遍员工手册，又把员工的工作记录评价挨个过了一遍，将那些存在态度不端或者行为不端的员工全部开除。纵然此举有些太过冷酷，不近人情，但非常时期行非常事，他必须狠下心将建龙这台机器上面的腐朽部分全部剔除，正所谓不破不立，只有这样建龙才能重获新生。

王春华开始在集团内部听到一些闲言碎语，大意是叶小帅仗着与她的关系，有些薛怀义上台的风格，对员工要求严苛，大家对他怨气极重，经常说他是拿着鸡毛当令箭，说他作威作福。

王春华心里再有不舒服，也只能沉默。她想，这就是人性的阴暗面，永远都是要求别人，觉得别人做得不够好，却看不清自己身上的惰性与缺陷，只知道抱怨，不知道改进。

那天，王春华突然想放松一下，她把自己逼得太紧了，也把叶小帅逼得太紧了。这个男人不知默默地承受了多少非议，将集团内部重新整顿，使建龙这台锈掉的机器重新焕发出新的生命力，而他在面对自己时却始终是一副轻松自信的样子，没有一句抱怨。

两人约在集团附近的烧烤大排档见面，喧闹的烧烤摊，人声鼎沸，能听见人群聊天喝酒的玩笑声，能听见往来汽车的鸣笛声，能听见肉串放在炉子上烤炙的嗞嗞声，一切的一切都世俗到粗鄙，但却是生活最真实的模样。

叶小帅笑着说："好久没来这种地方吃饭了，还真是怀念啊。"

"是啊，好久没来了。"王春华也笑着回答。是啊，自从建龙集团成立后，他们成了平民百姓眼中的有钱人、人上人，出门应酬去的都是星级酒店，吃西餐、喝红酒，谈的都是生意，笑容中带着算计，像这种轻松自在毫无负担地吃一顿带有烟火气息的饭都仿佛成了一种奢侈。

两人不谈工作，只聊一些生活上的琐事，王春华提到吴晓晓，说："一晃眼，晓晓变成大姑娘了，向往自由，向往爱情，已经有了心仪的男孩子，我这个做妈妈的也老了。"

叶小帅则说起自己留在老家的儿子："儿子大了，总想自己出去拼搏，不喜欢被安排，我这个做爸爸的也老了。"都是为人父母的，又都在婚姻中受过创伤，两人的距离又拉近了许多。

喧闹中，叶小帅看着王春华被岁月打磨的因褶皱而更加温柔的眉眼说道："春华，我们今天开门见山地说些话吧！若是你不嫌弃，我们就把证领了，一起做个伴吧。"

两人都已过不惑之年，这个年纪要想说出一句表白的话，必定是考虑再三后做出的郑重决定，需要巨大的勇气。

王春华被他的真诚打动，人生苦短，她也不想因为扭捏再耽误彼此的时间，只思考片刻便回道："好！"

"确实很好！"隔壁桌一个女人拍着巴掌说道。

两人不约而同望去，只见李天娇小鸟依人般靠在马来运的肩膀上，笑嘻嘻地说道："李美萱也回来了，你知道不？她现在了不得，是大龙火锅分店的店长了。"

"哦？你把股票卖给谁了？"叶小帅说。

"不是卖，是送给你的旧情人了。"李天娇笑嘻嘻地说。

"卢倩吧？"王春华竟然酸溜溜的……

"哈哈，还醋上了呢！"李天娇肆无忌惮地嘲笑道。

王春华挽着叶小帅过来，拼成一桌。叶小帅看了下王春华，说道："我说你老让李天娇勾搭马来运，早晚得出事吧！这不，情侣装、情侣眼镜、情侣手表，甚至情侣内衣都配齐了！"

"啊？！"李天娇赶紧捂了捂胸口，低头一看，T恤衫合体地穿在身上，根本没有丝毫走光的痕迹，红着脸说："许久不见，你学坏了你！"

"我是猜的！"叶小帅吐了吐舌头说。

"你真厉害，竟然猜对了！"马来运带点崇拜。

马来运还是那么实在，只一句话就让叶小帅和王春华笑得前仰后合，惹得周围的人纷纷望向这桌。

笑了一回，王春华说道："天娇，财务上的事，我看不过来，也不大懂，生怕出了乱子，你能留下帮我吗？"

　　李天娇说："这个自然可以，但我有个请求。"

　　王春华真诚地说："尽管开口。"

　　李天娇说："这马来运，傻了吧唧，去你们建龙看大门行不？"

　　众人笑了，一起举起酒杯，王春华说："后勤保障部经理的位子，一直给他留着，没有人比他更适合了……"

　　安顿了李美萱，卢倩也有了栖身之所，财务部门也终于运转流畅，又迎回了经验十足的马来运，王春华和叶小帅信心倍增。

　　比起互相试探的谈情说爱，王春华和叶小帅都有更重要的事情要做，银行的债务已经迫在眉睫，必须想办法还清。王春华和叶小帅、张军商量后决定，关停一切海外项目，并将海外的产业全部变卖，还了一部分债务。而后王春华切割了建龙火锅店的国内版图，只保留威城及其周边城市的分店，其余店铺一律关停。至此，建龙集团的规模明显变小，集团资产也大幅减少，但一切都在向好的方向发展。

　　转眼便到了 2012 年，建龙集团在王春华的执掌下起死回生，再次走上正轨，虽然距离往日的辉煌有些差距。

　　建龙集团再次在威城站稳了脚跟，王春华一介女流堪比男儿，成为餐饮界的女强人。

第五十三章

故剑情深，一行泪痕悼亡魂

建龙集团总部顶层会议室里，张军正在向王春华汇报，他喜笑颜开说道："我们推出的自燃式方便火锅备受追捧，甚至带动了火锅店的生意也出现了爆发式增长。"

刘涛也道："确实如此，近来各分店的客流量较之以往有明显增加，方便火锅销售增长明显。"

与二人的喜上眉梢相比，叶小帅则显得较为冷静，他分析道："目前建龙在方便火锅市场上一枝独秀，但可以预见，这块利益巨大的蛋糕必将引来其他餐饮企业的觊觎和争抢，接下来建龙面对的必将是一场异常激烈的大战，所以我们必须打起十二分精神，小心谨慎地走好每一步，切不可大意轻敌。"

叶小帅预料得没错，时间进入 2014 年，多家企业纷纷开始进军自燃式方便火锅领域，一时间，各种品牌、各种口味的方便火锅涌入市场，建龙集团面临着严峻的考验。

王春华紧急召集管理层开会。

"抢人！"王春华斩钉截铁地说道："不仅要抢消费者，还要抢人才。"

针对王春华的观点，刘涛负责订立具体的执行方案，他说："餐饮的'快消零售化'，无疑是一个完全不同于传统餐饮业的市场。运作这一市场，我们必须成立相应的部门，引进快消品行业的渠道、营销、设计人员。"

王春华外表柔弱，实则雷厉风行，属于行动派。她只要确定好了目标，就会想尽办法快速执行。

建龙集团面向全国招聘快消行业精英，福利待遇优厚，一时间来面试的人络绎不绝。

主管人事的刘涛严格把控，仔细筛选，最终确定了两名文案策划、两名平面设计师以及一名营销宣传，将五人的履历资料提交给王春华后，王春华将五人编入新成立的设计部，暂时由一直在跟进方便火锅项目的刘晓倩兼任部门经理。

刘晓倩就建龙自燃式方便火锅的发展方向给王春华提了十分有建设性的意见。

她说："这一轮的自燃式方便火锅之争，首先是品牌的竞争。其中，广告语至关重要。看看脑白金就知道了——'今年过节不收礼，收礼只收脑白金'，虽然让人感觉俗不可耐，但因为'产品与送礼'的强关联性，脑白金的销售额曾经实现了倍数级的增长。还有'怕上火，喝王老吉'，也是具有强关联性的场景消费广告语。所以，建龙也必须提出属于建龙方便火锅的标志性广告语，在消费者心中刻下深刻的印象，刺激消费者的选择欲望。"

她还提出："人眼对于形状、图形的识别能力强于文字。所以，在方便火锅市场，建龙还要同其他企业拼设计。独特的产品外观也是影响消费者选择的重要因素。"

王春华对刘晓倩的想法很赞赏，不过还是着重强调说："在方便火锅的市场竞争中，最重要的根本还是在产品。商标、外观、广告语是影响消费者心理的外在因素，产品才是我们的核心竞争力。没有了'产品'这个核心资产，其他的都会成为过眼云烟。"王春华在会上即刻决定成立新的方便火锅研发中心，彻底将传统的建龙火锅制作与方便火锅制作独立开来，聘请专业的、有经验的方便火锅研发人员，并要求张军所负责的农牧场、配送中心全面、优先配合方便火锅的研发需求。

到 2014 年年末，建龙方便火锅已经进行了多次优化升级，从只包含藕片、木耳、蕨菜、竹笋、火锅粉、火腿肠等常见食材的菜品不丰富的 1.0 版本，升级到增加了鸭肠、鹅掌、鸡胗、肫把等食材的 2.0 营养版本，以及正在进行内测的优化消费者饮食体验的 3.0 版本。又在口味上新增加了牛油、清油、酸菜、番茄等多种选择。除了口味升级，建龙在如何保质、保鲜、保口感等技术难题上也突破了一道道难关。独创的全新发热包技术让消费者能够随时随地方便快捷地享受到热气腾腾、飘香四溢的火锅大餐。

到 2015 年新年，在建龙集团众人上下一心的不懈努力下，建龙自燃式方便火锅已经成为威城，甚至是全国人民日常购买的生活必需品。在这场方便火锅市场竞争中，建龙一骑绝尘，成为国内方便火锅的龙头品牌。

吴晓晓 27 岁的时候，遇到了她生命中的另一半，经过一年的相处，两人终于决定步入婚姻的殿堂。对于王春华来说，她的心情就是辛苦养女 28 年，一夜回到养女前。

王春华回想过去，往事历历在目，酸甜苦辣全部涌上心头。28 年前，女儿出生了，王春华感到无比高兴，倍感珍惜、疼爱，她教给女儿仁善和宽容，培养她勤劳、坚强和自立的性格。20 多年来，在女儿的成长过程中，王春华也曾对她有粗暴的呵斥、武断的说教，但那是望女成凤心切，希望吴晓晓有一个美好的将来。

28 年，一万多个日日夜夜，王春华见证、陪伴了女儿是怎样从一个呱呱坠地的婴儿，成长为如今人见人爱的大姑娘。多少个艰辛和忙乱的日子里，她总盼望着孩子长大，但突然间吴晓晓长大了，变成一个健康、漂亮、智慧的女人，然后要走进另一个人的人生，组建一个新的家庭。

王春华心里难受，她舍不得，但她知道，婚姻是吴晓晓人生中的必然经历，她会从自己的女儿变成别人的妻子和儿媳妇，将来还要成为另一个生命的母亲，这是她生命的丰富和升华，在为人妻、为人媳、为人母的过程中，她会变得更加成熟，收获属于自己的幸福。

夜里，王春华躺在床上辗转反侧，叶小帅搂住她的肩膀，问道："怎么了，在想晓晓的婚事吗？"

王春华在黑暗中睁开眼睛，语气复杂地说："最近，晓晓从小到大成长的经历一幕幕地呈现在我的眼前，我的脑海里闪现着她刚出生时躺在襁褓里的样子，闪现着她在我怀里吃奶时的样子，闪现着她蹒跚学步的样子，闪现着她背着书包去上学的样子……现在她竟然就要嫁人了。"王春华说到最后，已是泣不成声，泪水打湿了枕头。

叶小帅安慰她："女儿长大了，总是要嫁人的，纵然你有千般无奈、万般不舍，你都不能阻止她追求幸福。所以，就微笑着看着她走，将她托付给那个她爱的且深爱着她的男人，好吗？"

接手建龙以来，王春华在商场上见识、经历了太多的钩心斗角、尔虞我诈，已经被磨炼成了一个处变不惊的女强人，但唯有家庭是她的软肋，是她内心最柔软的地方。

对女儿吴晓晓，她是无私的，也是自私的。

她说："过去对女儿出嫁这样的大事始终没有感觉，总认为这天离我很远很远，直到此时与她商量结婚细节，购买结婚物品，我才终于有所意识，在我眼里还没长大的女儿要出嫁了，我的心里既为她感到高兴，却也觉得难过。想到她往后的人生就要托付给另一个男人了，那个男人'不劳而获'地取代了我，让我很受打击。"

叶小帅知道，此时的王春华是脆弱的，她明白"儿大当婚，女大当嫁"的道理，但就是一时间无法接受自己的女儿即将归属于另一个家庭，这让她有一种失落感。而他现在能做的，不是劝她，而是在她身边默默地守护、陪伴她。他温厚的声音在王春华耳边响起："晓晓会幸福的，而我会一直陪在你身边。"这句话就像是一只温柔的手安抚了王春华不安的心灵，两人在黑暗中紧紧相拥。

吴晓晓作为吴家唯一的后代，她的婚事必然是要告诉奶奶李明辉的。

吴建国走后，李明辉把一切的责任都归罪到王春华身上，她觉得吴建国之所以走到自杀这一步，全都是因为王春华没有扮演好妻子的角色，没有尽到妻子的责任。在生活上，没有照顾好他；在事业上，也没有给到他帮助。若不是她无情无义要和儿子闹离婚，他也不至于心灰意冷到选择以自杀结束自己的生命。

过去李明辉虽然强势，但却明事理，可夫在从夫，夫死从子，丈夫过世后，儿子吴建国就是她唯一的精神支柱，当这支柱倒塌后，李明辉就丧失了理智，成为一个只知道怨恨的疯子。

这正是传统思想对女性的荼毒。李明辉已经全然不去想王春华曾经为这个家付出了多少，忍耐了多少，而最终王春华选择离去，也是因为吴建国背叛了她，背叛了她辛苦维持的家庭。王春华对吴建国、对整个吴家并无亏欠。

笛音轰鸣，火车驶过这座潮湿的四川小城，王春华望着眼前这座既陌生又熟悉的城市，不禁感慨万千。在女儿吴晓晓准备结婚前，她以为自己再也不会踏足这个让她伤心难过的地方。循着记忆的脚步，王春华来到曾经的家，她站在门口犹豫了很久，终于鼓起勇气敲了敲门。

时间过去了五分钟，里面也没有传来任何回应。王春华不禁担心起来，婆婆李明辉年纪大了，又经受了丧子之痛，白发人送黑发人，身体大不如前，身边又没人照顾，怕不是出了什么事。于是她也顾不得礼数了，以前家里经常把备用钥匙放在门框上面，她摸了摸，竟然还在，于是拿出钥匙打开门。

"妈，你在吗？"王春华下意识地喊出这个熟悉的称呼，走到卧室才看到李明辉躺在床上，面色苍白又涌现出一抹不正常的潮红，一看就是发高烧了。王春华连忙放下手里的礼品盒，三步并两步跑到床边，喊道："妈，妈，你醒醒，我带你去医院！"李明辉迷迷糊糊地睁开眼，看见的却是王春华的脸，她嘴巴里艰难地吐出几个字："我不用你假好心，让我死，死了我就能见到建国，还有他爹了。"人老了，其实更难克制情绪，李明辉不想在王春华面前失了气势，但一提到自己生命中两个最重要的男人都丢下自己而去，她的眼泪便再也止不住，话未说完，眼里的泪水便决堤而下。

王春华看她这样，心中本来对这个婆婆的恨与怨竟然全部消失了，说到底，她毕竟是她曾经的婆婆，而现在也只不过是一个孤苦伶仃的可怜老人罢了，自己又何必与她一般计较呢。当务之急是把李明辉送到医院去，于是她拨打了120，强行给老人穿上外套，等待救护车的到来。

到医院办理手续的时候，王春华注意到一间诊室里有一个农村来的60岁左右的老人，正在低声诉说着病情："最近，我这头疼得厉害，医生你说我这是怎么了？"没等她说完，年轻的医生一脸不耐烦地说："先做检查。"低头大笔一挥写下三四项检查。那老人看着检查单，欲言又止。年轻医生则把单子扔给她，玩起手机来。

老人拿着单子，不知所措，停了一会儿说："这些检查我之前都在家附近的医院做过了，您给我看看怎么回事，成吗？"说着从布包里拿出一堆检查单递给医生。年轻医生连头也没抬，说："不行，别的医院做的检查不准，你就在我们医院查！"那老人一脸无奈，眼中含泪说道："我身体不好，儿女都不管我，这几年看病已经花了不少钱了，哪里还能凑出这些钱做检查啊！"年轻医生哼了一声，扔出一句："没钱看什么病，赶紧走，下一位！"那老人只好转身走出诊室，边走边抹着脸颊上的泪水。

王春华站在那里望着这个皮肤黝黑的老人，她的脸上布满沟壑，走路蹒跚，一瘸一拐的，身边也没人照料，她的心不禁一颤。这几年婆婆李明辉是否也是这样度过的呢，生了病来医院没有人陪，最后索性就不来了，在家里一心求死，等待与丈夫儿子在黄泉彼岸相见？

自己真是太糊涂了，因为在吴家受过委屈，便对李明辉不闻不问、不管不顾，不管怎么说，自己曾经也是真的把她当作亲妈来孝敬的，一起生活了那么多年，早已经视她为亲人了。和吴建国离婚后，自己竟然一次都没有来看望过她，王春华不敢想象，在儿子死后，李明辉究竟过着怎样悲痛万分的生活，也不敢想象，若是自己没有因为女儿吴晓晓结婚的事情回来，到底会发生怎样不可挽回的事情。

她回到病房，李明辉身上已经插上了输氧管，王春华上前握住她的手，说道："妈，建国虽然不在了，但我会替他好好孝敬您的。晓晓要结婚了，还等着您去给她主持婚礼呢，您可要快点好起来啊！"提到吴晓晓，李明辉突然睁开双眼，她的眼睛已经浑浊了，泪水再次落下，看着王春华不计前嫌的模样，她哽咽着说道："晓晓的婚礼，我一定去！"

第五十四章

家业双兴，一履正道是沧桑

女儿的婚礼定在正月十一，宜嫁娶，宜出行，宜祈福、会亲友，是王春华千挑万选的黄道吉日。

其实，王春华曾经是一个被封建思想荼毒的女人，她一度认为婚姻是女性安身立命的唯一手段，成为一个男人的法定配偶，就有了共同支配那个男人财产和资源的权利，即使这段关系最终结束，也还能分走他的钱，以保障自己将来的生活。很多婚姻都是出于现实的考虑，它掐掉了女人一切浪漫的幻想。但是现在，她的女儿要嫁人了，是因为爱情，她认为自愿自主地把自己的命运和另一个人捆绑在一起，就是人生最大的浪漫。

婚礼这天，在众人期待的目光中，浩浩荡荡的迎亲车队终于映入大家的眼帘。两串鞭炮在人声喧闹中轰然作响，震耳欲聋。所有人都紧紧捂住耳朵，高兴得哈哈大笑。新郎陈超手捧鲜花，西装革履，将吴晓晓从婚车上接下来，她身穿洁白的婚纱，裙尾在红毯上拖出一道美丽的印记。婚礼仪式在众人的欢呼声中隆重举行。

在众人的注视下，吴晓晓与陈超相对而视，眼中溢满了对彼此的深情。

陈超接过主持人手中的话筒，说道："我与晓晓，从相识到现在，仅仅只有一年的光景，但只这一年，我们便确定了彼此是今生想要共度余生的人。我与她无话不谈，我们是爱人，更是知己，是两个互相了解、互相包容的灵魂。现在，我们从彼此的初恋，携手走到婚礼的殿堂，是圆满，是幸运，也是幸福。此刻，在亲朋好友的见证下，我发誓，会用一生去爱护她、照顾她，直到生命的终结。"

陈超单膝跪地，手举钻戒，向吴晓晓说道："晓晓，你愿意嫁给我，陪我共度此生吗？"吴晓晓此时已是喜极而泣，泪流满面，说道："我愿意！"

热气腾腾的饭菜陆陆续续端上来了，大家一边喝着美酒，一边吃着美味菜肴，一切都浸润在幸福美满的氛围里。王春华悄悄离席，走到角落里掩面哭泣。

叶小帅跟过来，在她身后轻拍安抚道："大喜的日子，你哭什么？晓晓这是找到了如意郎君，你应该为她高兴才是。"道理谁都懂，但真正到了面对的那一刻，还是会控制不住情绪，王春华看着跟随丈夫四处敬酒的女儿吴晓晓，泪水再次模糊双眼，她哽咽道："直到这一刻，我才真的意识到，晓晓长大了，要离开我了。"

吴晓晓和丈夫陈超来到王春华身边。"妈！"吴晓晓深切呼唤道，"无论我结婚也好，生子也罢，您始终是最疼我爱我的妈妈，而我始终是最信赖您依赖您的女儿。我永远都不会离开您的！"陈超拿起两只酒杯，倒满的一杯给自己，剩下一杯递给王春华，说道："妈，谢谢您将晓晓培养成这样优秀的女孩，遇到她、娶到她是我的福气，我会一辈子对她好的，请您放心。"

"好，好，只要你们过得好就好。"王春华将酒杯倒满，仰头一饮而尽。她擦干眼泪，脸上洋溢出笑容，说道："来，吃饭，今天是个大喜的日子，一定要吃好喝好。"王春华整理好情绪，在一瞬间恢复了商场女强人的气场，将亲朋好友全都招呼得很好，一时间宾主尽欢。

李明辉作为吴晓晓的奶奶，带着伤病从医院赶过来参加婚礼，此时坐在娘家坐席的正位上，老人的脸上露出了久违的笑容，这是自从儿子吴建国去世后，她第一次从心底感到开心。

吴晓晓换了一身敬酒服后牵着新郎陈超的手走到李明辉面前，将两人紧握的手举到她面前，说道："奶奶，这就是我认定的人，他会对我好的，我相信爸爸在天之灵看到，也会替我高兴的。""高兴高兴，建国肯定高兴。"李明辉从上衣兜中取出两个沉甸甸的红包，交到两人的手里，说道："好孩子，奶奶祝你们幸福。"

婚礼圆满结束，吴晓晓跟随陈超去了婆家，王春华目送着车辆向远处行驶，直到消失在公路的尽头，她才收回目光。叶小帅将围巾披在她的肩上，说道："走吧，回家吧。"

吴晓晓的婚事告一段落，王春华提着的一颗心也终于落了下来，开始将精力重新投入建龙集团的运营上。

2015 年，在王春华的带领下，建龙集团不仅重现了往日的辉煌，而且有所超越，成为国民心中的火锅第一品牌。建龙集团的发展蒸蒸日上，在接近年末的时候，王春华做了一项重要决定，再次开启建龙海外拓展计划，进军国际市场。

做出这项决定的时候，当然也遇到了一些波折，集团内部逐渐分化成了以张军等建龙元老为代表的反对派和以刘晓倩等新晋高层为代表的支持派。

王春华一直奉行的管理原则是，她虽是集团董事长，拥有绝对优势的股权，但她并不搞一言堂，她乐于倾听大家的想法，积极思考大家的建议，也是因此，建龙才能在急流勇进的市场中屹立不倒，并逐渐发展至如今的规模。

会议室里，正展开激烈的讨论。张军神色激动道："进军海外市场就是个错误，当年建国还在的时候，我们信誓旦旦地去了美国，开了分店，结果呢？好景不长，便经历了破产危机，整个建龙集团差点随之覆灭！"

他把手里的文件夹一摔，大声说道："所以这个计划，我是坚决不同意的！"张军性格忠厚平和，从未有过如此情绪爆发的时刻，可见他是真的认为进军海外市场是自取灭亡的决定。

但刘晓倩却不这么想，她认为建龙集团能够发展至今，专业、坚持、勇敢这些元素缺一不可。在全球经济一体化背景下，走出国门，进军国际市场是一个优秀、有上进心的企业所必须遵循的发展道路，一味地龟缩不前，陷于历史的失败恐惧中，只会在未来的竞争中丧失主动权，将行业的领导权拱手让人。

刘晓倩打开投影仪，将她的调研结果展示在众人面前，说道："大数据时代已经来临，在商业、经济及其他领域中，决策将日益基于数据和分析而做出，并非只是基于经验和直觉。我在进行数据统计分析后发现，85%以上的餐饮企业都在积极推进海外项目，建龙如果放弃，便是主动从竞争中认输，束手就擒。"

刘晓倩思维敏捷、语言犀利，她继续说道："开启海外项目给集团带来的益处是无法用金钱衡量的，它不仅可以扩大建龙品牌的知名度，增强集团的影响力，还可以进一步打破发展瓶颈，做大规模。"

接下来，众人继续就支持与反对展开讨论，但大多数人已经被刘晓倩的一席话说服了，认为在当下这个环境，再度开启海外项目对建龙来说确实是一个千载难逢的机会。最后，王春华下了决心，她说："下月初，正式启动海外项目，大家打起精神，这一个月我们做好准备工作，不打无把握之仗，势必要旗开得胜！"

此次进军海外市场，王春华不准备走寻常路。她在接受当地电视台采访时，说："建龙集团积极响应国家号召，抓住'一带一路'倡议带来的发展机遇，参与国际竞争。建龙集团正在策划火锅'一带一路'大篷车丝路行，沿线国家的人民都将有机会尝到正宗的建龙火锅。"

2015 年 6 月，建龙集团启动了火锅"一带一路"大篷车丝路行计划，此举受到了沿线国家的热烈支持，建龙火锅走向海外迎来了开门红。

两年后。

建龙火锅已经在海外市场站稳了脚跟，建龙品牌获得了国际市场的认可。

年关将近的时候，王春华和建龙一众员工从海外考察归来。建龙集团二楼的火锅店人声鼎沸，时间仿佛回到了八年前，吴建国还在世的样子。吴建国的母亲李明辉从老家来威城过年，女儿吴晓晓也带着丈夫陈超回来了，还有张军一家。席间推杯换盏，其乐融融。每逢佳节倍思亲，明明是喜庆的日子，李明辉这个老人家却忍不住先掉了泪，说道："要是建国还在就好了。"王春华给老人家递过纸巾，笑着安慰她："妈，建国一直看着咱们呢，他一直在。"

吃过团圆饭，王春华来到集团顶楼。又是一个雨夜，细雨飘飘洒洒，带着些许清冷，落在发间眉梢，落在王春华的心上。但这一次，她却没有感到悲伤难过，她转过头，对跟在身后的叶小帅笑着说："小帅，我终于做到了，建国的心愿，我替他完成了！"叶小帅望着王春华，看到的不是意气风发，不是对权势财富的向往，而是坚持了很久的疲惫，他心疼地将她搂在怀里，说道："你做得很好，一直很好，我为你骄傲，以你为荣！"

那一天，压在王春华心上的名字终于不再是一种负担，不再是推着她往前走的力量，那个逝去的灵魂在这个安静又美丽的雨夜离去了。属于吴建国的时代过去了，但属于建龙的时代正繁华。这只餐饮巨兽会始终向前，紧跟时代的洪流，慢慢成为一个供世人传说的商业传奇。而属于王春华他们的故事，将逐渐不被人记起，那些邪恶、贪婪、背叛、算计等人性的阴暗面终将会被历史淹没，但美好会留驻心间，成为一代又一代人继续奋斗的理由。

图书在版编目(CIP)数据

乌鹊南飞 / 李夏著. — 深圳:海天出版社,
2021.10
ISBN 978-7-5507-3147-9

Ⅰ.①乌… Ⅱ.①李… Ⅲ.①长篇小说－中国－当代
Ⅳ.①I247.5

中国版本图书馆CIP数据核字(2021)第062867号

乌鹊南飞
WUQUENANFEI

出 品 人	聂雄前	
责 任 编 辑	曾韬荔	
责 任 校 对	万妮霞	
责 任 技 编	梁立新	
装 帧 设 计	介 桑	

出版发行 海天出版社
地　　址 深圳市彩田南路海天综合大厦(518033)
网　　址 www.htph.com.cn
订购电话 0755-83460239(邮购、团购)
排版制作 深圳市龙墨文化传播有限公司(0755-83461000)
印　　刷 深圳市华信图文印务有限公司
开　　本 787mm×1092mm　1/16
印　　张 25
字　　数 350千
版　　次 2021年10月第1版
印　　次 2021年10月第1次
定　　价 58.00元

海天版图书版权所有,侵权必究。
海天版图书凡有印装质量问题,请随时向承印厂调换。